LE RETOUR
BRAD BONEY

REAMSPINNER
PRESS

LE RETOUR
BRAD BONEY

Publié par
DREAMSPINNER PRESS

5032 Capital Circle SW, Suite 2, PMB# 279, Tallahassee, FL 32305-7886 USA
www.dreamspinnerpress.com

Édition e-book en français : 978-1-64080-505-7
Édition imprimée en français : 978-1-64080-532-3
Première édition française : juin 2018
v 1.0

La tristesse n'est qu'un mur entre deux jardins.
—Kahlil Gibran

LEXIQUE MUSICAL

LA MUSIQUE est omniprésente dans ce livre et les chansons ont toutes un
  sens en fonction du moment où elles sont citées. Les voici donc listées
  par ordre alphabétique et traduites.
Les chansons en gras sont les titres de chapitres (et toutes sont de Bruce
  Springsteen).

All Shook Up – Bouge-toi
Alone – Seul
Always Be My Baby – Tu seras toujours mon bébé
Anticipation – id.
Backstreets – Les rues de derrière
Badlands – Mauvais territoires
Ballad of Billy the Kid, The – La chanson de Billy the Kid
Beaches on the Moon – Les plages de la lune
Beat It – Bats-le
Being Alive – Être en vie
Better Days (5) – Des jours meilleurs
Billy Don't Be A Hero – Billy, ne joue pas au héros
Billie Jean – id.
Blood Brothers (6) – Frères de sang
Blowin' in the Wind – Dans le souffle du vent
Book of Dreams (10) – Le livre des rêves
Born to Run – Né pour courir
Born in the USA – Né aux États-Unis
Boys in the Trees – Les garçons dans les arbres
Brandy (You're a Fine Girl) – Brandy (t'es une fille super)
Bridge Over Troubled Water – Comme un pont jeté sur l'eau trouble
Call, The – L'appel
Call Me Maybe – Appelle-moi peut-être
Can't Help Falling In Love – On ne peut resister à l'amour
Carter Family, The – La famille Carter
Castle of Glass – Château de verre
Che Gelida Manina – Quelle petite main froide

Control – Contrôle
Cover Me (14) – Couvre-moi
Darkness on the Edge of Town (17) – L'obscurité aux abords de la ville
Don't Cry For Me, Argentina – Ne pleure pas pour moi, Argentine
Don't Cry Out Loud – Ne pleure pas si fort
Don't Rain On My Parade – Ne gâche pas mon moment de gloire
Downbound Train (8) – Un train qui sombre
Easy From Now On – Tout va bien, fonce
E Street Shuffle, The – La navette de la rue E
Eyes of Texas, The – Les yeux du Texas
Fall to Pieces – Tomber en morceaux
Fifty-ninth Street Bridge Song, The – La chanson du pont de la 59e rue
Fire and Rain – Feu et pluie
Get Here – Viens ici
Heartbreak Hotel – L'hôtel des cœurs brisés
Help Falling in Love – Ça aide à tomber amoureux
Hemorrhage – Hémorragie
Hey, Jude – Hé, Jude
His Friends Are More Than Fond of Robin – Ses amis font plus qu'adorer
    Robin
Home – Chez moi
Homesick – Loin de chez moi, malade de chagrin
Hotcakes – Petits gâteaux
Hound Dog – Le limier
Human – Humain
Hybrid Theory – La théorie hybride
I Ain't Got No Home – J'ai pas de foyer où revenir
I Could Have Danced All Night – J'aurais pu danser toute la nuit
If He Walked Into My Life – S'il arrivait dans ma vie
If I Should Fall Behind (9) – Si je reste en arrière
If You Could Read My Mind – Si tu pouvais lire mes pensées
I Hope You Dance – J'espère que tu danses
Imagine – id.
I'm a Rocker (7) – Je suis un rocker
I'm So Lonesome I Could Cry – Je me sens si seul que je pourrais pleurer
Independence Day (4) – Le jour de l'Indépendance
In Pain – Je souffre
In The End – À la fin
Into the fire (2) – Dans le feu
I Think I Love You – Je crois que je t'aime

It's 'Ain't Nobody – C'est pas n'importe qui
It's Written All Over My Face – C'est écrit sur mon visage
I've Been Working on the Railroad – J'ai travaillé au chemin de fer
I've Got a Tiger by the Tail – J'ai pris un tigre par la queue
I Walk the Line – Je me tiens à carreau
I Want It That Way – Je le veux comme ça
I Want to Hold Your Hand – Je veux te tenir par la main
Kingdom of Days (13) – Royaume des jours
Let It Be – Qu'il en soit ainsi
Let the River Run – Laisse couler la rivière
Living Proof (12) – Preuve vivante
Living Things – Tout ce qui vit
Losing My Mind – Je perds la tête
Lucky Town (11) – Heureuse ville
Mad World – Le monde est fou
Man in the Mirror, The – L'homme dans le miroir
Meadowlark – Alouette
Morning After, The – Le lendemain matin
My Man – Mon homme à moi
My Way – Comme d'habitude
Night the Lights Went Out in Georgia, The – La nuit où les lumières se sont
    éteintes en Géorgie
One That You Love, The – Celui que tu aimes
Only Yesterday – Hier seulement
Redemption Song – Le chant de la rédemption
Respect – id.
Return to Sender – Retour à l'envoyeur
Right Stuff, The – Ce qui est bien
Rocky Ground – Terrain caillouteux
Roll of the Dice (1) – Jet de dés
Rosalita – id.
Rose's Turn – Le tournant de la rose
Rhythm Nation – La nation du rythme
Saltwater kisses – Baisers d'eau salée
Seasons in the Sun – Saisons au soleil
Send in the Clowns – Envoyez les clowns
Shadow of the Day – L'ombre du jour
Sittin' on the Dock of the Bay – Assis sur le ponton devant la baie
Smells Like Teen Spirit – L'odeur d'un fantôme ado
Somebody That I Used to Know – Quelqu'un que j'ai connu

Some Nights – Parfois, la nuit
Song for You, A – Une chanson pour toi
Songs in the Attic – Chansons au grenier
Souls of the Departed (16) – L'âme de nos chers défunts
So You Think You Can Dance – Alors, tu crois savoir danser
Stuff Like That There – Des trucs comme ça
Suddenly – Soudain
Summertime – Pendant l'été
Surrender to Love – Céder à l'amour
Suspicious Minds – Des gens suspicieux
Tearin' Up My Heart – Ça me déchire le cœur
Tenth Avenue Freeze-Out – Grand froid dans la 10e rue
This Land Is Your Land – Cette terre est vôtre
Thunder Road – La route du tonnerre
Times They Are a-Changin', The – Le jour où ils ont changé
Tonight – Ce soir
True Blue – Bleu profond
Try to Remember – Essaie de te souvenir
Two Hearts (3) – Deux cœurs
You're So Vain – Tu n'es qu'un prétentieux
You Got It – Tu as tout compris
You Light Up My Life – Tu éclaires ma vie
You Needed Me – Tu as besoin de moi
We Are Alive – Nous sommes en vie
We Are Young – Nous sommes jeunes
We Take Care of Our Own (15) – Nous prenons soin des nôtres
What Makes You Beautiful – Ce qui te rend si magnifique
What Love Can Do (18) – Le pouvoir de l'amour
What's Going On – Que se passe-t-il ?
While My Guitar Gently Weeps – Pendant que ma guitare pleure doucement
With God on Our Side – Avec Dieu de notre côté

Partie 1
Deux Week-ends

Roll of the Dice

Topher Manning revissa le bouchon d'huile, libéra le bras métallique et laissa retomber avec un bruit sec le capot de la Chevrolet Malibu. Il vérifia l'horloge murale de l'atelier : encore trois heures à tirer. Il s'essuya les mains avec une serviette qu'il récupéra sur un banc et regarda la vitre qui le séparait du bureau. Darrell, son patron et l'un des propriétaires du garage Groovy [1] – « le garage sensass ! » disait la publicité – s'entretenait avec une femme, qui paraissait affolée.

Derrière elle, un homme très agité parlait au téléphone.

À ce moment-là, Topher sentit son portable vibrer dans sa poche. Il le sortit et l'ouvrit, mais le petit écran était vide. Ni appel ni texto. Il secoua la tête.

Il cria pour se faire entendre du mécanicien au poste travail à côté du sien :

— Hé, Travis, je vais aider Darrell. Il est occupé avec une cliente et l'autre gars qui attend semble prêt à péter un câble.

À son tour, Travis regarda en direction du bureau.

— Il est canon ! s'exclama-t-il. As-tu vérifié le niveau d'huile de la Malibu ?

— Oui, t'inquiète. C'est fait.

Après avoir remis son téléphone dans sa poche, Topher alla ouvrir la baie vitrée et entra dans le bureau de réception. Darrell lui jeta un coup d'œil, puis d'un signe de la tête, le dirigea vers le client qui attendait.

— Puis-je vous aider, monsieur ? demanda Topher.

L'homme ferma son téléphone et lança :

— J'espère bien !

— Je vous écoute.

— Je suis venu pour le SXSW [2] et je me suis laissé refiler une voiture de merde...

---

1 *Groovy* = sensass, un terme qui reviendra souvent dans le roman (NdT)

2 *South by Southwest*, festival de musique ayant lieu chaque année en mars à Austin, Texas.

Choqués, Darrell et sa cliente se tournèrent vers lui.

— Désolé, s'excusa-t-il.

Sa forte voix de baryton attaquait le mot comme l'archet d'un violoncelliste la corde du do. Il reprit un ton plus bas :

— La voiture qu'on m'a prêtée vient de me lâcher juste en face, dans le parking de la supérette.

— Le H-E-B [3] ?

— Si vous voulez, oui. Écoutez, je ne cherche pas à être chi... euh, pénible, rectifia-t-il, mais combien de temps faudra-t-il pour réparer cette voiture ?

— Je ne peux vous répondre sans connaître la nature du problème, monsieur. Si c'est la batterie, votre véhicule sera réparé vers dix-sept heures.

Rembruni, l'homme alluma son iPhone pour consulter l'heure.

— Merde ! grommela-t-il entre ses dents. Je n'ai plus que quatre-vingt-dix minutes. Je dois être au Palais des Congrès, au centre-ville, avant la fermeture des guichets pour récupérer mon billet du concert de ce soir.

La cliente intervint :

— Vous allez voir chanter Springsteen ?

— Pas sûr, répondit l'homme. Je n'ai pas mon billet. Et si je ne passe pas le récupérer, il sera revendu.

— Pourquoi ne pas avoir appelé un taxi ? demanda Topher.

— Je ne sais pas. Sans doute parce que je n'ai pas réfléchi. Le propriétaire du véhicule ne peut rien pour moi – il est occupé à tenir un stand en ville. Et quand je tombe en rade, je vois un garage de l'autre côté de la rue. Vous me trouvez idiot de m'y être précipité ?

Topher sourit.

— Non, monsieur, bien sûr que non. D'où venez-vous, au fait, si ce n'est pas indiscret ?

— New York.

— La ville même ? insista Topher.

Au regard que son patron lui lança, Topher sentit qu'il réprouvait son bavardage.

— Oui.

— Et vous avez fait tout ce chemin pour voir Bruce Springsteen ?

— Plus ou moins, oui.

Topher secoua la tête et se tourna vers Darrell.

3 *H-E-B Grocery Stores*, enseigne de grande distribution au Texas.

3

— Patron, puis-je conduire ce pauvre monsieur au centre-ville afin qu'il récupère son billet ? Ce serait dommage de manquer Springsteen pour une batterie en panne.

— Vous feriez ça ? s'étonna le client.

— D'accord, vas-y, répondit Darrell. Et je t'accorde le reste de la journée.

Tourné vers l'inconnu, il ajouta :

— Monsieur, vous avez de la chance que ce gamin ait si bon cœur !

— Vous n'allez pas me couper mes heures, hein, patron ? demanda Topher.

— Non, tu seras payé une journée complète.

— C'est gentil !

Topher reporta son attention vers l'homme qui l'attendait :

— Mon pick-up est garé dehors. Donnez-moi une minute pour réunir mes affaires.

Tournant les talons, il se précipita au vestiaire, où il récupéra son sac à dos. Il s'apprêtait à sortir de l'atelier quand Travis l'appela :

— Où vas-tu ?

Topher s'arrêta net.

— Au centre-ville pour que ce gars prenne son billet. Il va voir *le Boss* ce soir !

— Tu parles de Springsteen ?

— Oui. C'est ma BA de l'année, mais Darrell m'a donné le reste de la journée, payée en plus.

— Bon sang, tu as une sacrée chance ! File alors. Je m'occupe de la paperasse sur ta Chevrolet.

— Merci, mec. À charge de revanche.

À travers la vitre de la réception, Topher fit signe à l'homme qu'il était prêt. Ils se retrouvèrent devant le garage, dans la rue.

Topher sourit.

— Mon pick-up est juste derrière si une aussi longue marche ne vous effraie pas.

L'homme lui renvoya son sourire.

— Tu es marrant, gamin. En plus, tu aimes Springsteen, alors, je sens que nous sommes faits pour nous entendre. Vas-y, je te suis.

Topher contourna le bâtiment, vers son pick-up, garé dans la rue derrière. L'homme le suivit.

— Merci de me dépanner. Je te dédommagerai.

— Non, je ne veux pas de votre argent. J'adore Springsteen, alors, si un truc comme ça m'arrivait, ça me foutrait vraiment les boules. Au fait, je m'appelle Topher.

Il tendit la main, l'homme l'accepta.

— Moi, c'est Stanton. Stanton Porter.

— Le critique musical ?

— Oui.

— Waouh ! Je vous ai entendu à la radio. L'un des gars met toujours NPR [4].

— Vraiment ? C'est inattendu.

— Pourquoi ? D'après vous, les mécanos écoutent juste du rock et Glenn Beck [5] ?

— Je ne voulais pas dire...

— Je sais.

S'arrêtant net, Topher examina Stanton des pieds à la tête. L'homme était beau, impossible de le nier, d'où la question suivante :

— Avec un physique pareil, pourquoi vous ne faites pas plutôt de la télé ? Vous gâchez vos meilleurs atouts à la radio, non ?

En voyant Stanton piquer un fard, Topher comprit que sa franchise l'avait décontenancé. Puis le critique musical sourit et accepta le compliment.

— Merci. Mais je préfère la radio, c'est plus... anonyme. J'aime mon intimité.

Topher se remit en marche.

— Oh. D'accord. J'ai vraiment aimé ce que vous avez écrit sur les Killers. Ils ont eu sur moi une énorme influence.

— Merci. Tu es musicien ?

— Oui.

— Musicien et mécanicien ?

— Oui. Bien sûr, cette semaine, tout le monde l'est plus ou moins. Musicien, je veux dire.

— On dirait, oui. Et beaucoup n'auront jamais plus de vingt auditeurs.

— Peuh ! grogna Topher entre ses dents.

Il déverrouilla et ouvrit la portière côté passager, puis contourna son pick-up. Une fois derrière son volant, il attacha sa ceinture de sécurité. En

4 *National Public Radio*, principal réseau de radio de service public des États-Unis.

5 Animateur de radio, commentateur de télévision et écrivain polémiste.

relevant les yeux, il constata que Stanton avait les genoux collés contre le tableau de bord.

— Si vous voulez plus d'espace, vous avez qu'à ajuster votre fauteuil.

Stanton chercha sous le siège le levier rouillé, lutta pour le décoincer et finit par reculer. Topher tenta de retenir son rire, mais en vain.

— Désolé. J'ai pris Travis il y a quelques jours. Il est minuscule, comme moi, alors, il avance le siège au maximum. Et vous, quelle taille faites-vous ?

— Un mètre quatre-vingt-trois.

En comparaison, Topher se sentit encore plus petit.

— Vous auriez été plus à votre aise dans un F-15, mais Travis et moi préférons les Rangers.

— Qui est Travis ?

— Un ami mécanicien qui travaille aussi à l'atelier. Vous vouliez aller au Palais des Congrès, c'est bien ça ?

— Oui.

Topher pencha la tête pour vérifier le rétroviseur. Puis il démarra, quitta le parking et prit la Red River Street.

— À mon avis, fit-il remarquer, mieux vaut éviter l'I-35.

— Je présume que c'est l'autoroute qui traverse Austin ?

— Oui. C'est la première fois que vous venez par ici ?

— Non, j'ai déjà passé un week-end à Austin, il y a des années.

— C'est votre premier SXSW, alors ?

— Oui. J'ai tendance à éviter les festivals, mais quand j'ai vu Springsteen en tête d'affiche… eh bien, je n'ai pas pu résister.

— Vous l'avez déjà vu ? demanda Topher.

— Oui, une fois, en 1981.

Sidéré, Topher lui jeta un coup d'œil.

— Hein ? Quel âge avez-vous donc ?

— Je préfère ne pas en parler, ça me déprime, surtout devant un gamin. Tu as l'air d'avoir seize ans.

— Non, vieillard. J'en ai vingt-six !

— J'étais plus jeune que toi quand j'ai assisté à mon premier concert de Springer. Ça date de plus de trente ans, j'ai du mal à le croire ! Je savais déjà que c'était un grand artiste, mais cet après-midi-là, il m'a vraiment impressionné.

— Pourquoi ? Que s'est-il passé ?

— Il était chargé du discours d'ouverture.

6

— Vraiment ? Et alors ?

— C'est assez gênant de l'avouer, mais il m'a fait pleurer. Ce discours est historique, plein de gratitude et d'éloquence sur la musique pop. Springsteen est un poète, un musicien et un orateur inspiré.

— Pourquoi dites-vous que c'est gênant ?

Stanton tourna la tête pour le dévisager.

— Pardon ?

Topher garda les yeux sur la route.

— Vous avez pleuré, et alors ? En quoi est-ce gênant ?

— Ce n'est pas d'avoir pleuré que je trouve gênant, mais de te le dire. Il y a une différence. Je déteste passer pour un sentimental ou un émotif.

Topher hocha lentement la tête.

— Dans ce cas, l'opinion des autres à votre sujet compte pour vous.

— Oui, ce n'est pas ton cas ?

— Non, pas vraiment. J'aurais aimé écouter ce discours, mais je n'ai pas les moyens de prendre des congés ou de payer un billet de festival.

— Ce discours doit être en ligne. Tu peux le retrouver et ce sera gratuit.

— C'est vrai ?

— Oui, tape « discours d'ouverture de Springsteen » sur Google.

— Je le ferai.

Ils passèrent devant le centre médical de St David et traversèrent la rue Dean Keeton. Stanton regarda par la vitre.

— C'est l'université, non ? demanda-t-il.

— Oui. Le campus s'étend jusqu'à Guadalupe. On l'appelle « les quarante acres ».

— Je me souviens d'avoir déjeuné dans un petit bistrot appelé *Les Amis*. Ce n'était pas loin de la rue principale. Quel est son nom, déjà ?

— Le Drag.

— Oui, le Drag.

— Je ne connais pas ce restaurant. Il a dû fermer.

— C'est bien dommage. As-tu fréquenté ce campus ?

Topher secoua la tête.

— Non, l'université, ce n'était pas mon truc.

— De quels instruments joues-tu ?

— Guitare, piano, un peu d'harmonica. Je me débrouille aussi sur une batterie.

— Hé, tu prends modèle sur Adam Levine, on dirait. Tu as même des tatouages !

Il désignait celui qui recouvrait le bras droit de Topher et disparaissait dans la manche de son tee-shirt.

— En fait, ajouta-t-il, tu lui ressembles aussi physiquement, mince et élancé. Tu sais chanter ?

Topher sourit.

— Selon moi, oui, mais un critique pourrait être d'avis différent.

— Qui t'a influencé, à part Brandon Flowers ?

— Chester Bennington, Billie Joe Armstrong, Barry Manilow.

— Barry Manilow ?

— Bien sûr, c'était un excellent parolier. Il y a aussi Cee Lo Green, Steve Perry, Meat Loaf

— Tu aimes les grosses voix ! s'exclama Stanton.

— Oui.

— Moi aussi.

Topher lui jeta un coup d'œil.

— Avez-vous déjà entendu parler du groupe Air Supply ?

— Oui, pourquoi ?

— J'ai trouvé l'une de leurs chansons sur *YouTube* l'autre jour. Le chanteur a une voix incroyable. Vous connaissez son nom ?

— Russell Hitchcock.

— Oui, c'est ça.

— Tu fais partie d'un groupe ?

— Oui.

— Comment s'appelle-t-il ?

— Judecca Rising.

Stanton s'agita dans son siège.

— Hmm, prendre le nom du dernier cercle de l'enfer est courageux, mais un peu risqué.

— Hé, dites-le à notre batteur. C'était son idée.

— As-tu prévu un concert ce week-end ?

— Oui, mais rien d'important. Nous passons demain soir au *Rooftop* sur la 6th. Ils essaient de promouvoir les groupes locaux.

L'iPhone de Stanton s'alluma.

— Excuse-moi, dit-il à Topher.

Il balaya l'écran pour répondre à l'appel.

— Salut, mon pote, qu'est-ce que… C'est une blague, j'espère ? …
Un truc que tu aurais mangé au déjeuner ? … Marvin, tu ne peux pas
manquer… D'accord, d'accord… une minute.

Stanton posa son téléphone et demanda à Topher :

— Ça te dit d'aller voir Bruce Springsteen ce soir ?

Topher freina brutalement.

— Vous me faites marcher ?

Stanton remit son téléphone à son oreille.

— C'est bon, j'ai trouvé à qui donner ton billet. Tu l'as déjà pris ? …
D'accord, je passe le récupérer d'ici quelques minutes.

Sur ce, il raccrocha.

— Que se passe-t-il ? demanda Topher.

— C'était Marvin, mon meilleur ami. Il a une intoxication alimentaire
et ne pourra pas assister au concert avec moi. J'ai donc un billet disponible.
La moindre des choses est que je t'en fasse profiter. Sans toi, je n'aurais pas
pu aller chercher le mien. Nous allons faire un arrêt à l'hôtel de Marvin pour
qu'il nous remette son badge de festival.

— Quel hôtel ?

— Le W.

— Je ne sais pas où c'est.

— Attends, j'ai l'adresse.

Stanton alluma son téléphone et tapota l'écran.

— Voilà, reprit-il au bout de quelques secondes, entre Lavaca et Third
Street.

— D'accord, je vois, répondit Topher.

Il redémarra et tourna à droite sur 6th Street, puis traversa la ville
jusqu'à Guadalupe, ensuite plein sud jusqu'à la deuxième rue et le quartier
de Lavaca. Il s'arrêta peu après devant l'hôtel.

Stanton descendit.

— Je reviens tout de suite, dit-il.

Topher resta dans son pick-up, à tapoter son volant. Il envisagea
d'appeler un de ses amis pour lui raconter qu'il irait ce soir même voir
Bruce Springsteen, mais se ravisa : il préférait que Stanton ne le trouve pas
au téléphone. Il attendit cinq bonnes minutes en trépignant d'impatience.

Le critique musical finit par revenir. Il remonta dans le pick-up et jeta :

— Vas-y, démarre.

Une fois au centre-ville, Topher ne trouva aucune place de
stationnement, aussi avança-t-il jusqu'à la Red River.

9

En chemin, il expliqua à Stanton :

— Nous allons devoir retourner à pied. Nous récupérons les billets ensemble, hein ?

— Oui.

— Ce n'est pas la porte à côté, mais il devient de plus en plus impossible de trouver une place à Austin ! Vous n'avez pas peur de marcher ?

— Non, répondit Stanton.

Topher se gara devant le Centre Erwin et mit soixante-quinze cents dans le parcmètre – pour trois quarts d'heures. Puis les deux hommes se mirent en route.

Très vite, Topher demanda :

— Pourquoi aviez-vous emprunté une voiture ?

— Un critique local me l'a proposé. Il travaille pour un hebdomadaire gratuit...

— The *Austin Chronicle* ?

— Oui. Il s'ennuie profondément et voudrait un poste chez NPR, alors il m'a offert d'utiliser sa voiture pour la journée. J'ai été tenté par l'idée de circuler un peu et de mieux connaître la ville. Ce type a bien raté son coup : il est dorénavant sur ma liste noire. Je lui enverrai l'adresse de ce H-E-B en lui disant d'aller récupérer sa voiture de merde.

— Vous êtes vache ! Une batterie qui tombe en rade, ça arrive et c'est la faute de personne. En fait, je ne sais même pas si c'était la batterie.

— Je m'en fiche, c'est sa voiture, qu'il se démerde avec.

Topher jugea bon de changer de sujet.

— Que pensez-vous d'Austin ?

— Ça a beaucoup changé, mais c'est une ville plutôt sympa. Je suis originaire du Midwest, où chaque ville est identique. Austin ressemble à... disons, à Columbus.

— *Le diable se cache dans les détails*, répondit Topher, citant un proverbe québécois.

Il fit quelques pas de plus avant de réaliser que Stanton s'était arrêté, aussi se retourna-t-il pour le regarder.

— Un problème ? demanda-t-il.

Stanton ne répondit pas, l'air ailleurs. Le téléphone de Topher vibra dans sa poche. Il le sortit et l'ouvrit. L'écran était vide.

— Pourquoi fixes-tu ton portable en fronçant les sourcils ? demanda Stanton, qui s'était repris et l'avait rejoint.

— Parce que cette bouse est en train de me lâcher, voilà ! Il vibre, mais chaque fois que je vérifie, il n'y a rien du tout, ni appel ni texto.

— C'est ce qu'on appelle le syndrome des vibrations fantômes.

— Vous vous moquez de moi ? Il y a un nom pour ça ?

— Oui, j'ai lu récemment un article sur le *Daily Beast*. Les gens se plaignent que leur téléphone sonne sans recevoir d'appel. C'est sans doute dû à une connexion addictive.

— Ce n'est pas mon cas, je me fiche complètement de mon téléphone.

— D'accord, alors, c'est peut-être que ta bouse s'apprête à te lâcher.

— Pourquoi vous vous arrêtez en plein milieu de la rue ? demanda Topher.

— Je... je ne sais pas. J'ai eu comme une absence. Désolé, mais à mon âge, ça arrive.

— À votre âge ? Peuh ! Je suis pratiquement certain que Bruce Springsteen a la soixantaine, ce qui est loin d'être votre cas. Alors arrêtez de vous plaindre tout le temps que...

Il s'arrêta net et changea de ton :

— Excusez-moi, je parle souvent sans réfléchir.

Stanton se mit à rire.

— Ne t'inquiète pas, je ne t'en veux pas. Bon, allons-y. Il ne nous reste que quarante-cinq minutes.

Il repartit d'un bon pas, Topher dut courir pour le rattraper.

— Nous avons largement le temps ! C'est à dix minutes à peine, ralentissez !

— Tu ignores ce que Springsteen signifie pour moi.

Topher s'accorda au pas de Stanton.

— Je vous écoute. Avec la vie que vous menez, je suis certain que vous devez avoir des histoires passionnantes à raconter. Moi, je ne suis jamais sorti du Texas. Et encore, je n'en connais qu'Austin et Dime Box.

— Dime Box ? Où est-ce ?

— C'est un patelin à l'est, à une centaine de kilomètres, entre la 290 et la 79.

— Je vois, un jeune villageois qui rêvait de grande ville ?

— Vous vous fichez de moi, c'est ça ?

— Non, pas du tout. J'étais comme toi... autrefois.

Soudain, Topher réalisa que Stanton avait sans doute déjeuné avec Brandon Flowers, le parolier des Killers. En fait, comme il travaillait à la NPR, il connaissait probablement tous ses musiciens préférés.

11

— Avez-vous déjà interviewé Bruce Springsteen ? demanda-t-il.

Stanton secoua la tête avec un petit rire.

— Non. Il a très peu de contact avec la presse et les médias. C'est une légende vivante, il n'en a pas besoin.

— Et Billie Joe Armstrong, vous le connaissez ?

— Oui.

— Et Dave Grohl ?

— Oh, oui. Et Foo Fighters, je l'ai rencontré trois fois.

— Et Kurt avant sa mort, avez-vous…

— Kurt Cobain ? coupa Stanton. Oui, l'année d'avant, en 93.

Topher s'arrêta de marcher.

— Et Chester Bennington ?

— J'ai rendez-vous avec lui le mois prochain, en Californie. Je passerai deux semaines avec Linkin Park.

Émerveillé, Topher soupira.

— D'accord, vous êtes le mec le plus génial que je connaisse !

— Ne dis pas n'importe quoi. D'accord, je rencontre des chanteurs célèbres et j'écris leur bio ou leurs anecdotes, mais ça ne fait pas de moi quelqu'un de génial. Je dirais même que c'est le contraire.

— Quelle étrange façon de voir les choses ! C'est idiot !

— Pardon ?

— Excusez-moi, encore une fois, je parle sans réfléchir. Pourriez-vous me donner des tuyaux ?

Stanton fit une moue sceptique.

— Je doute que ce soit sage.

— Pourquoi ? Vous avez passé toute votre carrière dans le monde de la musique, pas vrai ?

— Oui, et alors ?

— Alors, de quoi ai-je besoin de savoir à votre avis pour me lancer ?

— Je ne suis pas musicien. Mieux vaudrait que tu écoutes le discours de Springsteen une fois rentré chez toi.

— Il n'est pas en face de moi, vous, si.

— Ne vise surtout pas l'argent, jeta-t-il. C'est cynique, je sais, mais l'expérience m'a rendu comme ça.

— J'avais constaté. Ça ne me dérange pas.

— Le monde de la musique est sans pitié. Il y a très peu de billets gagnants. Avec une seul *American Idol* par an, les perdants sont nombreux.

— Je ne cherche pas à gagner *American Idol*.

— Pourquoi pas ? Tu aurais ta chance. Regarde ce que sont devenus David Cook, Adam Lambert et Kelly Clarkson.

— Adam Lambert n'a pas gagné.

— Si ça te convient d'être mécanicien et de faire de la musique pendant tes loisirs, parfait. Inutile de chambouler ta vie actuelle si tu dois ensuite en avoir d'éternels regrets.

— Qu'est-ce que ça veut dire ?

Stanton s'arrêta et se tourna vers Topher.

— Beaucoup de musiciens courent derrière un rêve irréalisable. Pour eux, c'est un échec inacceptable de ne pas devenir célèbre, quelque soit le sens qu'ils donnent à cela. Tu connais le dicton ? *Obtenir ce qu'on veut peut être la pire des punitions.* Si tu veux mon avis, c'est de la foutaise. Rien n'est pire que ne pas l'obtenir !

Topher hésita, ne sachant trop quoi dire.

— Je n'ai jamais rien entendu d'aussi triste, souffla-t-il enfin.

— Je suis d'accord. Tu voulais un conseil ? Tu l'as. Reste prudent.

Sur ce, il se remit à marcher. Topher le suivit.

— Croyez-vous vraiment que ces musiciens qui ont échoué auraient été plus heureux sans un rêve dans la tête ?

— Non, mais ils auraient mieux fait de réfléchir à ce qu'ils risquaient de perdre avant de tout sacrifier à leur rêve. Pourchasser le bonheur rend parfois malheureux, mais s'en détourner est encore pire, alors, que faire ?

— Je ne sais pas.

— Nous reprendrons plus tard cette discussion, annonça Stanton.

Effectivement, ils arrivaient au Palais des Congrès. Stanton s'arrêta, sortit de son sac un badge du festival et le tendit à Topher.

— Tiens, prends ça, ajouta-t-il. Une fois à l'intérieur, contente-toi de le remettre à la personne qui remet les billets. Parle le moins possible. Si on te demande ton nom, réponds Marvin Goldstein.

Topher prit le badge et suivit Stanton dans le hall, qu'ils traversèrent jusqu'à un stand devant lequel une quinzaine de personnes faisaient la queue. Ils se mirent derrière elles.

— Qui est Marvin Goldstein ? demanda Topher. C'est votre meilleur ami, je sais… mais est-il aussi un critique ?

— Chut, murmura Stanton. Oui, c'est un critique. Ces billets ont été attribués par tirage au sort, mais certains membres des médias ont toujours une place attribuée.

— C'est votre cas ?

— Oui. J'ai demandé à être avec Marvin, mais rien n'est garanti.

— Goldstein ? Je suis censé être juif ?

— Les Texans sont-ils capables de les reconnaître ?

— Allez, ne soyez pas comme ces snobinards de la côte Est qui aiment critiquer le *Lone Star State* [6].

D'un geste impérieux Stanton chercha à le faire taire. Topher ne put s'empêcher d'ajouter entre ses dents :

— Je vous signale qu'Austin ne ressemble pas au reste du Texas. Ici, c'est un comté bleu cerné par les rouges [7]. Et nous avons aussi des Juifs.

— Tais-toi, murmura Stanton. Et suis mes instructions.

Après quelques minutes, ce fut à leur tour. Stanton tendit son badge à une blonde souriante.

— Votre poignet, monsieur, je vous prie.

Stanton tendit la main droite et la jeune femme glissa une bande autour de son poignet. Elle lui donna ensuite son billet.

— Bon spectacle, monsieur.

Topher s'avança et suivit le même processus. La blonde ne lui demanda pas son nom. Topher baissa les yeux et lut sur son brassard : « *Bruce Springsteen & The E Street Band* ». Ses bras se hérissèrent de chair de poule. Il se tourna vers Stanton et sourit. Il vérifia ensuite son billet et ouvrit de grands yeux incrédules.

Déjà, Stanton l'entraînait.

— Allez, viens.

Ils quittèrent le bâtiment et se retrouvèrent sur le trottoir.

— Alors, quel est ton numéro de place ? demanda Stanton.

— C5. Section 4, c'est sur la mezzanine ! Waouh !

— Je suis au C6.

Topher vibrait d'exaltation.

— Apparemment, votre demande a été suivie d'effet. Nous serons donc côte à côte. Comment voulez-vous procéder ? Rendez-vous devant la porte principale, ça vous va ?

— Oui, c'est parfait. Le W n'est pas très loin. Passe-moi ton téléphone.

Topher sortit son portable de sa poche et le tendit à Stanton, qui l'examina comme s'il venait d'une autre planète.

6 « L'État de l'étoile solitaire », surnom du Texas.

7 Termes politiques aux États-Unis : bleu pour démocrate, rouge pour ré-publicain.

— Un téléphone à clapet ? Ça existe encore ?

— Je n'ai pas les moyens d'acheter un smartphone, désolé.

— Oh, non, c'est juste… j'avais le même il y a quelques années.

Il ouvrit le téléphone et tapa quelques chiffres – ses coordonnées, sans doute – puis rendit l'appareil à Topher.

— Appelle-moi, ordonna-t-il.

— Maintenant ?

— Oui, comme ça, j'aurais aussi ton numéro.

Stanton sortit son iPhone et attendit la sonnerie. Topher fit défiler sa liste de contacts jusqu'à Stanton Porter. Il appuya sur « appel » et machinalement, porta son téléphone à son oreille.

D'un coup de pouce sur l'écran, Stanton lui répondit en tournant les talons et s'éloignant.

— *Salut, Topher. Comment ça va ?*

— Bien. J'attends ce soir avec impatience.

— *Moi aussi. Appelle-moi en arrivant au W, je descendrai à ta rencontre. Si tu viens assez tôt, nous aurons le temps de prendre un verre avant le concert.*

Un sourire aux lèvres, Topher fixait la nuque de Stanton.

— Super idée ! Merci encore. Vous êtes ce qui m'est arrivé de plus chouette cette année.

— *Nous ne sommes qu'en mars. Tout est encore possible. Ne bride pas tes espoirs.*

— Oh, ça ne risque pas. Ne vous inquiétez pas pour moi. Au fait, vous connaissez la route pour retourner à votre hôtel ?

— *Oui. À ce soir, Topher.*

— À très vite, ô Stanton Porter, mon critique musical préféré !

Juste avant que la ligne soit coupée, Topher entendit un rire sonore à l'autre bout du fil. Il ne bougea pas et regarda Stanton remettre son iPhone dans sa poche et tourner au coin de la rue. Alors seulement, Topher rangea également le sien et retourna sur ses pas, dans la direction opposée.

Une rue plus loin, son téléphone vibra. Il le sortit et vérifia : rien.

— Saloperie de portable de merde ! se plaignit-il à haute voix.

Il décida de vérifier sur Google « le syndrome des vibrations fantômes » dès qu'il serait rentré chez lui.

INTO THE FIRE

EN MILIEU d'après-midi, Stanton Porter entra au *Blue Whale* accompagné de Marvin, qui était à la fois son colocataire et son meilleur ami. À peine sur la terrasse, il sentit la musique disco vibrer dans le bois sous ses pieds. D'une main levée, il protégea ses yeux des rayons du soleil et scruta la marée humaine devant lui. Uniquement des hommes – certains parlaient, attablés dans le patio, mais la plupart dansaient. Jamais Stanton n'avait encore vu des gays danser ainsi, en plein jour, son expérience en ce domaine se limitant aux clubs homos à la lumière tamisée, bien après minuit.

— C'est un pub, dit-il à Marvin.

Il constata alors avoir attiré l'attention du barman, un grand blond aux cheveux hirsutes. Quand l'homme lui sourit, Stanton détourna la tête.

Marvin se pencha vers lui :

— Tout le monde nous regarde.

— Je ne cesse de te le répéter, Marvin, tu es un dieu !

— Très drôle, mais ce n'est pas moi qu'ils regardent. Et si on disait qu'il s'agit d'un de ces films où le vilain petit canard change de corps avec le beau cygne ?

— Un vilain petit canard, toi ? Tu plaisantes ! Tu ressembles à un jeune Dustin Hoffman.

— Ne cherche pas à me passer de la pommade. Je te signale qu'être ici est très intimidant, pour moi, en tout cas.

— Crois-moi, mon pote, tu regretterais de changer de vie avec moi. D'ailleurs, les petits juifs ont toujours une place attitrée. Il te suffit de trouver la tienne.

— Tout le monde n'est pas aussi gâté que toi par mère Nature, c'est une loi universelle, je présume.

— Je n'ai pas autant d'attraits que tu le prétends, affirma Stanton. J'ai connu des refus et des déceptions, ce que tu sais mieux que personne.

— Peu importe, nous ne boxons pas dans la même catégorie, mon cher. C'est ton charme unique qui nous a fait inviter ici ce week-end.

— Ce n'est pas vrai ! C'était un tirage au sort et nous avons eu de la chance.

— Mon cul ! Crois-tu vraiment que Colby invite n'importe qui chez lui à Fire Island ? Et il ne compte même pas t'attirer dans son lit, puisqu'il a accepté que je vienne avec toi ! Tu es beau à tomber, reconnais-le.

— Détends-toi et cesse de râler. C'est ainsi que va le monde.

— Le tien, oui, certainement.

— Et tu en fais partie. Considère cela comme un nouveau départ. Nous changeons de décennie. Nous sommes jeunes, une star de cinéma vient d'arriver à la Maison-Blanche et demain, pour la fête du 4 juillet, John McEnroe gagnera à Wimbledon. Que peut demander de plus un Américain au sang chaud ?

— Un moment de calme et de tranquillité près de la piscine, de préférence à l'ombre. Et le dernier numéro d'*Atlantic Monthly*.

— Nous aurons bien le temps de nous reposer et de lire une fois devenus vieux et obèses. D'ici pas mal d'années, nous inviterons de jolis garçons à se prélasser autour de notre piscine en buvant nos alcools. Avec un peu de chance, ils accepteront en échange que nous les sucions. Qu'en dis-tu ?

— Les fellations reviennent dans toutes tes conversations ! Pourquoi éprouves-tu le besoin d'être aussi vulgaire ? Nous ne sommes pas dans un vestiaire universitaire !

— Que sais-tu des conversations de vestiaire ? Tu n'as jamais joué en équipe à l'école secondaire, si je me souviens bien.

Marvin leva les yeux au ciel.

— Contrairement à toi, oui, je sais ! Et alors ? Ça ne change rien au fait que je trouve ton comportement bizarre.

Stanton se pencha et tenta d'embrasser Marvin sur la joue. En vain.

— Allez, Marvin ! insista-t-il. Je veux juste un petit bisou !

Marvin le repoussa.

— Fiche-moi la paix !

— Bon, d'accord, viens prendre un verre.

Entraînant son ami, Stanton se dirigea vers l'un des bars en plein air. Ils attendirent que le barman blond finisse de préparer les boissons commandées par deux hommes devant eux. Quand ce fut leur tour, Stanton s'avança et sortit son portefeuille.

Le barman lui sourit.

— Non, rangez ça. C'est offert.

— Par qui ? voulut savoir Marvin.

— Par l'équipe du bar. Chaque jour, nous votons pour le plus bel homme de l'assistance. Aujourd'hui, vous gagnez !

Il désignait Stanton.

— Donc, enchaîna-t-il, vous buvez tous les deux à l'œil.

— Oh la la ! gémit Marvin. Cela ne finira-t-il donc jamais ?

Stanton s'adressa au barman :

— Merci. Je suis Stanton, et ce petit râleur, c'est Marvin Goldstein.

— Moi, c'est Hutch.

Ils échangèrent une poignée de main. Puis le barman demanda :

— Bon, qu'est-ce que je vous sers ?

— Une Heineken, répondit Stanton, et un verre de vin rouge pour Marvin.

Hutch leur jeta un drôle d'air, mais se contenta de dire :

— D'accord, je devrais vous trouver ça.

D'une glacière derrière lui, il sortit une bière, la décapsula et la posa sur le bar devant Stanton. Il attrapa ensuite un verre, versa dedans un fond de vin rouge et le tendit à Marvin.

— Voulez-vous goûter, monsieur, voir s'il vous convient ?

Marvin s'empourpra et sourit. Il accepta le verre et goûta le vin.

— Délicieux. Merci.

Récupérant le verre, Hutch finit de le remplir et le plaça sur une petite serviette en papier, sur le comptoir.

— Vous n'êtes pas d'ici, je crois, annonça-t-il.

— Non, répondit Stanton, c'est la première fois que nous mettons le pied à Fire Island.

— Bienvenue, dans ce cas. Auriez-vous besoin d'un guide ?

Marvin éclata de rire, manquant s'étouffer avec le vin qu'il avait dans la bouche.

— Qu'ai-je dit de drôle ? demanda Hutch.

— Un guide, *ici* ? Qu'y a-t-il à voir à part du sable et des terrasses en bois ?

— *Le diable se cache dans les détails.*

— Si vous connaissez bien l'île, reprit Marvin, pourriez-vous nous indiquer où vit Tommy Tune.

— Ou Calvin Klein, ajouta Stanton.

— Ou Robin Byrd.

— Ou David Geffen.

— Avons-nous oublié quelqu'un ?

Hutch sourit.

— Vous êtes marrants tous les deux, vous devriez monter un spectacle et vous produire de ville en ville. Qu'en dites-vous ?

— Nous avons déjà des offres, rétorqua Stanton, pince-sans-rire. Merci pour les boissons.

Il sourit et s'éloigna. En arrivant de l'autre côté du patio, il se rendit compte que Marvin ne l'avait pas suivi. Il se retourna et constata que son ami discutait encore avec Hutch. Il grommela entre ses dents et prit son mal en patience.

Quelques instants plus tard, Marvin le rejoignit.

— De quoi parliez-vous ? demanda Stanton.

Marvin prit une gorgée de vin et fit la grimace.

— D'opéra.

— Sois sérieux !

— C'est le cas, je suis toujours sérieux quand il s'agit d'opéra, crois-moi, *sister*.

Stanton sirota sa bière le temps de se calmer.

— Arrête, dit-il ensuite.

— Arrête quoi ?

— Tu le sais très bien, je déteste que tu m'appelles comme ça.

— Tu es un homosexuel coincé qui ne sait pas apprécier le pouvoir subversif des transsexuels et des changements de pronoms, voilà tout !

— Nous avons déjà eu cette conversation au moins cinquante fois !

— Tu as raison, concéda Marvin. Excuse-moi.

— Alors, de quoi parlais-tu avec Hutch ?

— D'opéra, comme je le disais. Il voulait savoir si tu préférais l'opéra italien ou allemand.

— Que lui as-tu répondu ?

— La vérité. Si tu voulais que je mente concernant tes lacunes en musique classique, il fallait me prévenir – et je n'ai reçu aucun mémo.

Avec un grognement exaspéré, Stanton se remit à boire.

— Tu lui as annoncé de but en blanc que je ne connaissais rien à l'opéra ?

— Non, simplement que tu n'avais jamais assisté à un opéra. Il y a une différence.

— Il va me prendre pour un philistin ! se plaignit Stanton.

— Tu *es* un philistin.

— Va te faire foutre !

— Pourquoi te soucies-tu de ce qu'il pense ? Tu viens de le jeter comme une vieille chaussette !

— Hein ? Non, je lui ai souri et je suis parti. *Il y a une différence*, ricana-t-il, en imitant le ton de Marvin. De toute évidence, ce qu'il pense compte pour moi.

Marvin secoua la tête.

— Je suis sans voix ! Nous sommes entourés d'hommes magnifiques ayant brillamment réussi et toi, tu veux te taper le barman ? Parfois, je ne te comprends pas du tout.

— Il est beau.

— Il a un grave handicap : son nom. Si tu sors avec lui, tout le monde va à t'appeler Starsky.

Stanton s'arrêta net et regarda autour de lui.

— Alors, comment les différencier ?

Interloqué, Marvin le dévisagea.

— Pardon ?

— Je reviens à notre conversation. Comment différencier l'opéra italien et l'opéra allemand ?

— Parce que tu t'intéresses à l'opéra maintenant ? Ça fait deux ans que j'essaie de t'initier et tu... Tu es impossible !

— Donne-moi juste deux ou trois conneries à placer dans la conversation.

— Non, on ne peut pas associer conneries et opéra ! C'est... incompatible ! D'ailleurs, laisse tomber, j'ai tout arrangé.

— Que lui as-tu raconté ?

— Rien. Pas un mot.

Suspicieux, Stanton plissa les yeux.

— Je sens que tu prépares un coup fourré, mon pote. Finis ton verre, je vais aller nous les faire remplir.

— Désolé, mais non, je ne peux continuer à ingurgiter un vin aussi... je n'ai pas de mots pour le décrire ! Pour être franc, on trouve du meilleur Chianti dans les pizzerias de Coney Island.

— Dans ce cas, pourquoi avoir prétendu qu'il était délicieux !

— Par politesse. Je présume que ce banc de sable a au moins une *queen* avec une cave remplie de bon Bordeaux. Mettre la main sur une bouteille buvable sera ma mission ce week-end.

— Hutch est superbe, non ?

Marvin se retourna pour examiner le barman.

— Pas vraiment mon type, mais c'est normal : après tout, c'est un immortel.

— Un *quoi* ?

— Un des dieux qui marchent parmi nous autres, simples mortels. Je parle du sommet de la chaîne alimentaire gay !

— Où as-tu appris ça ?

— Je connais l'Histoire gay – avec une majuscule. J'ai lu *Dancer from the Dance* où l'auteur raconte l'épopée des homosexuels à New York et à Fire Island. Cet endroit est légendaire, mon cher. Fire Island Pines peut transformer une vie ou la détruire. Quand on tombe amoureux d'un immortel, il n'y a plus de retour en arrière possible. Tu seras incapable d'aimer un autre homme jusqu'à la fin de tes jours.

La tête rejetée en arrière, Stanton éclata de rire.

— Jamais je n'ai rien entendu d'aussi stupide et mélodramatique ! Ça m'étonne de toi.

— C'est faux, Apollon, et nous savons tous les deux.

Stanton vida sa bière.

— Je vais en chercher une autre, annonça-t-il.

Il traversa le patio et se dirigea vers le bar. Quand il arriva près du comptoir, Hutch posa devant lui une Heineken bien glacée.

— C'est pour moi ? demanda Stanton.

— Oui. M'aurais-tu trouvé trop agressif ?

— Hein ? Quand ça ?

— Quand j'ai proposé d'être ton guide.

— Non, pourquoi cette question ?

— Tu as filé…

— Non, c'est juste un test dont j'ai pris l'habitude. Si un gars n'est pas persistant, il ne m'intéresse pas.

Hutch sourit et haussa un sourcil.

— Je vois. Bon test. Qui est ton acolyte ?

— Marvin ?

— Oui.

— C'est mon colocataire à NYU. Il est très sympa. Nous sommes ensemble à l'école de musique.

— De *musique* ?

— Oui.

— Sensass ! lança Hutch.

— *Sensass* ? Ça date ! Je te rappelle que nous sommes en 1981 !

21

— Je finis à dix-neuf heures, enchaîna Hutch. On pourrait ensuite faire une promenade sur la plage, ça te dirait ?

Stanton éclata de rire.

— Oh, mon Dieu ! Je n'y crois pas !

Hutch leva les mains au ciel.

— Un autre test ?

— Non, mais je te trouve amusant.

— Parce que je t'invite sur la plage ?

— *Amusant* n'est peut-être pas le bon terme. C'est juste... là d'où je viens, il n'y a pas de plages. Et même si c'était le cas, jamais deux gars ne s'y aventureraient ensemble.

— Ah. D'où viens-tu ?

— De l'Ohio.

— Il y a des Grands Lacs là-bas, non ?

— Pas dans mon coin. Juste des nuages dans le ciel et des champs de soja.

— Et tout ce grain ne fait-il pas des vagues ambrées ?

— Non.

— Pour en revenir à ma proposition, tu acceptes ou pas ?

Stanton réfléchit. Un homme derrière lui protesta :

— Hé, je voudrais un verre ! Vous comptez papoter toute la journée ou quoi ?

— Une minute, monsieur.

Après un coup d'œil au client impatient, Hutch revint à Stanton.

— Alors ?

— D'accord. On se retrouve où ?

— Ici.

— Très bien. À tout à l'heure.

DEUX HEURES plus tard, après avoir déposé Marvin, Stanton revint au *Blue Whale* et attendit près de l'entrée. Hutch pointa la tête de derrière le bar et cria :

— J'ai presque fini !

Après quelques minutes, il rejoignit Stanton qui, pour la première fois, le vit en pleine lumière et en entier. À peu près de sa taille, Hutch avait des épaules larges et des cheveux presque blancs, un effet naturel dû au soleil et à l'eau salée. Les portant longs, il devait fréquemment les écarter de

22

ses yeux gris-bleu, couleur d'ardoise. Il était vêtu d'un short blanc et d'un débardeur Columbia bleu pâle qui accentuait le hâle de sa peau. Certes, il lui manquait la sophistication papier glacé d'un mannequin de *GQ*, mais Stanton préférait nettement cette superbe vitalité.

Des hommes assis non loin de là manifestèrent leur approbation par des sifflements bruyants quand Hutch passa devant leur table.

L'un d'eux cria même :

— Hé, Hutch, qui est ce petit veinard ?

Sans répondre, Hutch se contenta de leur souffler un baiser. Une fois près de Stanton, il haussa un sourcil.

— Alors, prêt pour ta première promenade gay sur la plage ?

Stanton remarqua une bague que Hutch portait autour du cou, au bout d'une chaîne.

— Qu'est-ce que c'est ?

Hutch baissa les yeux puis, d'un geste preste, glissa la bague à l'intérieur de son tee-shirt.

— Rien. Viens.

Passant le premier, il entraîna Stanton vers le petit port. De là, une promenade en bois, comme il y en avait tant sur l'île, descendait vers la plage.

— Où résides-tu ? demanda Hutch.

— Chez quelqu'un.

— Vachement précis ! Tu le fais exprès ?

— Non, c'est plus ou moins mon patron. Le mois dernier, j'ai entamé un stage de formation à l'économat, alors, nous avons décidé de rester sur le campus et de suivre les cours d'été.

— Qui ça, *nous* ?

— Marvin et moi. L'été passé, je suis retourné chez moi, en Ohio, mais cette année, ce n'est pas possible. Donc, nous pensons suivre une formation accélérée et obtenir notre diplôme en trois ans et demi au lieu de quatre. Bref, je travaille à temps partiel et mon superviseur, Colby, est une vieille *queen*. Il nous a invités ce week-end.

— Colby ? Je les connais, lui et son amant, ils viennent parfois au pub en semaine. Ils se sont rencontrés en Australie pendant la Seconde Guerre mondiale, le savais-tu ?

— Oh, oui ! Nous avons tous entendu ses anecdotes à moult reprises. Elles sont en général plutôt sympas, c'est une chance. J'aime beaucoup l'accent d'Archie.

23

— Oui, il est très sexy.

— Tu trouves ? Il a au moins… cinquante ans !

— Et alors ? Refuserais-tu de coucher avec Paul Newman ?

Stanton resta pensif un moment.

— Non. Pas dans les années soixante-dix, quand il tournait *la Tour Infernale* ou *Luke la main froide*. De nos jours, je ne sais pas… il faudrait que je voie à quoi il ressemble vraiment. Et puis, je préférerais Steve McQueen.

— Il est mort.

— Oh. C'est vrai ? Quand ?

— L'an dernier.

— Hmm. Pour coucher avec lui, ça complique un peu les choses.

Ils marchèrent un moment en silence, puis Stanton reprit la parole :

— Pourquoi as-tu demandé à Marvin quel genre d'opéra je préférais ? C'est une étrange question.

— Non, ça en dit beaucoup sur le caractère d'un homme. Un peu comme préférer le beurre de cacahuètes lisse ou croquant, tu vois ?

— Je le préfère lisse.

Hutch sourit.

— Moi aussi.

— Marvin m'a conseillé de ne pas raconter de conneries concernant l'opéra. Désolé, je n'y connais pas grand-chose.

— Ce n'est pas grave. Il m'a déjà répondu.

— Ah, bon, comment ça ?

— D'après lui, tu es du genre à préférer l'opéra italien. Il prétend que si tu écoutes un jour du Wagner, tu n'entendras que du bruit, ce qui m'a fait rire, je dois l'admettre. Comment peux-tu être en école de musique sans jamais être allé à l'opéra ?

— Il y a d'autres musiques que celles des morts.

— Je sais, mais n'es-tu pas censé étudier tous les genres ?

— Non, NYU est assez libre.

— Quels instruments joues-tu ?

— Je ne joue plus.

— Ah, bon, pourquoi ?

— Parce que j'ai vite compris que je n'avais aucun talent, reconnut Stanton.

Hutch grimaça.

— Ouille.

— Oui. Pour être franc, j'essaie encore de comprendre ce qui m'a poussé à étudier la musique.

— C'est une industrie aux vastes méandres ! Outre les musiciens proprement dits, entre les producteurs, les gens des studios, les chercheurs de talents, les emplois sont très variés. Les gens ne cesseront jamais d'acheter des disques.

— Marvin me conseille de devenir critique.

— Critique ? C'est une blague ?

— Non. Il a déjà tout organisé. Lui s'occuperait pour le *Times* de la musique classique, moi, je me chargerai la musique pop.

— Je n'ai jamais rencontré quelqu'un qui envisage d'être critique. Je croyais qu'on le devenait... par hasard.

— Marvin ne croit ni au hasard ni à la chance.

Ils descendirent les dernières marches et atteignirent la plage. Dès que ses pieds s'enfoncèrent dans le sable, Hutch s'arrêta et regarda l'océan.

— C'est l'endroit que je préfère sur terre !

Ils ôtèrent leurs chaussures avant de se remettre en marche. Tout à coup, Hutch salua deux promeneurs qui avançaient vers eux.

— Salut, Hutch, répondit l'un d'eux. As-tu enfin rencontré Starsky ?

— Salut, Fuzzy. Voici Stanton. Il a gagné un verre gratuit au pub aujourd'hui.

Fuzzy eut un petit rire. Il échangea une poignée de main avec Stanton.

— Ah, oui, le concours de beauté des clients, hein ? Hé, hé, hé. Lui, c'est Willy, indiqua-t-il en désignant son compagnon. Nous nous sommes aussi connus au pub.

— Ça doit planer dans l'air, plaisanta Hutch.

— C'est mieux que d'attraper le cancer gay !

— Oui, enchaîna Hutch, j'ai vu ça dans le journal tout à l'heure. C'est dingue !

Fuzzy hocha la tête.

— Ça, c'est sûr. Bon, nous allons vous laisser. Bonne soirée.

Après un dernier au revoir, les deux couples se séparèrent dans des directions opposées.

Tout à coup, Hutch lança :

— Parle-moi de toi.

— Que veux-tu savoir ?

— Je ne sais trop. La plupart des musiciens que j'ai connus à l'école étaient des nerds qui se déplaçaient en meute. Tu ne leur ressembles pas.

— Je n'ai jamais fait partie d'un groupe musical, en tout cas. À l'école, je jouais au football.

— Tu étais quarterback ?

— Non, mais j'ai taillé une pipe à celui de notre équipe.

— Sans blague ? s'étonna Hutch. Tu avais déjà fait ton coming-out ?

— Non. D'ailleurs, même maintenant, je suis plus ou moins encore dans le placard. Ça a été un malencontreux hasard. Il s'appelait Brendan Baxter, il était en dernière année… moi, je venais d'arriver et je le vénérais, comme tout le monde. C'était un excellent quarterback ! Et il n'avait rien du sportif borné, au contraire, il était intelligent. Un après-midi, après l'entraînement, il a proposé de me raccompagner chez moi. Il avait une voiture. Nous sommes devenus amis. Tout a déraillé une nuit d'ivresse. Nous parlions sexe quand il m'a dit en riant : « taille-moi une pipe ! » Et moi, comme un con, j'ai répondu : « d'accord, sors ta queue ». Je pensais que nous blaguions, tu vois. Mais alors…

— Il a sorti sa queue ?

— Oui.

— Où étiez-vous ?

— Dans sa voiture.

— Qu'as-tu fait ?

— Je l'ai sucé. Que voulais-tu que je fasse ?

— Et ensuite ? Vous en avez discuté ?

— Hein ? Non, bien sûr que non. Nous avons fait comme s'il ne s'était rien passé.

— Tu te disais être *plus ou moins* dans le placard, pourquoi ? Tes parents sont-ils au courant ?

— Non.

— Tu n'acceptes pas ton homosexualité ?

Stanton eut un rire nerveux.

— Pas vraiment. Je ne sais pas. Je sais seulement que mes parents le prendraient très mal et comme ce sont eux qui paient mes études, je préfère ne pas faire de vagues. Je suis gay, je crois, mais des choses m'échappent encore, comme les *drama queens*, les excès… J'aime le sport, je n'ai rien de flamboyant, je déteste les comédies musicales et je n'appelle pas un gars « ma fille » ou « *sister* », même si Marvin me casse les burnes à ce sujet.

— Tu le connaissais avant de faire tes études avec lui ?

— Marvin ? Non. Nous nous sommes retrouvés binômes dès notre première année à Weinstein.

26

— C'est quoi ?

— Le dortoir des premières années à NYU. Personne d'autre que moi ne venait de l'Ohio, alors, j'ai dû me taper un colocataire inconnu. Au moins, ils ont tenté de réunir ceux qui suivaient les mêmes cours : nous étions tous les deux en musique. La première semaine a été épique. Marvin me haïssait, il a même demandé à être transféré. Il me prenait pour un idiot de l'Iowa, un sportif et un goy. J'avais beau chercher à lui expliquer que j'étais de l'Ohio, il n'en démordait pas.

— Et qu'il te prenne pour un idiot ou un goy, ça ne te dérangeait pas ?

— Je crains d'avoir mérité ce stéréotype. Involontairement, bien sûr, mais quand même. J'ai commis l'erreur de mal prononcer Chopin. J'ai dit « cho-pine ».

— Tu as prononcé à l'américaine un patronyme franco-polonais ? Tu as vraiment dit *pine* ?

— Oui.

Hutch éclata de rire, Stanton ne s'en vexa même pas.

— Tu vois, enchaîna-t-il, je ne connais pas grand-chose aux classiques. Je me sentais très bête, mais comment aurais-je pu cacher mon ignorance crasse ? D'ailleurs, c'est la raison qui m'a poussé à venir à New York : je voulais apprendre, élargir mon horizon. Pour aggraver la situation, je n'avais jamais rencontré de Juifs – il n'y en a pas dans le patelin d'où je viens ! – alors, je n'arrêtais pas de poser des questions à Marvin. Je suis curieux de nature.

— Voilà pourquoi il t'a traité de goy ?

— Oui, et aussi parce que je mange mon pastrami sur du pain blanc.

— Quoi ? s'exclama Hutch, les yeux écarquillés d'horreur.

— Mais je déteste le pain de seigle !

— Quand Marvin a-t-il changé d'avis à ton sujet ?

— Un jour où j'embrassais un mec et qu'il nous a surpris. Après ça, il a considéré que ma cause n'était pas si perdue, après tout. Il m'a pris entre quatre yeux et nous avons longuement discuté devant une bouteille de bon vin rouge.

Stanton se tourna vers l'océan. L'eau était calme, aussi proposa-t-il :

— Ça te dit qu'on fasse des ricochets ?

— Bien sûr.

Ils avancèrent jusqu'au bord de l'eau et commencèrent à ramasser des galets. Une fois son stock prêt, Stanton se mit à envoyer des pierres voler au ras de l'eau, faisant plusieurs ricochets parfaits, trois ou quatre au moins.

— Tu es doué, reconnut Hutch.

— Je me suis entraîné. Chaque année, durant l'été, mes parents nous emmenaient dans le Michigan. Le soir, avec mes frères et cousins, nous descendions jeter des pierres au bord du lac. Par temps calme, j'arrive à réaliser sept ricochets.

Hutch essaya à son tour, mais sa pierre coula sans rebondir sur l'eau.

— Bon sang ! C'est plus dur que ça en a l'air ! Comment fais-tu ?

— D'abord, les galets doivent être bien plats. Ensuite, le jet doit être parallèle à la surface. Avec un mouvement du poignet, comme ça.

Hutch le regarda faire, puis essaya encore. Il réussit un beau ricochet et un second amorti.

— Après, dit Stanton, on commence les figures.

Il jeta trois pierres en même temps. Elles se dispersèrent en éventail et sautèrent chacune quatre ou cinq fois.

— C'est dingue ! s'exclama Hutch.

— La seule façon de progresser, c'est de s'entraîner, encore et encore.

Ils cherchèrent d'autres galets et revinrent les lancer au bord de l'eau. Hutch gloussa en réussissant deux ricochets. *Il progressait*, remarqua Stanton.

Puis Hutch demanda :

— Cet après-midi, au bar, tu as commandé pour Marvin sans lui demander son avis. Il ne boit que du vin rouge ?

— Que du *bon* vin rouge. La merde que tu lui as servie a failli le faire vomir. Il boit aussi des sodas allégés. Notre réfrigérateur en est rempli.

— Si tu veux mon avis, il est un peu JAP.

— Tu ne vas pas me croire, mais en arrivant à New York, je ne connaissais pas cet acronyme. Je croyais que c'était un raccourci pour… japonais ! Marvin a fini par m'expliquer. Ensuite, il m'a raconté les vannes les plus connues.

— Par exemple, combien faut-il de JAP pour changer une ampoule grillée ?

— Deux. Un pour appeler papa, l'autre pour décapsuler le Coca Light. Comment sait-on qu'un JAP a un orgasme ?

— Elle laisse tomber sa lime à ongles, répondit Hutch. Comment un JAP appelle-t-il un suppositoire ?

— Tiens, je ne la connais pas, celle-là.

— Une petite gâterie !

Les deux hommes éclatèrent de rire.

— Excellent, dit Stanton. Je la raconterai à Marvin. Ça va lui plaire.

— Tu sais que tout cela est politiquement incorrect, hein ?

— C'est toi qui as commencé.

Hutch lança une pierre qui rebondit trois fois.

— Alors, enchaîna-t-il, vous êtes devenus amis, Marvin et toi ?

— Oui. Cette nuit-là, assis par terre dans notre chambre, nous avons écouté *Hotcakes* de Carly Simon. Tu connais ?

— Oui, je crois. C'est l'album qu'elle a enregistré en étant enceinte, non ?

— Exactement, elle attendait sa fille, Sally. Elle est heureuse et ça se sent. C'est très… réconfortant. Dommage qu'elle ait tellement changé par la suite. Ce soir-là, Marvin m'a annoncé qu'il était gay. Je lui ai dit que moi, je m'interrogeais encore sur mon orientation. Même si j'ai eu du mal à le formuler, c'était la première fois que je le reconnaissais à haute voix.

— Que tu reconnaissais quoi ?

Cessant de jeter des cailloux, Stanton brossa le sable qui lui maculait les mains.

— Mon homosexualité. Comme je n'arrivais pas à en parler, j'ai changé de sujet. Nous avons commencé à parler musique. C'était dingue ! Il connait pratiquement tous les genres : classique, jazz, rock, pop. Il est doté d'une mémoire encyclopédique. Avec lui, je suis comme une éponge.

Hutch se tourna pour lui faire face.

— Tu ne t'es jamais demandé s'il t'aimait ?

Stanton secoua la tête.

— Non. On me pose souvent la question, mais je connais Marvin : il a les mêmes critères pour les hommes et le café.

— Fort et noir ? proposa Hutch.

De l'index, Stanton se tapota le nez.

— *Ding, ding*, bonne réponse.

— Qu'ai-je gagné ?

— Un voyage pour deux tous frais payés à…. Où aimerais-tu aller ?

Hutch plissa le front.

— Attends, je cherche.

— Paris ? Londres ?

— Non, l'été, je préfère une destination plus fraîche. L'Alaska !

— Tu m'emmènes ? demanda Stanton.

— Bien sûr, pourquoi pas ? Nous pourrions foncer plein nord et aller jusqu'au cercle arctique.

Stanton ne répondit pas. Tous deux se tenaient au bord de l'eau tandis que le soleil disparaissait derrière l'horizon. C'était un décor de carte postale, d'une beauté à couper le souffle. Et Stanton tenait à savourer ce moment.

— Marchons encore, dit-il.

Ils s'éloignèrent du rivage et avancèrent à nouveau sur la plage.

— Quel âge as-tu, Hutch ? reprit Stanton.

— Vingt-quatre ans.

Stanton désigna le débardeur que portait son compagnon.

— Et je suppose que tu es allé à Columbia ?

— Oui. À l'époque, je voulais faire du droit.

— Et te voilà barman à Fire Island ? Que s'est-il passé ?

— Je préfère ne pas en parler pour l'instant. Revenons-en à la musique. Quel est ton avis concernant le bon vieux rock and roll ?

— Ce n'est pas vraiment ce que je préfère.

— Pas même avec Springsteen ?

— Surtout avec Springsteen. Sa voix ressemble à du vinaigre sur du gravier.

Hutch parut horrifié.

— Je vois les mots sortir de ta bouche, mais je n'arrive pas croire ce que j'entends.

— Le rock ne devrait pas être une excuse pour chanter mal. Springsteen est comme Dylan.

— Parce que tu n'aimes pas Dylan non plus ?

— Je l'aimerais peut-être si je comprenais ce qu'il dit. Chanter par le nez, c'est nul, même chez une célébrité.

— Qu'as-tu écouté de Springsteen ?

— *Born to Run.*

— Rien que ça ? Un seul album ?

— Une seule chanson, corrigea Stanton.

— Une chanson te suffit pour être aussi négatif ?

— Tu tiens vraiment à ce que nous parlions de lui ? se plaignit Stanton.

— Oui, laisse-moi une chance de te faire changer d'avis. Je vais te faire écouter une chanson de Springsteen et une autre de Dylan. Rien de plus. Si tu restes sur tes positions, nous n'aborderons plus jamais le sujet. D'accord ?

Stanton cessa de marcher.

— Oui. Tu as ces chansons ici ?

— Oui, chez moi.

— Alors, allons-y.

Ils changèrent de direction.

Au bout de quelques pas, Stanton demanda :

— Aurais-tu par hasard le dernier album d'Air Supply ?

À son tour, Hutch s'arrêta.

— Tu aimes Air Supply ?

— Oui, pourquoi ? Ça t'étonne ?

— Oui ! Personne de ma connaissance ne reconnait les apprécier.

— Tu as des connaissances pour le moins bizarres ! lança Stanton.

Hutch éclata de rire. Soudain, tout son comportement avait changé.

— Cette fois, c'est décidé. Je veux te donner quelque chose.

Il défit le fermoir de la chaîne qu'il portait autour du cou, l'enleva et fit glisser l'anneau.

— J'ai attendu toute l'année... quelqu'un. Je savais qu'il approchait. Regarde, c'est une claddagh. J'étais à Nantucket pour le Memorial Day, avec des amis de Boston. Tous avaient une de ces bagues. Ils m'ont expliqué que cette tradition irlandaise était initialement destinée à une fiancée, mais que les gays là-bas l'ont adoptée. Ma mère est irlandaise, alors, j'en ai acheté une.

— Et tu l'as gardée autour de ton cou ?

Hutch sourit.

— Oui. On n'est pas censé donner cette bague, mais je m'en fous. Regarde, c'est un cœur serré à deux mains, avec une couronne sur le dessus.

Hutch leva l'anneau pour que Stanton puisse l'examiner.

— Le cœur, reprit-il, représente l'amour, les mains, l'amitié, et la couronne symbolise la loyauté.

— La loyauté ? Ça me plaît.

— Quand on porte cette bague avec le cœur qui pointe vers le bout des doigts, ça signifie que tu attends l'amour. Dans l'autre sens, tu es pris. Tu as quelqu'un dans ta vie ?

— Non.

— Sensass ! jeta Hutch. Détends-toi, Stanton... Stanton comment ?

— Porter.

— Détends-toi, Stanton Porter. Je ne te demande pas de rester avec moi.

— Alors, que me demandes-tu ?

— Es-tu ouvert à l'amour ?

31

Stanton hésita.

— Tu es un homme très… intense, tu sais.

Hutch hocha la tête.

— C'est vrai.

— Tu disais attendre quelqu'un. Ce serait moi ?

— On verra.

— Pourquoi moi ?

— Que veux-tu dire par là ?

— Mais enfin, reprit Stanton, la question me paraît justifiée. Les hommes grouillent sur cette île, tu pourrais choisir qui tu veux, alors pourquoi moi ?

Hutch sourit.

— Tu réalises que tu es superbe, non ?

Stanton en fut déçu.

— C'est juste physique, alors ?

— Non, je n'ai pas dit ça. Mais je me demande quelle réponse tu attends de moi. Veux-tu m'entendre te dire que tu as la présence physique d'un homme deux fois plus âgé ? Quand tu es entré au *Blue Whale* aujourd'hui, tu as fait tourner les têtes. L'as-tu seulement remarqué ?

— Non, pas vraiment, mais Marvin m'en a parlé.

— Et tu n'avais rien vu. Eh bien, c'est peut-être une de mes raisons. Et aussi parce que tu m'as raconté ta pipe au quarterback, ce qui est rarissime au cours d'un premier rendez-vous. Tu as ainsi exposé qui tu étais vraiment, au lieu de poser à l'homme parfait. Je trouve ça remarquablement rafraîchissant.

Il se mit à rire et secoua la tête.

— C'est aussi à cause d'Air Supply, ajouta-t-il.

— Tu les aimes aussi ?

— Oui, et j'ai acheté leur nouvel album et mes copains se sont fichu de moi.

— Tu l'as chez toi ?

— Oui.

— Tes copains ne connaissent rien ! trancha Stanton.

Hutch lui tendit l'anneau.

— Tiens, c'est pour toi. Pourquoi toi ? Je pourrais te donner mille raisons, mais aucune ne compterait vraiment. Ce que je veux savoir, c'est : es-tu ouvert à l'amour, Stanton Porter ?

En fixant les yeux bleus d'ardoise, Stanton sut qu'il n'y avait qu'une réponse à donner. Il tendit la main droite.

Hutch fit glisser l'anneau sur son doigt, le cœur tourné vers l'extérieur.

— Elle te va parfaitement, déclara-t-il.

— Waouh, j'ai l'impression d'être Cendrillon !

— Peut-être qu'un jour, ce ne sera pas seulement une impression.

Stanton trouva cette perspective… enchanteresse.

— Et si nous prenions ta Gran Torino pour explorer les rues de Bay City ?

Bien entendu, Hutch reconnut les références au célèbre feuilleton. Il éclata de rire.

— D'accord, Starsky. Suis-moi.

ILS QUITTÈRENT la plage et se dirigèrent vers la maison de Hutch, à l'ouest du port. Quand ils entrèrent, trois hommes étaient attablés, en train de dîner. Le rez-de-chaussée semblait typique des locations de Fire Island, même si Stanton se basait seulement sur les maisons de Colby et de son voisin, les seules qu'il connaissait sur l'île. Cuisine et salle à manger occupaient la moitié de l'espace, avec le salon de l'autre côté.

— Nous avons attendu jusqu'à vingt heures, déclara l'un des hommes.

— Je connais les règles. Hé, les gars, voici Stanton. Eux, ce sont mes colocataires et amis, Paul, Robert et Michael.

— Enchanté de faire votre connaissance, déclara Stanton.

Les trois hommes se levèrent pour lui serrer la main. Robert, avec ses cheveux noirs, ses yeux bleus et sa peau claire – une rare combinaison – ressemblait au Prince Charmant, même s'il était vêtu d'un short décontracté et d'un tee-shirt Columbia. C'était l'un des hommes les plus beaux que Stanton ait vu de toute sa vie.

Du coup, un cri d'admiration lui échappa :

— Waouh ! Vous êtes vraiment superbe !

Robert afficha le sourire conquérant d'un jeune Kennedy.

— Ah, bravo ! protesta Michael. Comme si son ego avait besoin d'un coup de gonflette ! Il a déjà obtenu sa dose d'adulation au pub aujourd'hui.

Question look, Michael n'était pas en reste avec ses cheveux blond vénitien coupés courts et son teint rougi par le soleil – ce qui lui seyait. Il portait un jean bleu et un tee-shirt blanc. Il était collé à Robert, comme si tous les deux occupaient le même espace.

— Excusez-moi, dit Stanton. Je ne sais même pas pourquoi j'ai dit ça.

Michael lui sourit et Stanton le trouva très sympathique.

— Ne vous inquiétez pas, je plaisantais. Bienvenue.

— Alors, avez-vous apprécié cette promenade sur la plage ? s'enquit Robert.

— Oui, dit Stanton. En plus, j'ai reçu une bague, donc, j'ai dû bien me tenir.

Paul se redressa dans son siège et s'adressa à Hutch.

— Tu lui as donné ta claddagh ?

— Oui.

Paul avait de fins et soyeux cheveux bruns, une silhouette menue et des manières efféminées. Il portait un mini short Daisy Duke [8] et un tee-shirt découpé qui lui dénudait le ventre. À première vue, il était le plus gay du groupe. Stanton savait que Marvin l'aurait volontiers frappé d'y avoir pensé, mais c'était néanmoins vrai.

Paul scruta Stanton de la tête aux pieds

— Intéressant.

— Je l'emmène écouter de la musique, annonça Hutch. Je compte le convertir à Springsteen.

— Que comptes-tu lui faire écouter ? demanda Robert.

Hutch se pencha et chuchota un titre à son oreille.

— Ah, reprit Robert avec un sourire. Tu ne prends aucun risque, on dirait !

— Eh bien, s'il a une âme…

Stanton éclata de rire.

— Je sens le piège !

— Suis-moi, dit Hutch.

Entraînant Stanton, il lui fit traverser le salon et monter un escalier jusqu'à une des chambres au premier. Il dégagea de la place sur le lit et fit signe à Stanton de s'asseoir. Il fouilla dans une des piles posées sur le sol, contre le mur, en sortit un disque vinyle et tendit la pochette à Stanton.

— Tiens, tu pourras suivre les paroles.

Sur ce, il plaça le disque sur le tourne-disque et positionna le diamant avec soin.

— C'est une chanson qui concerne le choix, ajouta-t-il. Va-t-elle rester dans son impasse ou traverser la rue pour le rejoindre dans sa voiture…

Il se tut au moment où résonnaient les premières notes.

Ce soir-là, Stanton découvrit *Thunder Road*.

---

8 Personnage féminin de la série télévisée *Shérif, fais-moi peur*.

TWO HEARTS

TOPHER DÉCIDA de garer son pick-up vers le *Texas History Museum* et de marcher jusqu'au centre-ville. Avec la foule que le festival attirait, trouver une place plus près serait certainement difficile, sinon impossible. Il traversa les jardins du Capitole et s'engagea sur Congress Avenue. Il prit ensuite la Second Street, puis à l'ouest vers l'auditorium *Austin City Limits*. La soirée était belle – quel soulagement après les fortes pluies tombées au cours de la semaine ! Peu avant d'arriver à destination, Topher sortit son téléphone de sa poche et appela le numéro que Stanton lui avait donné.

— *Allô ?*

— C'est moi.

— *Ah, Topher. Je suis presque prêt. Attends-moi dans la rue devant l'escalier, je descends d'ici cinq minutes.*

— D'accord, je suis arrivé.

L'hôtel W était juste à côté de l'auditorium ACL. Quand Topher y parvint, l'ambiance dans la rue était électrique, les gens faisant déjà la queue pour le concert. *Cinq minutes*, avait annoncé Stanton, mais ce fut un bon quart d'heure plus tard que Topher sentit une main sur son épaule. Il se retourna.

— Salut, dit-il. Je commençais à me demander si vous ne m'aviez pas posé un lapin.

— Excuse-moi. J'ai perdu du temps en passant voir Marvin.

— Marvin Goldstein ?

Stanton sourit.

— Oui.

— Chez qui travaille-t-il actuellement ?

— La *Old Gray Lady* [9].

— Pardon ?

— C'est le surnom du *New York Times*.

— Waouh ! Comme vous, il écrit pour les meilleurs, on dirait !

— Mais pas dans la même spécialité, il s'occupe de musique classique.

9 « La vieille dame grise ».

35

— Pourquoi est-il venu, alors ?

— Pour me tenir compagnie. Nous sommes amis depuis nos études à NYU. Mais maintenant, il est malade, cet idiot. Tant pis pour lui, et tant mieux pour toi, puisque tu as récupéré son billet.

— Vous avez fait vos études à NYU ?

— Oui, mais à l'époque, c'était bien moins difficile d'y entrer qu'aujourd'hui.

— Il est dans le classique, hein ? Il doit bien s'y connaître en musique.

— Oui. Dans ce domaine, Marvin est le second meilleur expert que j'aie connu.

— Derrière vous ?

Stanton eut un sourire un peu triste.

— Non. C'est une longue histoire. Et si nous entrions ?

— Bien sûr.

Stanton s'engagea le premier dans le Porch, surnom familier de la véranda qui entourait le théâtre. Topher le suivit.

— Nous avons le temps de prendre un verre, annonça Stanton.

— Bonne idée ! J'espère que vous en profiterez pour m'en dire davantage sur ces *longues histoires* auxquelles vous ne cessez de faire allusion. Vous avez éveillé ma curiosité !

Sans répondre, Stanton se dirigea vers l'un des bars.

— Bonsoir, messieurs, les accueillit le barman. Que voulez-vous boire ?

— Une vodka tonic, répondit Stanton. Sans citron, fraîche, mais pas glacée. Et toi ?

Il levait vers Topher un sourcil interrogateur.

— Une Shiner, merci.

Le barman sortit une bouteille de bière pour Topher, puis prépara le cocktail en suivant les instructions. Stanton sortit de sa poche une carte de crédit. Topher posa dix dollars sur le comptoir.

— Non, dit Stanton. Je t'invite.

— Merci, merci pour tout.

Il rangea son billet dans son portefeuille. Avec un sourire, il leva sa bouteille pour porter un toast.

Stanton leva son gobelet.

— *L'Chaim.*

— Qu'est-ce que ça veut dire ? demanda Topher.

— Tu disais qu'il y avait des Juifs au Texas.

— Oui, mais moi, je n'en connais aucun.

— Ça signifie « à la vie ». J'ai appris un peu de yiddish grâce à Marvin et à sa mère, mais d'après ce qu'on m'a dit, on peut en savoir tout autant en regardant *Un violon sur le toit*.

Avec un rire de gorge, Topher tapa le goulot de sa bouteille sur le gobelet de Stanton. Puis il sirota une gorgée de sa bière et soupira de plaisir.

— Ah, que c'est bon !

Stanton regardait son gobelet d'un air sombre.

— On devrait interdire de servir de l'alcool dans un verre en plastique !

Les deux hommes quittèrent ensuite le bar et se rapprochèrent d'un des murs en verre du Porch qui surplombait la Second Street.

— J'ai entendu dire que la rue a récemment changé de nom, déclara Stanton. Elle serait désormais le Willie Nelson Boulevard ?

— Oui, je sais. Ils n'arrêtent pas de modifier le nom des rues. Je ne cherche même plus à suivre leurs divagations !

Se retournant pour examiner la foule, Topher ajouta :

— C'est tellement excitant ! Je veux dire… d'être ici ce soir. Jamais je n'aurais eu un SXSW aussi génial !

— Parle-moi un peu de ton groupe.

Topher soupira.

— Oh. Vous croyez ? Alors que vous êtes un ami de Brandon Flowers ?

— C'est très exagéré. J'ai juste passé une semaine avec lui et les Killers quand NPR m'a demandé d'écrire une série d'articles sur le groupe. Brandon est super sympa, d'ailleurs. C'est souvent le cas avec les mormons : ils sont gentils. Nous sommes restés en contact. Via Twitter.

— Je doute que Judecca Rising puisse rivaliser avec les Killers.

— Pourquoi te comparer à eux ?

— Parce qu'ils sont géniaux et que la réussite est aussi mon but.

— Il y a quelques années, Brandon n'était qu'un gamin lui aussi, avec les mêmes rêves que toi. Quel est ton principal objectif dans la vie ?

— Sortir du lot. Je veux écrire de la musique qui marque. Si vous voyez ce que je veux dire.

Stanton l'examina, le regard un peu troublé.

— Ainsi, tu écris ? Tu n'es pas seulement musicien, mais aussi auteur-compositeur ?

— J'essaie, mais mes textes sont de plus en plus nuls. Désolé si je parais amer, en général, je ne me dévalue pas si systématiquement, mais ces derniers temps ont été plutôt frustrants.

— Pourquoi ?

— J'ai… j'ai des chansons dans la tête, mais c'est comme si elles étaient enfermées dans un grenier dont j'ai perdu la clé.

Doutant que Stanton le comprenne, Topher tenta d'élaborer :

— Ces chansons, je les entends, mais je n'arrive pas à les retranscrire sur du papier ! Désolé si je m'explique mal.

Stanton vida une partie de son cocktail.

— Non, je comprends.

— Brandon Flowers avait vingt ans quand ils ont lancé les Killers. Je n'ai plus beaucoup de temps !

— C'est idiot de dire ça. Tu as toute la vie devant toi !

— Écoutez, sans vouloir être morbide, on ne sait jamais ce que l'avenir vous réserve. Une nuit, mon père s'est levé pour aller aux toilettes. Il a eu une crise cardiaque dans la salle de bain et il est mort.

— Oh, désolé.

— Merci. Il n'avait que trente-neuf ans. J'ai donc appris très jeune que la mort peut vous tomber dessus sans préavis. Cela explique que je sois plutôt pressé.

— Où as-tu placé ta barre ?

— Pardon ?

— Je parle de la barre pour mesurer ta réussite. D'après mon expérience, chaque musicien a un système d'évaluation : certains espèrent gagner un Grammy, d'autres, jouer au Madison Square Garden. Même moi, en tant que critique, j'avais un objectif en tête.

— Lequel ?

— Une interview publiée par *Rolling Stone*.

— Et vous l'avez eue, je présume ?

— Oui. Alors, et toi ?

Topher se sentit rougir. Stanton sourit et baissa les yeux sur son gobelet.

— Ne sois pas gêné. Si tu es pressé, comme tu le dis, formuler ce que tu espères accomplir pourrait t'aider.

Topher le savait déjà, aussi n'eut-il pas à réfléchir pour répondre.

— Quand on va sur iTunes, la page d'accueil est remplie de pubs, mais sur le côté droit, il y a dix cases… je regarde tous les jours ces dix singles en tête et je me dis que la majorité des Américains les écoutent. Je veux y voir un jour une de mes chansons. Après ça, je mourais heureux.

Stanton hocha la tête. À son air concentré, c'était comme s'il emmagasinait une info dans son cerveau. Puis il changea de sujet :

— Te souviens-tu de la première chanson de Springsteen que tu as entendue ?

Topher réfléchit.

— Oui, vaguement... Mon père avait tous ses CD. Je les ai écoutés quand j'avais dix ans.

— Mon père m'aurait tué si j'avais touché à ses disques ! s'exclama Stanton, amusé.

— Le mien s'en fichait. À cette époque-là, en tout cas.

— Quel genre de musique aimait-il ?

— Un peu de tout, répondit Topher. Ses chanteurs préférés étaient Springsteen, Buck Owens et Otis Redding.

— Un trio étrange.

— Il me chantait tout le temps *Sittin' on the Dock of the Bay*.

— Et ta mère, qu'aimait-elle écouter ? insista Stanton.

— Des airs de Dolly Parton et d'Emmylou Harris. Et la vôtre ?

— Mamas & Papas, Herb Alpert et les Tijuana Brass.

Topher sourit.

— Je n'ai jamais entendu parler du second, mais j'ai grandi dans la musique. Mes parents chantaient constamment, il y avait toujours un disque qui tournait sur le lecteur. Je ne comprends toujours pas pourquoi mon père, qui aimait tant la musique, a été si contrarié que je veuille en faire mon métier.

— Il n'était pas d'accord ?

— Non. D'après lui, je perdais mon temps.

— Eh bien, les pères sont souvent pessimistes. C'est leur rôle, je présume.

— Et vous, Stanton, vous souvenez-vous votre première chanson de Springsteen ?

— Oh, oui ! J'avais dix-neuf ans, presque vingt. Je connaissais déjà *Born to Run*, je l'avais entendue à la radio et je comprenais mal qu'elle ait tant de succès. Je n'aimais pas la voix de Springsteen, je n'aimais pas cette chanson. Quand je suis arrivé à New York, j'ai vite constaté que Springsteen régnait des deux côtés de l'Hudson River. Un... ami m'a fait écouter *Thunder Road*. Et ça a tout changé.

— C'est ma chanson préférée de Springsteen !

— Je n'en suis pas surpris.

39

Topher le regarda, perplexe.

— Pourquoi ?

— Comme ça. Ses deux chansons les plus célèbres sont *Thunder Road* et *Rosalita*, non ? Les fans se partagent... toi, tu me parais plus *Thunder Road*.

Stanton avait les yeux dans le vague, comme perdu dans ses souvenirs. Topher l'observa, fasciné.

— Vous avez parfois une étrange expression... de la nostalgie, peut-être ?

— C'est Springsteen, il me rappelle ma jeunesse.

— Vous me trouvez ridiculement naïf ?

— Non, pas du tout. Je te trouve charmant.

— Vraiment ? Bon, ce que je pense de vous, vous le savez déjà.

— Je suis l'homme le plus génial de ta connaissance, c'est ça ?

— Exactement. !

— Tu ne dois pas connaître grand-monde.

Topher ne releva pas.

— Au fait, savez-vous qu'on trouve sur YouTube au moins cinq versions différentes de *Thunder Road* ?

— Le plus intense, c'est de le voir chanter en *live*.

— Va-t-il le chanter ce soir ?

— Je pense, oui. Et s'il gardait *Rosalita* pour la fin, ce serait fantastique... mais il ne le fera pas.

— Pourquoi ?

— Je l'ignore, mais ça fait des années que ça ne s'est pas produit, j'ai vérifié.

Topher agita la main.

— J'espère que nous aurons au moins *Thunder Road*. Parlez-moi de ce premier concert où vous avez vu *Le Boss*. C'était quand, déjà ?

— L'été 1981, à Meadowlands dans le New Jersey, répondit Stanton, l'air rêveur. Deux jours après avoir écouté *Thunder Road* pour la première fois.

— Vous aviez dix-neuf ans, c'est ça ?

— Près de vingt. C'était l'été entre ma deuxième et ma troisième année à NYU. Cette nuit-là, Springsteen a commencé avec *Thunder Road*.

— Et conclu avec *Rosalita* ?

— Oui. Il a eu quatre rappels et c'est là qu'il a chanté *Born to Run*.

Topher écarquilla les yeux.

— Hein ? Il a gardé ça pour un rappel ? *En 1981 ?*

— Oui. La foule a cru qu'il n'allait pas le chanter du tout, c'était l'hystérie.

— Quel sacré souvenir ce doit être ! Un concert de Springsteen au début des années 80, et dans le New Jersey en plus !

— Oui, dit Stanton.

— Avec qui étiez-vous ?

Stanton ne répondit pas. Puis son iPhone s'alluma dans sa main. Après avoir vérifié l'écran, il annonça :

— Excuse-moi, Topher, j'en ai pour une minute.

Il se détourna et s'éloigna de quelques pas.

— Salut, mon pote, jeta-t-il dans son appareil. Qu'est-ce que tu veux ?

En attendant, Topher finit sa bière et regarda passer les gens, ce qui, à Austin, aidait toujours à passer le temps. Fidèle à sa promesse, Stanton ne resta pas longtemps au téléphone. Après avoir raccroché, il entraîna Topher jusqu'à la grande salle du Palais des Congrès. Le second des groupes qui passaient avant Springsteen en était à la moitié de sa prestation. Stanton et Topher prirent leurs sièges dans la mezzanine. Au lieu d'écouter ce qui se passait sur scène, Stanton était penché sur son téléphone, sur Twitter. D'abord irrité d'être abandonné, Topher se souvint que d'une certaine façon, Stanton travaillait ce soir.

De plus, ce n'était pas l'amitié qui les avait réunis, mais le hasard.

Quand Springsteen et son groupe montèrent en scène, Stanton coupa son téléphone et le rangea dans sa poche.

— Enfin !

Bruce commença par une chanson de Woody Guthrie, *I Ain't Got No Home* – car le festival cette année célébrait le centième anniversaire de la naissance de Guthrie. Il y eut ensuite un mélange d'airs classiques et de huit chansons du nouvel album, *Wrecking Ball*. En moins de trois heures, le concert était à son apogée, les gens pleuraient et hurlaient. Les musiciens jouèrent *Badlands* et *The E Street Shuffle*, mais ni *Born to Run* ni *Born in the USA*.

Vers la fin, Topher se tourna vers Stanton, qui paraissait avoir sombré dans la mélancolie. Reportant son attention sur Springsteen, Topher ne put s'empêcher de se poser la question : quel effet cela faisait-il d'entendre les fans en délire hurler son nom ? Se contenterait-il vraiment d'être mécanicien et jouer uniquement pendant ses loisirs, ou deviendrait-il de plus en plus frustré au fur et à mesure que les années s'écouleraient ? Finirait-il par maudire son rêve irréalisable comme ces musiciens ratés dont Stanton lui avait parlé ?

À la fin de *We Are Alive*, Stanton reprit la parole :

— Tu te demandes ce que tu ressentirais à sa place, hein ?

— Vous parlez d'être là-bas, sur scène, devant tous ces gens...

— Oui.

— Suis-je à ce point prévisible ? Ou envisager le succès est-il commun à tous les musiciens.

— Oui, bien sûr. La plupart d'entre eux le font, en tout cas.

— Mais un succès pareil, c'est comme la loterie, non ?

Stanton hocha la tête.

— C'est vrai.

— Alors que deviennent ceux qui ne gagnent pas ?

— Ne perds pas ta concentration. Ton rêve est modeste, et donc réalisable. As-tu déjà mis des chansons à toi sur iTunes ?

Topher secoua la tête.

— Non.

— Comment peux-tu espérer gagner à la loterie si tu ne prends pas la peine d'acheter un billet ?

Ils se dévisagèrent un moment. Tout à coup, Topher remarqua le changement d'expression de son compagnon : ses yeux brillaient d'excitation.

— Ça y est ! hurla Stanton.

Sa voix perça malgré le bruit de la foule, il paraissait rajeuni.

Topher tourna la tête : la scène était obscure et Bruce Springsteen était seul au micro. Il jouait de l'harmonica, éclairé par un spot placé derrière lui, le visage dans l'ombre. Au début, Topher ne reconnut pas l'air, puis la musique changea et les premières notes de *Thunder Road* s'élevèrent dans l'auditorium.

La foule rugit son approbation.

— Les dieux du rock and roll ont répondu à tes prières, dit Stanton.

Topher sentit son téléphone vibrer dans sa poche. Il le sortit aussi vite que possible, essayant de se prouver qu'il ne devenait pas fou. Abasourdi, il contempla l'écran vide.

— Ça va ? demanda Stanton.

— Toujours un SVF.

— Syndrome de vibration fantôme ?

Topher acquiesça. Ses doigts avaient des fourmillements comme si... comme si son téléphone essayait de communiquer avec lui. Secouant la tête pour dissiper cette idée farfelue, il remit l'appareil dans sa poche.

Sur scène, Springsteen, manifestement épuisé, glissa son harmonica dans son jean et entonna sa chanson, presque comme un monologue parlé, seulement accompagné par un pianiste. Accroché au micro dans cette flaque de lumière, entouré de ténèbres, il agitait les mains pour scander ses paroles. Le reste du groupe se joignit à lui. Alors, sa guitare électrique autour du cou, il ôta son micro du portant métallique et avança jusqu'au bord de la scène.

Il cessa de chanter, laissant le public entonner un des vers les plus célèbres de la chanson : un chœur composé de milliers de voix enthousiastes monta jusqu'au plafond de l'auditorium.

— C'est un moment mythique, déclara Stanton.

Le cœur de Topher s'emballa. Son esprit fut envahi d'images floues, de flashs, puis tout se dissipa et une sorte de tunnel se créa en face de lui. Sa vision s'aiguisa, ses autres sens aussi. Il perçut de façon distincte chacun des instruments sur scène. Il avait un goût sur les lèvres. Du sel.

La mer.

Étant enfant, avec ses parents et sa sœur, il allait chaque été à Galveston. Il aimait nager dans le golfe, il aimait le goût de l'eau salée sur ses lèvres. Une des chansons qu'il avait écrites s'appelait même : *Salwater kisses*.

La salle se mit à tourner. Pour garder son équilibre, Topher tendit la main devant lui. Stanton le retint par le bras.

— Ça va ? demanda Stanton.

— Oui, je pense.

Stabilisé par son compagnon, Topher reprit ses esprits et fixa la scène. Les mains se tendaient vers Bruce, qui serrait toutes celles qu'il réussissait à atteindre. Se redressant, il reprit son micro et fit signe à sa femme, Patti, de le rejoindre. Elle hésita à obtempérer. Topher trouva sa réticence touchante.

Springsteen entonna une autre chanson et Topher en fut transporté. Il mit alors un nom sur le désir qui le tenaillait, même s'il ne le comprenait pas tout à fait. Il ferma les yeux, inspira profondément, puis tira Stanton par le bras, l'incitant à se tourner pour lui faire face.

— Quoi ? demanda Stanton.

En guise de réponse, Topher se hissa sur la pointe des pieds et embrassa Stanton, les yeux clos. Il sut tout de suite que son geste surprenait son compagnon – pas étonnant, d'ailleurs, il l'était tout autant. Sans ouvrir les yeux, il approfondit le baiser. Stanton avait des lèvres douces et son menton râpeux chatouillait la mâchoire de Topher. Lui-même se rasait rarement, optant pour un look grunge. Les mains de Stanton s'accrochèrent à ses hanches, puis à sa taille. D'instinct, Topher leva les bras et s'agrippa aux épaules, larges et solides sous ses doigts. Une langue s'insinua dans sa bouche.

Stanton laissa glisser ses mains et lui malaxa les fesses.

Pris de panique, Topher s'écarta.

— Qu'est-ce qui vous prend ?

L'expression de Stanton trahissait sa surprise.

— Je t'embrasse. N'est-ce pas ce que tu voulais ?

— Je…

Topher jeta un regard affolé autour d'eux. Deux hommes assis non loin de là les observaient sévèrement.

— Si ça vous démange à ce point, allez à l'hôtel ! jeta l'un d'eux.

Très gêné, Topher revint à Stanton.

— Excusez-moi. Je ne sais pas ce qui m'a pris.

— En clair, tu regrettes ? C'est ce que tu cherches à me dire ?

— Non, je veux seulement que vous sachiez que je ne suis pas gay.

Stanton perdit son sourire amusé. Son visage se durcit.

— Oh, jeta-t-il avec mépris. Je vois.

— Vous voyez quoi ?

— C'est sans importance. Laisse-moi suivre la fin du concert, ajouta-t-il, la tête détournée.

Springsteen et son groupe s'inclinaient pour saluer la foule.

— Mais c'est déjà fini !

— Non. Il a toujours plusieurs rappels.

— Ah, bon ? Combien ?

Sans répondre, Stanton croisa les bras sur sa poitrine. Son visage aux pommettes empourprées trahissait une colère rentrée – ou une autre émotion.

L'estomac noué, Topher se sentait nauséeux. Bruce coupa sa guitare électrique et en prit une autre, une acoustique. Il présenta au public une dénommée Michelle Moore. Topher la reconnut : elle avait chanté plusieurs tubes de Springsteen.

Mais alors, le chanteur agit de façon très étrange. Il enleva la guitare qu'il venait de prendre et la rendit à quelqu'un derrière lui, dans l'ombre, comme s'il n'avait plus la force de la porter. Il entonna ensuite un air inconnu, *Rocky Ground*, une chanson douce qui parlait de grâce et de pardon. Toute la tristesse que Topher gardait enfouie au fond de son être remonta à la surface. Il jeta à Stanton un regard furtif, mais ce dernier continuait à l'ignorer, les yeux fixés sur la scène. Topher comprit qu'il venait de gâcher l'un des plus beaux jours de sa vie. Et sa douleur était trop lourde à porter – comme la guitare de Springsteen. Les épaules tremblantes, il fit de gros efforts pour se reprendre, mais en vain. Ses larmes débordèrent et se mirent à couler. Ne sachant pas quoi faire, il s'essuya le visage de ses mains et frotta son nez sur la manche de son tee-shirt. Il prétendit que tout était normal, en espérant que Stanton n'ait rien remarqué. Malheureusement, son vœu ne fut pas exaucé.

À la fin de la chanson, Stanton se pencha et demanda :

— Qu'est-ce que tu as ?

— Rien, mentit Topher. Tout va très bien.

Bruce eut huit rappels cette nuit-là. Topher les écouta, les yeux rivés sur la scène, sans adresser la parole à Stanton. Pour conclure son spectacle, le chanteur rappela plusieurs de ses musiciens et joua un air plein d'entrain, *This Land Is Your Land*.

Dans la cohue qui suivit la fin du concert, Topher se retrouva à suivre Stanton, tête basse, l'esprit en ébullition, plus confus que jamais. L'un derrière l'autre, les deux hommes quittèrent l'auditorium, traversèrent le Porch, descendirent les marches extérieures qui donnaient dans la rue Lavaca. Une fois sur le trottoir, ils s'arrêtèrent et se firent face.

— Veux-tu en parler ? demanda Stanton.

Topher garda les yeux baissés.

— Je suis plutôt embarrassé.

— Il n'y a pas de quoi.

Topher hésita.

— Seriez-vous… gay ?

— À ton avis ? Je pense l'avoir amplement prouvé quand je t'ai attrapé le cul !

— Oh ?

Topher rougit et éclata d'un rire nerveux.

— Oui, reprit Stanton, je suis gay. Mais pour toi, c'est nouveau, je présume ?

— Oui.

— Tu n'avais jamais embrassé un homme ?

En voyant Topher secouer la tête, Stanton recula.

— Mon pauvre garçon ! marmonna-t-il. Excuse-moi de m'être mis en colère. Je me suis… trompé à ton sujet. J'ai mal évalué ta réaction.

— Je ne comprends pas. Qu'avez-vous imaginé ?

— Au début, j'ai cru que tu m'embrassais parce que tu en avais envie, mais quand tu as prétendu ne pas être gay, je me suis dit que tu te servais de moi.

— Comment ça ?

— Eh bien, tu n'imagines pas le nombre de musiciens qui s'imaginent que je peux aider leur carrière ! J'ai d'excellents contacts dans le milieu, aussi plusieurs se sont-ils jetés dans mes bras, prêts à tout pour être dans mes bonnes grâces.

— Non ! Ce n'est pas ça !

— Oui, je sais, je l'ai compris quand tu t'es mis à pleurer.

Puis Stanton se tourna vers l'entrée du W et déclara :

— Je prendrai bien un verre. Viens avec moi.

Il s'éloigna sans attendre de réponse. Après une brève hésitation, Topher lui emboîta le pas, courant même pour le rattraper. Ils arrivaient à la porte de l'hôtel quand un jeune homme en polo blanc l'ouvrit pour eux. D'un geste, Stanton incita Topher à entrer. Il le mena dans un salon d'aspect confortable et décontracté où plusieurs clients étaient étendus sur des canapés – avec leurs chaussures ! – la tête appuyée aux moelleux coussins. Sans s'y arrêter, Stanton continua jusqu'à une autre pièce, sur la droite.

En y pénétrant, Topher étouffa un cri de surprise.

— Ben, merde !

Du sol au plafond, le mur du fond était tapissé d'étagères remplies de disques. Pas des CD, mais des vieux disques vinyles dans leurs pochettes d'origine. Au milieu, au-dessus de la cheminée, trônait un grand tableau moderne aux formes géométriques dans les orange, rouge et bleu pâle. Topher vit aussi des lettres, mais sans y trouver de sens cohérent : un E, un N, et plusieurs S.

— Assois-toi, ordonna Stanton. Je reviens.

Quand il sortit, Topher se dirigea vers un canapé au milieu de la pièce, le seul encore disponible. Les trois autres couples qui se trouvaient là ne lui prêtaient aucune attention. Quelques minutes plus tard, Stanton revint avec une bouteille de Shiner et un cocktail – probablement une vodka tonic, sans citron, fraîche, mais non glacée et servie dans un verre, cette fois. Il tendit la bière à Topher et s'assit à ses côtés.

— Nous allons repartir de zéro, annonça-t-il. Trinquons.

Il leva son verre, Topher y tapa doucement le goulot de sa bouteille avant de boire trois grandes gorgées. Les yeux fixés sur l'étiquette de sa bière, il résista à son désir absurde de l'arracher.

— Comment le sait-on ? demanda-t-il. Si on est gay ou pas ?

— Je l'ignore, je n'ai jamais eu à affronter le problème sous cet angle. J'ai toujours su que je l'étais, même si à ton âge, j'avais des difficultés à l'admettre. Et surtout à en affronter les conséquences. Avais-tu déjà ressenti du désir pour un homme ?

— Non.

— Alors, pourquoi m'avoir embrassé ?

— Parce que j'en ai eu envie.

Stanton secoua la tête.

— Désolé, mais ça me paraît difficile à croire. Personne ne se réveille un matin, à vingt-six ans, en ayant envie d'embrasser le premier venu.

— Je n'ai pas dit vouloir embrasser le premier venu, je parlais de *vous*. Il y a une différence.

Stanton sourit.

— Je te l'accorde, mais quand même.

— Je ne sais pas ce qui se passe. C'est comme… Merde, ça va vous paraître dingue !

— Je ne porterai aucun jugement, c'est promis.

— C'est comme un film de science-fiction, comme si j'avais une puce dans le cerveau. Et quand j'ai entendu Springsteen chanter *Thunder Road*, la puce s'est activée et j'ai éprouvé le désir irrésistible de vous embrasser. Alors, je l'ai fait.

Stanton ne répondit pas.

— Je vous avais prévenu, reprit Topher, penaud. C'est débile.

— Non, je pensais plutôt… Et maintenant, que ressens-tu ?

Topher inspira profondément.

— Je suis très embarrassé. Et aussi… triste, comme à la mort de mon père.

— Non, je parlais concernant ce baiser, que ressens-tu ?

— Oh.

Topher réfléchit avant de répondre.

— Ça m'a plu, même si j'ai paniqué quand vous avez…

Il s'interrompit, les yeux fixés sur la bouteille qu'il tenait dans la main. Au bout d'un moment, Stanton l'incita à poursuivre.

— Continue.

— Je suis obsédé par ma musique, je ne pense qu'à ça, ce qui me laisse très peu de temps libre pour sortir ou draguer. Oh, j'ai connu quelques filles, j'ai couché avec quatre d'entre elles – j'ai quand même vingt-six ans, je ne suis pas puceau ! Et je me suis même déjà fait allumer par des mecs, mais ça ne m'a jamais intéressé avant... Désolé, je suis hors sujet. Ce baiser m'a plu. Beaucoup plu.

— Je ne sais pas quoi te dire.

— Combien de temps allez-vous rester en ville ? demanda Topher, les yeux sur la cheminée.

— Jusqu'à dimanche.

— Encore trois jours. Avez-vous des projets pour demain ?

— Non, mais...

— Alors, convenons de nous revoir, je vous en prie. Vous devez me prendre pour un taré, je sais, peut-être pourriez-vous m'aider à mieux comprendre ce qui m'arrive.

Stanton hésitait.

— Je ne pense pas que ce soit sage.

— Pourquoi ?

Pensif, Stanton sirota son verre.

— As-tu déjà entendu parler d'*I Ching* ?

— Non. C'est quoi ?

— Un livre de philosophie chinoise. Il décrit le concept que dans la vie, il n'y a pas de hasard, que les évènements arrivent pour une raison définie et s'enchaînent les uns dans les autres.

— Ça me plaît bien.

— Moi aussi. Ce qui me reste de bon sens me hurle de couper les ponts avec toi. Pourtant, j'ai aussi dans l'idée que notre rencontre improbable...

— ... était voulue par le destin ?

— Quelque chose comme ça. Je n'ai pas encore tranché sur la question.

Stanton parut sur le point de lui faire une révélation, puis il se reprit et secoua la tête. Topher porta sa bouteille à ses lèvres et examina le mur devant lui.

— À votre avis, combien y a-t-il de disques ici ?

Stanton jeta un regard aux étagères et réfléchit avant de donner un chiffre :

— Trois mille.

— Et si j'en sortais… disons trois. Oui, je vais prendre trois disques au hasard.

— Pourquoi ?

— Nous sommes tous les deux férus de musique, pas vrai ? Puisque nous semblons dans une impasse, laissons le hasard décider pour nous. Ce serait comme un signe.

— Comme l'oracle de Delphes ?

— Je ne connais pas, mais oui, sans doute.

Stanton pesa la proposition.

— Tu serais d'accord pour nous mettre entre les mains des dieux ?

Topher sentit son téléphone vibrer dans sa poche. Encore des vibrations fantômes ? Il sourit, sans même le sortir pour vérifier.

— Oui.

Stanton désigna le mur.

— D'accord, alors vas-y. Choisis trois disques et nous verrons ce que l'oracle nous annonce.

Topher se leva et passa sur le côté gauche de la cheminée. Après le concert, la pièce s'était remplie et il sentit peser sur lui des regards curieux. Il tira deux disques au hasard, puis passa de l'autre côté. Devant la cheminée, il leva les yeux et examina la peinture : il aurait aimé connaître la signification de ces lettres – cela lui paraissait important. Passant du côté droit, il choisit un dernier disque et retourna sur le canapé auprès de Stanton. Il n'avait pas encore regardé sa sélection.

— Voyons voir, déclara Stanton

Topher baissa les yeux. Il sourit en voyant son premier disque : Billy Joel, *Songs in the Attic*.

— Ça te dit quelque chose ? demanda Stanton.

— Bien sûr. C'est le premier album en live de Billy Joel ! Je vous ai dit que mes chansons étaient dans ma tête, comme enfermées *dans un grenier*. À votre avis, où j'ai trouvé cette expression ? J'adore *The Ballad of Billy the Kid*, c'est pour moi ce qu'il a chanté de meilleur.

— En tant que critique, je te félicite pour ton bon goût.

— Merci. Je… Oh ! Je n'y crois pas !

Il venait de découvrir son deuxième album.

— Lequel est-ce ?

— *Quarter Moon in a Ten Cent Town* d'Emmylou Harris. Et la première chanson s'intitule *Easy From Now On*.

— Miranda Lambert l'a repris il y a quelques années.

49

— C'est exact. Le titre de l'album est d'ailleurs un des vers de la chanson. Deux fois par mois, ma mère attendait que la nuit tombe pour mettre ce disque à fond. Ça rendait les voisins enragés.

— Je ne comprends pas.

— Elle considérait que cette chanson avait été écrite pour nous. Deux fois par mois, en tout cas, quand la lune était à son quart. Nous vivions à Dime Box – or, un « dime », c'est « *Ten Cent* » (dix centimes). Donc, deux fois par mois, quand la lune montait ou descendait, Emmylou Harris chantait juste pour nous. Vous pigez, maintenant ?

Stanton était bouche bée.

— Oui. Et que dit ton dernier disque ?

Topher reconnut John Lennon sur la couverture. Pourtant, il ne s'agissait pas d'un album des Beatles. Son cœur sombra.

— Aucune idée, reconnut-il. Si votre oracle essaie de nous dire quelque chose, c'est un mystère pour moi.

— Laisse-moi y jeter un coup d'œil.

Dès que Topher lui remit la pochette, Stanton se mit à rire.

— Qu'y a-t-il de si drôle ?

— C'est un album de comédien, répondit Stanton.

— Ah, vous ne connaissez pas non plus le Firesign Theatre ?

— Non, mais sur ces photos, Groucho Marx et John Lennon représentent Karl Marx et Vladimir Lénine.

Topher soupira.

— Une fois de plus, je ne comprends rien à ce que vous dites.

— Karl Marx et Vladimir Lénine sont les piliers du communisme moderne. En 1848, Marx a écrit *le Manifeste du Parti communiste*. Il prétendait que la religion est l'opium du peuple. Par la suite, pendant la Première Guerre mondiale, Lénine a appliqué le communisme en Russie après la révolution. Dire que c'était des personnes connues serait un euphémisme. Leurs noms sont souvent cités ensemble, aussi les associer avec ces deux photos, un pitre et une icône de la culture pop, est... plutôt amusant.

— Si vous le dites. Qui est Groucho Marx ?

— Un comédien des années trente. N'as-tu jamais entendu parler des Marx Brothers ?

— Non.

— Et des Trois Stooges ?

— Oui, mon père aimait les regarder.

— Les Marx Brothers ont précédé les Trois Stooges, mais c'était le même genre de comique vaudeville. Du rire garanti, à condition de comprendre les allusions, bien sûr. Sinon...

— Oui, quand on doit expliquer une blague, ça ne fait pas le même effet.

— Exactement.

— Vous devez lire beaucoup pour savoir tout ça !

— Pas vraiment. Quand j'étais à l'université, j'ai vu *Reds*, avec Warren Beatty et Diane Keaton. C'était l'histoire de Jack Reed, l'Américain qui a écrit *Dix jours qui ébranlèrent le monde.*

— Ça parle de quoi, ce livre ?

— De la révolution russe. Je ne l'ai jamais lu, mais j'ai vu *Reds* quatre ou cinq fois.

— Qui est Warren Beatty ?

Avec un gémissement, Stanton renversa la tête contre le dossier du canapé.

— Comment est-il possible que Warren Beatty n'ait laissé aucune trace ? En son temps, il était aussi beau et talentueux que Brad Pitt l'est aujourd'hui !

Topher posa sa bière sur l'une des tables basses et regarda dans le feu.

— Bon, mon expérience avec ces disques n'a servi à rien. J'ai eu un bref moment d'espoir, mais au final, ça ne veut rien dire. Qu'en pensez-vous ?

Stanton ne répondit pas. Étonné de son silence, Topher lui jeta un coup d'œil. Le critique regardait l'album, le visage blême, il paraissait presque effrayé.

— Qu'est-ce qu'il y a ? demanda Topher.

— Regarde le titre de cet album. *Comment être à deux endroits à la fois si vous n'existez même pas.*

— Et pour vous, ça signifie quelque chose ?

Au bout d'un long moment, Stanton vida sa vodka tonic avant de se tourner vers Topher :

— Rappelle-moi où ton groupe est censé jouer demain ?

— Vous êtes sérieux ? Vous allez venir nous écouter ?

— Oui, à condition que tu comprennes bien que je ne serai pas Stanton Porter, le critique, mais Stanton, le... ton ami.

— Bien sûr. C'est au *Rooftop* sur la 6th. À vingt et une heures. Vous allez vraiment venir ?

— Je vais essayer.

— Non. Vous ne venez pas en tant que critique, d'accord, mais vous restez Stanton Porter. Si j'attends votre présence demain soir et que vous me faites faux bond, je serai…

Il s'interrompit et ravala le « anéanti » qu'il avait sur le bout de la langue. Aurait-il vraiment le cœur brisé si Stanton changeait d'avis ?

— … déçu, reprit-il. Alors, décidez-vous maintenant, vous venez ou vous ne venez pas. Ensuite, nous échangerons une poignée de main et nous nous quitterons bons amis.

Stanton hésita.

— D'accord, dit-il enfin. Je serai là.

Topher se leva et Stanton suivit son exemple.

— Très bien, dit Topher. Alors, à demain. Vingt et une heures. Ne soyez pas en retard.

— Je le suis toujours.

— Pas cette fois. Comment voulez-vous que nous nous séparions ? Un baiser, une accolade, je ne sais pas…

Stanton l'attira et le serra contre lui. Topher se laissa faire, abandonnant tout son poids à cet homme solide qui paraissait capable de le retenir… éternellement si nécessaire. Quand ils se séparèrent, Topher lut de la tristesse dans les yeux posés sur lui. Il souhaita bonne nuit au critique, l'abandonna dans la salle aux trois mille disques et quitta l'hôtel.

Une fois dans la rue, Topher sentit son téléphone vibrer dans sa poche. Il ne répondit pas, mais se mit à parler à haute voix :

— Oui, oui, je sais. Il me plaît beaucoup. Je le trouve…

Il chercha le mot qui correspondait à ses sentiments. Et tout à coup, il réalisa qu'il l'avait eu sous les yeux au cours de la dernière heure, écrit sur le tableau, sur la cheminée. Comment avait-il pu ne pas déchiffrer plus vite ?

Avec un sourire ravi, il chuchota :

— Sensass !

INDEPENDENCE DAY

À LA fin de *Thunder Road,* Stanton, l'estomac noué, réalisa qu'il s'était trompé concernant Bruce Springsteen.

— Je voudrais l'écouter encore.

Sans un mot, Hutch bougea le bras de son tourne-disque et replaça le diamant au début. Ils écoutèrent à nouveau la chanson. Stanton ne s'attendait pas du tout à une telle expérience. D'un moment banal, Springsteen avait créé un air poétique à effet hypnotique.

— Encore, réclama-t-il à la fin de la chanson.

Hutch obtempéra. Après la troisième fois, les deux hommes laissèrent le silence retomber. Ils se regardaient, Stanton assis sur le lit et Hutch installé par terre.

— Alors ? demanda Hutch au bout d'un moment.

Stanton se contenta d'un sourire.

— Qu'est-ce que ça veut dire ? insista Hutch ?

— Que tu avais raison. Tu es content ?

— Oui, mais pas d'avoir eu raison. Ça me rassure de voir que ta mauvaise opinion était due à un jugement trop rapide, pas à…

Le rire de Stanton l'interrompit.

— Pas à de la bêtise crasse ? proposa-t-il.

— Quelque chose comme ça. Veux-tu écouter Dylan, maintenant ?

— Oui, pourquoi pas ? J'espère que tu ne comptes pas me passer *Blowin' in the Wind* !

— Non, je préfère nettement la version de Peter, Paul et Mary, mais ne le dis pas à Robert. Il considèrerait ça comme un blasphème de ma part.

Hutch alla chercher un autre disque dans sa collection.

— Désolé, je n'ai pas les paroles, cette fois, mais tu verras, il articule très bien, tu le comprendras sans difficulté.

— Tu es certain que nous parlons du même Bob Dylan ?

Hutch sourit et plaça le vinyle sur son tourne-disque avant de se rasseoir aux pieds de Stanton.

Des notes d'harmonica et de guitare envahirent la pièce. Stanton écouta avidement. Dès que Dylan commença à chanter, il sourit : Hutch avait raison, il comprenait parfaitement. Le titre de la chanson était : *With God on Our Side*.

Pour être franc, Stanton admettait avoir peu écouté Bob Dylan, sauf en passant, mais jamais il n'avait entendu cette chanson, il en était certain. On aurait dit que Dylan l'avait enregistrée d'un coup, sans reprise ou répétition. Le tempo était parfois incohérent, la guitare mal accordée au chant, comme si c'était prémédité. Ce n'était pas la performance musicale qui avait séduit Hutch – ou peut-être que si –, mais plutôt ce que le chanteur exprimait. Stanton se concentra donc sur les paroles.

La structure du texte n'avait rien d'extraordinaire, en fait, elle était même d'une simplicité presque enfantine. Dès les premiers mots, Dylan affirmait que ni son identité ni son âge n'avaient d'importance.

— Il vient réellement du Midwest ? demanda Stanton.

— Oui, du Minnesota.

Dylan évoquait les guerres qu'avait connues l'Amérique, plus sous forme d'observation que de critique. Sans arrêt, il revenait au fait que chaque guerre au fil des siècles avait été historiquement « justifiée », ce qui manifestement le troublait. En principe, Stanton appréciait peu la musique engagée, politiquement ou autre, mais l'approche de Dylan le fit changer d'avis. Il marqua son approbation d'un hochement de tête.

— C'est bien ciblé, remarqua-t-il. Et efficace !

En voyant Hutch sourire, il ajouta :

— Arrête !

— Pourquoi ? Je suis heureux, voilà tout.

Comme *Thunder Road*, la chanson n'avait pas de refrain, ce qui choquait en général Stanton. Dans les dernières strophes, Dylan parla de Jésus-Christ et de Judas Iscariote, une audace qui attirait l'attention. D'éducation catholique, Stanton était sensible au pouvoir des images et des symboles religieux. À la fin de la chanson, Stanton tomba à la renverse sur le lit, les bras étirés au-dessus de sa tête.

— D'accord. Tu as gagné. J'aime une chanson qui se termine par une phrase très forte.

— Tu vois, je te l'avais dit !

Stanton se redressa.

— Ça va contre tout ce que j'ai toujours pensé de lui. C'est simple, accessible, et même courageux.

— Pourquoi le pensais-tu dénué de courage ?

— J'ai vécu pendant quelques heures la fusillade de Kent, alors, en comparaison, chanter me paraît un peu facile, mais là, c'est différent. C'est ce que j'essaie de t'expliquer. Il base sa chanson dans un contexte personnel, sans attaquer ouvertement la religion en général.

— Je suis ravi qu'elle t'ait plu.

— Oui. Pourrions-nous à présent écouter *The One That You Love* ?

— D'accord, mais en baissant le son. Je ne veux pas que Robert sache que j'ai acheté Air Supply.

— Est-il snob à ce point ?

— Non, je plaisante. Oh, il est un peu snob, mais très gentil.

Hutch sortit le disque et lança la chanson. Puis il s'allongea sur le lit à côté de Stanton. Les yeux au plafond, il lança :

— Tu sais à quoi cette chanson fait penser ?

— Non, à quoi ?

— À Roméo et Juliette.

— C'est vrai ?

— Oui. Écoute bien les paroles. Il vient de passer la nuit avec une fille géniale, mais maintenant, c'est le matin. Il voudrait un jour de plus. Il promet de ralentir le temps, il est prêt à tout pour rester avec elle. C'est comme cette scène de R & J, le lendemain de leur mariage.

— *La séparation est une si douce peine* ? proposa Stanton.

— Non. *Je dois partir et vivre, ou rester et mourir.*

— Que penserait Robert s'il t'entendait comparer Air Supply à Shakespeare ?

Hutch se mit à rire.

— Ça, il ne me raterait pas !

Ils écoutèrent d'autres chansons, puis Stanton annonça qu'il devrait rentrer et s'enquérir de ce que devenait Marvin.

— Tu es son ami, pas sa baby-sitter ! protesta Hutch.

Stanton fronça les sourcils et s'assit.

— Ça suffit. Où as-tu grandi ?

— À Manhattan.

— C'est bien ce que je pensais. Tu n'as aucune idée des difficultés d'un péquenaud qui débarque à New York. En arrivant, il y a deux ans, j'ai cru avoir été largué sur une autre planète. Le choc culturel m'a laissé sur le cul. En plus, comme je te l'ai déjà dit, j'avais des problèmes à accepter mon homosexualité. J'aurais fait n'importe quoi pour rentrer dans le rang.

Hutch se redressa à son tour.

— Pourquoi ? De quoi avais-tu peur ?

— D'aller en enfer.

— Tu parles sérieusement ? Tu y as cru ?

— À l'époque, oui. Certains jours, je me demande encore si mes parents ne préféreraient pas un fils mort à un fils gay. D'où je viens, il n'y a pas de coming-out, ça n'existe pas. Avant de vivre à New York, je n'avais jamais vu deux hommes se tenir la main dans la rue. Ici, c'est une bulle, cette île pourrait aussi bien s'appeler Fantasy Island. Tu sais quand même que le reste du pays est différent, j'espère ?

— Je vois mal le rapport avec Marvin.

— Après cette fameuse nuit où nous avons parlé, lui et moi, j'ai essayé de faire mon coming-out, au moins vis-à-vis de moi-même, mais ça n'a pas été facile. En début d'année, j'ai sombré dans la dépression et tenté de me suicider.

Hutch baissa la tête.

— Oh.

— C'était fin janvier... Marvin m'a trouvé par terre dans la salle de bain, j'avais avalé un plein flacon de somnifères volés dans l'armoire à pharmacie de ma mère, pendant les vacances de Noël. Il a prévenu les urgences, ils m'ont fait un lavage d'estomac... Je suis resté quarante-huit heures à l'hôpital et Marvin ne m'a jamais quitté. Après, il a agi comme j'en avais désespérément besoin.

— C'est-à-dire ?

— Il m'a traité en adulte, il m'a dit la vérité – des choses que je n'avais pas très envie d'entendre. Il m'a dit que j'étais un lâche, que j'attendais trop une vie facile. Il m'a dit que si je cessais de m'apitoyer sur moi-même, je comprendrais qu'être gay était mon salut, parce que la vie n'avait aucun intérêt si on ne visait pas un but difficile à atteindre. Il m'a parlé avec brutalité et franchise, comme personne ne l'avait jamais fait. Pour moi, ça a marqué un tournant de mon existence. Marvin est un vrai *mensch*.

— Ça veut dire quoi ?

— Tu ne connais pas le yiddish ?

— Non.

— C'est quelqu'un de fiable, d'authentique, quelqu'un qui est là quand on en a besoin. Si tu veux un jour que je tourne cet anneau, tu dois t'entendre avec Marvin, parce que lui et moi sommes ensemble, quoi qu'il arrive. Tu comprends ?

— Oui, bien sûr. Excuse-moi.

— Non, ne dis pas ça. C'est à moi de m'excuser. Je parle trop vite, sans réfléchir. Ce qui explique pourquoi je suis célibataire, d'ailleurs.

— Es-tu toujours…

— Suicidaire ? Non. J'ai accepté qui j'étais. Je n'en suis pas ravi, loin de là, mais je suis gay. Voilà, je peux le dire sans m'étrangler. Et puis crois-le ou pas, mais en temps normal, je suis très facile à vivre. Tout ce… mélo ne me ressemble pas. Si tu préfères ne pas me revoir, je comprendrai. C'est juste… dès qu'on touche à Marvin, je me hérisse.

— D'accord. Viens, je te raccompagne.

En regardant Hutch, Stanton sut qu'entre eux, c'était fini.

Ils se levèrent ensemble, descendirent l'escalier et traversèrent le salon, où les colocataires de Hutch avaient entamé une partie de Risk.

Michael leur fit un signe de la main.

— Salut, Stanton. À bientôt, j'espère.

Stanton hocha la tête.

— Merci. J'espère aussi. Bonne nuit.

Une fois dehors, il voulut couper court aux adieux et s'en aller très vite, mais Hutch le prit par le bras.

— Viendras-tu à l'Invasion demain ?

— C'est quoi ?

— Une façon de célébrer le 4 juillet. Il y a environ cinq ans, une *drag queen* de Cherry Grove a été refusée au *Botel*. Furieuse, elle est allée chercher des copines pour le 4 juillet. Elles sont toutes arrivées en bateau-taxi, espérant une confrontation.

— Que s'est-il passé ?

— Rien. En tout cas, il n'y a pas eu de confrontation. Les gars de *The Pines* les ont accueillies à bras ouverts et leur ont offert à boire au *Blue Whale*. Depuis lors, c'est devenu une tradition.

— Des *drag queens* ?

— Oui. Ça te pose un problème ?

Stanton soupira.

— D'après Marvin, je ne comprends pas le pouvoir subversif du changement de genre.

Hutch éclata de rire.

— Il a probablement raison.

— Peut-être. Je ne sais pas. Je lui en parlerai, histoire de voir si ça le tente.

— J'espère vous y voir tous les deux. Bonne nuit. Ça m'a fait très plaisir de te rencontrer.

— Moi aussi.

Stanton tendit la main.

— Une poignée de main ? s'étonna Hutch.

— Désolé, mais je n'embrasse plus le premier soir. Si on peut parler ainsi de ce moment passé ensemble.

— Bien sûr que oui ! Je te rappelle que je t'ai donné une bague.

— D'accord, mais quand même. À un moment, je me tapais tous les hommes que je croisais, mais j'ai vite réalisé que ça m'était préjudiciable. Le lendemain, ils me traitaient comme de la merde.

— Je n'ai pas cherché à te sauter.

— Je sais. Je n'ai rien d'un coincé, je t'assure, mais j'aimerais… apprendre à te connaître. Quelques jours, pas plus. D'accord ?

Avec un sourire, Hutch lui ouvrit les bras.

— Je peux au moins te faire un petit câlin ?

Stanton hocha la tête et se laissa attirer dans une accolade calme et sûre. Quand Hutch s'écarta, Stanton tourna les talons, prêt à s'en aller.

— Bonne nuit, dit-il.

Il avait fait quelques pas quand Hutch le rappela. Stanton se retourna. Hutch lui souffla un baiser.

— À demain pour l'Invasion. N'oublie pas.

— D'accord, dit Stanton. J'y serai.

Le lendemain matin, en prenant son petit-déjeuner avec Colby et Archy, Stanton parla à Marvin de l'Invasion. Archy leur avait préparé des œufs Benedict, que le petit groupe dégustait sur la terrasse, près de la piscine. Marvin éclata de rire en entendant Stanton relater l'événement tel que Hutch le lui avait raconté.

— Des *drag queens* ? As-tu explosé quand il t'a dit ça ?

— Vous devriez y aller, intervint Archy. C'est amusant.

— Vous ne venez pas avec nous ? demanda Stanton.

— Non, répondit Colby. À notre âge, nous préférons passer un après-midi tranquille au bord de la piscine. Notre présence ne ferait que gâcher le spectacle. En revanche, Marvin et toi serez parfaitement à votre place au milieu de tous ces jeunes apollons.

58

— Vous êtes-vous donné rendez-vous à un endroit précis ? s'enquit
Marvin.

— Non, il m'a simplement demandé si nous y serions. Nous n'avons
rien organisé.

Marvin voulant récupérer le beurre, il tendit la main et passa devant
Stanton. Il remarqua alors la bague que son ami portait au doigt et s'arrêta
net, les yeux écarquillés.

— Qu'est-ce que c'est ? demanda-t-il, indiquant l'anneau.

— À ton avis ?

— Est-ce lui qui…

— Oui, mais ne t'inquiète pas, après la façon dont je me suis comporté,
je doute que ça aille plus loin entre nous.

— Tu lui as dit…

— Oui.

Marvin se voûta dans son fauteuil.

— Peuh !

— De qui parlez-vous ? demanda Archy.

— D'un barman du *Blue Whale* que j'ai rencontré hier, répondit
Stanton.

— Décrivez-le-moi, insista Archy.

— Magnifique ! Grand, blond, des cheveux longs ébouriffés.

— C'est Chris, déclara Colby.

— Non, il s'appelle Hutch.

— Ah, oui. J'avais oublié ce surnom. Il ressemble un peu à David
Soul, en plus beau et plus romantique, ne trouves-tu pas, chéri ? demanda-
t-il, tourné vers son amant.

Archy lui tapota le bras.

— Tu sais bien que je ne m'intéresse pas aux blonds.

— Alors, il ne s'appelle pas Hutch ? insista Stanton.

Colby leva les yeux au ciel.

— Voyons, mon cher, qui affublerait son fils d'un nom pareil ? Même
dans cette série télévisée, c'est un raccourci de Hutchinson, si je me souviens
bien. Comme je te le disais, il s'appelle Chris. Il y a de nombreuses rumeurs
à son sujet, bien sûr, mais je ne suis pas homme à les colporter.

— Quel genre de rumeurs ?

Ce fut Archy qui lui répondit :

— Pour commencer, on dit qu'il vient d'une très riche et influente
famille.

— Mais, reprit Colby, il a été jeté dehors sans un sou en poche quand son homosexualité a été exposée. C'est vraiment scandaleux !

— Ça devient de plus en plus intrigant ! s'exclama Marvin. Comment s'appelle-t-il ? Rockefeller, peut-être ?

— Je l'ignore, mon cher. Ici, personne n'utilise les noms de famille.

— *Mishegas*, dit Marvin.

— Qu'est-ce que ça veut dire ? demanda Archy.

— *C'est fou !* répondit Stanton.

— Eh bien, dit Colby, votre génération a sans doute du mal à le comprendre, tout est devenu tellement différent de nos jours. Tout est gay, gay, gay.

— Sauf le *Times* rétorqua Marvin, qui n'utilise jamais ce mot.

Colby repoussa l'argument d'un geste impatient.

— Sous cet éclairage, peut-on reprocher aux gens de se montrer prudents ? Certains placards sont si bien cloués qu'ils ne s'ouvriront jamais. Ici, nous pouvons agir librement, mais les gens se souviennent encore que le monde est dangereux au nord du détroit de Long Island.

— Changer demande du courage.

— Ne cherchez pas à me culpabiliser, jeune homme. Archy et moi sommes amants depuis 1944. J'ose dire qu'il nous a fallu une bonne dose de courage pour y parvenir, n'est-ce pas, chéri ?

— Quel âge aviez-vous quand vous vous êtes rencontrés ? demanda Stanton.

— Vingt ans, répondit Colby, et Archy dix-sept. Jamais je n'avais vu un être aussi beau !

— Revenons-en à cet anneau, s'entêta Marvin. Tu l'as accepté dès le premier soir ? Vraiment ? Qu'est-ce qui t'a pris ?

— Ce n'est pas ce que tu crois. Il s'agit d'une tradition irlandaise. Hutch m'a dit que sa mère était irlandaise. Cet anneau se porte différemment pour un célibataire ou un amoureux. Ne me demande pas de tout t'expliquer.

Marvin secoua la tête.

— Voilà ce qui arrive quand un touriste s'immisce dans une tradition culturelle qui lui échappe.

— Arrête d'être aussi pessimiste ! protesta Stanton. J'ai mis cet anneau la pointe vers l'ongle pour indiquer que j'étais libre et prêt à aimer. Où est le mal ?

— Avec un peu de chance, dit Archy, Chris saura vous convaincre de le porter dans l'autre sens.

— Je doute fort qu'il s'en donne la peine. Surtout après…

Marvin l'interrompit :

— Bon, nous allons assister à cette Invasion ! D'abord, ce sera amusant, ensuite, te voir dans tes petits souliers me distraira. Peut-être vas-tu te faire draguer par une *queen* ! Quelle perspective excitante !

Stanton se renfrogna.

— Oui, l'anticipation me coupe le souffle, grogna-t-il.

— Tu as oublié la pause.

Ils éclatèrent de rire ensemble.

Archy et Colby se regardaient, interloqués.

— Archy, dit Colby, n'as-tu pas parfois l'impression que ces deux-là parlent une langue différente de la nôtre ?

— Oh, ce n'est rien, s'empressa d'expliquer Marvin. Le mois passé, j'ai emmené Stanton voir *The Rocky Horror Picture Show*.

— Et c'est censé nous éclairer ? À quoi correspond ce titre étrange ?

— Vous ne connaissez pas *?* C'est un film culte ! Il passait à minuit au cinéma *Playhouse* de la 8th Street durant le week-end, pas très loin de notre dortoir. Le public participe à fond et hurle, le poing dressé vers l'écran.

— Ça me semble… horrible, remarqua Colby. Pourquoi regarder un film avec un public qui ne sait pas se tenir ?

— En plus, intervint Stanton, la plupart des spectateurs sont des travestis !

— Oh, voilà qui a dû vous plaire, ironisa Archy.

— Bref, continua Marvin, quand Tim Curry dit « l'anticipation me coupe le souf… », il fait une pause et le public hurle : « vas-y, dis-le, dis-le ! »

— Hum, oui ? dit Archy. Il est censé dire quoi ?

— Fle.

— Fle ?

— Oui, lui coupe le souf… pause… fle.

Colby et Archy ouvraient de grands yeux, manifestement perdus. Marvin secoua la tête.

— Ce n'est pas grave. Laissez tomber.

— J'aimerais comprendre en quoi c'est amusant, insista Colby.

Stanton répondit en imitant la voix de Steve Martin – l'acteur humoriste :

— *Sous son extérieur un peu guindé, Marvin est un sauvage à la libido débridée. Vous devriez le voir en corset. C'est une vision d'horreur !*

— Mon Dieu ! s'exclama Colby. On en apprend des choses avec les jeunes, qu'en penses-tu, chéri ?

Archy acquiesça et termina son café.

— Certainement. Le monde a bien changé.

EN FIN d'après-midi, après un agréable moment passé au bord de la piscine, Stanton et Marvin s'habillèrent et quittèrent la villa. Ils se dirigèrent vers le port pour assister à l'Invasion. La foule était nombreuse, bien plus de gens qu'ils n'en avaient vus de tout le week-end. Stanton ne cessait de chercher Hutch.

— T'inquiète, dit Marvin. Il doit être quelque part. Sinon, il est au bar et il travaille.

— J'ai tout gâché.

— Pourquoi lui en as-tu parlé ?

— Je ne sais pas. C'est arrivé… comme ça.

— Il faut que tu apprennes à être plus subtil dans tes approches, Stanton.

— Je ne suis pas d'humeur à subir un sermon.

— Et alors ? Tu n'es *jamais* d'humeur à écouter mes conseils, ce n'est pas pour autant que je te les épargne. Tu devrais déjà le savoir, non ?

Stanton sourit.

— Je t'adore, mon pote.

— Tu n'as pas vraiment le choix.

— Je sais. J'aimerais te ressembler davantage.

— N'importe quoi ! Ce n'est pas si facile d'être un petit juif noyé dans un océan de perfection WASP [10].

— Oui, mais tu sais qui tu es et tu ne cèdes jamais un pouce de terrain.

— C'est dans mes gènes. Mon peuple a l'habitude d'affronter l'adversité.

— Je suis né dans une famille qui préfère le déni et la constipation émotionnelle.

Parvenus au bord du quai, ils attendirent l'Invasion. Le bateau finit par arriver, avec à son bord des *drag queens* outrancièrement vêtues et

10 *White Anglo-Saxon Protestant*, « Protestant anglo-saxon de race blanche », terme qui désigne l'archétype de l'Américain descendant des premiers colons européens.

maquillées. La foule les applaudit et les aida à débarquer. Chacune fut officiellement présentée aux résidents de l'île par la *queen* de Cherry Grove.

Avec un coup de coude dans les côtes de Stanton, Marvin annonça :

— Il est là.

— Où ça ?

— Là-bas, devant le *Pantry*.

Stanton vérifia : effectivement, Hutch s'y trouvait, entouré de ses colocataires. Et il s'exhibait torse nu. Stanton en bavait presque.

— Quel splendide spécimen ! Regarde-moi ça ! Tu crois que j'ai ma chance ?

— Bien entendu, répondit Marvin. Vous êtes faits l'un pour l'autre.

— Que me conseilles-tu de faire ?

— Rien. Laisse-le venir à toi. L'indifférence est le meilleur des aphrodisiaques.

— Et s'il ne m'a pas vu ? s'inquiéta Stanton.

— Attends l'ouverture du pub, quand il ira au travail. Tu te pointeras alors, l'air nonchalant.

— Je n'ai pas envie d'attendre. Je veux savoir s'il a changé d'avis ou pas. C'est tout. Si je ne l'intéresse plus, je passe à autre chose.

— Patience, petit scarabée. Si tu ne peux attendre cet homme, c'est qu'il ne mérite pas ton attention.

Il arrivait souvent aux deux amis de regarder de vieux épisodes de *Kung Fu* à la télévision, tard dans la nuit. Ils en connaissaient certaines répliques par cœur.

— Maître, déclama Stanton, comment pouvez-vous être aussi sage ?

— Petit scarabée, déclama Marvin, comment peux-tu l'être aussi peu ?

Stanton ferma brièvement les yeux. Quand il les rouvrit, il fixa Hutch, exigeant mentalement un regard. Malheureusement, Hutch continua à rire et à papoter avec ses amis. Stanton réalisa que le groupe comprenait un inconnu : un bel homme d'une trentaine d'années, penché vers Hutch pour lui parler à l'oreille.

— Tu as vu ce type collant qui est à côté de lui ! s'emporta Stanton. Il le drague, non ? Un *vieux* ? C'est dégoûtant !

Marvin surveilla la scène pendant un moment.

— Il n'a aucune chance, déclara-t-il ensuite. Hutch n'en veut pas.

— Comment le sais-tu ?

— Il se tourne vers un de ses amis chaque fois que son admirateur lui adresse la parole.

— Que veux-tu dire ?

— Regarde !

Au même moment, l'inconnu posa le bras sur l'épaule de Hutch et se pencha pour lui parler. Après un rire bref, Hutch pivota vers Robert, son geste chassant avec naturel la main posée sur lui.

— Tu vois ? déclara Marvin. Il est courtois. Trop peut-être, car ce *shmendrik* m'a l'air un peu lent à la comprenette. Mais là n'est pas la question. Si tu comptes t'intéresser à Hutch, ou Chris, peu importe son nom, il faudra que tu t'habitues au fait qu'il sera toujours la cible de toutes les attentions.

— Ça me rend dingue de voir ça. Je dois le rejoindre.

— Attends encore un peu…

Sans l'écouter, Stanton fit quelques pas puis s'arrêta net en entendant une voix perçante. La *queen* de Cherry Grove avait fini d'annoncer au micro les noms des envahisseuses. Elle venait d'appeler Marvin.

— Marvin Goldstein ? Marvin Goldstein est-il parmi nous ?

Stanton et Marvin se regardèrent avec horreur.

— Que se passe-t-il ? s'enquit Marvin.

— Je n'en ai aucune idée.

— Si je subis à cause de toi une humiliation publique, je ne te le pardonnerai jamais.

— Je ne te ferais pas ça, tu le sais bien.

— Marvin Goldstein ? cria la *drag queen*. Oh, Marvin, réponds, où que tu sois.

— Qu'est-ce que je fais ? demanda Marvin.

Un homme à côté d'eux avait dû surprendre une partie de leur conversation, car il se mit à crier :

— Il est là !

— Merde ! marmonna Stanton.

— Oh, Dieu d'Abraham, protège-toi et veille sur moi, j'ai besoin de toi.

— Marvin, chéri, es-tu vraiment là ? Viens. N'aie pas peur. Je ne mords pas… trop souvent !

Stanton poussa Marvin vers la jetée.

— Vas-y, tu ne peux plus y couper, de toute façon. Souris et affronte la foule.

La lippe boudeuse, Marvin marcha à contrecœur jusqu'à l'endroit où se tenait l'imposante reine de Cherry Grove. Elle lui ouvrit les bras et le serra contre de faux seins plus que généreux.

— Marvin ! Tu es mignon comme tout ! Nous sommes toutes folles d'un bel hébreu, pas vrai, les filles ?

Les autres *drag queens* répondirent par des cris, des sifflets et des applaudissements. Marvin se dégagea, empourpré d'angoisse.

— Marvin, à la demande de notre barman préféré du *Blue Whale*, nous t'avons apporté du Grove une surprise. Hutch, veux-tu nous rejoindre ? C'est à toi que reviens l'honneur de lui remettre son cadeau.

Marvin se tourna vers Stanton et mima « je vais te tuer ! » Stanton pivota vers le *Pantry* : Hutch quittait ses amis et rejoignait le groupe assemblé sur la jetée. La foule s'ouvrit devant lui comme la Mer Rouge devant Moïse.

— La nuit dernière, expliqua la reine, j'ai reçu un appel de Hutch. Apparemment, Marvin est un fin connaisseur en *vino tinto* et Hutch connaît ma cave légendaire…

— Oh, oui ! s'écria une de ses groupies.

— Merci, répondit la reine avec un sourire.

Une fois arrivé, Hutch posa le bras sur l'épaule de Marvin. La *drag queen* lui tendit le micro.

— C'est à toi, mon chou.

— Merci, Patzi. Marvin, un petit oiseau m'a indiqué que tu n'appréciais pas le vin du *Blue Whale*.

— Il l'a traité de *merdique* ! hurla Patzi, hilare. Mais à la défense de notre pub préféré, personne n'y commande jamais de vin, et surtout pas du rouge !

La foule rugit de joie.

— Donc, enchaîna Hutch, j'ai demandé à Patzi une bouteille de sa cave.

D'un geste théâtral, la *drag queen* brandit une bouteille sombre et poussiéreuse, et la montra à la foule. Hutch lui rendit le micro.

— Marvin, je sais bien que n'importe laquelle de mes bouteilles aurait été mieux que la vinasse qu'ils servent au *Blue Whale*. Mais l'été dernier, Hutch m'a présenté mon mari, alors, je lui dois beaucoup. Je t'ai apporté un Château Cheval Blanc 1947. Tu reconnais le nom, je présume ?

Plusieurs cris et halètements jaillirent de la foule. Les yeux de Marvin faillirent sortir de sa tête. Avec un sourire, Patzi lui tendit le micro.

— Oui, répondit-il. C'est le meilleur des Bordeaux, ce qui en fait le meilleur vin de la planète.

— L'as-tu déjà goûté ?

Marvin eut un petit rire.

— Non. Mais c'était un de mes vœux les plus chers.

— Eh bien, une *drag queen* n'a-t-elle pas les mêmes pouvoirs qu'une marraine-fée ? Qu'en dites-vous, les filles ? Nous réalisons les vœux de ceux que nous aimons, pas vrai ? Je t'offre donc cette bouteille, Marvin Goldstein, de la part de Cherry Grove et de Patzi Klein. Partage-la avec tes amis.

Elle lui tendit la bouteille pendant que Hutch lui ébouriffait les cheveux d'un geste affectueux. Marvin accepta le vin et fixa l'étiquette d'un œil incrédule.

— Je suis sans voix, bredouilla-t-il. Merci… Merci à vous deux. C'est…

Hutch se baissa pour chuchoter quelques mots à l'oreille de Marvin, qui hocha la tête avec un sourire. Ce fut un grand moment.

Stanton qui observait la scène fut certain d'une chose : Hutch était toujours intéressé. Très soulagé, il regarda Marvin revenir vers lui. Tous ceux qu'il croisait lui tapèrent dans le dos et le félicitèrent.

En rejoignant Stanton, Marvin lui jeta :

— Si tu ne veux pas d'un homme pareil, c'est que tu es complètement idiot.

— Oh, je sais, mon pote. Je reviens.

Il se dirigea vers la jetée, où Hutch l'attendait.

— Merci, dit-il une fois à ses côtés.

— De rien. Ça a marché ? Il est content ?

Stanton se mit à rire.

— Oh, oui !

— Je dois aller travailler maintenant, mais j'aimerais que tu viennes dîner ce soir chez moi avec Marvin, d'accord ? Ce serait moche de l'abandonner deux soirs de suite.

— Vingt heures ?

— Plutôt dix-neuf heures trente. Je ferai la cuisine. Rien de compliqué, mais ça devrait être sympa.

— Nous viendrons volontiers.

Il fit un pas en avant et embrassa Hutch sur la joue.

— Sensass ! lança le barman en souriant.

— Et ce n'est qu'un avant-goût.

Stanton tourna les talons et commença à s'éloigner, puis il se retourna pour dire :

— J'ignore qui est ce vieux qui ne cesse de te tripoter, mais dis-lui d'aller se chercher quelqu'un de son âge, s'il te plaît.

— Il n'a aucune importance, Stanton.

— Je sais. J'aimerais quand même que tu mettes les choses au clair.

— Pas de problème, je le ferai. Au fait, tu te souviens de cette question que tu m'as posée hier. Pourquoi toi ?

— Oui, excuse-moi. Tu avais raison. C'était idiot.

— Non, pas du tout. C'est normal que tu veuilles savoir ce qui m'a attiré chez toi. Parmi d'autres raisons, j'ai aimé la façon dont tu as défendu ton ami. Même si cela t'obligeait à me faire des révélations gênantes.

— Amour, amitié et loyauté. Je crois que ça résume bien ce qui compte le plus à mes yeux.

— Tu es quelqu'un de bien, Stanton Porter.

— Merci. J'aime la façon dont tu me vois. Dix-neuf heures trente ?

— Dix-neuf heures trente. Ne sois pas en retard.

— Je le suis toujours.

— Non, pas ce soir.

Stanton alla retrouver Marvin, qui l'attendait à l'ombre d'un chêne mourant.

— Tout *kasher* ? demanda-t-il.

— Oui. Nous sommes invités ce soir à dîner chez eux.

— Oui, je sais.

— Il te l'a dit ?

Marvin hocha la tête.

— Oui, et il m'a aussi demandé à veiller à ce que tu sois ponctuel.

— Bonne chance !

— De quoi allons-nous leur parler ? s'enquit Marvin.

— À ton avis ?

Stanton se mit à marcher avec un sourire, sachant que Marvin ne l'avait pas compris, mais que cela ne durerait pas. Effectivement, Marvin lui courut très vite derrière tout frétillant d'excitation.

— De musique ! Bien sûr ! Nous allons leur parler musique !

BETTER DAYS

LE LENDEMAIN qui suivit le concert de Springsteen, Topher se traîna hors de son lit et pénétra dans la salle de bain. Il se regarda dans le miroir. Que faisaient ces cernes noirs et gonflés sous ses yeux ? Après les évènements de la veille au soir, il avait eu beaucoup de mal à trouver le sommeil.

Une fois douché et habillé, il se rendit dans la cuisine. Vu qu'il partageait la maison avec trois camarades, les matins avaient tendance à être peu chaotiques. Les jumeaux, Robin et Maurice, se préparaient un déjeuner à emporter tandis que Peter était attablé devant un bol de céréales.

— Alors, ce concert ? demanda Peter. Comment c'était ?

— Sensass.

Robin leva un sourcil.

— *Sensass* ? répéta-t-il.

Il ouvrit le réfrigérateur et en sortit deux yogourts, qu'il tendit à son frère. Peter termina ses céréales et but le lait qui restait au fond du bol. Se levant ensuite, il désigna la boîte.

— Tu en veux ou je la range ? demanda-il à Topher.

— Non, merci. Je n'ai pas faim.

— Il est comment ? demanda Robin. Je parle de Stanton Porter. C'est plutôt rare de tomber sur un critique musical hyper connu.

Topher alla jusqu'à la cafetière posée sur le comptoir et se versa une tasse de café. Puis il se retourna vers les autres et lança :

— Il viendra nous écouter ce soir.

— Quoi ? s'exclamèrent-ils tous les trois à l'unisson.

— Comment as-tu réussi à obtenir ça ? demanda Robin. Tu lui as taillé une pipe ou quoi ?

Topher s'éclaircit la gorge.

— Non, c'est lui qui l'a proposé.

Maurice tendit un des sacs repas à son frère.

— J'aimerais bien en savoir davantage, annonça-t-il, mais nous sommes déjà en retard.

Les jumeaux travaillaient tous les deux à l'aéroport, Maurice dans une agence de location de voiture et Robin dans l'équipe d'entretien au sol – il conduisait les bagages enregistrés du terminal aux avions et vice-versa.

— À ce soir, dix-neuf heures, lança Robin.

Une seconde après, les jumeaux sortaient par la porte de derrière.

— Tu ne travailles pas aujourd'hui ? demanda Topher à Peter.

— Non, j'ai changé mes horaires avec un autre gars.

Il était employé au rayon bois de *Home Depot*. Un choix plutôt logique, car son père possédait des forêts et une scierie, et fournissait en bois de construction Dime Box et ses environs.

— Je compte faire un tour en ville, enchaîna Peter, vérifier les éventuelles scènes en plein air susceptibles de nous accueillir.

Il s'apprêtait à quitter la cuisine quand Topher le retint.

— J'aimerais te raconter un truc…

— Oui, quoi ?

— J'ai embrassé Stanton Porter la nuit dernière, pendant *Thunder Road*.

— Tu es sérieux ? Bruce a joué *Thunder Road* ? Argh ! Je te déteste.

— Tu as entendu ce que je t'ai dit ?

— Oui, et alors ? Tu veux que je te réponde quoi ?

— Je ne sais pas. Tu n'es pas… surpris ?

Peter réfléchit un moment.

— Non, dit-il enfin. Pas vraiment. L'an passé, j'ai parlé à deux gars soi-disant hétéros et ils m'ont raconté la même chose : ils ont rencontré un gay qui les a fait vraiment flipper, alors ils ont tenté le coup… euh, sexuellement. Et ça leur a plu. Bien plus qu'ils l'avaient imaginé. L'un d'eux prétend même que son copain lui taille toujours une pipe le samedi après-midi pendant qu'ils regardent le foot inter-U.

— Je croirais entendre Travis !

— Tu veux mon avis ? insista Peter.

— Non. Il est peu trop tôt pour que je subisse ça.

— Tant pis pour toi. Selon moi, l'orientation sexuelle disparaîtra d'ici quatre ou cinq générations et les gens tomberont amoureux sans se soucier du sexe de leur partenaire.

— Tu te verrais, toi, baiser un mec ?

— Pourquoi pas ? Un jour, peut-être… Pour le moment, je m'en tiens aux filles. En revanche, si l'une d'elles me le propose, je ne refuserais pas une petite gâterie pendant que je regarde les Longhorns. Au fait, quel âge il a, ce Porter ? Je me souviens avoir lu un article de lui dans *Rolling Stone* il y a au moins dix ans.

— La cinquantaine.

— Sans déconner.

— C'est vrai, il a cinquante ans.

— Ben voyons ! Tu devrais peut-être l'emmener chez *Luby* pour votre premier rencard. J'ai entendu dire qu'ils font des rabais aux seniors qui leur présentent une carte gériatrie.

— Tu es d'un drôle ! Je ne sais pas si je vais sortir avec lui.

— Pourquoi ? Si tu l'as embrassé, il y a quelque chose entre vous, non ?

— Peut être. Je ne sais pas.

— J'ai l'impression que tu as besoin de temps pour comprendre ce qui t'arrive.

— Tu as sans doute raison.

— J'ai *toujours* raison. Si j'ai appris un truc, question drague, c'est que la chance, contrairement au facteur, ne sonne pas toujours deux fois. Quand on a une opportunité, il faut la saisir – et vite ! *Carpe diem*, mon ami. Nous ne rajeunissons pas.

Il commença à s'en aller. Il s'arrêta à la porte de la cuisine et se retourna :

— Tu lui as taillé une pipe ou pas ?

— Non ! Pas déjà.

EN ARRIVANT au garage Groovy, Topher commença par une vidange-graissage d'une Dodge Durango. C'était un travail de routine, mais il était distrait, occupé à ressasser la nuit précédente, aussi se trompa-t-il en remettant les anciennes bougies au lieu des neuves. Il réalisa son erreur et étouffa un juron.

— Merde !

Travis sortit la tête de sous le capot d'une Chevy Silverado.

— Pourquoi es-tu aussi sombre ce matin ? Je pensais qu'après un concert de ton idole, tu serais au septième ciel ! Qu'est-ce que tu as ?

— Je ne sais pas.

Brusquement, Topher décida que Travis était le mieux placé pour l'aider à comprendre ce qui s'était passé la veille. Après tout, n'était-il pas récemment tombé éperdument amoureux d'un homme après avoir été hétéro jusque-là ?

— Travis, quels sont tes projets pour le déjeuner aujourd'hui ?

— Comme d'habitude. Je passe chez moi me faire un sandwich. Pourquoi ?

— Je voudrais t'inviter à manger un morceau en face. J'ai besoin de conseils.

Ravi, Travis s'éclaira.

— Bien sûr. Nous allons chez Jason ? Ils ont une délicieuse soupe à l'oignon à la française.

— Oui. Je préviendrai Darrell que nous prendrons notre pause-déjeuner en même temps.

VERS MIDI, les deux hommes se lavèrent les mains et quittèrent le garage, traversant la rue en direction du traiteur. Ils firent la queue, remplirent leur plateau, puis s'installèrent à une table libre. Sans attendre, Travis plongea sa cuillère dans sa soupe pour récupérer le fromage qui y flottait. Il le dégusta avec un plaisir évident.

— Comment était le concert ? demanda-t-il, la bouche pleine.

— Intéressant. Stanton est un homme complexe, qui a connu des tas de choses et rencontré des tas de gens.

— Il s'appelle Stanton ?

— Oui. Stanton Porter.

— Il est superbe !

— Oui, je sais. Il est aussi critique musical pour la NPR. Tu as dû l'entendre à la radio.

— Vous étiez installé à côté ?

— Oui.

— Quel est le problème, alors ?

Topher décida d'esquiver la question… pour le moment.

— Je suis curieux de savoir ce qui t'est arrivé l'an passé ? Avec Ben, je veux dire. Je le trouve génial, bien sûr, mais que tu sois devenu gay… euh, je peux dire ça, hein, ça ne te gêne pas ?

— Non, bien sûr que non. Je suis gay – puisque j'ai un copain.

— D'accord. Mais tu ne m'as jamais raconté comment c'est arrivé.

Travis lutta un moment avec les filaments de fromage de sa soupe, puis il avala et tourna la tête vers la fenêtre.

— Je ne peux pas l'expliquer.

— Je ne te demande pas de l'expliquer. Je veux juste savoir ce qui s'est passé.

— Eh bien, tout a commencé le jour de l'enterrement. Tu sais que ses parents ont été tués dans un accident de voiture, n'est-ce pas ? J'habitais en face des Walsh, Bill m'avait pris sous son aile et je m'entendais avec les jeunes frères de Ben comme cul et chemise. Lui vivait à New York, à ce moment-là. Je l'avais vu en photo, je savais qu'il était très beau, mais c'était un peu comme admirer Brad Pitt, si tu vois ce que je veux dire. Il n'y a aucun mal à ça.

— Oui, bien sûr.

— J'ai rencontré Ben le jour des funérailles de ses parents. D'abord, il était à l'église, au premier rang, assis avec ses frères, mais c'est plus tard, au cimetière, que nous nous sommes parlé pour la première fois.

— As-tu tout de suite senti qu'il se passait quelque chose entre vous ?

— *A posteriori*, oui, je pense, mais je l'ai su de façon certaine une semaine plus tard, le soir du Nouvel An. Et ce n'était que le début ! Tu sais ce que j'ai enduré avec…

Topher l'interrompit.

— Avais-tu déjà été attiré par un homme ?

— Non. Jamais. Mais Ben n'a rien d'un homme ordinaire. C'est une force de la nature. Je vais parfois à son cabinet – si tu voyais la façon dont les autres avocats le vénèrent, ils sont tous dingues de lui ! Partout où nous allons, il attire l'attention. Il m'a fait le même effet, bien entendu. Dès notre rencontre, j'ai été… je ne dirais pas amoureux, c'était trop tôt, mais irrésistiblement intéressé. J'aimais être avec lui, l'écouter. Après le cimetière, il m'a raccompagné et j'ai senti les étincelles crépiter. Il m'a dit que je ne tenais certainement pas à rester mécano toute ma vie, je lui ai rétorqué qu'être capable de réparer n'importe quel moteur n'était pas si nul… et là, il m'a souri. C'était la première fois que je voyais ce sourire, j'ai craqué. Je me souviens qu'il s'est penché pour prendre un truc dans la boîte à gants, il m'a effleuré le genou, j'ai été comme électrocuté. Je ne sais pas… cette journée a été si bizarre… j'avais l'impression de…

— … de retrouver des sensations oubliées ?

— Oui, exactement. Avec lui, je me sentais l'être le plus important du monde. Le lendemain, il est passé chez moi me demander conseil. As-tu déjà entendu quelque chose de plus fou ? Un avocat réputé qui vient me solliciter pour gérer ses jeunes frères. En plus, il m'a écouté.

— Comment êtes-vous passé au… euh, tu sais ?

— Au sexe ?

— Oui.

— Je me suis demandé très vite l'effet que ça me ferait de l'embrasser.
Topher s'étouffa avec son sandwich au bœuf.

— Ça va ? s'inquiéta Travis.

— Oui. C'est juste passé du mauvais côté. Continue.

— Pour être franc, je ne savais pas d'où me venaient ces drôles
d'idées. Mais il a une si belle bouche !

— Donc, comme ça, tu t'es lancé ?

— Euh non. J'aimerais avoir eu ce courage, mais c'est lui qui m'a
embrassé.

— Et ?

— J'ai bandé. Et tu sais comme moi qu'un homme peut toujours se
fier à ses érections. J'ai alors réalisé que j'étais sans doute bisexuel, même
si c'était la première fois que ça m'arrivait. Après ce baiser, je suis devenu
obsédé. Nous avons baisé… un mois plus tard, environ. Ça a été fantastique.

— Un mois ? Pourquoi avoir attendu si longtemps ?

— Par lâcheté. De mon côté en tout cas. Une fois encore, c'est Ben
qui a fini par prendre l'initiative.

— Et maintenant, est-ce que tu regardes les autres hommes ?

Travis hésita. Puis il se pencha en avant et baissa la voix :

— Depuis que j'ai viré ma cuti, je suis plus attentif, c'est vrai. Je
reconnais éprouver un frisson d'excitation devant un homme aussi beau
que Stanton Porter. D'ailleurs, il m'arrive même de regarder du porno gay,
quand je cherche des idées, des scénarios ou des jeux de rôle pour pimenter
nos ébats. Et je trouve aussi un des acteurs, Spencer Reed, incroyablement
sexy, mais que ça reste entre toi et moi. Si jamais tu en parles à Ben, je
t'arrache la tête, tu entends ? Il est persuadé d'être le seul à m'intéresser.

Topher rit.

— Et ça ne te manque pas, le sexe avec les femmes ?

Travis secoua vigoureusement la tête.

— Oh, non ! Ben est l'amour de ma vie et le meilleur partenaire que
j'aie connu – et de loin. Je n'ai aucune raison de chercher ailleurs, homme
ou femme. En plus, il me tuerait. Au fait, pourquoi toutes ces questions ?

Pour se donner le temps de réfléchir, Topher sirota son soda Dr
Pepper. Pendant ce temps, Travis terminait sa soupe.

— J'ai embrassé Stanton pendant *Thunder Road*, annonça enfin
Topher.

Travis se figea, la cuillère en l'air.

— Bon sang !

— Oui, c'est aussi mon avis.

Travis posa ses couverts et se frotta le cuir chevelu.

— C'est quand même bizarre… Crois-tu que Darrell trafique notre fontaine à eau ?

Topher éclata de rire.

— Je me suis posé la même question. Je ne sais plus où j'en suis ! Je n'ai jamais été aussi troublé…

— Hé, tu t'adresses à la bonne personne, en tout cas. Je sais exactement ce que tu ressens.

— Alors, donne-moi des conseils. Que dois-je faire ?

— Raconte-moi d'abord ce qui s'est passé.

— Je ne sais pas vraiment. C'était vers la fin du concert, quand Bruce a chanté *Thunder Road*. C'est ma chanson préférée de son répertoire. Et puis, toute la journée, mon téléphone a vibré sans que rien apparaisse sur l'écran, ni appel manqué ni texto.

— C'est étrange quand même.

— Oui, j'en ai parlé à Stanton, il prétend que c'est un SVF – un Syndrome de vibration fantôme. Il paraît que le *Daily Beast* a fait un article à ce sujet.

— Ça consiste en quoi ?

— Je ne sais pas. Quand Springsteen a entonné *Thunder Road*, mon téléphone a vibré dans ma poche. J'ai vérifié, rien, alors je me suis dit… que mon téléphone essayait peut-être de me dire quelque chose.

— Topher…

— Je sais, ça paraît dingue. J'ai eu la sensation qu'un interrupteur venait de s'allumer dans ma tête. La salle s'est mise à tourner et puis, bam !

— Ne me dis pas que tu as vomi !

— Non, au contraire. Mes sens se sont sensibilisés à l'extrême.

— Comme Peter Parker dans *Spiderman* quand il a été mordu par l'araignée ?

— Exactement ! Les couleurs sont devenues plus brillantes, les notes plus éclatantes et le plus étrange, c'est que j'avais un goût de sel sur les lèvres, je te jure sur la tombe de mon père !

— Attends une minute. N'as-tu pas écrit une chanson intitulée *Saltwater Kisses* ?

— Si, c'est le premier truc auquel j'ai pensé. Bref, pendant que je regardais Springsteen et sa femme chanter *Thunder Road* dans le même micro, j'ai eu une illumination : je voulais embrasser Stanton Porter. Je n'y comprenais rien, mais je le voulais. Alors, je l'ai fait.

— Comment a-t-il réagi ?

— Ça lui a plu, mais alors...

— Tu as paniqué, c'est ça ?

— Oui. Il m'a rendu mon baiser en m'empoignant le cul, alors, je l'ai repoussé en lui disant que je n'étais pas gay.

Travis éclata d'un rire incontrôlable.

— Ce n'est pas drôle ! protesta Topher.

— Oh, si. Imagine un peu la scène : tu lui colles ta langue dans la gorge et la seconde d'après, tu lui balances que tu n'es pas gay ! Il s'est fichu de toi, je parie.

— Oui.

— Il est gay, bien sûr ? insista Travis.

— Oui.

— C'est évident. Un hétéro ne réagit pas à un baiser en t'attrapant le cul. Et après ?

— Il était un peu énervé. Après mon éclat, il m'a ignoré. J'ai bien cru avoir tout gâché. Je me sentais vidé, émotionnellement parlant, mais surtout paumé...

— Ne me dis pas que tu as pleuré ?

— Si. Je n'ai pas pu m'en empêcher. Plus j'essayais de me contrôler, plus ça empirait.

— Et qu'a-t-il dit ?

— Il s'est adouci, mais le Boss a eu huit rappels et nous avons dû attendre la fin du concert.

— Que s'est-il passé ensuite ? demanda Travis, fasciné.

— Il m'a emmené à son hôtel, le W, c'est très classe. Nous avons pris un verre dans une salle étonnante remplie de vinyles du sol au plafond. Nous avons parlé. Ensuite, c'est assez compliqué, j'aurais du mal à te l'expliquer, mais au final, il vient assister à notre spectacle ce soir.

Travis garda le silence. Au bout d'un moment, Topher n'y tint plus.

— Dis quelque chose !

— As-tu aimé l'embrasser ?

— Oui, mais c'est la seule conclusion cohérente à laquelle je sois arrivé... le reste, je n'ai pas encore pu le gérer.

— Et aujourd'hui, tu n'as pensé qu'à ça ?

— Oui, Stanton Porter m'obsède.

— J'ai remarqué que tu avais à peine touché ton déjeuner.

— C'est vrai. Je n'ai pas faim.

— As-tu dormi cette nuit ? insista Travis.

— Pas vraiment.

— As-tu déjà éprouvé ce genre de symptômes ?

— Après une rencontre, tu veux dire ?

— Oui.

— Jamais. Et jamais je ne me suis senti aussi décontenancé le lendemain.

— Décon… Où diable as-tu trouvé un mot aussi compliqué ?

— Ma mère l'utilise tout le temps.

— Et tu comptes le revoir ?

— Oui. Ce soir.

— Tu connais le processus, n'est-ce pas ? Ce qui se passe au premier rendez-vous… et ensuite. Veux-tu en parler ?

Topher se concentra sur son Dr Pepper.

— Je n'y avais pas pensé, mais tu as raison, ce serait peut-être mieux que je sois préparé.

— Bon, apparemment, l'idée de coucher avec un mec ne te dégoûte pas.

— Non pas du tout. Ça m'a plu de l'embrasser et j'ai déjà pensé au sexe homo… mais pas avec Stanton spécifiquement.

— Tu n'as jamais essayé ?

— Non, je n'ai pas eu l'occasion… en fait, j'ai assez peu baisé, voilà.

— As-tu déjà regardé du porno gay ? demanda Travis.

— Non, mais je ne suis pas trop fan du porno en tout genre.

— As-tu déjà bandé en regardant un homme ?

Topher réfléchit un moment.

— Non, je ne crois pas.

— As-tu déjà goûté ton sperme ? Après t'être masturbé, par exemple.

Topher se sentit piquer un fard.

— Je vois, enchaîna Travis. Ta tête est une réponse en soi. Bon, je vais te faire passer un petit test, juste pour vérifier. Ferme les yeux.

— Maintenant ?

— Oui, maintenant.

Topher jeta autour de lui un regard affolé.

— Ça ne va pas la tête ? En public ?

— Ne sois pas idiot, je ne compte pas te demander d'exhiber la queue. Je te rappelle que l'expert en sexe gay, c'est moi, alors, fais-moi confiance. Il nous manque un élément crucial. Ferme les yeux.

Topher obéit.

— Et maintenant ? souffla-t-il.

— Tu te souviens du corps de Stanton ?

— Bien sûr !

— Alors, imagine-toi en train de le déshabiller.

Topher eut un petit rire. Travis le sermonna sévèrement :

— Si tu rigoles quand il enlève sa chemise, tu vas tout faire rater.

— D'accord, d'accord.

— Concentre-toi, Topher ! Imagine-toi en train de détacher sa ceinture et de faire glisser son pantalon.

— Ça devient...

— Tais-toi. Tu tombes à genoux... Que se passe-t-il maintenant ? Je parle dans ta tête, bien sûr, pas ici au restaurant.

Topher ne répondit pas. Sur son écran mental, il voyait Stanton debout devant lui. La poitrine était robuste, parsemée de poils au niveau des mamelons et autour du nombril, une flèche sombre descendant vers le bas-ventre. Pour mieux voir, Topher tira sur l'élastique du caleçon, découvrant un sexe érigé, de belle taille – plus épais et plus long que le sien – et circoncis. Il soupesa les bourses lisses et se pencha, récupérant sur sa langue la goutte qui perlait au méat. Enivré, il engloutit le sexe jusqu'au fond de sa gorge. Pour la première fois, il découvrait le goût musqué d'un homme...

Il tressaillit et ouvrit des yeux exorbités.

— Tu bandes ? demanda Travis.

Écarlate, Topher hocha la tête. Travis parut ravi.

— La démonstration me paraît concluante. Bienvenue au club, Toph ! Alors, que veux-tu faire à présent ? Passer à l'étape supérieure ?

— Je pense.

— Non, ça ne marche pas comme ça avec un gay. Imagine un peu que tu le dragues et que tu changes d'avis au dernier moment, hein ? Tu serais...

— ... un allumeur ?

— Exactement, ce qui serait lamentable. Je recommence : veux-tu passer à l'étape supérieure ?

Topher évoqua sa réaction à l'idée de faire une fellation à Stanton. Il bandait toujours, d'ailleurs.

— Oui.

— Tu ne paniqueras pas au moment crucial ?

— Non.

— Tu en es certain ? C'est très différent de tout ce que tu connais. Ça implique une queue, une bouche et un trou du cul. C'est plus brut, plus primaire. Bon sang, quand Ben me baise, j'en garde souvent des ecchymoses. Tu te sens prêt à le supporter ?

— Oui. Je n'ai rien d'une mauviette.

— D'accord. Si tu veux mon avis, commence doucement, par une pipe – et attention à tes dents ! Il nous arrive à Ben et moi de nous contenter de sexe oral, ça n'a rien de déshonorant. Garde ta défloration pour une prochaine fois. Nous en parlerons d'ici là…

Le silence retomba. Au bout d'un moment, Travis demanda :

— À quoi penses-tu ?

— Tout me semble… je ne sais pas… familier. Je n'arrive pas à m'expliquer pourquoi.

— Ah.

Travis baissa les yeux sur son bol vide.

— Quoi ? demanda Topher.

— Rien. Je pensais juste à une théorie de Ben, plutôt incroyable. Quel âge a Stanton ?

— Il n'a pas voulu me le dire, mais il a au moins la cinquantaine puisqu'il a assisté à un concert de Springsteen en 1981, peu avant ses vingt ans. J'ai d'ailleurs vérifié sur Google.

— Waouh ! Il est super chouette pour un quinquagénaire. Tu es certain que ton intérêt pour lui n'a rien à voir avec tes problèmes avec ton père ?

Topher se raidit.

— Qu'est-ce que tu racontes ?

— Du calme, vieux. Tu ne t'es jamais pardonné ce qui s'est passé, nous le savons tous les deux, même si ta réaction trop vive était normale pour l'ado que tu étais à l'époque. Je m'interrogeais simplement sur les implications de cette différence d'âge entre Stanton et toi, c'est tout.

Les dents serrées, Topher détourna la tête.

— Ça n'a rien à voir avec mon père.

— D'accord, d'accord, le sujet est clos. Euh, son âge ne te pose vraiment aucun problème ?

— Tu as toujours cité Brad Pitt comme le summum de la masculinité et lui aussi a presque cinquante ans. Allez, tu l'as vu comme moi ! Stanton est superbe ! Je me demande même…

— Quoi ? insista Travis quand Topher ne termina pas sa phrase.

— … si je suis assez bien pour lui.

Dans les yeux de Travis, Topher vit naître cette lueur protectrice que son ami réservait en général aux jeunes frères de Ben.

— Ne doute pas de toi, jamais ! Tu es beau, jeune et talentueux ! Et tu as un cul superbe ! Je suis sans doute partial vu que je te considère comme mon frère, mais quand même.

Une fois de plus, Topher avait les joues brûlantes. Il vérifia que la réflexion sur son cul n'avait pas été surprise par les autres clients.

— Merci, Travis, souffla-t-il. Pour répondre à ta question, non, son âge ne me gêne pas. Ni le fait qu'il soit un homme.

Il s'agita dans son siège et se rajusta sous la table.

Travis le dévisageait, bouche bée.

— Ne me dis pas que tu bandes toujours ?

— Si. Je ne sais pas pourquoi ça ne passe pas. C'est à cause de ton foutu test !

— Attention, Topher, si tu te lances dans cette voie, ta vie ne sera plus jamais la même. J'en parle en connaissance de cause : j'ai déjà vécu ça !

— Et tu ne regrettes rien !

— Il y a eu des moments difficiles, rétorqua Travis. Oui, tout s'est arrangé, mais notre route a parfois été cahoteuse. Quand j'étais en Alaska, j'écoutais en boucle une chanson intitulée *Losing My Mind*. Je n'en ai jamais parlé à personne. J'étais là-bas quand Ben m'a appelé pour l'anniversaire de notre rencontre. J'ai vu son numéro sur mon écran. Je savais que c'était lui. Je n'ai pas répondu. Il l'ignore. Tout comme il ignore qu'ensuite, j'ai passé deux heures à pleurer. Je n'étais pas prêt à l'affronter. L'amour est parfois douloureux. Il faut que tu en sois conscient.

Topher inspira un grand coup.

— Je veux aller jusqu'au bout, voir où ça nous mène.

— D'accord. Que va-t-il se passer ce soir ?

— Il vient nous écouter au *Rooftop*.

— Très bien, ça vous donnera un prétexte pour vous retrouver, mais ensuite, tu dois passer un moment seul avec lui. Et il te faut aussi un plan… Attends que je réfléchisse.

La tête détournée vers la fenêtre, il vida machinalement son Coca. Puis il sourit et affronta Topher droit dans les yeux.

— J'ai une idée !

BLOOD BROTHERS

APRÈS L'INVASION, Stanton et Marvin décidèrent de sauter le thé dansant et de passer le reste de l'après-midi au bord de la piscine. Colby et Archy étaient partis à la plage pour la journée. Stanton aimait bien leur compagnie – après tout, il était l'invité des deux hommes –, mais se retrouver seul avec Marvin lui faisait également plaisir.

Marvin s'étendit sous un parasol.

— Tu as vu ses amis ? Je n'ai pas l'habitude de fréquenter des hommes pareils.

Stanton était allongé sur une serviette à côté de la piscine, le visage tourné vers le soleil pour profiter le plus possible de ses rayons.

— Qu'est-ce que tu racontes ? Et moi, alors ? Tu prétends toujours que je suis le plus bel homme de ta connaissance. Tu mentais, c'est ça ?

— Non, mais toi, c'est différent. Tu n'es pas bien dans ta tête.

Stanton gémit.

— Si on t'entendait me parler comme ça, ton matricule en prendrait pour son grade.

— Tu sais très bien ce que je veux dire.

— Que mon physique t'impressionne moins depuis que tu as découvert mes faiblesses, c'est ça ?

— Non, mais elles t'ont rendu plus humain.

— Ce sera pareil pour eux dès que tu les connaîtras mieux. Je suis certain qu'ils ont des problèmes comme tout le monde. Fais un effort, s'il te plaît, donne-leur une chance.

— Je n'ai pas dit que je m'y refusais. Au contraire, je suis partant. Surtout si c'est pour parler musique.

— Que vas-tu mettre ? s'enquit Stanton.

— Ma mère m'a offert une jolie tenue, short en lin et chemisette assortie.

— Du *lin* ?

Marvin se mit à glousser.

— Qu'est-ce que j'ai encore dit ? protesta Stanton. Je croyais que le lin, c'était pour faire des draps.

— C'est vrai, mais c'est aussi un tissu très agréable en été. Il a la côte dans les communautés de plage, même s'il se froisse facilement.

Stanton le dévisagea avec perplexité.

— Pourquoi porter un truc qui se froisse ?

— Je ne sais pas... peut-être parce que le lin, c'est cher.

— Peuh ! dit Stanton. Les snobs ne connaissent-ils pas le polyester ? Au moins, ça ne se froisse pas.

— C'est du synthétique, ça ne respire pas. Et puis, nous ne sommes plus dans les années soixante-dix. De nos jours, les tissus naturels sont revenus à la mode. Et toi, que vas-tu mettre ?

— Un short et un tee-shirt. Je n'ai pas vérifié les étiquettes, mais je pense que c'est du coton. Comptes-tu apporter ta bouteille et leur faire goûter ton vin ?

— Oui. C'est la moindre des choses.

Peu avant l'heure convenue, Stanton et Marvin traversaient l'île pour se rendre chez Hutch. La maison était juste derrière le *Pantry*, sur Lone Hill Walk. Ils remontèrent le chemin sinueux jusqu'à la porte d'entrée. À travers la moustiquaire, ils virent Hutch et ses colocataires dans la cuisine, occupés à préparer le dîner. Stanton frappa.

— Entrez, les gars, les accueillit Hutch.

Stanton ouvrit la porte et incita Marvin à entrer. Hutch s'essuya les mains et vint à leur rencontre. Ses colocataires le suivirent, afin de se présenter.

— Cinq minutes de retard, déclara Hutch. Pas mal.

Marvin fit une grimace, les mains en l'air.

— Je n'ai pas pu mieux faire.

— Tu t'en es très bien sorti, Marvin. Voici mes amis et colocataires.

Hutch lui présenta Robert, Michael et Paul. Puis s'adressant à ces derniers, il ajouta :

— Marvin est étudiant à NYU, il partage une chambre avec Stanton.

Michael s'esclaffa.

— Arrête ! Toute l'île connaît Marvin Goldstein.

— Ça, c'est sûr, ajouta Paul. Après la petite exhibition de tout à l'heure.

Marvin devint ponceau.

— Ne tire pas cette tête. Par ici, certaines *queens* seraient prêtes à tuer pour une telle renommée.

— Je ne cherche pas vraiment ce genre de renommée.

— C'est la fameuse bouteille ? demanda Robert, le doigt pointé.

— Oui, dit Marvin. Le bon vin est meilleur quand il est partagé, alors j'ai pensé que nous pourrions le boire ensemble.

— Sensass ! Où est le tire-bouchon ?

— Rappelle-moi le nom de ce vin ? demanda Michael.

— C'est un Château Cheval Blanc, 1947. Une des plus belles années de Bordeaux.

— Pourquoi « blanc » puisque c'est un vin rouge ? s'étonna Michael. Ces Français sont bizarres.

Michael acquiesça.

— J'ai fait un peu de français à l'école, mais j'ai tout oublié.

— C'est le nom de la cave, expliqua Marvin.

— Pourquoi ce vin est-il tellement spécial ? demanda Paul. Vous avez vu les regards enfiévrés de la foule ce matin ? On aurait cru que Patzi brandissait le jockstrap d'Harrison Ford !

Marvin leva la bouteille.

— Certains vins sont légendaires. Il faut des conditions climatiques exceptionnelles, un été chaud et un mois de septembre pluvieux. Ce vin provient d'un hasard miraculeux.

Hutch fouillait toujours dans les tiroirs.

— Je ne trouve pas le tire-bouchon ! se plaignit-il.

— Nous ne buvons pas de vin, en général, déclara Robert.

Marvin posa la bouteille sur le comptoir de la cuisine et ôta avec soin la capsule-congé rouge vif autour du col.

— Ce n'est pas grave. Auriez-vous une cuillère en bois et un maillet ?

— Bien sûr, dit Hutch.

Il sortit du tiroir une longue cuillère en bois et un marteau pour briser les pinces de homard, et les remit à Marvin. Ce dernier plaça le bout de la poignée en bois contre le liège et tapota légèrement l'autre extrémité avec le maillet. En quelques secondes, le bouchon glissa dans la bouteille.

Des applaudissements retentirent.

— Tu es débrouillard, dit Michael. J'aime ça !

— Ce n'est pas des plus conventionnels, dit Marvin, modestement. Mais cela n'affectera pas le goût. Vous auriez des verres ?

— Oui, ça, nous avons !

83

Michael ouvrit un placard mural dont il sortit des verres à pied.

— Nous louons cet endroit pour l'été, enchaîna-t-il. Ne me demandez pas pourquoi il y a des verres à vin, mais pas de tire-bouchon.

Marvin remplit religieusement chacun des verres.

— Magnifique, déclara-t-il.

Il distribua les verres. Stanton fixait le contenu du sien d'un œil éberlué.

— On dirait de l'huile de vidange !

— Oui, dit Marvin. C'est un peu comme du porto.

Hutch porta un toast.

— À l'été 81 !

— À nous tous, renchérit Robert. *Tchin tchin.*

Tous burent. Marvin et Paul furent les seuls à prendre le temps de faire tourner le vin dans leur verre et d'en apprécier le bouquet.

— Je ne m'attendais pas à un goût si sucré, déclara Stanton.

Michael s'étouffa.

— C'est sacrément fort ! Désolé, je bois très rarement. Où est mon bong ?

— Je l'ai mis dans le placard au-dessus de l'évier, répondit Hutch.

— C'est une pipe à eau, expliqua Michael à Stanton et Marvin. Ça ne vous gêne pas si je fume ?

— Pas du tout, déclara Stanton. Hein, Marvin ?

— Euh, non, bien sûr.

Avec un rire amusé, Robert ébouriffa les cheveux de Marvin du même geste que Hutch l'après-midi même sur le quai. Pendant que Michael récupérait son bong dans le placard, Robert et Paul posaient sur la table un saladier rempli de laitue et un plat d'épis de maïs. Hutch sortit sur la terrasse pour griller le saumon et les autres légumes. Quand il revint, les six hommes s'attablèrent, avec Robert et Michael à chaque bout. Hutch et Stanton étaient d'un côté, face à Marvin et Paul. Tout le monde se mit à remplir son assiette.

Stanton badigeonna son maïs de beurre et le sala abondamment.

— Comment vous êtes-vous rencontrés, tous les quatre ? demanda-t-il.

Hutch se mit à rire.

— Tu as plus de beurre et de sel que de maïs !

— Que diras-tu quand tu me verras verser du ketchup sur mes œufs brouillés ?

— Ou de la crème sur sa tarte aux pommes, intervint Marvin.

— C'est la coutume là d'où je viens, trancha Stanton. Alors, Hutch, raconte-moi votre rencontre.

— Nous étions ensemble à Columbia, déclara Robert.

— Tous ? demanda Marvin.

Michael aspira le tuyau de sa pipe, garda la fumée dans ses poumons et posa le bong sur le rebord de la fenêtre derrière lui.

— Oui, répondit-il. Robert et Hutch étaient d'abord colocataires, puis ils sont devenus amis.

— Faux, dit Paul.

— Oh, c'est vrai. J'oublie toujours que vous vous êtes rencontrés en école préparatoire. Peu importe, ils partageaient une chambre quand je me suis pointé après avoir rencontré Robert à une soirée dansante.

— Nous sommes allés à plusieurs fêtes à Columbia, dit Stanton.

— C'est vrai ? demanda Hutch.

— Oui, confirma Marvin. Les gens de NYU adorent envahir Columbia. D'ailleurs, les dates des soirées sont toujours en dernière page de *The Voice*, comme si vous cherchiez à nous inviter tous les premiers vendredis du mois. Vous devriez voir le train numéro 1 qui monte chez vous ! C'est archibondé !

Stanton s'adressa à Michael et Robert :

— Vous êtes ensemble ?

— Non, dit Robert. Sur ce plan-là, ça n'a pas marché, mais nous sommes devenus amis et avons commencé à sortir ensemble.

Michael se tourna vers Robert et secoua la tête.

— *Pas marché* ? C'est tout ce que tu trouves à dire ?

Reportant son attention sur Stanton, il précisa :

— Il raconte n'importe quoi ! Au réveil le lendemain matin – Hutch avait dormi sur le canapé du salon –, Robert m'a annoncé qu'il ne cherchait pas un partenaire attitré, mais que son colocataire avait un troisième billet pour le concert de Frank Sinatra à Madison Square Garden et que si ça me disait, je pouvais y aller avec eux. C'était en 1974. Le concert légendaire. Vingt mille personnes. Retransmis en live à la télé. Qui y avait-il, Robert ?

— Rex Harrison et Carol Channing.

— Et Robert Redford, ajouta Hutch.

— Sinatra a chanté *My Way* pour conclure son show. Ça a cimenté notre amitié. Nous sommes restés deux ans ensemble. Puis Robert est redevenu une pute, et là, ça n'a plus marché.

— J'ai un solide appétit sexuel, déclara Robert, ce qui est un signe de bonne santé. Je refuse de me sentir coupable.

— Je sais, répondit Michael, une note de tristesse dans la voix. Tu ne t'en es jamais excusé.

— Et toi, comment es-tu arrivé dans le groupe ? demanda Stanton à Paul.

— Comme l'a dit Michael, j'ai connu Chris à l'école préparatoire.

Stanton se tourna vers Hutch.

— Et Chris, c'est toi.

— Comment le sais-tu ?

— C'est Colby qui nous l'a dit.

— Désolé, s'excusa Paul. Pour moi, il a toujours été Chris.

— La série *Starsky et Hutch* est sortie quand nous étions en première année, expliqua Hutch. Robert s'est mis à m'appeler Hutch en prétendant que je ressemblais à David Soul.

— C'est la vérité, déclara Michael.

— Absolument pas, répliqua Hutch, catégorique. Mais tu connais le dicton : plus un surnom est nul, plus il s'accroche. De toute façon, j'aimais encore moins Christopher, alors ça ne m'a pas beaucoup gêné.

— Je n'étais pas avec eux en première année, dit Paul. J'avais commencé mes études à Cornell, mais je détestais ce patelin au milieu de nulle part. En deuxième année, j'ai demandé mon transfert à Columbia.

— Il est notre Ringo, déclara Robert. Tout s'est magnifiquement agencé dès son arrivée et nous sommes devenus inséparables.

— Et maintenant, que faites-vous ? demanda Stanton.

— Je travaille à Wall Street, répondit Robert. Dans une boîte d'investissement. Je suis le seul qui a un vrai job.

— Je suis acteur, déclara Paul. Je fais du théâtre et des comédies musicales.

Du regard, Stanton interrogea Michael.

— J'en fais… le moins possible, avoua ce dernier.

Paul mima en silence : *il a hérité d'un fonds de fiducie.*

— Inutile de faire le pitre, marmonna Michael. Tu peux le dire à voix haute.

Robert changea de sujet :

— Quant à vous deux, Hutch nous a dit que vous étiez en école de musique ?

— C'est vrai, déclara Stanton.

— Et Marvin à l'intention d'entrer un jour au *Times* pour devenir critique de musique classique, ajouta Hutch.

Marvin hocha la tête.

— C'est vrai aussi.

Robert se pencha vers lui.

— Pourquoi la musique classique ? La contemporaine ne t'intéresse pas ?

— Si, bien sûr. Mais la critique et l'analyse ne s'y appliquent pas vraiment de la même manière.

— Tu trouves Mozart plus complexe et structuré que les Beatles ?

— Robert ! intervint Hutch. Fiche-lui la paix !

Marvin se mit à rire.

— Non, laisse-le. Si nous parlons musique, pourquoi retenir les coups ?

Stanton sourit.

— Robert, fais attention à toi.

— Oui, dit Marvin.

Avec un sourire, Stanton regarda son ami se remettre à manger comme si le sujet était clos.

— Oui, quoi ? insista Robert.

— Oui, répéta Marvin. Je trouve Mozart plus complexe et structuré que les Beatles. Je ne dis pas qu'ils sont nuls, mais Mozart était un génie, du même niveau que Shakespeare ou Picasso. C'est l'étalon musical auquel tous les autres sont comparés. Il n'a jamais hésité. Il s'est contenté de transcrire une musique parfaite qu'il entendait dans sa tête.

— Et d'après toi, John Lennon n'est pas un génie ?

— A-t-il composé des symphonies à huit ans ? Non. John Lennon a beaucoup de talent, il écrit de la bonne musique, mais Amadeus Mozart a été touché par la main de Dieu. Il y a une différence.

Paul intervint :

— Shaw a dit... oui, je crois que c'est lui, *le talent fait ce qu'il peut ; le génie fait ce qu'il doit.*

— C'est d'Edward Bulwer-Lytton, rétorqua Michael, mais je ne crois pas...

Stanton l'interrompit et s'en prit à Marvin :

— Ils vont te prendre pour un snob de la musique classique !

— Ce n'est pas de ma faute.

— Si, et tu le sais très bien.

S'adressant à Robert, il enchaîna :

— Il a une grande gueule, mais l'une des raisons qui expliquent notre amitié, c'est son amour profond et inconditionnel pour la pop bubblegum [11].

— J'ai une idée, dit Robert. Jouons au jeu du meilleur.

— Oh, non ! gémit Michael. Chaque fois, j'ai la tête qui explose.

— Ça consiste en quoi ? demanda Stanton.

— Mieux vaut que tu n'en saches rien, déclara Paul. Crois-moi.

— En vérité, tu adores ce jeu, dit Hutch à son ami. Et c'est un bon moyen d'apprendre à se connaître.

— Laisse-moi deviner, déclara Marvin. On choisit un thème et chacun doit nommer ce qu'il considère comme « le meilleur » dans ce thème.

Hutch et ses amis éclatèrent du même rire tonitruant.

— Toi, tu es vraiment un cas ! déclara Robert. Oui, chacun choisira un thème, mais il doit s'agir de musique. C'est la seule règle.

— Pas de répétitions, déclara Michael.

— C'est vrai, il a raison. Pas de répétitions. C'est la seconde règle.

— Et la dernière cette fois, assura Paul.

— Sauf que la dernière catégorie doit être le point culminant de la soirée, lança Robert. Bon. Hutch, tu commences.

Michael reprit sa pipe.

— J'ai besoin de planer pour endurer ça, grommela-t-il.

Robert tendit le bras :

— Hutch, tu peux me passer la salade, s'il le plaît ?

Hutch obéit machinalement, il réfléchissait.

— Oui, euh… Donnez-moi la meilleure chanson de Springsteen.

Stanton, conscient que ses connaissances en ce domaine restaient limitées, s'empressa de hurler :

— *Thunder Road.*

Hutch lui sourit. Sous la table, il posa une main sur son genou.

— Désolé, souffla Stanton, c'est presque le seul titre que je connais.

— *Rosalita*, proposa Robert.

— *Darkness on the Edge of Town*, offrit Michael.

— Il me reste… *Backstreets*, grogna Paul. Oh, je déteste la règle des répétitions interdites ! Tout le monde sait que les seules vraies bonnes réponses sont *Thunder Road* et *Rosalita !*

11 Musique conçue pour attirer un public adolescent, avec des interprètes souvent inconnus.

— Marvin ? demanda Hutch.

— Je réfléchis.

Pendant qu'ils attendaient sa proposition, Paul se tourna vers Stanton :

— Dis, te rends-tu compte que chaque homme de l'île a tenté sa chance avec Chris cet été et que tu es le premier à réussir ?

— C'est justement parce qu'il n'a rien tenté, déclara Hutch.

— C'est vrai, déclara Stanton. Hier, j'ai gagné le concours du bar.

— Quel concours ? s'étonna Michael.

— Le concours de beauté. Celui que les barmen organisent tous les jours pour offrir un verre au gagnant...

Michael, Robert et Paul éclatèrent d'un rire tonitruant.

— Qu'est-ce que j'ai dit de drôle ? reprit Stanton, sans comprendre.

— Voyons, Hutch ! protesta Robert. Tu n'as rien trouvé de mieux ? Tu me déçois, mec.

Marvin s'adressa à Stanton.

— *Oy vey* ! Raconté comme ça, bien sûr, c'est ridicule. Et nous avons tout gobé ? Je trouve ça... vexant.

Étranglé d'indignation Stanton frappa Hutch sur le bras.

— Tu veux dire... C'était une blague ! Juste pour me draguer ?

Du bout des doigts, Hutch lui souffla un baiser.

— Ça a marché, non ?

— Pourquoi tu n'arrêtes pas de souffler des baisers ?

— C'est mon truc.

— Ton truc ? Et de dire sensass, c'est aussi ton truc ?

— Oui. Tout le monde a besoin d'une signature, tu ne trouves pas ?

— *Tenth Avenue Freeze-Out*, déclara Marvin, toujours dans le jeu.

— Pas mal, dit Hutch. Alors, je vais dire *Born to Run*.

— Hutch, dit Robert, c'est à qui maintenant ?

— À Paul. Pour un nouveau thème.

Michael fit la grimace.

— Préparez-vous, les filles, nous sommes partis pour les comédies musicales !

— Je ne veux pas te décevoir, déclara Paul. Quel est le meilleur spectacle de tous les temps ? Prêt, partez !

Stanton secoua la tête.

— Désolé, je suis éliminé d'office.

— Non, dit Marvin, pas du tout.

Stanton le regarda, perplexe.

— Quoi ?

— Un air que je joue tout le temps et je t'ai même entendu le chanter sous la douche.

Stanton se souvint.

— Oh, c'est vrai ! Cette chanson sur le garçon avec le clairon.

— *If He Walked Into My Life ?* proposa Paul. De *Mame ?*

— C'est ça, dit Stanton. Une chanson géniale !

Paul hocha la tête.

— En effet. Un petit Jerry Herman de onze heures est chez nous ce soir. Angela, un pas en avant et salue.

— Je n'ai rien compris, grommela Stanton entre ses dents.

Il termina son assiette. En général, il n'aimait guère le poisson, mais ce saumon était plutôt délicieux, surtout servi avec de grosses tranches de courges grillées.

Un silence retomba sur la table pendant que tous cherchaient une réponse.

— C'est impossible, déclara enfin Michael.

— *Rose's Turn !* hurla Robert. C'est la montagne que doit escalader chaque grande star féminine à un moment ou à un autre de sa carrière.

— *Home*, déclara Hutch. De *The Wiz*. Parce que j'aime la façon dont Stephanie Mills la chante, comme si elle ne pouvait contenir sa joie.

Marvin intervint alors :

— Il faut bien citer Sondheim, alors, je vous propose *Losing My Mind* ou *Being Alive*.

— Pourquoi pas *Send in the Clowns* ? lança Paul. C'est devenu un tube au cours de la dernière décennie.

— Je préfère *Being Alive*. Au moins, il parle de l'amour comme s'il l'avait vécu.

— À quatorze ans, j'étais dingue de Larry Kert, déclara Paul.

Marvin parut étonné. Tourné vers Paul, il demanda :

— Larry Kert ? N'était-il pas dans *Company*.

— Si.

— Non. C'est Dean Jones qui chantait lors de l'enregistrement original.

— Je sais, mais juste après l'ouverture, Dean Jones a dû partir à cause d'un problème de famille, un divorce, et Larry Kert l'a remplacé. Il a été nommé aux Tony cette année-là, pas Dean Jones.

Marvin vibrait d'excitation.

— Je l'ignorais. Quel plaisir de rencontrer quelqu'un qui en sait plus que moi !

Paul en fut manifestement flatté.

— Oh, Marvin ! Je sens que nous allons très bien nous entendre, toi et moi. Nous deviendrons peut-être *sisters*, qui sait ?

— Enfin ! Un homme qui comprend comme moi le changement de pronom.

Stanton les fusilla du même regard sombre.

— Michael, demanda Paul. Tu as une réponse ?

— Pourquoi pas *Don't Rain On My Parade* ? C'est un classique de Streisand, non ?

— C'est vrai. Bravo, excellent choix ! Avec Barbra, on ne se trompe jamais.

Paul se gratta le nez et mordit dans son pain. Il mâcha, les yeux fixés sur Stanton et Hutch.

— Ce soir, reprit-il, vous prenez toute la scène, vous deux. N'est-ce pas ton avis, Marvin ?

— J'ai l'habitude avec Stanton. Il le fait tout le temps !

Paul éclata de rire.

— Marvin, je t'avoue que cette histoire soudaine entre ces deux-là m'intrigue un peu. J'aimerais choisir la chanson qui leur correspond le mieux. J'avais pensé à *Tonight* de *West Side Story* ou peut-être *Meadowlark* de *La Femme du Boulanger*. Tu connais ?

— Tu plaisantes ? s'exclama Marvin. J'adore Patti LuPone, je la vénère.

— Mais j'ai changé d'avis, enchaîna Paul. Je vais plutôt opter pour *I Could Have Danced All Night*.

— C'est banal, déclara Michael.

Paul l'ignora.

— Irons-nous au *Pavilion* plus tard ? demanda Robert.

— Question stupide. C'est à toi, continua Paul, désignant Marvin.

Marvin posa sa fourchette et inspira un grand coup.

— Je pense à la plus belle chanson de Carly Simon.

— Ça, c'est un bon choix, déclara Stanton.

— *You're So Vain*, dit Hutch. Elle parle certainement de Jagger, non ?

Marvin secoua la tête.

— Mick Jagger chante aussi en arrière-fond. Ça ne peut pas le concerner.

— Justement, c'est encore plus marrant s'il en fait partie !

— Je ne suis pas d'accord, dit Stanton. C'est certainement pour Warren Beatty.

C'était au tour de Robert, qui déclara :

— *Anticipation*. Même les pubs pour le ketchup s'en servent !

Il fronça les sourcils et changea de ton pour dire :

— Michael, tu n'as pas fini ton saumon.

— Je n'ai pas faim.

— Alors, donne-moi ton assiette, il me reste un petit creux. Je ne supporte pas de voir gaspiller un aussi délicieux poisson.

Michael fit glisser son assiette en direction de Paul, qui se pencha devant Marvin et la remit à Robert, comme dans un rituel établi.

— Désolé, reprit Robert. Je ne voulais pas vous interrompre. Où en étions-nous ? Quel est le nouveau thème ?

— Carly Simon, déclara Paul. Je prends *The Carter Family*. J'aime ce concept : ne pas comprendre la valeur de ce qu'on possède avant de l'avoir perdu.

— Excellent choix, déclara Marvin.

Stanton interrogea Paul :

— Pourquoi as-tu voulu être acteur ? Au cas où tu ne l'aurais pas remarqué, New York a beaucoup plus d'acteurs que d'emplois.

— Il a le don de la parole, déclara Michael. C'est inné.

— Quand j'étais en première année à Cornell, expliqua Paul, mon colocataire prenait des cours d'art dramatique. Pendant tout le semestre, un livre a traîné sur bureau. *Act One*, de Moss Cerf.

— Oh, mon Dieu ! s'écria Marvin. Que j'aime ce livre !

— Ça ne m'étonne pas, déclara Stanton.

— La veille de Thanksgiving, continua Paul, je l'ai pris, je l'ai feuilleté... et je n'ai pas pu le lâcher avant de l'avoir lu jusqu'à la dernière page.

— Ça parle de quoi ? demanda Stanton.

Marvin s'empressa de lui répondre.

— C'est une autobiographie. Moss Hart raconte sa rencontre avec George Kaufman et comment ils en sont venus à écrire ensemble la pièce *Once in a Lifetime*. Ce fut un énorme succès, ce qui changea complètement la vie de Hart.

— Un an plus tard, dit Paul, je revenais à New York et je faisais ma première pièce. Comment t'expliquer ? Je suis accro au théâtre.

— Moss Hart n'avait-il pas épousé Kitty Carlisle ? remarqua Robert.

— Si, dit Paul, mais avant, il a été l'amant de Gordon Merrick.

— Qui est Gordon Merrick ? demanda Stanton.

— Un auteur qui écrit des romans d'amour gay assez osés, répondit Paul. Et tout à fait délicieux, je le reconnais.

— En aurais-tu un à me prêter ? s'enquit Marvin.

— Bien sûr, Marvin.

Robert relança le jeu :

— Michael, c'est ton tour.

— J'ai oublié le thème...

— Carly Simon.

Avec un grand sourire, Michael lança :

— *His Friends Are More Than Fond of Robin.*

Marvin marqua son approbation d'un signe de la tête, puis il gesticula en direction de Stanton :

— C'est à toi !

— Merci, mon pote. *Boys in the Trees.* Tout l'album tout entier est parfait, mais cette chanson est l'une des plus belles que j'aie entendues de toute ma vie.

— Bon, à moi, déclara Marvin.

Il réfléchit le temps de finir son assiette. Après avoir avalé la dernière bouchée de sa courge, il se lança :

— *In Pain*, de *Come Upstairs*. C'est de loin sa chanson la plus déchirante. On est très loin de *Hotcakes*.

— Marvin, déclara Paul, tu es un homme très sensible.

— Qui est le prochain à choisir le thème ? demanda Michael.

— Robert, répondit Marvin.

— La meilleure chanson des Beatles.

— C'est pratiquement impossible ! protesta Michael.

— *Hey, Jude*, proposa Hutch.

— *I Want to Hold Your Hand*, dit Stanton.

Sous la table, Hutch entrelaça ses doigts aux siens.

— *Yesterday*, déclara Paul.

— Et si nous cessions un moment de jouer pour chanter ? lança Hutch.

Paul secoua la tête.

— Non ! Ma mère disait toujours : on ne chante pas à table.

— Allez ! insista Hutch. Ça ne nous prendra que deux minutes.

Il entama la chanson et dès le premier « yesterday », tous les autres se joignirent à lui. La mélancolie de l'air monta dans la pièce comme un présage. Stanton ne put s'empêcher de se demander si ces bons moments feraient partie de ceux qui le rendraient malheureux un jour.

Quand ils eurent fini, Marvin dit :

— *Let It Be*.

Sous les yeux de Stanton, Robert se tapota la tête de ses doigts, puis regarda Michael. Les deux hommes se fixèrent d'un côté de la table à l'autre comme deux adversaires avant un duel, chacun attendant que l'autre dégaine.

Ils dirent exactement en même temps :

— *While My Guitar Gently Weeps*.

— Gage ! cria Robert. Vous me devez de la coke [12].

— Pas de répétitions ! cria Paul.

Stanton s'apprêtait à corriger Robert « c'est *un* Coke, pas *de la* coke », mais il comprit que l'erreur était délibérée, aussi garda-t-il le silence.

— Il ne s'agit pas d'une répétition, déclara dignement Michael, mais d'une réponse simultanée. C'est autorisé dans le règlement.

Stanton éclata de rire.

— Si j'ai bien compris, vous changez les règles quand ça vous chante ? Euh, le jeu de mots n'était pas prévu.

Paul jeta un regard noir à Michael.

— C'est ce qu'on dirait, en tout cas. Stanton, à toi. Choisis la catégorie.

— D'accord. Bon, jusqu'ici, vous avez tapé un peu haut pour moi, je vais donc me contenter de... la meilleure nullité des années soixante-dix, tellement nulle qu'elle en devient bonne.

Sous la table, Hutch lui serra la main.

— J'adore !

— *I Think I Love You*, dit Marvin. On ne peut faire pire que la famille Partridge.

— Oui, approuva Stanton, c'est bien choisi.

— Une chanson des Carpenter, proposa Robert. N'importe laquelle !

— Pardon ? s'insurgea Stanton. Primo, selon vos règles, tu dois choisir *une* chanson, pas un groupe, un duo ou un chanteur. Secundo, j'ai dit une chanson *nulle*, je te le rappelle.

— Tu ne penses pas sérieusement que...

12 Formule américaine enfantine : *Gage ! Tu me dois un Coke.*

94

Stanton l'interrompit.

— Il faut savoir séparer la musique de la voix. Une tessiture comme celle de Karen, il n'y en a qu'une par génération. Ce n'est pas de sa faute si son frère gère mal le groupe.

— L'as-tu entendue chanter *Don't Cry For Me Argentina* ? intervint Marvin.

— Elle a repris ça ? s'étonna Paul.

Marvin hocha la tête.

— Oui, il faudra vraiment que tu l'écoutes. C'est de loin la meilleure version que je connaisse, je le sais grâce à Stanton, qui me l'a passée. C'est encore meilleur que celle de Patti.

Paul s'étrangla.

— Tu blasphèmes !

— Je sais, mais, ma mère m'a dit un jour que le blasphème avait permis à Dorothy Parker de s'asseoir à l'Algonquin Round Table [13], alors, je fonce.

Stanton ne put s'empêcher de demander :

— L'Algonquin Round... C'est quoi ?

Il secoua la tête et enchaîna :

— Non, laisse tomber. Revenons-en aux Carpenter. D'ici quelques années, on les réhabilitera avec les honneurs. Tu verras !

— Si tu le dis, dit Robert. Bon, je choisis *Seasons in the Sun*, alors. Ça te va ?

Stanton sourit.

— Oui, merci. C'est parfait.

— J'ai compris ! cria Paul. *Don't Cry Out Loud*. Non attends. Je peux faire mieux. *You Light Up My Life*.

— C'est atroce, confirma Stanton.

— Et pourquoi pas la chanson de *L'Aventure du Poséidon* ? proposa Paul. J'ai oublié son titre...

— *The Morning After*, répondirent en même temps Stanton et Marvin.

— Oui ! C'est d'un sirupeux écœurant.

À ce moment-là, Paul pointa l'assiette de Marvin.

— Tu ne manges pas la peau de ton saumon ?

— Euh, non.

13 Groupe d'écrivains et acteurs américains qui se réunissaient dans les années vingt à l'Hôtel Algonquin, Manhattan, New York

— C'est censé être bon pour toi. Pour avoir des poils sur la poitrine.

— Merci, mais j'en ai déjà plein.

Stanton s'adressa à Hutch.

— Tu as trouvé ?

— Bien sûr. *Brandy (You're a Fine Girl)*.

Un rire général éclata autour de la table, un ou deux entonnèrent même la chanson.

— C'est marrant ce jeu, déclara Stanton. Mais si on nous écoutait, on nous croirait fous à lier.

Michael soupira.

— Maintenant, il faut que je fasse mieux ?

Il réfléchit un moment, puis reprit :

— Pourquoi n'y ai-je pas pensé plus tôt ? *The Night the Lights Went Out in Georgia*.

— Merci à Vicki Lawrence, pour ce joyau ! s'exclama Marvin.

Paul acquiesça.

— Cette chanson correspond exactement à ce que tu as réclamé !

Michael ricana.

— À toi, Stanton, on essaie de faire mieux. Ou pire !

Stanton éclata de rire et regarda son meilleur ami de l'autre côté de la table.

— Tu vas trouver, déclara Marvin.

— Je sais.

Stanton fit une pause pour marquer son effet avant de lancer :

— *Billy, Don't Be a Hero*.

Les acclamations qui saluèrent sa trouvaille furent si bruyantes que la maison en trembla.

— Ma mère adorait Bo Donaldson et les Heywood ! s'écria Paul.

Les six hommes se lancèrent *a cappella* une interprétation enthousiaste du refrain. Une fois le chaos retombé, tous se tournèrent vers Michael pour le dernier thème.

— La meilleure chanson de tous les temps, dit-il. Qui commence ?

— Ah, dit Marvin, c'est ce que vous voulez dire par « point culminant de la soirée » !

Au début, personne ne se manifesta. Paul fut le premier à lever la main :

— *Imagine*.

— D'accord, dit Robert, si nous donnons dans le radical, je ne vois qu'une seule réponse possible : *What's Going On*.

— Marvin Gaye, acquiesça Michael. On ne peut qu'approuver. Hutch, que proposes-tu ?

— Il faut intégrer Dylan, c'est évident, alors, je vais prendre *The Times They Are a-Changin'*.

— Oh, soupira Stanton, déçu. J'aime mieux celle que tu m'as fait écouter la nuit passée.

— Je sais, c'est ma préférée, mais pas la meilleure de Dylan.

— Comment fais-tu la différence ?

— Ça, coupa Robert, vous en discuterez une autre fois. Marvin, à toi !

— *Redemption Song*. De Bob Marley.

— Tu me surprendras toujours ! s'exclama Michael. Et dans le bon sens, je le précise.

Avec un sourire, Marvin passa la parole Stanton.

— Cette fois, pas d'hésitation, répondit ce dernier, *Bridge Over Troubled Water*.

Il obtint des hochements d'approbation unanime. Hutch se pencha et lui murmura à l'oreille :

— Un jour, je la chanterai pour toi.

— Tu sais chanter ?

— Oui. Je suis en quelque sorte musicien-chanteur-compositeur.

Stanton lui sourit.

— J'ai deux faiblesses dans la vie, les musiciens et les mécaniciens, le savais-tu ?

— Désolé, répondit Hutch, je suis nul en mécanique. Je n'ai même pas de voiture.

Après avoir ri, Paul lui jeta :

— Il ne te reste plus qu'à acheter une salopette et à te couvrir le visage de graisse.

— Très drôle ! rétorqua Hutch.

Tous se tournèrent vers Michael attendant la réponse qui mettrait fin au jeu. Il repoussa son assiette, l'air pensif.

— Elvis n'a pas été cité, c'est presque anti-américain, je trouve. Et nous avons aussi occulté les femmes.

— Le génie n'a rien à voir avec la parité ou la politique, déclara Robert.

— Aretha ? suggéra Paul.

— Oui, je sais, *Respect* paraît un choix évident, mais pour moi, la meilleure reste Billie Holiday avec sa version de *My Man*.

— Tu plaisantes ? protesta Hutch. Il la trompe, il lui tape dessus, il s'occupe à peine d'elle et elle ne cesse de se prosterner devant lui ? C'est ça que tu considères comme la meilleure des chansons ?

— En plus, ajouta Stanton, elle a une voix bizarre. Ça la rend comique.

— Sa voix n'est pas bizarre, mais expressive, rétorqua Michael. C'est une chanson réaliste, au moins, qui parle de la vraie vie. Hutch, tout le monde ne vit pas dans un conte de fées, avec le parfait compagnon. Tout le monde ne voit pas ses vœux se réaliser par miracle, sans avoir à lever le petit doigt. Certains comme moi tombent sur un homme qui ne connaît pas le sens du mot monogamie, alors, *My Man* est une chanson qui nous ressemble.

Un silence embarrassant tomba dans la pièce.

— Excuse-moi, Michael, finit par dire Hutch. Je ne voulais pas...

Robert l'interrompit d'une main levée, son regard noir braqué sur Michael, assis en face de lui.

— Tu es vraiment obligé de me rejouer *Qui a peur de Virginia Woolf* chaque fois que nous avons des invités ?

— D'après moi, intervint Paul, Barbra en a donné une meilleure version.

— Vous êtes ensemble ou pas ? demanda Stanton, dont le regard passait de Robert à Michael.

— Non, cracha Robert, absolument pas. Pas vrai, Michael ?

Ce dernier ne répondit pas. Il se retourna et récupéra son bong posé sur le rebord de la fenêtre. Il joua avec un ancien briquet en or et tira sur son tuyau.

Marvin attira l'attention générale en demandant :

— Hé, connaissez-vous l'anecdote derrière *While My Guitar Gently Weeps* ?

— Non, Marvin, répondit sèchement Michael. Pas moi, en tout cas.

— Moi non plus, dit Robert.

— Puisque c'est votre chanson préférée des Beatles, je me suis dit...

Du regard, il consulta Stanton, qui hocha la tête.

— Oui, vas-y. Raconte.

— Eh bien, quand George Harrison l'a écrite, il lisait *I Ching*, un livre de philosophie orientale.

— Nous connaissons *I Ching*, déclara Michael. Je te rappelle que nous avons tous fait des études universitaires assez poussées.

Stanton, qui commençait à trouver Michael plutôt pénible, intervint :

— C'est pour moi que Marvin est obligé de préciser ce genre de choses. Je ne connais rien à rien. Il s'assure donc que je sache de quoi il parle. Je trouve ça très sympa de sa part.

L'expression de Michael s'adoucit, comme s'il venait de réaliser s'être trompé de cible pour exprimer sa frustration.

— Bref, enchaîna Marvin, Harrison était plongé quand ce concept asiatique comme quoi tout arrive pour une raison. Le hasard n'existe pas, ni les coïncidences, tout fait partie de la grande trame de l'univers.

— Comme Carole King, dit Paul.

— Exactement. Un jour, il se rend chez ses parents dans le nord de l'Angleterre, il sort au hasard un livre de la bibliothèque et affirme qu'il est capable de tirer une chanson des premiers mots qu'il lira. Il ouvre son livre et tombe sur ses deux mots : *pleure doucement*. Voilà l'origine de cette chanson des Beatles que vous préférez tous les deux.

Quand il se tut, le silence retomba. Au bout d'un moment, Michael demanda :

— Robert, te souviens-tu d'avoir voulu t'inscrire comme bénévole dans un programme de tutorat ? Et comment ils ont refusé en te sachant gay ?

— Oui, bien sûr. Comment l'oublier ? Ça s'appelait « grand frère ».

— Nous devrions adopter Marvin, il serait notre petit frère. Qu'en penses-tu ?

— Je pense que c'est une excellente idée.

Marvin rougit. Michael poussa le bong dans sa direction.

— Tu veux essayer ? demanda-t-il.

— Je ne sais pas comment on fait, répondit Marvin. Montre-moi, s'il te plaît.

— Tu es sûr ? s'inquiéta Stanton.

Marvin leva les yeux au ciel.

— Je me sens tenu de fumer de la marijuana au moins une fois dans ma vie. Ne sois pas si coincé. Nous sommes étudiants, quand même ! Tu te lances aussi ?

Stanton se mit à rire.

— D'accord.

Michael leur expliqua rapidement le processus et l'étiquette à suivre. Pour la première fois, Stanton tâta de la drogue, sans trop savoir à quoi s'attendre. La sensation d'euphorie lui plut, surtout quand Hutch et ses amis apportèrent comme dessert un gros gâteau au chocolat.

Les six hommes continuèrent à parler musique. La bouteille de vin de Marvin y passa, le bong fit plusieurs fois le tour de la table.

Plus tard, ils quittèrent la salle à manger pour passer au salon et Hutch sortit sa guitare, une belle Fender noire acoustique avec des incrustations de nacre. Sur la lanière de cuir bordeaux, il était écrit « HUTCH » en lettres agressives qui évoquèrent pour Stanton le Far West.

— Qu'aimeriez-vous entendre ? demanda Hutch.

Avant de répondre, Marvin voulut savoir :

— Tu es un ténor, je présume ?

— Oui.

Marvin hocha la tête.

— Pourquoi pas *Che Gelida Manina*, alors ?

Les quatre amis éclatèrent de rire.

Perplexe, Stanton demanda :

— C'est quoi ?

— Un aria de Rodolfo dans *La Bohème*, répondit Robert.

— Mais ça veut dire quoi ?

— *Quelle petite main gelée*, répondit Paul.

— Hutch a demandé ce qu'on voulait entendre, insista Marvin. S'il a la voix qu'il faut, une version de *Che Gelida Manina* pourrait être superbe.

— Ohhhh ! cria Robert. Notre petit frère te lance un défi, Hutch. Vas-tu relever le gantelet ? Mesdames et messieurs les auditeurs, la foule trépigne, l'anticipation me coupe le souf...

Il s'interrompit.

— Vas-y. Dis-le ! crièrent Marvin et Paul.

— ...fle.

— D'accord, céda Hutch. Je relève le défi.

Il gratta sa guitare pour trouver ses accords. Soudain suspicieux, Stanton se tourna vers Marvin.

— Attends une minute, je n'y crois pas. Comme par hasard, tu saurais jouer un air que Marvin a sorti de je ne sais où ?

— C'est un aria très connu, déclara Marvin.

— Non, c'est un coup monté, insista Stanton. Vous vous êtes mis d'accord sur le port tout à l'heure, c'est ça ? Je vous ai vu faire des messes basses. Vous avez tout organisé !

— J'ai bien cru qu'il allait marcher, dit Hutch à Marvin.

100

— Ce n'est plus un naïf petit fermier de l'Iowa [14].

— Je n'ai jamais été fermier et je ne viens pas de l'Iowa !

Stanton réalisa soudain pourquoi Hutch et Marvin s'étaient entendus pour conspirer dans son dos – en utilisant ses confidences. Tourné vers Marvin, il demanda :

— Si je comprends bien, je vais écouter mon premier opéra italien ?

— Oui. Et si tu n'aimes pas, alors, c'est sans espoir.

Stanton ferma les yeux.

— D'accord, je suis prêt.

Hutch entonna l'aria dans un silence total, une seule note montant rapidement dans les aigus. Puis il se mit à chanter. Si sa voix n'était pas entraînée aux airs d'opéra, elle était pure et pleine d'émotion.

— Che gelida manina,
se la lasci riscaldar.
Cercar che giova ?
Al buio non si trova [15].

Stanton ouvrit les yeux et regarda Marvin. Puis ils sourirent tandis que Robert, Michael et Paul marquaient leur approbation d'un signe de la tête. Tous savouraient la mélodie et la voix puissante de Hutch. Stanton devina que Marvin appréciait le rendu quasi-pop d'un air classique. Il découvrit aussi que l'aria contenait les notes les plus hautes qu'il ait entendues de toute sa vie, mais Hutch les géra sans effort, en particulier vers la fin. Au lieu de hurler à s'en casser la voix, il baissa d'un ton et laissa la note finale transpercer l'air de la nuit avant de s'évanouir dans le néant.

Un moment de silence suivit cette dernière note. Et Stanton sut que c'était le succès dont rêvait chaque artiste : le silence avant l'ovation.

— Bravo ! s'écria Marvin en tapant des mains. C'était magnifique !

Un tonnerre d'applaudissements retentit dans la pièce.

— C'était... incroyable ! reconnut Stanton. Apparemment, j'aime l'opéra. Ou du moins l'opéra italien.

Michael envoya à Hutch un petit coup de pied.

— Alors, tu lui demandes ou pas ?

---

14 Dicton américain.

15 Quelle petite main glacée !
Laissez-la au chaud.
Pourquoi prendre la peine de chercher ?
L'obscurité ne se trouve pas.

— Arrête, répondit Hutch.

— De quoi parlez-vous ? s'étonna Paul.

— Tu n'as pas entendu ? jeta Michael.

— Entendu quoi ? intervint Stanton.

Hutch se leva et alla jusqu'à la table située à côté d'un des canapés. Il ouvrit le tiroir et en sortit une enveloppe. Il revint se rasseoir près de Stanton et la lui tendit.

— Qu'est-ce que c'est ?

— Regarde, dit Hutch.

Ouvrant l'enveloppe, Stanton en sortit deux billets où il était écrit « Bruce Springsteen et le E Street Band. 5 juillet 1981. Meadowlands. » Il leva les yeux vers Hutch.

— C'est demain soir.

— Je sais. Ça te dit d'y aller ?

— Avec toi ?

— Bien sûr. Nous prendrons le train, il y aura plusieurs changements. J'ai pris un congé, j'ai tout organisé. Il faut que tu le voies en live. Ce sera génial !

— Comment as-tu eu ces billets ?

— Nous connaissons quelqu'un, déclara Michael.

— Nous connaissons beaucoup de gens, ajouta Paul en riant.

Du regard, Stanton interrogea Marvin.

— Accepte. De toute façon, nous devions rentrer demain.

— Nous serons très bien placés, déclara Hutch, tentateur.

— D'accord, dit Stanton. J'adorerais y aller. C'est si excitant !

Tous reprirent leurs sièges et Hutch joua ce qu'on lui demandait. Ensuite, Paul tenta de convaincre Marvin et Stanton d'expérimenter le *Pavilion* un samedi soir. Marvin hésita avant d'accepter.

UNE FOIS sur place, Stanton s'amusa de voir les amis de Hutch le traîner sur la piste, où tous passèrent plusieurs heures à danser sur des classiques d'Abba, de Donna Summer et d'autres que la discothèque appréciait tout particulièrement. Puis Stanton entendit une voix féminine reprendre la chanson de Gordon Lightfoot *If You Could Read My Mind*. Suivant l'exemple de Hutch, il ôta son tee-shirt, les mains levées, déchaîné et hilare.

Avec un sourire, Hutch lui fit remarquer :

— Maintenant, tu es un vrai homosexuel.

— Qui est la chanteuse ?

— Viola Wills.

— J'adore !

Vers trois heures, Marvin se mit à bâiller, aussi Stanton décida-t-il qu'il était temps de rentrer. Hutch quitta la piste de danse et ses amis pour les raccompagner jusque dans la rue. Il regarda autour de lui.

— Vous saurez retrouver votre chemin ?

— Oui, déclara Stanton. D'ailleurs, c'est la pleine lune. Merci, nous avons passé une excellente soirée.

— Les autres ne sont pas encore prêts à aller se coucher, déclara Hutch. Ils ne rentreront qu'après le lever du soleil. C'est le meilleur moment.

— J'aimerais bien le voir, dit Stanton, mais nous avons trop sommeil.

— Je sais. Moi aussi, je rentre me coucher. Demain sera un grand jour.

— Merci pour cette merveilleuse soirée, déclara Marvin. Tes amis ne sont pas du tout ce à quoi je m'attendais.

Hutch sourit.

— Si tu veux mon avis, ils diraient la même chose de toi. Et dans le bon sens, bien sûr.

— Que se passe-t-il au juste entre Robert et Michael ? demanda Marvin.

— Marvin ! grogna Stanton. Ça ne nous regarde pas.

Hutch se mit à rire.

— T'inquiète, Starsky, ça n'a rien d'un secret. Sur l'île, tout le monde connaît leur histoire.

— Ils sont amants ? dit Marvin.

— Plus maintenant. Robert est incapable de ne pas sauter sur tout ce qui bouge, il a donc réclamé plus de liberté sexuelle.

— Et alors ?

— Et alors, Michael a rompu avec lui. Sur le papier en tout cas.

— Qu'est-ce que ça veut dire ? s'étonna Stanton.

— Ils ne couchent plus ensemble, d'accord, mais leurs vies restent enchevêtrées : ils vivent ensemble, ils dorment dans le même lit et ni l'un ni l'autre ne fréquente personne.

— Ils baisent quand même ? insista Marvin.

Hutch ricana.

— Bien sûr. Ce sont des habitués au *Meatrack*, ce qui rend cette histoire franchement ridicule. Ils sont comme les deux doigts de la main, mais Michael ne s'en rend pas compte. Pour lui, avoir un amant signifie ne coucher avec personne d'autre. Ils ont donc trouvé ce compromis tordu. Même moi, je n'y comprends rien !

Stanton s'adressa à Marvin.

— Tu vois ? Je t'avais bien dit qu'ils avaient des problèmes, comme tout le monde.

— Demain, reprit Hutch, je passe te chercher vers midi chez Colby et Archy. Nous devrions réussir à prendre le ferry de treize heures.

— À très vite, alors.

Sur ce, Stanton serra Hutch dans ses bras et ferma les yeux, profondément satisfait. Puis Hutch enlaça également Marvin, le soulevant même du sol dans son enthousiasme.

— Quelle chance que Stanton sache bien choisir ses amis !

Le trio se sépara. Après quelques pas, Marvin grommela entre ses dents :

— J'aurais très bien pu rentrer seul, tu sais.

— Oui, je sais. Mais c'est mieux ainsi. Je n'aime pas me précipiter.

Après un moment à marcher en silence, Marvin ajouta :

— Je t'avais bien dit qu'on allait t'appeler Starsky !

I'M A ROCKER

— UNE IDÉE, c'est-à-dire ? demanda Topher.

Travis termina le sandwich posé devant lui et repoussa son plateau sur le côté. Il s'essuya la bouche de sa serviette avant de reprendre la parole.

— D'abord, avant le spectacle, demande à tes copains de se charger de remballer sans toi le matériel, quand ce sera fini, juste pour cette fois. Dis-leur que c'est pour une occasion spéciale. Ensuite, emmène Stanton marcher sur la 6th Street, en direction de l'Est. Loin de la foule, ce sera plus calme, ce qui vous donnera l'occasion de parler. De l'autre côté de l'I-35, il y a des bars sympas, alors, allez-y boire un verre. Il faut qu'il apprenne à mieux te connaître. Tu as beaucoup de charme, vieux, libère-le. Sois honnête envers lui, exprime ce que tu désires. Tu veux plus que de l'amitié, alors, dis-le-lui. Ne commets pas la même erreur que moi : attendre sans rien dire.

— Tu crois ? J'ai un doute. Je te rappelle que je l'ai embrassé. Je crois que maintenant, la balle est dans son camp.

Travis réfléchit.

— Hmm. Tu as peut-être raison. C'est difficile de savoir comment raisonne un gay !

Ils restèrent silencieux un moment. Puis Topher fut frappé par l'évidence.

— Pourquoi ne pas interroger Ben ?

Les yeux de Travis s'illuminèrent.

— Bien sûr ! Pourquoi n'y ai-je pas pensé moi-même ?

Il sortit son iPhone de sa poche et balaya l'écran.

— Je devrais acheter ce genre d'appareil, déclara Topher.

— Ben me l'a offert à Noël. Il en avait marre de mes téléphones merdiques.

Travis mit son appareil sur haut-parleur et le posa au milieu de la table. Ben décrocha au bout de deux sonneries.

— *Salut, bel étalon. Tu as envie d'une petite session à l'heure du déjeuner ? On m'attend au tribunal à quatorze heures, ce qui me laisse une marge de manœuvre.*

— Je suis avec Topher, caïd. Tu es sur haut-parleur.

Ben eut un rire amusé.

— *Salut, Topher, excuse-moi. Un problème ?*

— Salut, Ben.

— Nous aurions une question à te poser, commença Travis.

Il jeta un coup d'œil à Topher et demanda par signes : *je lui dis quoi ?* Quelques mois avant de rencontrer Ben, Travis était brièvement sorti avec la sœur de Topher, Trisha, qui était sourde, aussi connaissait-il le langage des sourds-muets.

Topher se pencha en avant.

— Ben, j'ai rencontré hier un homme qui me plaît pas mal.

Il fit une pause, mais Ben n'émit aucun commentaire. Étonné, Topher reprit :

— Allô ? Tu es là ?

— *Oui, j'essaie de comprendre ce que tu cherches à me dire.* Un homme qui te plaît ? *Je te croyais hétéro, Topher.*

— Hé, je le croyais aussi avant de tomber sur Stanton.

— *Non, mais franchement, vous êtes tous bizarres dans ce garage ! Ed et Royce seront-ils les prochains à changer d'orientation ?*

— Ben, déclara Travis. C'est sérieux.

— *C'était juste une remarque, pas une critique.* Pas mal, *ça veut dire quoi, Topher ? Il te plaît ou pas ? Il faut te décider.*

— Il me plaît. Je l'ai même embrassé.

— *Je vois mal en quoi je peux t'aider.*

Ce fut Travis qui répondit :

— Topher considère avoir fait le premier pas. D'après lui, c'est maintenant à Stanton de faire un geste. Moi, je trouve que Topher devrait préciser ce qu'il veut.

— *Quel âge a ce type ?*

— La cinquantaine, répondirent en même temps Travis et Topher.

— *D'accord, dans ce cas, la réponse est simple : si tu veux que la situation évolue, il va te falloir lui sauter dessus, Topher.*

— Tu parles sérieusement ?

— *Un homme de cet âge rêve* toujours *d'un jeune dans ton genre, Topher, tout en sachant que la réciproque est rare. Il ne* peut pas *te draguer de peur de passer pour un vieux pervers. En revanche, si tu t'intéresses à lui, il se sentira... un véritable Dom Juan. Tu vois le tableau ?*

Topher hocha la tête.

— C'est logique.

— *De qui s'agit-il, au fait ?*

— Il s'appelle Stanton Porter.

— *Le critique musical de NPR ?*

— Oui, dit Topher.

— *Invite-le à dîner chez nous. J'aimerais le rencontrer. Désolé, il y a Dan qui m'appelle. À ce soir.*

— À ce soir, roucoula Travis.

— *Tu t'occupes de Cade ? Il faut le récupérer à l'école et le conduire à son entraînement ?*

— Oui, je sais. Je t'aime.

— *Moi aussi.*

— Adorable ! commenta Topher.

Travis raccrocha et rangea son téléphone dans sa poche.

— Tu as entendu ce qu'il a dit ? J'avais bien pensé à inviter Stanton, mais Ben m'a battu au poteau. Disons… demain soir, d'accord ? Ça permettra à Stanton de constater que tu as des amis homosexuels plutôt sympas. De plus, ce sera un test. S'il n'est pas sensible au charme de ma famille, mieux vaut que tu l'oublies.

Topher sourit.

— Je suis à fond d'accord.

QUAND ILS rentrèrent au garage après le déjeuner, Topher découvrit que son incapacité à se concentrer n'avait fait qu'empirer. À présent, en plus du baiser, il pensait aussi à cette vision que Travis lui avait plantée dans la tête : il se voyait à genoux devant Stanton, avec un sexe d'homme dans la bouche pour la toute première fois.

Après le travail, il se précipita chez lui et courut jusque dans sa chambre. La maison était vide, mais il verrouilla tout de même sa porte. Il se déshabilla et s'allongea sur le lit. Les yeux fermés, il cracha dans sa main et empoigna son érection. Dans l'obscurité, quelque part, le sexe de Stanton l'attendait. Topher imagina ce poids sur sa langue, dans sa gorge… Frissonnant des pieds à la tête, il commença à se masturber. Il trouva très vite l'orgasme, son sperme éclaboussant son estomac et sa poitrine. Il trempa le doigt dedans et goûta. Avec un sourire, il évoqua la question que Travis lui avait posée durant le déjeuner.

Quittant son lit, il passa précipitamment dans sa salle de bain, avide de prendre une douche. L'eau brûlante emporta les derniers doutes qu'il lui restait : il allait séduire Stanton Porter.

CE SOIR-LÀ, à vingt et une heures cinq, Stanton n'était toujours pas arrivé au *Rooftop*. Pour tenter de gagner du temps, Topher discutait avec ses camarades.

— Si ça ne vous dérange pas, je vais m'éclipser après le concert, en vous laissant tout ranger... J'ai à parler à Stanton.

Peter lui adressa un clin d'œil.

— D'accord.

— Tu es certain qu'il va venir ? demanda Robin.

— Il a dit qu'il viendrait, répondit Topher. Je ne veux pas commencer sans lui.

— Crois-tu qu'il parlera de nous dans *All Things Considered* ? demanda Maurice.

— Non. Il ne sera pas là en tant que critique.

— Quel intérêt a-t-il à venir alors ? s'étonna Robin. Et pourquoi cela te met dans un tel état ?

Topher n'avait pas encore eu l'occasion de parler à Robin et à Maurice de ce fameux baiser. Et maintenant, il n'en avait plus le temps.

— Le voilà ! s'exclama Peter, le doigt pointé vers le mur. Enfin, je crois.

Topher se retourna et vit Stanton monter les marches. En jean et tee-shirt bleu au logo de la NPR, il était superbe. Topher admira la façon dont le coton moulait un torse solide et bien musclé. Se souvenant des conseils de Ben, il se précipita pour l'accueillir.

— Tu es là ! Et presque à l'heure, en plus !

— Bonsoir, Topher.

Quand Stanton lui tendit la main, Topher éclata de rire et le serra dans ses bras, en profitant pour lui caresser le dos de haut en bas.

— Nous avons dépassé le stade de la poignée de main, tu ne crois pas ? chuchota-t-il à son oreille avant de le relâcher.

Stanton souriait, un peu mal à l'aise.

— Désolé d'être en retard, mais nous ne pensions pas trouver une telle foule dans la rue.

— Nous ?

Se tournant vers un petit homme à ses côtés, Stanton fit les présentations.

— Marvin, Topher Manning. Topher, voici Marvin Goldstein.

Topher tendit la main.

— Enchanté de vous rencontrer, Marvin. Merci pour le billet du concert de Springsteen. J'espère que vous allez mieux.

Marvin lui serra la main.

— Oui, merci. Et tant mieux si ma place n'a pas été perdue. Moi aussi, je suis ravi de faire votre connaissance. J'ai hâte d'entendre votre groupe.

— J'espère que nous ne serez pas déçu. Au fait, Stanton vous a dit que je l'ai embrassé hier soir ?

Marvin sourit.

— Oh, oui ! Il m'a tout raconté. Vous l'avez mis dans tous ses états.

— Hé ! protesta Stanton. Je vous signale que je suis là.

Topher éclata de rire.

— Bon, nous allons bientôt commencer. Stanton, ça te dit de passer un moment avec moi après le show ?

— C'est-à-dire ?

— Eh bien, nous irons marcher, prendre une bière et parler. Tu n'as pas oublié le processus d'un premier rendez-vous pour apprendre à mieux se connaître, je présume ?

Du regard, Stanton consulta Marvin, qui leva les mains.

— C'est à toi de voir !

— Venez aussi, Marvin, proposa Topher.

— Non, merci. J'ai peu dormi la nuit dernière, je rentrerai à l'hôtel dès la fin de votre spectacle.

Se tournant vers Stanton, il ajouta :

— Allez, accepte. Comment refuser la proposition d'un beau jeune homme ? Ne sois pas un *yutz*.

Stanton parut un peu surpris, mais il finit par acquiescer.

— D'accord, je t'attendrai.

Avec un sourire, Topher tourna les talons et rejoignit son groupe sur l'estrade du *Rooftop* en plein air. C'était l'une de ses préférées : il jouait sous les étoiles, au sens littéral. Cent cinquante personnes environ s'étaient regroupées et attendaient.

Topher portait un jean bleu en lambeaux et une chemise bleue en flanelle, avec son nom d'un côté et de l'autre un patch où on lisait « Les

Mécanos Sensass ». Il passa sur son épaule la lanière de sa guitare et s'approcha du micro.

— Bonsoir à tous et à toutes, dit-il d'une voix rauque. Judecca Rising vous salue et vous remercie d'être là.

Il attendit que la foule fasse silence avant d'entonner leur ouverture. Il chanta d'abord en solo et *a cappella*, Peter le rejoignant au bout de quelques secondes, puis les jumeaux, Robin et Maurice. Leurs voix bien accordées s'élevaient dans le ciel nocturne au-dessus de leurs têtes. À la fin du couplet, ils tinrent la dernière note le plus longtemps possible jusqu'à ce que Topher craigne de manquer d'air. Puis Maurice fit claquer quatre fois sur ses baguettes et le groupe se lança dans *Beaches on the Moon*, un air entraînant que Topher avait écrit quelques années plus tôt. À l'époque, il était chez lui, occupé à regarder la télévision avec Maurice, qui étudiait à ses côtés. Puis Maurice s'était absenté pour aller chercher un soda dans la cuisine et Topher avait consulté le livre sur lequel il travaillait, un roman d'Anne Tyler. Le chapitre s'intitulait : les plages de la Lune. *Ça ferait une chouette chanson*, avait-il pensé. Le même soir, une fois retiré dans sa chambre, il l'écrivit d'un seul jet.

Ensuite, il se lança dans *Surrender to Love* et se demanda ce que son père aurait pensé de lui – aurait-il même pris la peine de venir l'écouter ? S'il avait vécu, combien de temps encore tous deux se seraient-ils disputés parce que Topher préférait faire de la musique qu'aller à l'université ? Il aimait à penser que son père aurait fini par accepter sa décision.

Après *Surrender to Love*, Topher prit une gorgée de sa Shiner Bock et jeta un coup d'œil à Stanton. Son cœur tambourinait déjà, car la chanson suivante était *Saltwater Kisses*. Fort de sa récente résolution, il la chanta sans quitter Stanton des yeux, utilisant les paroles qu'il avait écrites pour exprimer le plaisir ressenti à ce premier baiser. À la fois excité et exalté, Topher éprouvait avec sa guitare un accord d'une qualité nouvelle. Il était « en phase », une formule déjà entendue, mais jamais tout à fait comprise.

Il réalisa soudain qu'il commençait à bander. Avec un sourire lascif à Stanton, il baissa les yeux sur son entrejambe. Jamais il ne lui était encore arrivé de jouer dans un état pareil, aussi s'étonna-t-il de la différence que cela faisait. La peau en feu, il se sentait une vraie rock star. À la fin de la chanson, il mit la main entre ses jambes, puis embrassa ses doigts et souffla le baiser à Stanton. Il avait du mal à y croire !

La foule explosa.

Topher était certain d'une chose : ceux qui prétendaient que le temps était constant n'avaient jamais chanté en public. Quand il travaillait, il pensait souvent, vers seize heures, que l'horloge de l'atelier s'était arrêtée. Ce soir, au contraire, le temps filait à toute allure. La musique qui se répandait dans la moelle de ses os le faisait se sentir à 100% vivant. Avant même qu'il l'ait réalisé, il entonnait sa dernière chanson. Le spectacle s'achevait. Il regarda à nouveau Stanton.

Après les rappels d'un auditoire enthousiaste, Topher s'approcha du micro :

— Merci à vous tous d'être venus ce soir soutenir un groupe local.

La foule applaudit à tout rompre. Repoussant sa guitare dans son dos, Topher enchaîna :

— J'ai écrit plusieurs des textes que nous avons chantés pour vous ce soir. Nous en avons fait un CD qui vous sera distribué gratuitement. Il y en aura pour tout le monde. Je vois que Peter a recruté de belles jeunes femmes pour nous aider à les faire passer. Merci, mesdames. Vous pouvez aussi télécharger gratuitement nos chansons sur notre site Web, judeccarising.com. Et maintenant, il est temps de nous séparer et nous allons vous offrir une dernière chanson. Vous la reconnaîtrez sans peine, c'est un classique.

Il fit signe à Peter, qui commença à jouer les premiers accords. Quelques cris de surprise s'élevèrent dans l'assistance. Topher se débarrassa de sa guitare et l'appuya contre un des haut-parleurs. Il prit le micro et, d'une voix pleine d'émotion, se mit à chanter *Bridge Over Troubled Water*. Il connaissait par cœur cette chanson depuis l'école secondaire, mais ce soir, pour la première fois, il se sentait connecté aux paroles. Et il n'avait pas à se demander pourquoi. Les mains dans les poches arrière de son jean, il chantait comme s'il s'adressait à un ami.

Ou à son âme sœur.

Du coin de l'œil, il crut voir Marvin saisir le coude de Stanton. Les mots qu'il chantait trouvaient en lui un écho plein de mélancolie, sa voix se brisant même à un moment. Il se ressaisit et termina la chanson, atteignant sans effort les fameuses notes aiguës. Sa voix enfla et monta dans nuit, au-delà du toit et jusque dans la rue en dessous. Ce soir-là, il avait la ville à ses pieds.

Quand il se tut, il ferma les yeux. La foule restait silencieuse. Topher retint son souffle, sachant qu'il avait été bon, très bon même. Quand il ouvrit les yeux avec un soupir, les applaudissements retentirent. Stanton avait le visage mouillé de larmes. Quand les ovations se calmèrent, plusieurs spectateurs vinrent féliciter Topher, quelques filles lui glissèrent un numéro de téléphone dans la main.

Quand il put enfin rejoindre Marvin et Stanton, ce dernier avait séché ses yeux et retrouvé le sourire.

— Ça va ? demanda Topher.

— Oui, très bien. C'est cette chanson…

Il s'interrompit avec un petit rire.

— De toutes celles qui existent, reprit-il, il a fallu que tu choisisses celle-là !

— Vous avez beaucoup de talent, Topher, dit Marvin.

— Vous êtes sérieux ?

— Oui. Et votre voix, surtout, est rarissime. Avant vous, je n'ai entendu une voix pareille qu'une seule fois dans ma vie.

— Vraiment ? s'étonna Topher. Qui était-ce ?

Marvin regarda Stanton.

— Nous en parlerons une autre fois, si vous le voulez bien. Pour le moment, je dois retourner à l'hôtel et appeler Ty – c'est mon partenaire. Passez une bonne soirée, vous deux. Topher, vous rencontrer a été un plaisir. *Mazel tov.*

— Merci, pour moi aussi, Marvin. J'espère vous revoir un jour.

— Rien ne me rendrait plus heureux.

Marvin fit un pas en avant et étreignit Topher, qu'il serra très fort contre lui. Quand il recula, il paraissait bouleversé. Il tourna les talons sans un mot de plus et se rua dans les escaliers.

— Il est bizarre, déclara Topher.

— Oui, je sais, mais il est toujours comme ça.

— Bon, on y va ?

— Tu n'es pas censé ranger d'abord ton matériel ?

— Non, j'ai demandé aux gars de s'en charger sans moi ce soir. Je voulais passer le plus de temps possible avec toi. C'est une occasion spéciale, si tu vois ce que je veux dire.

— Tu me trouves spécial, alors ?

— Oui, tu es à ce jour notre auditeur le plus célèbre.

— Célèbre ? Non, certainement pas. D'ailleurs, je t'ai dit que je n'étais pas venu en tant que critique.

— Je sais. Alors, ça te dit d'aller marcher ?

— Oui, vas-y, je te suis.

TOPHER PRIT l'escalier et sortit sur la 6th Street. La foule du festival était partout, l'atmosphère festive et animée évoquant le carnaval. Les artistes dansaient dans la rue, chantaient ou faisaient diverses formes de spectacles. Topher et Stanton s'arrêtèrent un moment devant un petit théâtre de marionnettes où un squelette chantait du Frank Sinatra. Ils regardèrent aussi la scène Doritos : un distributeur géant sur deux étages, avec des sacs de Doritos à l'intérieur.

— Marchons jusqu'au *Cheer Up Charlie*, déclara Topher. Travis m'en a parlé : tous les gays des environs s'y réunissent.

— C'est un bar gay ?

— Non, nous sommes à Austin. La clientèle sera sans doute hétéroclite.

— Je me sens un peu dépassé.

Topher se mit à rire.

— Trouverais-tu ma génération difficile à décrypter ?

— Oui.

Plus ils avançaient, plus les rues devenaient tranquilles.

— Tu as changé depuis hier, déclara Stanton.

— Comment ça ?

— Tu es devenu plus confiant, plus sûr de toi. Hier soir, j'étais avec un gamin un peu intimidé. Je ne m'attendais pas ce soir à une telle assurance sexuelle.

— Tu parles aussi bien que tu écris, Stanton. Dis-moi, est-ce que ça t'a plu ? Quand je t'ai embrassé ?

— Là n'est pas la question. J'aimerais savoir ce qui a provoqué ton changement d'attitude.

— J'ai parlé à de bons amis à moi, ils m'ont aidé à gérer mes priorités.

— Je vois. Quelle décision t'ont-ils poussé à prendre ?

— Non, ce n'est pas ça. Travis m'a juste posé des questions et moi, j'ai répondu. Lui aussi était hétéro avant de rencontrer son actuel partenaire.

— Y aurait-il une étrange épidémie à Austin ?

— Très drôle. En tout cas, il m'a mis dans la tête une idée et… Disons que ma réaction m'a révélé sans ambiguïté possible ce que je désirais. J'ai même dû rentrer chez moi très vite pour… prendre le problème en main, au sens littéral.

— Une idée, répéta Stanton. Laquelle ?

Topher sourit.

113

— Je t'en parlerais plus tard. Moi aussi, je peux jouer au grand mystérieux…

— Qu'est-ce que tu racontes ?

Topher cessa de marcher et se tourna vers lui. Stanton tenta de rester impassible, mais sa prestation n'était guère convaincante.

— Fais bien attention à toi, Stanton Porter, j'ai décidé de te séduire.

— Pardon ?

— Je pense avoir été clair. Peut-être me crois-tu jeune et inexpérimenté, peut-être comptes-tu ne rien faire, mais moi, j'ai envie de toi et je ferai tout ce qui est en mon pouvoir pour te faire céder. Voilà, tu es prévenu.

— Je vis à New York et toi à Austin.

— Et alors ?

— Et alors, il ne peut rien y avoir entre nous.

Topher secoua la tête.

— Écoute, j'ignore pourquoi tout cela m'arrive. J'ignore aussi ce que l'avenir nous réserve, mais j'ai vu ta tête hier soir quand tu as lu le message de ce troisième disque. Ta réaction est de bon augure, tu ne crois pas ?

Stanton hésita.

— Peut-être.

— Tu ne parais pas très convaincu.

— C'est juste que je ne veux pas… je ne peux pas en parler. Pas tout de suite, en tout cas.

— Réponds au moins franchement à une question : t'es-tu masturbé la nuit dernière en pensant à moi ?

Stanton détourna les yeux.

— Ah ! fanfaronna Topher. Ton silence est une réponse en soi. Et ça ne m'étonne pas parce que j'ai fait la même chose. C'était génial ! Bon, on va boire un verre maintenant ? On verra bien où tout ça nous mènera.

Après un long moment de réflexion, Stanton finit par se remettre en marche. Au même moment, Topher sentit son téléphone vibrer dans sa poche. Il l'ignora, se contentant de sourire. Il suivit Stanton et lui indiqua la direction à prendre d'un geste du menton. Ils marchèrent en silence, traversèrent l'autoroute et trouvèrent le bar. Ils s'installèrent à l'une des tables en bois du patio, puis Topher alla jusqu'au comptoir chercher des bières. Il rapporta deux canettes de Lone Star.

Stanton fit la moue.

— Ils n'ont pas de bière en bouteille ?

— Non. Désolé, princesse.

Stanton se mit à rire.

— Tu ne manques pas de culot !

— Apparemment, non.

Topher sirota sa bière avant de demander :

— Alors, qu'as-tu pensé de notre prestation ? Tu m'as trouvé nul ?

— Non, pas du tout. Marvin a raison. Ta voix est… aussi belle que celle d'Art Garfunkel, ce qui n'est pas rien. J'en ai eu les larmes aux yeux. C'est le plus grand compliment que j'aie à te donner. Les chansons que tu as écrites sont un peu plus rustiques, sauf la première. Elle s'appelait…

— *Beaches on the Moon.*

— Oui. Elle pourrait très bien se trouver dans le top 10 d'iTunes un jour ou l'autre.

Topher sourit.

— Merci.

— Ça m'a rappelé FUN.

— Quoi ?

— Le groupe.

— Oh, c'est vrai. Ceux qui ont fait *We Are Young* ?

— Oui, et leur dernier titre, *Some Nights*, est absolument génial. Tu as chanté ensuite une ballade au tempo très bas.

— *Surrender to Love.*

— Oui, c'était… horrible, la pire chanson que j'aie entendue de toute ma vie. As-tu déjà connu l'amour ?

— Non mais…

— Sais-tu au moins ce que ça veut dire ?

Topher secoua la tête.

— Non.

— C'est bien ce que je pensais. Ne la chante plus jamais, Topher, et si on te pose la question, nie en être l'auteur.

— Hé, surtout parle-moi franchement, hein ? persiffla Topher, cachant sa vexation. Ne me ménage pas.

— Tu préfèrerais que je te mente ?

— Non, bien sûr que non. De toi, je ne veux que la vérité.

Stanton prit une gorgée de sa bière.

— Je ne pourrais pas mentir, même si je le voulais.

— C'est ce qui fait de toi un bon critique.

— Sans doute, mais parfois, je me sens coupable, sur le plan humain. Bon, assez parlé de moi. Je veux tout savoir de Dime Box, Texas.

115

Topher sourit.

— Pourquoi ça t'intéresse ?

— Parce que tu y es né.

— Ah, bon. C'est juste un patelin, à une centaine de kilomètres d'ici, avec moins de quatre cents habitants !

— C'est petit, c'est vrai. Ta famille y vit toujours ?

— Ma mère, oui. Mon père est mort, je te l'ai déjà dit.

— Quel âge avais-tu ?

— Dix-sept ans.

— Oh, mon Dieu ! Ça n'a pas dû être facile pour toi.

— Non, ça a été très dur. Tu n'imagines pas à quel point !

— Tu as des frères et sœurs ?

— J'ai une sœur qui vit à Houston. Elle est sourde, alors on se parle peu, au sens littéral du terme, mais elle m'envoie souvent des SMS. Elle vient de se fiancer. Elle est sortie un moment avec mon copain Travis avant qu'il rencontre Ben. D'après ce qu'on dit, John Lennon téléphone à sa mère chaque semaine. J'essaie de passer voir la mienne au moins une fois par mois. Et toi, d'où viens-tu ?

— D'une petite ville du Midwest, avec quarante mille habitants, pas quatre cents. Mes parents y vivent encore. Ma mère souffre de la maladie d'Alzheimer et mon père s'occupe d'elle. C'est l'homme le plus incroyable que je connaisse ! Et si on m'avait annoncé il y a vingt-cinq ans que je dirais ça de lui un jour, je n'y aurais certainement pas cru. Il s'est bonifié avec l'âge et il prouve tous les jours qu'il a le sens des responsabilités, même quand c'est difficile.

— Des frères ou des sœurs ?

— J'ai deux frères et une sœur. Tous vivent encore dans l'Ohio. Je suis le fils prodigue qui ne passe que deux fois par an, mais j'appelle ma mère chaque semaine. Sans même le savoir, je fais comme John Lennon.

— Comment es-tu devenu critique ?

— J'étais encore étudiant quand j'ai obtenu mon premier emploi au *Village Voice*. À l'époque, nous n'avions ni sites Web ni blogs et les journaux avaient donc plus d'impact. J'ai commencé tout en bas et grimpé les échelons grâce à mes articles. Grâce à Marvin aussi, qui m'a beaucoup aidé. Je me suis fait un nom dans les années 90, quand les boys bands ont commencé à se multiplier, avec un coup de poker.

— Comment ça ?

116

— Eh bien, j'ai comparé les Backstreet Boys aux Beatles. Plusieurs critiques musicaux m'ont cloué au pilori, mais c'est Marvin qui m'avait poussé à le faire. D'après lui, un blasphème est la meilleure façon d'attirer l'attention du public.

— Que s'est-il passé ensuite ?

— Il avait raison, bien sûr. Beaucoup m'ont maudit, mais à partir de ce jour, tout le monde connaissait mon nom. C'est là que le journal *Rolling Stone* m'a contacté, parce qu'ils aiment la controverse. J'ai écrit une dizaine d'années pour eux avant de passer chez NPR.

— Tu aimes les *Wanted* [16]?

— Je les adore.

— Moi aussi.

— Je peux comprendre qu'on aime ou pas certaines chansons, reprit Stanton, mais même après toutes ces années, je ne comprends toujours pas qu'une personne ou un groupe prétende savoir quelles chansons sont meilleures que d'autres. Tous les critères restrictifs sont de la pure connerie.

— Alors, quelle est ta position, en tant que critique ?

— J'admets le concept de la sophistication musicale. Je fais la différence entre *Hey Jude* et *Backstreet's Back*, mais moins entre *I Want to Hold Your Hand* et *Tearin' Up My Heart*.

— Tu viens de mélanger les Backstreet Boys et 'N Sync.

— Ils sont interchangeables. Même si j'entends la distinction, ça reste une question de goût, à mon avis, sinon tout le monde serait d'accord sur tout. Or, même quand la musique est géniale, il y a des controverses. J'aime écrire sur la musique en tant que fan, décrire ce qui me plaît ou pas. J'aime rencontrer les Killers ou Judecca Rising, voir ce qu'ils ont en commun... Ce soir, tu as été excellent sur scène, mais tu ne peux pas imaginer les réminiscences qui m'ont traversé l'esprit pendant que je t'écoutais. D'autres auditeurs, avec un passé différent du mien, ont sans doute eu une réaction différente. Et pour aller plus loin, je pense même réagir de façon différente à un air en fonction des jours et de mes humeurs. À chaque nouvelle chanson, les circonstances du moment où je l'entends ont un énorme impact sur la façon dont j'y réponds. Au fond, la critique n'est que l'articulation de cette réponse, à ce moment précis.

Topher avait le visage brûlant.

— Tu m'as vraiment trouvé excellent ? demanda-t-il.

16 Boys band britannique.

— Oui. Jamais je ne te mentirais sur ce point-là. Tu as très bien rendu des textes… contestables. Au fait, pourquoi fais-tu ça ?

— Pourquoi je fais *quoi* ?

— Pourquoi montes-tu sur scène ? Pourquoi chantes-tu ?

— Parce que j'aime ça !

— Allez ! Tu n'as pas de meilleure réponse ? Si en tant que critique, mon travail est d'articuler ma réaction, le tien en tant qu'artiste est certainement de formuler tes motivations et ton ressenti. Je te repose la question : pourquoi chantes-tu ?

Ulcéré, Topher mit un moment à se calmer. En même temps, il réfléchissait. Pour se consoler, il se dit que c'était sans doute la technique de Stanton pour extirper de la matière à ses interviews. Et même si c'était son gagne-pain, le critique devait aussi s'en amuser. Si Topher prenait personnellement cette agression verbale, Stanton se refermerait comme une huître et cesserait de lui parler musique, Topher le savait. Et ça, il était hors de question qu'il l'accepte.

— Je suis Topher Manning, répondit-il enfin. J'ai une vie, une individualité, une expérience à faire, j'en suis conscient. Mais je sais aussi qu'il existe quelque part quelque chose qui me dépasse. Certains l'appellent Dieu, d'autres, l'inconscient collectif, peu importe d'ailleurs. Tout ce que je fais, tout ce que tu fais, tout ce que fait le reste de l'humanité n'est au fond qu'une tentative de relier nos petites vies à cette grandeur qui nous dépasse. Et la musique est la plus parfaite des connexions possibles, mieux que la peinture, la sculpture, un livre ou une pièce de théâtre… Voilà pourquoi je monte sur scène, voilà pourquoi je chante. C'est ma façon d'essayer de me brancher à l'univers.

Stanton leva les mains.

— Maintenant, vois-tu la différence entre cette réponse et la première ?

— Oui, je suppose.

— Crois-tu que la musique peut changer le monde ?

— Non, sans doute pas, mais peux-tu imaginer un monde sans musique ? Ça me paraît une abomination.

— Nietzsche était du même avis, l'informa Stanton.

— Qui ?

— Un philosophe allemand du dix-neuvième siècle. Il a dit : *sans la musique, la vie serait une erreur.*

— Ça ferait un super tatouage ! s'exclama Topher qui leva son bras droit. Ici, peut-être, sur le côté de mon torse.

— Quand t'es-tu fait tatouer le bras ? demanda Stanton.

— Après la mort de mon père. Mais revenons-en à ce que tu disais. Si tous les critères sont une connerie, pourquoi as-tu trouvé *Surrender to Love* aussi mauvais ?

— Je n'ai pas dit ça. Je n'utilise jamais les qualificatifs « mauvais » ou « bon ». J'ai dit que c'était « horrible », une des pires chansons que j'avais entendues de toute ma vie. C'était une réaction authentique.

— Tu sais quand même que « pire » est le superlatif de « mauvais », hein ? Donc, tu as quand même dit que c'était mauvais !

Stanton parut chagriné.

— Merde, tu as raison. Tu vois, il m'arrive aussi de raconter des conneries. Bravo ! J'aime qu'un homme sache défendre son opinion avec de bons arguments.

— Ça devient très amusant !

— Tu devrais quand même tenir compte de mon avis concernant cette chanson. Elle est mauvaise. Voilà, c'est dit.

— J'apprécie ta franchise. Je n'ai personne qui me parle comme ça.

Stanton but sa canette et grimaça.

— Quelle abomination ! se plaignait-il. On dirait de la Pabst Blue Ribbon [17]. Bon, si je comprends bien, c'est la musique qui t'a amené à Austin ?

— Plus ou moins, répondit Topher. Nous avons suivi Maurice quand il est entré à l'université. Austin est un endroit sympa, tellement différent du reste du Texas !

— Oui, tu me l'as déjà dit. Effectivement, cette ville me semble très libérale malgré Rick Perry [18]. Comment es-tu devenu mécanicien ?

— Il y avait un petit garage à Dime Box, juste en face de la scierie du père de Peter. J'y travaillais à temps partiel pendant mes études secondaires. Le propriétaire connaissait Darrell, mon patron actuel, alors, quand je suis arrivé ici, j'ai trouvé une place au garage sensass !

— Il s'appelle vraiment comme ça ? Le garage *sensass* ?

— Oui, tu n'as pas vu le panneau devant la vitrine : *Groovy, le garage sensass ?* Ou le logo sur ma chemise de flanelle ?

17 *Lager* (terme générique pour indiquer une fermentation basse) bière américaine.

18 Homme politique américain, membre du Parti républicain et gouverneur du Texas entre 2000 et 2015.

Topher tapota le patch qu'il avait sur la poitrine.

— Non, désolé. Je ne suis pas très observateur.

— Alors, tu n'as pas vu non plus ce mot écrit sur le tableau de l'hôtel W, la nuit dernière ?

Stanton se figea et lui jeta un regard éberlué.

— Quoi ? Mais qu'est-ce que tu racontes ?

— Dans le salon aux trois mille disques.

— Tu parles de cette peinture abstraite qui était au-dessus de la cheminée, juste devant notre canapé ?

— Oui.

— Tu es certain qu'il y a écrit sensass ?

— Oui, certain. Dans le désordre, peut-être, mais toutes les lettres y sont.

Le visage de Stanton redevint mélancolique.

— Je n'ai rien remarqué, constata-t-il, tristement.

— Eh bien, ouvre les yeux. Bon, je m'en suis bien sorti : Darrell est un patron très cool et les autres mécaniciens sont sympas. Surtout Travis. Je t'ai dit qu'il avait un partenaire, hein ? Il vit avec Ben et ses trois frères.

— Travis a trois frères ?

— Non, Ben. Ils sont cinq en tout – plus Travis – dans une grande maison. Les plus jeunes sont encore des ados.

— Ah, je vois. Que sont devenus les parents ?

— Ils sont morts l'année dernière, dans un accident de voiture.

— Oh, désolé.

Topher sourit.

— Merci pour eux, mais comme le phénix qui renaît de ses cendres, la famille s'en est plutôt bien sortie. Chaque fois que je passe chez eux, j'apprends quelque chose de nouveau.

— C'est fascinant !

— Au fait, ils nous ont invités à dîner demain soir. Si ça te dit.

— Tu as déjà organisé notre second rendez-vous ?

— Techniquement, ce sera notre troisième. Le concert de Bruce Springsteen restera à mes yeux le premier.

Stanton se mit à rire.

— J'ai de plus en plus l'impression de n'être qu'un simple passager dans le vaisseau que tu diriges !

— Alors, ce dîner, tu acceptes ou pas ?

Stanton hésita, mais brièvement.

— Bien sûr. Mais avant, je passerai la journée avec Marvin. Il a deux groupes à voir dans l'après-midi.

— Sensass !

— Ah, tu t'y mets aussi ?

— Peut-être. J'essaie de voir si ça me correspond.

Stanton but un peu de sa bière.

— Parle-moi des autres gars de ton groupe. Depuis quand les connais-tu ?

— Depuis toujours. Nous venons tous de Dime Box.

— Deux d'entre eux sont de vrais jumeaux, non ?

— Oui. Robin et Maurice.

— Leur mère était-elle fan d'E. M. Forster ? demanda Stanton.

— Je ne pense pas. Elle préférait les Bee Gees.

— Oh, c'est vrai ! Robin et Maurice Gibb étaient jumeaux.

— Oui. Robin joue de la basse, Maurice est batteur et Peter s'occupe des claviers et de la guitare. Nous sommes amis depuis l'enfance. J'ai un an de moins qu'eux, mais notre école était toute petite, alors, toutes les classes, du jardin d'enfants à la dernière année d'école secondaire, partageaient la même cour.

— Vous étiez combien en dernière année ?

— Sept.

Incrédule, Stanton secoua la tête.

— Où as-tu appris à jouer de la guitare ?

— Nous avions un professeur de musique, Mme Gephart, qui venait une fois par semaine. Elle a fait ce qu'elle pouvait. Ensuite, nous avons progressé seuls.

— Vous êtes très bien accordés tous les quatre.

— Merci. Nous nous entraînons beaucoup. En plus, nous habitons ensemble.

— Tous les quatre ?

— Oui. Nous louons une maison sur 11th Street, à quelques rues d'ici. Tu veux visiter ?

— Tu me dragues ? demanda Stanton.

— J'essaie.

Stanton se rembrunit.

— Écoute, si j'avais dix ans de moins et toi, dix de plus, je te sauterais dessus sans hésiter, mais…

— Je sais ce que je veux. Et pour être franc, je trouve que ma jeunesse est mon seul atout, sinon, tu serais aussi inatteignable que... Don Draper [19].

Stanton pencha la tête.

— Tu es vraiment adorable, tu sais ?

— Tu crois ? Travis prétend que j'ai un cul superbe, je crois qu'il sous-entendait « baisable »...

— Il n'a pas tort, c'est certain, mais je dois admette que je redoute le jugement des gens : on va me prendre pour ton...

— Non, ne le dis pas. Et si tu m'embrassais, personne ne penserait à mal. Du moins, je l'espère. Le Texas n'est pas le Mississippi.

— En temps normal, je suis toujours partant pour ce genre d'aventure, mais avec toi, je pressens un danger.

— Un danger ? Moi ? Je n'ai jamais pensé que j'étais dangereux ! Pourtant, ce soir, sur scène, je me sentais prêt à toutes les audaces, je suis peut-être devenu... un mauvais garçon.

— Comment ? Tu n'es pas toujours comme ça ?

Topher sourit.

— Oh, non ! Ce soir était... spécial.

Stanton sourit.

— Parce que tu t'es connecté à l'univers ?

— Peut-être. Ou alors parce que j'ai passé la journée à ressasser notre baiser. En souhaitant recommencer !

— Musique et sexe. D'après Marvin, c'est la même chose.

— Alors, tu m'embrasses ou pas ? Sinon, je saute sur la table et je t'agresse.

— T'embrasser ? Ici ?

— Pourquoi pas ? La clientèle est *gay friendly*. Travis et Ben passent leur temps à se bécoter et à se tripoter en public, pourquoi pas nous ? Craindrais-tu de ne pas savoir t'y prendre ?

— J'embrasse très bien ! protesta Stanton, piqué au vif.

— Alors, prouve-le.

— Non, je ne peux pas. Les gens vont penser... Que fais-tu ?

Topher s'était redressé pour enjamber la table. Il balança ses jambes et s'assit devant Stanton, face à face.

— Je t'avais prévenu. Waouh ! Cool ! Comme ça, je suis plus grand que toi.

19 Personnage charismatique de la série américaine *Mad Men*.

Il coinça Stanton entre ses genoux.

— Les gens nous regardent, dit Stanton.

— Et alors ? Ça te gêne ?

— Oui, je te l'ai déjà dit. Je tiens à ce que ma vie privée reste... privée.

— Excuse-moi de te ramener sur terre, mais ici, à Austin, tu es un inconnu et tout le monde se fiche de ce que tu fais.

Stanton se figea, l'air pensif.

— Tu as probablement raison. Je me demande ce qui ne va pas chez moi.

Topher lui passa les bras autour du cou.

— Regarde-moi, beauté.

Quand Stanton pencha la tête, Topher l'embrassa brièvement. Puis il se mit à parler, ponctuant chaque phrase d'un baiser tout aussi léger :

— Je sais que tu t'inquiètes de notre différence d'âge... Et du fait que nous habitions loin l'un de l'autre... Et du fait que tu sois mon premier mec... Mais oublie tout ça, c'est sans importance.

— Dans quoi je m'embarque ?

— Je ne sais pas, mais pourquoi ne pas le découvrir ensemble ?

Sur ce, Topher attira Stanton vers lui et son baiser, cette fois-ci, fut vorace. Stanton fit remonter ses mains le long des jambes de Topher jusqu'à sa taille, sa langue envahissant la bouche posée sur la sienne. Topher y répondit avec une frénésie renouvelée. Il n'aurait pas su expliquer pourquoi, mais toute une vie de passion lui parut vibrer dans ce moment figé dans le temps. Il enfonça ses doigts dans les épais cheveux bruns et chercha à se calmer. De sa langue, il caressa l'émail lisse des dents et finit par un tendre baiser sur les lèvres et le nez.

— Tu avais raison, dit-il à mi-voix.

— À quel propos ?

— Tu embrasses bien !

Stanton resserra son emprise sur sa taille.

— Tu es enivrant.

Une femme qui passait devant leur table lança :

— Vous allez bien ensemble !

— Merci, répondit Topher. Il est magnifique, non ?

Elle acquiesça avec conviction et s'éloigna. Stanton avait caché son visage contre la poitrine de Topher.

— Tu vois ? reprit celui-ci. Si on te regarde, ce n'est pas parce qu'on te trouve trop vieux, bien au contraire. Tu es super sexy !

— Non, ils me regardent parce que je suis avec toi.

Topher l'embrassa une fois de plus.

— On s'en fiche, de toute façon. Tu es prêt à retourner à l'hôtel ?

— Je pensais que nous allions visiter ta maison, rétorqua Stanton.

— C'est vrai ? Tu veux ? J'ai tout nettoyé.

— Ce sera… euh, pour une autre fois. Pour le moment, retournons au W.

Quittant le *Cheer Up Charlie*, ils remontèrent la 6th Street. Quand Topher sentit son téléphone vibrer dans sa poche, une idée soudaine lui vint.

— Quelle est ta chanson préférée des Beatles ?

Stanton fit une pause et lui lança un regard vide.

— *I Want to Hold Your Hand*, pourquoi ?

Toher éclata de rire.

— Je savais que tu allais dire ça ! Tu veux me tenir la main ? D'accord.

Il prit la main de Stanton et entremêla ses doigts aux siens. Tout d'abord, Stanton se raidit. Très vite, il se détendit, comme s'il se résignait à l'inévitable. Et les deux hommes continuèrent à marcher.

— Comment savais-tu ce que j'allais répondre ? demanda Stanton au bout d'un moment.

— Tu es beaucoup plus prévisible que tu le penses, Stanton Porter, ô grand critique musical. Au fait, j'ai une question importante à te poser, mais elle risque d'être indiscrète.

— Vas-y. Nous nous sommes embrassés en public – deux fois –, nous nous tenons la main, tu es en droit de m'interroger, il me semble. Je t'écoute.

— Ça concerne le beurre de cacahuètes, préfères-tu le croquant ou le lisse ?

Stanton s'arrêta net.

— Qu'est-ce qui ne va pas ? demanda Topher. J'essayais juste de te faire rire.

Stanton cligna des yeux.

— Ce n'est rien. Je suis… fatigué, c'est tout. Tu es adorable. Et je préfère le lisse.

— Moi aussi. Si tu veux mon avis, les détails de ce genre en révèlent beaucoup sur la personnalité d'un homme. Le beurre, c'est censé être lisse, même si c'est du beurre de cacahuètes, alors, le croquant est une hérésie, un point, c'est tout.

Stanton rit.

— Ah, cette fois, ça a fonctionné ! se réjouit Topher.

Ils continuèrent leur chemin, main dans la main, s'arrêtant souvent pour regarder les divers spectacles musicaux que proposait le festival.

Une fois devant le W, Stanton demanda :

— À quelle heure est le dîner demain soir ?

— Tu ne comptes pas me demander de monter ?

Stanton baissa les yeux sur le trottoir.

— C'est… compliqué.

— Tu as bien une chambre, non ? Et tu y es seul ?

— Oui, mais…

Soudain, Topher se frappa le front.

— Seigneur, je n'y ai même pas pensé ! Aurais-tu quelqu'un qui t'attend à New York ?

— Non. Si c'était le cas, je ne serais pas là, avec toi. Je ne suis pas ce genre d'homme.

— Alors qu'est-ce qui te retient ? J'en ai envie, tu le sais. Je ne cherche pas seulement à t'allumer. *Je ne suis pas ce genre d'homme*, ajouta-t-il avec un clin d'œil.

— Je sais. Et je sais que je dois te paraître bizarre, mais te rencontrer a été pour moi… déstabilisant.

— Pourquoi ?

— Peut-être pourrions-nous passer la nuit ensemble demain ?

— Vraiment ? Après le dîner chez Ben et Travis ?

— Peut-être. Je dois d'abord en parler à Marvin.

— Pourquoi ? Qu'a-t-il à voir avec nous ?

— Comme je te l'ai dit, c'est compliqué.

— Que se passe-t-il ? C'est à cause de ce que tu as lu hier soir sur ce troisième disque, hein ? J'ai bien vu que ça t'avait flanqué un choc !

— Peut-être. Je ne sais pas. J'aimerais pouvoir t'expliquer, mais… Pour le moment, je te demande de me faire confiance, d'accord ?

— Oui, j'aimerais simplement que ce soit réciproque.

— Je sais, mais je n'ai pas encore compris comment t'en parler.

— Me parler de quoi ?

— S'il te plaît…

— D'accord, d'accord, je n'insiste pas. Je préfère terminer cette soirée sur une note positive. J'ai passé un très bon moment en ta compagnie, merci d'être venu nous écouter ce soir. Je t'appelle demain.

Il fit un pas en avant et embrassa Stanton sans se soucier de la présence du portier de l'hôtel. Désireux que son baiser exprime ce qu'il ne disait pas, Topher donna tout ce qu'il avait. Quand il s'écarta, il sut avoir atteint son but.

— Waouh ! dit Stanton.

— Comptes-tu te masturber ce soir en pensant à moi ?

— Ça t'embête ?

— Non, au contraire, je serais déçu que tu ne le fasses pas. Bonne nuit, Stanton.

— Bonne nuit.

Après un dernier sourire, Topher tourna les talons. Il n'avait fait que quelques pas quand Stanton le rappela.

— Une dernière chose… j'abuse peut-être, mais écoute-moi quand même. Le nom de ton groupe est un peu trop prétentieux. Tu devrais en changer, d'autant que tu as la solution parfaite à portée de main.

— Ah, c'est quoi ?

Stanton fit une pause théâtrale. Puis il lança :

— Dime Box !

Les yeux de Topher s'élargirent.

— J'adore !

— Ce n'est qu'une idée.

Topher revint sur ses pas pour enlacer Stanton.

— Et elle est géniale ! Merci encore, merci pour tout. À demain.

Il prit le temps de savourer le contact de la poitrine de Stanton sous sa joue, puis le lâcha, se retourna et s'éloigna. Il sentit dans son dos le poids du regard qui le suivait, mais il ne regarda pas en arrière, se contentant d'un sourire satisfait.

QUAND IL arriva chez lui, il trouva Maurice, Robin et Peter assis dans le salon.

— Y a-t-il quelque chose à manger ? demanda-t-il avec entrain. Je meurs de faim.

D'un bond, Robin se releva du canapé.

— Allons dans la cuisine. Nous ferons des pancakes.

— Ouiiii ! cria Maurice.

Les quatre amis se précipitèrent dans la cuisine, où Robin commença à extraire les ingrédients du placard. Maurice sortit du réfrigérateur des œufs et du lait. Topher aimait regarder les jumeaux cuisiner. Quand on lui demandait parfois l'effet que cela faisait de vivre avec des clones, il répondait toujours la même chose : les voir se comprendre presque sans avoir besoin de parler le surprenait toujours.

Avant de casser les œufs, Maurice attacha en queue de cheval ses longs cheveux bouclés. Quand les jumeaux étaient petits, Peter n'arrivait pas à les distinguer, aussi avait-il insisté pour que l'un d'eux ait les cheveux longs. Maurice avait accepté. Par la suite, satisfait de son look, il ne les avait plus coupés.

Topher s'empara d'un paquet de biscuits de Chips Ahoy et s'attabla près de Peter. Robin mesurait le Bisquick dans un saladier.

— Alors, comment ça s'est passé avec Stanton Porter ? demanda-t-il.

Topher mordit dans un biscuit et passa le sachet à Peter.

— Sensass, répondit-il. Il a aimé *Beaches on the Moon*. Il a même dit que ça pourrait finir dans le top 10 d'iTunes.

Peter fit passer aux autres les cookies.

— Nous savions déjà que c'était notre meilleure chanson, remarqua-t-il. Quand vas-tu nous en écrire une autre aussi réussie ?

— Désolé, les gars. Je suis censé être auteur-compositeur, mais ces derniers temps, je tourne à vide. Je vous jure que j'ai dans la tête des chansons qui ne demandent qu'à sortir, de bonnes chansons, mais je n'arrive pas à les délivrer de leur cage.

— Sinon, qu'a-t-il pensé du reste du spectacle ? demanda Robin.

— Il n'était pas emballé, ce qu'il n'a pas caché. Il nous a traités de rustiques… même si je ne vois pas trop ce qu'il veut dire par là.

Maurice passa derrière son frère pour attraper un fouet dans le tiroir.

— C'est un critique. C'est son boulot d'être dur. Rustiques, ça veut dire « pas mal, mais pas terrible », le tout-venant quoi, sans inspiration particulière.

— Je me doutais bien que c'était loin d'être un compliment. Il dit que *Surrender to Love* est l'une des pires chansons qu'il ait entendues.

Les trois autres ne répondirent pas. Seul le bruit du fouet qui battait la pâte à crêpes troublait le silence brusquement tombé dans la pièce.

Topher s'en étonna :

— Qu'est-ce qui vous prend ?

Peter se leva et alla jusqu'au placard. Il en sortit quatre assiettes qu'il posa sur le comptoir. Dans un tiroir, il prit fourchettes et couteaux, et les ajouta au tas d'assiettes. Il poussa le tout vers Topher.

— Tiens, mets la table.

— Je veux savoir ce que vous me cachez ! insista Topher.

— D'accord, tu l'auras voulu, céda Maurice. Porter a raison. C'est aussi l'une des pires chansons que je connaisse.

— Quoi ? C'est vrai ? Pourquoi ne pas me l'avoir dit plus tôt ?

Robin récupéra sous l'évier un appareil à pancakes qu'il brancha à la prise murale. Puis il se tourna vers Topher.

— Parfois, il n'est pas si facile d'exprimer son opinion, surtout négative.

— Cette chanson est pleine de clichés, intervint Peter.

— Et mièvre à donner des caries, ajouta Maurice.

— Bref, Céline Dion aurait pu chanter ça ! lança Robin avec son sourire Ultrabrite.

Vaincu, Topher leva les mains.

— D'accord, j'ai compris. Ben, merde alors !

Maurice tendit la pâte à Robin.

— Écoute, Topher, nous n'essayons pas de te casser le moral. Au fait, Peter, peux-tu aller chercher mon bong ? Il est dans le salon.

Peter quitta la cuisine et revint quelques instants plus tard avec la pipe à eau. Il la tendit à Maurice, qui sortit de sa poche un briquet jetable et tira sur son tuyau. Après avoir soufflé la fumée, il enchaîna d'une voix rauque :

— Je suis désolé, Topher. Si tu m'avais demandé hier mon avis sur Judecca Rising, j'aurais répondu que nous étions un groupe de rock banal sans espoir de percer un jour. Mais après ce que j'ai entendu ce soir, je vais te poser la question que nous avons tous sur le bout de la langue : que t'est-il arrivé ?

— Pardon ? De quoi parles-tu ?

— De *Bridge Over Troubled Water*... tu as été dément !

— Tu as remarquablement chanté, renchérit Peter.

Robin versa la pâte dans l'appareil à pancakes.

— Tu n'avais jamais chanté aussi bien que ce soir. Tu étais en plein dans la zone danger.

— Je ne t'avais jamais entendu chanter comme ça, dit Peter. Tu étais... comme un jeune Mick Jagger. Combien de filles t'ont-elles filé leur numéro de téléphone après le show ?

— Je n'ai pas compté, reconnut Topher. J'ai tout jeté.

Cessant de s'activer, Robin et Maurice se retournèrent pour le regarder.

— Ah, bon, pourquoi ? demandèrent-ils ensemble. Tu as quelqu'un d'autre en vue ?

Topher acquiesça.

— Excusez-moi, les gars. Je n'ai pas encore eu l'occasion de vous en parler. C'est... Stanton.

Maurice leva les mains et se mit à danser.

— Et merde ! marmonna Robin.

— Quoi ? s'étonna Topher.

— Je viens de lui gagner cent dollars ! s'exclama Maurice, hilare.

Robin retourna ses pancakes et jeta à Topher un regard noir :

— Je vais avoir du mal à te pardonner de m'avoir ruiné !

Peter éclata de rire.

— Attends, ne me dis pas que tu as parié avec ton frère sur l'homosexualité de Topher ?

Maurice riait toujours.

— Oui. Et j'ai gagné !

— Comment as-tu su que j'étais gay ? s'étrangla Topher.

Riant de plus belle, Maurice répondit :

— Une intuition.

— Comment as-tu pu nous le cacher ? s'offusqua Robin. J'ai affirmé à Maurice que si tu étais gay, nous aurions forcément été les premiers au courant.

— Excuse-moi, mais c'est assez... récent.

Maurice tendit un grand plat pour que son frère y range les premiers pancakes dorés.

— Je vais chercher comment dépenser ces cent dollars, gloussa-t-il.

— Je trouve lamentable qu'un de mes meilleurs amis me cache ainsi ses petits secrets, grommela Robin.

Maurice l'embrassa sur la joue.

— Oh, pauvre bébé ! Tu es surtout furieux d'avoir perdu cent dollars. Laisse ce pauvre Topher tranquille. Il ne t'a rien caché, ça vient juste d'arriver.

— Je sais, j'ai entendu. Porte ces pancakes sur la table avant qu'ils soient froids.

Maurice obtempéra. Il cria par-dessus son épaule :

— Prenez le beurre et le sirop d'érable !

Topher se leva et sortit le beurre du réfrigérateur, puis une bouteille de sirop d'érable d'un placard.

— Je comprends mieux ces conneries qu'on écrit sur les rencontres et les relations, déclara-t-il. Je viens juste de rencontrer un gars et je suis déjà raide dingue de lui. Franchement ? Ça paraît... incroyable ! Personne de sensé n'agit de cette façon, vous ne croyez pas ? Il réveille en moi des trucs qui...

Peter l'interrompit d'une main levée.

— Attention, mec. Je sens que tu nous la jouer à la Bella Swan.

— Qui est-ce ? demanda Maurice.

— La fille de *Twilight*, répondit Peter.

— Oh, merde ! déclara Maurice. Comment peux-tu regarder des navets pareils ?

— Les filles adorent ça et moi, j'aime les baiser.

Robin coupa l'appareil à pancakes et les quatre amis s'assirent autour de la table. Ils remplirent leurs assiettes de crêpes arrosées de beurre et de sirop, et se mirent à manger.

— J'étais heureux ce soir, déclara Topher, la bouche pleine. Complètement et délicieusement heureux. Sauf que maintenant, je déprime à l'idée de dormir seul. Je n'ai encore jamais ressenti ça.

— Pourquoi n'es-tu pas resté avec lui ? demanda Peter.

Topher haussa les épaules.

— Il n'a pas voulu. Oh, il était tenté, mais quelque chose le retient, je ne sais pas quoi. La différence d'âge peut-être. Il agit parfois si bizarrement !

— Et toi, ça ne te gêne pas qu'il ait plus de cinquante ans ? demanda Maurice.

— Non. Il m'a dit que demain, nous passerions la nuit ensemble... peut-être.

— J'ai toujours su que ce jour viendrait, déclara Robin.

— Quel jour ? demanda Topher.

— Tu es comme tes parents, dit Robin.

Maurice marqua son accord en levant sa fourchette, puis les jumeaux annoncèrent ensemble :

— Tu n'aimeras qu'une seule fois dans ta vie !

— Oui, confirma Peter. Nous l'avons toujours su.

— Et vous croyez que ce pourrait être Stanton ?

— Pourquoi pas ? répondit Peter. Tous les signes sont là, non ? On se croirait dans un film à l'eau de rose.

Topher et les jumeaux gémirent.

— Peter ! protesta Robin. Tu ne prétends quand même pas que la vie de Topher ressemble à ces films sirupeux que tu es obligé de te taper pour amener une nana dans ton lit ?

— Si, dit Peter. C'est la vérité, laissez-moi vous le démonter. Tout d'abord, la rencontre due à un hasard bienheureux – et totalement improbable. Franchement ? Porter emprunte une voiture qui tombe en panne sur un parking juste devant le garage où travaille Topher ? Et il a deux billets pour le concert du siècle, et son copain tombe malade au moment stratégique ? Si nous étions dans *Breaking Bad*, je trouverais le scénario lamentablement bâclé, *yo* [20], mais dans la romance, tout est acceptable. Vous vous rappelez de *Coup de Foudre à Notting Hill*, hein ? Non, probablement pas. Le film commence quand Julia Roberts, qui joue une actrice glamour, entre dans la librairie de Hugh Grant – la rencontre qui déclenche tout. Pour en revenir à Topher et Stanton, passons à la scène 2 : premier rendez-vous, baiser échangé pendant la chanson fétiche de Springsteen, la finale après huit rappels. Faut-il s'étonner que notre cher Topher ait viré sa cuti ?

Topher se tourna vers les jumeaux.

— Désolé, je n'ai pas non plus eu le temps de raconter ce baiser.

— Oups, dit Peter. Aurais-je mis les pieds dans le plat ? Excusez-moi, tout le monde. Passons à cette romantique promenade sur la 6th Street ce soir, après le concert. Je présume que tu l'as emmené boire une Shiner Bock dans l'un des bars typiques de notre bonne ville ?

— C'était une Lone Star, rectifia Topher avec un sourire.

— Bien entendu. Dans les dents, Tim Riggins [21] ! Tu lui as roulé un patin ou tu lui as pris la main ?

— Les deux.

— Arrête, dit Robin à Peter, tu commences à me ficher la trouille.

— Au cas où tu ne l'aurais pas remarqué, je suis le seul ici à avoir une vie sexuelle, alors, excuse-moi si ça me ravit que Topher apporte un peu de changement à vos chastetés consternantes.

Maurice se mit à rire.

— Il a raison, mon frère. En outre, une rencontre entre deux garçons donne souvent les plus belles histoires jamais écrites. Prends Achille et Patrocle, par exemple.

20 Réplique emblématique d'un des personnages principaux de la série américaine *Breaking Bad.*

21 Personnage de la série américaine *Friday Night Lights.*

131

— Ou Walt et Jesse [22], ajouta Peter.

— Ou Starsky et Hutch, déclara Robin. Dans ce film, Owen Wilson continue à me faire craquer.

Topher versa du sirop sur ce qui restait de ses pancakes.

— Une dernière chose, lança-t-il. Stanton nous conseille de changer le nom du groupe.

— Quoi ? s'écria Maurice, choqué. Il n'aime pas Judecca Rising ? Pourquoi ? C'est classique ! Avec le plus bas des cercles de l'enfer, nous donnons à Dante un coup de chapeau. Ça prouve que nous avons de la culture.

— Il trouve que ça fait prétentieux.

— Prétentieux ? Peuh ! J'aimerais voir ce qu'il propose de mieux.

— Le patelin où nous avons grandi.

Peter et les jumeaux cessèrent de manger.

— Tu veux dire… commença Robin.

— … Dime Box ? termina Maurice. Comme nom du groupe ?

Peter termina ses pancakes et posa sa fourchette.

— Ce Stanton Porter est peut-être un quinqua, mais il est bon. Je dois le reconnaître.

— Merde ! murmura Robin. Dire que nous venons de payer trois ans d'abonnement web sur le nom de Judecca Rising !

— Et si nous mettions cette motion au vote ? demanda Peter. Qui est pour Dime Box ?

---

22 Professeur et élève, deux complices de *Breaking Bad*.

DOWNBOUND TRAIN

STANTON SE réveilla en entendant frapper à la porte de sa chambre. Il se retourna dans son lit et se frotta les yeux.

— Entre, mon pote.

Marvin entrouvrit la porte.

— Es-tu décent ?

— Quelle importance ?

Marvin entra et s'assit sur le lit.

— Il est presque dix heures.

— Et alors ? Nous ne partons pas avant treize heures.

— Ça ne t'excite pas ?

— Si, bien sûr, ça ne se voit pas ?

— Il t'apprécie vraiment.

— Tu crois ?

— Des billets pour Springsteen ? Hyper bien placés en plus ? Oh, oui, j'en suis sûr !

— C'est peut-être le bon.

— Que veux-tu dire par là ?

— Je parle de l'homme de ma vie. Tu me connais, Marvin, je sors beaucoup, mais c'est rare qu'on me demande un second rendez-vous. Avec lui, j'en suis déjà au troisième.

— Il faut du temps pour s'habituer à toi.

— C'est comme s'il me comprenait d'instinct.

— Ça me fait plaisir pour toi. Vraiment. Mais quand même, fais attention, la prudence n'a jamais tué personne.

Stanton réfléchit. Il savait que ce pouvait être pour lui un tournant décisif. Il avait enfin l'occasion de mettre derrière lui ces deux dernières années merdiques, mais s'il voulait un avenir avec Huch, il lui fallait accepter son homosexualité. Il décida de faire le grand saut.

— J'en ai marre de la prudence. Je ne veux plus me détester et cacher ma vraie nature. Je me sens en sécurité avec lui. S'il est l'amour de ma vie, je ne compte pas y renoncer. Il est temps pour moi de m'affirmer.

— J'aime ce nouvel aspect de ta nature.

— Moi aussi. Ai-je manqué le petit-déjeuner ?

— Oui. Archy nous a fait des gaufres aux myrtilles. Elles étaient *batampte*.

— Quel dommage ! se plaignait Stanton. J'adore les gaufres !

— Et tu adores savourer un petit-déjeuner.

— C'est vrai. C'est le repas le plus important de la journée. Pourquoi ne m'as-tu pas réveillé ?

— Parce que ce soir, tu as un rendez-vous important. Nous nous sommes couchés tard, tu avais du sommeil à rattraper.

Avec un petit rire, Stanton s'assit dans son lit. Il attrapa Marvin et le jeta sur le dos.

— Arrête ! protesta Marvin. Si tu me chatouilles, je risque de me faire pipi dessus.

Dès que Stanton le relâcha, Marvin roula sur lui-même et posa la tête sur l'épaule de son ami.

— Penses-tu que ça m'arrivera aussi… un jour ? demanda-t-il.

— Quoi donc ?

— Tu le sais très bien, protesta Marvin. Penses-tu que je rencontrerai quelqu'un et que…

— Bien sûr, mais tu es très sélectif, ce qui ne te simplifie pas la tâche.

— C'est une conversation que nous avons déjà eue cinquante fois !

— D'accord, d'accord, céda Stanton. Fais ce que tu veux. Continue à baver sur ta figurine de Lando Calrissian [23], mais je te signale que je n'ai pas vu un seul Afro-américain sur cette île.

— Le monde ne se limite pas à Fire Island.

— Je sais, pour qui me prends-tu ? Mais on va tous les week-ends chez Oncle Charlie et c'est toujours la même chose.

— Oui, dit Marvin, mais si on y va, c'est parce que tu refuses d'aller ailleurs.

— On va aussi chez Julius quand je préfère boire gratuitement. Et tu sais ce que je pense du *Neuvième Cercle* !

— Il y a des bars dans les quartiers chics qui me correspondraient mieux.

— Aucun quartier n'est pour nous sans danger. D'ailleurs, je déteste dépasser la Fourteenth Street.

---

23 Personnage de *Star Wars*.

— Comment un garçon de l'Iowa est-il devenu aussi snob en deux ans ? Te faire quitter le centre-ville devient de plus en plus impossible !

— Je viens de l'Ohio.

— Boz Scaggs et Eric Carmen sont originaires de l'Ohio, déclara Marvin, avec un sourire moqueur. Ainsi que Devo. N'oublions pas Devo !

— Oublier ce groupe est un des buts de ma vie. Si j'entends encore une fois *Whip It* à une soirée dortoir, je me flingue.

DEUX HEURES plus tard, Hutch se présentait à leur porte. Les trois jeunes gens firent leurs adieux à Colby et à Archy et rentrèrent à Manhattan par le ferry, suivi d'un bus navette et de deux trains. En arrivant à Penn Station, Marvin prit le métro pour rentrer au campus, tandis que Stanton et Hutch décidaient de manger un morceau. Une fois sustentés, ils montèrent dans le New Jersey Transit à Secaucus. Quand le train quitta la gare, Hutch posa la main sur celle de Stanton.

— Merci, déclara ce dernier.

— De quoi ?

— De ce week-end. De ces billets. D'avoir ouvert un nouveau chapitre de ma vie.

Hutch sourit.

— J'ignorais que c'était si important pour toi, mais tout le plaisir est pour moi.

— Maintenant, dis-moi qui tu es.

— Pardon,

— Les gens parlent de toi, tu sais.

— *Les gens* ? Tu veux dire Colby et Archy ?

— Oui.

— Que t'ont-ils raconté ?

— Que tu venais d'une riche famille qui t'a renié en apprenant ton homosexualité.

— C'est en partie vrai.

— C'est-à-dire ?

— Je viens d'une famille riche. Robert, Michael, Paul et moi avons tous grandi dans l'Upper East Side, donc, sans trop de soucis d'argent. Mais mon père ne m'a pas renié. C'est moi qui suis parti.

— Pourquoi ?

135

— Parce que je ne voulais pas de son argent, cela lui aurait donné trop de pouvoir sur ma vie. Mon homosexualité n'était qu'une partie du différend qui nous séparait. Il me poussait à devenir avocat, je voulais faire de la musique. C'est ça qui l'a vraiment mis en rogne.

— Et ta mère ?

— La seule chose qui l'intéresse, c'est sa bouteille de vodka. Il y a des années que je ne vois plus aucune vie dans ses yeux.

— Vraiment ? Je suis désolé.

— Ce n'est pas grave. Je ne les vois plus. Robert, Michael et Paul sont devenus la seule famille qui compte à mes yeux. Nous nous serrons les coudes.

— Ça doit être sympa, un peu comme d'avoir trois Marvin.

— Oui. En résumé, je refuse de travailler dans un cabinet d'avocat, dans les affaires ou l'immobilier.

— Alors, tu préfères être barman ?

— Oui. Les acteurs et les musiciens deviennent souvent serveurs ou barmans.

— Ne sois pas aussi agressif. Ce n'était qu'une question, pas une critique. Vendredi, sur la plage, tu m'as soumis à l'inquisition, pas vrai ? Maintenant, c'est à mon tour. Comment as-tu les moyens d'avoir un logement à New York et une colocation sur Fire Island ?

— Je n'ai rien à New York.

— Oh. Tu vis sur l'île à plein temps ?

— Pour l'instant, oui. Je travaille six jours par semaine, mais seulement cinq heures par jour, ce qui me laisse beaucoup de temps pour écrire. C'est une belle façon de passer l'été. Après Labor Day, je retournerai squatter chez Michael et Robert. Ils ont un appartement au Village, avec trois chambres.

— Trois chambres ? À Manhattan ?

— Je sais. Incroyable, hein ? C'est un cadeau de sa grand-mère quand il a obtenu son diplôme à Columbia.

— Seigneur ! Dire que j'étais si fier d'hériter mille dollars de ma grand-mère ! Quel genre de chansons écris-tu ?

— Des mauvaises, surtout. Je n'ai rien d'un Paul Simon, mais j'aime me considérer comme un talent en jachère. J'ai des tas de chansons dans la tête, mais je suis le contraire de Mozart.

— Pourquoi dis-tu ça ?

— Souviens-toi de ce que Marvin nous a raconté : Mozart entendait dans sa tête des opéras déjà composés qu'il n'avait plus qu'à retranscrire. Moi, j'entends constamment des chansons, mais je ne peux pas les atteindre. C'est comme si elles étaient enfermées quelque part.

— Peut-être te manque-t-il juste la clé, suggéra Stanton.

— Je crains que ce ne soit pas aussi simple.

— On ne sait jamais. Ce peut être un endroit, une personne, ou même une expérience. Quelque chose qui libérera ces chansons dans ta tête.

Hutch le regarda avec un sourire.

— Tu n'es pas seulement beau, tu es aussi intelligent.

— Non, la moitié du temps, je raconte des conneries.

Il détourna la tête et regarda par la vitre : le train sortait du tunnel de la rivière Hudson.

— Je suis content de ne pas être musicien, poursuivit-il. C'est une vie bien trop difficile. Après l'université, j'espère trouver la stabilité, un vrai boulot, une bonne mutuelle, une pension. Je veux être certain de toucher un salaire tous les mois.

— Il n'y a rien de mal à ça.

— Non, mais quand même, nous sommes différents.

Pour le rassurer, Hutch lui serra les doigts.

— Et alors ? La différence n'est pas un crime, que je sache. Ne dit-on pas que les contraires s'attirent ?

Stanton baissa les yeux sur leurs mains enlacées.

— C'est la première fois que je tiens la main d'un homme en public.

Hutch ne cacha pas sa surprise.

— Tu préfèrerais que je ne te touche pas ? demanda-t-il, après réflexion.

— Au contraire ! J'ai décidé de ne plus me cacher. Aujourd'hui est le premier jour de ma nouvelle vie. Pour le moment, je n'ai connu que les mauvais côtés de l'homosexualité. J'ai enfin l'occasion de découvrir les bons.

— Si j'ai bien compris, tu n'as eu personne depuis deux ans ?

— Non. Je suis beaucoup sorti, mais sans aller plus loin. Je suis... coincé, paraît-il. C'est en tout cas ce que prétend Marvin. Voilà pourquoi je compte changer. Et toi, tu en as eu ?

— Tu parles de relations longues durées ?

Stanton hocha la tête.

— Oui.

— Eh bien, je ne donnerais pas ce titre aux aventures que j'ai connues. J'aime le sexe, mais pas les plans Q, alors j'ai pris la triste habitude de fréquenter des gars pour de mauvaises raisons.

— Je comprends. Je ne veux pas paraître prude, mais l'idée de passer à l'acte me rend nerveux.

— Ce n'est pas grave. Nous attendrons, ça me convient très bien.

— C'est vrai ?

— Oui. Disons quelques semaines, ou même un mois.

— Un mois ? s'étrangla Stanton. Mais j'avais parlé de quelques jours !

Hutch plissa le nez avec un sourire.

— Et qui a dit que c'était à toi d'en décider ? Ma vertu est en jeu, tu sais.

— Ta vertu ?

— Oui.

— Mais…

— Non, c'est toi qui as décidé de procrastiner, Stanton Porter. Maintenant, voyons un peu combien de temps tu tiendras. D'après moi, tu seras prêt à mendier dès la fin du concert.

— Et ça t'amuse ?

— Peut-être. J'adore te voir te tortiller.

— Où allons-nous dormir ce soir ?

— Aucune idée. Je n'y ai pas encore réfléchi.

EN ARRIVANT à Meadowlands, Stanton et Hutch prirent une bière et continuèrent à discuter avant d'aller s'asseoir. Une foule de fans avides remplissait déjà l'endroit. Hutch ne cessait de trouver un prétexte pour effleurer Stanton ou se pencher pour lui murmurer des phrases insidieuses à l'oreille, du genre « tu me trouves sexy ? »

Stanton secoua la tête et leva les yeux au ciel.

— Franchement ? J'espère que c'est une question rhétorique, dans le cas contraire, tu as du souci à te faire !

— T'es-tu masturbé en pensant à moi ?

Stanton rougit et garda les yeux sur la scène.

— Peut-être.

Hutch se pencha davantage et continua :

— Ça m'excite, car je l'ai fait aussi en pensant à toi. Plus d'une fois. La nuit dernière, en rentrant du *Pavilion*, je suis monté sur la terrasse sur le toit de la maison et je me suis déshabillé, complètement. Savais-tu que nous avons une terrasse sur le toit ? Étendu sous les étoiles, j'ai imaginé ce que je ressentirai quand tu me baiserais, quand ta queue serait en moi... très profondément. J'ai joui si fort que je m'en suis fichu plein le visage, j'avais du sperme sur les lèvres. Sans même le vouloir, j'ai goûté et... Bref, tu devines la suite.

Stanton commençait à bander. Hutch bougea et glissa le bras derrière le siège de Stanton.

— Qu'as-tu pensé du Jeu du Meilleur ?

— J'ai bien aimé.

— C'est un peu idiot, je sais.

— Non, c'était amusant.

— Tes réponses m'ont beaucoup plu. Quand tu as dit : *Billy, Don't Be A Hero*, j'ai compris... j'ai su que tu serais le seul à compter pour moi. Air Supply m'avait déjà donné un indice, bien sûr. Quelle chanson des Carpenter préfères-tu ?

— *Only Yesterday.*

— Je vais devoir l'écouter.

— Je te préviens. C'est honteusement sentimental.

— Une chance alors que je sois dans le bon état d'esprit : guimauve.

Stanton tourna la tête et regarda Hutch dans les yeux.

— Tu comprends ce que je cherche à te dire ? insista Hutch.

— Oui. Je crois. Je bande.

Hutch éclata d'un rire qui émanait du plus profond de sa poitrine. Sans vergogne, il posa la main entre les jambes de Stanton et serra doucement.

— D'accord, dit-il, manifestement impressionné. Vu ce que je sens, jamais tu ne tiendras un mois !

— Je ne suis même pas certain de tenir quelques heures.

Hutch continua à le caresser.

— Pense à des lapins roses et à des licornes, ça tuera peut-être ton érection. En tout cas, tu n'as pas intérêt à penser mettre cette belle queue entre mes lèvres ou dans mon cul, à te voir agrippé à deux mains à mes reins... Je te signale que j'ai un anus insatiable, qui va avaler ta queue, la malaxer et s'en gaver. Hé, si tu y penses trop, tu risques de bander toute la nuit.

— Et si tu n'enlèves pas tout de suite ta main, je vais maculer mon pantalon.

Hutch le libéra en riant.

— Oh, désolé. J'oubliais que tu es encore ado.

— Non ! J'aurai vingt ans le mois prochain !

Ils se redressèrent et changèrent de sujet.

— J'aime beaucoup tes amis, déclara Stanton. Quand nous sommes rentrés du *Pavilion*, Marvin n'a pas cessé de parler d'eux.

— Le mélo entre Robert et Michael ne vous pas trop gênés ?

— Non, pas du tout. Michael est vraiment très sympa. La mère de Marvin affirme que la vie a tendance à être compliquée, sinon bordélique. Il est enfant unique, tu sais, il a toujours regretté de ne pas avoir de frères.

— Robert aussi est fils unique.

— Et toi ?

— J'ai un frère aîné.

— Moi, j'ai deux frères et une sœur.

Même si la scène commençait à s'animer, Hutch continuait à faire des projets :

— Marvin et toi devriez revenir sur l'île le week-end prochain.

— Vraiment ? Où dormirions-nous ?

— Toi, tu serais avec moi et Marvin irait dans le pool house. Il y a un lit, une salle de bain, même une chaîne stéréo. Nous y mettrons des disques, du vin rouge, et des cannettes de Tab.

— En as-tu déjà parlé à tes colocataires ?

— Oui, ils sont d'accord.

— Et je dormirais avec toi ?

— Oui. Ça ne te tente pas ?

— Oh, si, mais nous n'avons pas même encore baisé.

— Ne t'inquiète pas. Si tu veux mon avis, cela ne tardera pas.

Puis il jeta un coup d'œil sur la scène où s'activait un chanteur inconnu :

— Il est nul, trancha-t-il.

Vers vingt et une heures, les néons du stade s'éteignirent et la foule se mit à trépigner.

Un annonceur prit le micro :

— Mesdames et messieurs, ce soir, le Meadowlands a la fierté d'accueillir un natif du New Jersey. Applaudissez avec moi la plus grande superstar du rock'n'roll américain, j'ai nommé Bruce Springsteen et le E Street Band !

Sous les applaudissements frénétiques d'une foule en délire, les lumières se rallumèrent, mais très brièvement. L'obscurité se fit. Peu à peu, le silence retomba. Comme des milliers d'autres personnes, Stanton et Hutch retenaient leur souffle.

— Il ne commencera certainement pas avec notre chanson, murmura Stanton.

— Fais confiance au destin, Starsky.

Un seul spot illuminait le centre de la scène. Bruce y apparut soudain. Il était seul. Un air de piano s'éleva, puis un harmonica. Reconnaissant les notes, Stanton et Hutch se dévisagèrent, aussi étonnés l'un que l'autre.

— Tu vois ? souffla Hutch. Les dieux du rock'n'roll sont avec nous ce soir.

— Je n'arrive pas à y croire. C'est comme…

Il ne compléta pas sa phrase, car Hutch lui prit la main. Ensemble, ils se tournèrent vers la scène, désireux de ne plus perdre une seule seconde du spectacle – et de *Thunder Road* en particulier. Comme les gens autour d'eux, ils chantèrent et dansèrent. Stanton savait déjà qu'il ne vivrait qu'une seule fois dans son existence une expérience pareille.

Bruce termina sa chanson, puis son groupe la conclut aux instruments seulement. À ce moment-là, Hutch tira sur son bras, les mettant face à face. Le cœur tambourinant, Stanton eut la sensation que tous ses sens étaient exaltés. Il entendait distinctement chaque instrument qui jouait sur la scène.

— Ferme les yeux, ordonna Hutch.

— Pourquoi ?

— Parce que je vais t'embrasser.

Stanton ferma les yeux et attendit. Quand rien ne se passa, il s'inquiéta :

— Tu as changé d'avis ?

— Non, je mémorise ton visage.

Stanton ouvrit les yeux au moment où Hutch se penchait vers lui.

— D'accord, tu peux garder les yeux ouverts.

Sa tête se baissa, ses lèvres touchèrent celles de Stanton. Ce dernier eut l'impression que chacun d'eux s'attendait à ce que l'autre recule, ce qui ne fut pas le cas. En fait, Stanton avait atteint son point de non-retour. Jetant ses bras autour du cou de Hutch, il s'accrocha à lui, ouvrit la bouche et

141

ferma les yeux. Hutch avait un goût de bière, de sexe et d'eau salée. Stanton ne trouva qu'un seul mot pour le décrire : enivrant. Ses lèvres étaient fermes et douces, sa mâchoire râpeuse chatouillait délicieusement la peau lisse de Stanton.

Puis des mains passèrent sur ses hanches, remontèrent et le prirent par la taille. Bougeant à son tour, il fit glisser ses doigts de la nuque de Hutch jusqu'à ses épaules. Il les serra, les trouvant aussi larges et solides qu'l s'y attendait. Une langue s'insinua dans sa bouche. S'enhardissant, Stanton saisit les fesses de Hutch à deux mains et les malaxa.

— Que fais-tu ? demanda Hutch.

— Je vérifie la marchandise.

— Alors, ton avis ?

— Avant de le donner, je vais devoir y regarder de plus près.

Hutch l'embrassa encore – et sans hésitation, cette fois. Ils avaient oublié Bruce Springsteen sur scène et la foule autour d'eux. Ils avaient oublié les réalités de la vie, emplois, études, et leur avenir incertain. Pour eux, seule existait la bulle dans laquelle ils se trouvaient ensemble.

Hutch finit par se redresser.

— Cette chanson sera notre balise, déclara-t-il. En cas de problème, si nous nous égarons dans la brume, *Thunder Road* nous aidera à retrouver le bon chemin. N'oublie jamais ce moment, Stanton. Promets-le-moi.

— Je te le promets.

Hutch l'embrassa encore.

Stanton ne put s'empêcher de demander :

— Sais-tu que tes baisers ont un goût de mer ?

— Normal, je nage tous les jours. Ma mère disait toujours que j'étais à moitié poisson.

— Comme *The Incredible Mr. Limpet* [24] ?

— Exactement.

Ils reportèrent leur attention sur la scène.

— J'ai l'impression que ma vie vient de commencer ! lança Stanton.

Il prit la main de Hutch, qui lui pressa les doigts.

— *Notre* vie, Starsky.

_____

24 « *L'incroyable M. Limpet* », comédie américaine de 1964 inédite en France.

142

Trois heures et quelques plus tard, le concert était terminé.

Stanton regarda Hutch.

— Je viens de vivre l'une des expériences les plus étonnantes de ma vie !

— Bien sûr, bébé ! Springsteen à Jersey ? C'est unique !

— Merci.

— De rien.

Ils suivirent la foule et quittèrent le stade.

— Dis, demanda Hutch, tu crois qu'on peut passer la nuit dans ton dortoir ?

— Oui, bien sûr. Même si nous réveillons Marvin, il se rendormira sans difficulté. Mais comme il sera avec nous dans la chambre, pas de galipettes, hein ? Je ne suis pas partisan des exhibitions publiques.

— Nous ne ferons que dormir, c'est promis.

Sans se presser, ils allèrent prendre le bus pour retourner à la gare Secaucus. Stanton s'étonnait de ne pas se sentir fatigué. Au contraire, il vibrait d'énergie et d'excitation sexuelle. En plus d'être une star, Bruce Springsteen était un dieu du sexe. Dans le bus, Hutch ne cessa de le caresser, dans le cou, sur la cuisse, ses doigts étaient partout.

— Je bande toujours, se plaignit Stanton. Ça ne passe pas. C'est d'être avec toi, je crois. Il faut faire quelque chose avant d'arriver au dortoir !

— J'ai une idée.

Quand ils arrivèrent sur le quai de la gare, l'endroit était presque désert. Sans doute un train précédent avait-il emporté la plus grande partie de la foule, ne laissant que les retardataires. Hutch et Stanton attendirent le prochain train. Placé devant Stanton, Hutch plaqua son cul ferme contre le bas-ventre de son compagnon.

— Tu ne m'aides pas ! protesta Stanton.

Quand le train arriva, ils montèrent dans une des voitures du milieu et Stanton s'assit à côté de la porte.

— Suis-moi, ordonna Hutch.

— Pourquoi ne pas rester ici ?

— Je te l'ai déjà dit : j'ai une idée.

Il s'éloigna dans le couloir central et Stanton le suivit. Puis Hutch tendit la main derrière lui pour s'emparer de celle de Stanton. Ils passèrent d'une voiture à l'autre, les passagers devenant de moins en moins nombreux au fur et à mesure qu'ils avançaient. La quatrième voiture était sombre et vide. Stanton s'arrêta et tira sur la main de Hutch, le forçant à se retourner.

— Je ne peux plus attendre. Je me sens prêt à exploser.

— Et ma vertu ?

— Qu'elle aille se faire foutre ! Tu ne m'as pas amené jusqu'ici pour te refuser maintenant.

Hutch se mit à rire.

— Tu n'aurais pas préféré que notre première fois soit spéciale ?

— Ce *sera* spécial ! Dans des années, quand nous serons vieux et grisonnants, nous parlerons encore de ce soir où nous sommes allés voir Bruce Springsteen, de cette nuit où je n'ai pu attendre... j'ai donc dû te baiser dans le train qui nous ramenait du New Jersey.

— Alors, tu nous vois vieillir ensemble, hein ? demanda Hutch. Tu me promets de tenir la distance ?

— Même à cinquante ans, je garderai belle allure.

Hutch posa sa main sur l'érection de Stanton.

— Ta queue est aussi raide qu'une planche de surf.

— Je n'ai jamais baisé dans un lieu public, mais je crois que dans un lit avec toi, je serais encore plus nerveux.

Hutch resserra les doigts sur son sexe.

— Oh, tu t'es déjà exhibé en public. Je te rappelle que tu as taillé une pipe à ton quarterback dans sa voiture.

— Ça ne compte pas.

Hutch éclata de rire.

— Crois-tu que ça pourrait s'appeler une *auto-fellation* ?

— Embrasse-moi, idiot.

Hutch se pencha et effleura les lèvres de Stanton. Ce dernier protesta :

— Non, embrasse-moi pour de vrai ! Comme si j'étais celui que tu attendais.

Après l'avoir dévisagé un moment, Hutch l'attrapa par la taille. La violence de son baiser déséquilibra Stanton qui faillit tomber à la renverse sur le siège. Sans le lâcher, Hutch défit le pantalon de Stanton et glissa une main dans son caleçon.

— Nom de Dieu ! Les garçons de l'Iowa sont bien membrés !

— Je suis de l'Ohio, grommela Stanton. Maintenant, tais-toi et suce-moi.

— Ça, c'est bien parlé, Starsky.

— Je ne me souviens pas d'avoir entendu Starsky réclamer une pipe à Hutch.

— Oh, ça devait se passer en coulisses.

— Pouvons-nous éviter de discuter à n'en plus finir de l'homo-érotisme sous-jacent d'une vieille série télé ? J'ai d'autres priorités en ce moment ? Je veux une pipe !

Hutch s'accroupit et libéra le sexe épais. Stanton ferma les yeux dès que la bouche chaude de Hutch l'engloutit. Il se pencha et passa les doigts dans les cheveux blonds hérissés. Il savoura la fellation jusqu'au moment où il sentit monter son orgasme. Alors, il se baissa et aida Hutch à se relever. Ils se regardèrent dans l'allée déserte, près de la porte. Stanton releva son pantalon et agita le bras.

— Là-bas, dit-il.

Il désignait les quatre sièges qui se faisaient face au centre de la voiture. Hutch le suivit sans discuter.

— Mets tes mains contre le mur, ordonna Stanton.

Une fois encore, Hutch obéit et se positionna comme un suspect arrêté par la police. Stanton lui défit son short, le laissa tomber à ses pieds et admira le cul nu : deux beaux melons bien mûrs, légèrement plus pâles que la peau hâlée des reins et des jambes.

— Pas de sous-vêtements ? s'étonna Stanton.

— Non.

— Tu avais tout prévu ?

— Peut-être.

D'un coup de pied, Hutch se débarrassa de son short et posa le pied droit sur le siège. Il se pencha et écarta ses fesses, ce que Stanton interpréta comme une invite sans équivoque. Il baissa son jean jusqu'à ses chevilles et caressa le cul offert. Hutch cracha dans sa main et humecta de salive le sexe de Stanton.

— Vas-y, dépêche-toi. Nous n'avons pas très longtemps. Le contrôleur finira bien par passer.

— Que c'est romantique ! railla Stanton.

— Tais-toi et baise-moi, bel étalon.

Tous deux étant à peu près à la même taille, le gland de Stanton s'alignait parfaitement avec l'anus de Hutch. Quand Stanton donna un coup de reins et le pénétra, ils gémirent tous les deux.

— Oh, putain, que c'est bon ! s'écria Stanton.

— Inutile d'aller lentement. J'ai l'habitude.

145

— Tais-toi et laisse-moi faire. C'est moi qui gère.

— Oui, chef.

Stanton souleva l'avant de son tee-shirt et se concentra sur la sensation de son sexe dans le corps de Hutch. Il baissa les yeux, hypnotisé par le spectacle. Le wagon était éclairé par des flashs de lumières qui apparaissaient derrière les vitres fumées du train. Stanton y voyait peu, mais suffisamment pour réaliser qu'il en voulait davantage. Il se retira et s'assit sur la banquette.

— Mets-toi sur moi, demanda-t-il.

Hutch pivota et s'installa sur ses genoux, s'empalant sur son sexe érigé. Il posa ses mains sur les cuisses de Stanton et rebondit.

— Tu veux jouer au cow-boy ? déclara Stanton. J'adore.

— Je l'espère, répondit Hutch qui continuait à caracoler, parce que tu y auras souvent droit dans les jours et les mois qui viennent.

— Parfois, j'ai l'impression que tu lis dans mes pensées.

— Moi, je crois que tu lis dans mon âme. Merde, je vais bientôt jouir. Tu me pilonnes juste au bon endroit !

Empoignant son sexe, Hutch se masturba avec de longs va-et-vient jusqu'à l'orgasme. Stanton se retira alors et jouit aussi, mêlant son sperme à celui de son amant répandu sur le sol. Hutch s'effondra sur la banquette à côté de Stanton. Au bout d'un moment, il récupéra son short et se rhabilla.

— C'était incroyable ! souffla Stanton.

Se levant, il remonta son jean, boutonna sa braguette et ajusta son tee-shirt.

— Tu es doté d'une queue magnifique, dit Hutch qui remontait sa fermeture Éclair. Un vrai monstre ! Quelle est sa taille ?

— Je ne sais pas. Je ne l'ai jamais mesurée.

— Menteur.

Ils se rassirent tous les deux et Hutch posa la tête sur l'épaule de Stanton.

— Où diable as-tu trouvé des termes comme *homo-érotisme sous-jacent* ?

— À ton avis ?

— Oh, ça vient de Marvin, bien sûr ! Il est sensass, ce petit gars.

— Oui, je trouve aussi.

— Alors, vous reviendrez tous les deux sur l'île le week-end prochain, hein ?

146

— Je dois lui en parler, mais je suis certain qu'il acceptera. Tes amis et toi lui avez fait une forte impression.

— Nous allons vivre le plus bel été de notre vie, Starsky.

Stanton bougea un peu et pressa sa joue sur la tête inclinée de Hutch. Quelques instants plus tard, un léger ronflement attira son attention. Il sourit, ému que Hutch se sente suffisamment à l'aise avec lui pour s'endormir. Quand le train ralentit, Stanton examina la voiture vide puis baissa les yeux sur ses mains. Était-il trop tôt pour faire ce qu'il avait en tête ? Il s'en fichait.

Sans réveiller Hutch, il retira l'anneau de son doigt, le retourna et le remit en place, le cœur dans l'autre sens.

À ce moment-là, la porte au bout du wagon s'ouvrit et une haute silhouette apparut dans la pénombre.

— Contrôle des billets, annonça une voix d'homme. M'sieurs-dames, veuillez sortir vos billets. Prochain arrêt, Penn Station, New York.

IF I SHOULD FALL BEHIND

SAMEDI APRÈS-MIDI, dans sa cuisine, Topher appela Stanton pour confirmer le dîner prévu le soir même. Quand Stanton finit par décrocher, de la musique jouait en arrière-plan.

— *Salut, Topher.*

Topher dut crier pour se faire entendre :

— Où es-tu ?

— *Aucune idée. Nous avons traversé la rivière.*

— Tu parles sans doute du lac Austin ?

— *Non, ce n'est pas un lac, mais une rivière. Où sommes-nous, Marvin ?*

Topher perçut la réponse de Marvin : « à South Congress ».

Stanton enchaîna :

— *Nous sommes tombés là par hasard, en nous promenant. Nous avons déjeuné en plein air au milieu de trailers.*

— C'est le quartier le plus cool d'Austin ! Tu es toujours d'accord pour dîner ce soir chez Ben et Travis ?

— *Oui. Fiche-moi la paix, mon pote.*

— Pardon ?

— *Excuse-moi, je parlais à Marvin. Il rigole dès qu'il me voit mal à l'aise.*

— Tu es mal à l'aise ? Pourquoi ?

— *Je pense toujours à notre différence d'âge.*

Topher entendit le commentaire sarcastique de Marvin : « Tu es bien trop coincé ! »

— *Ne l'écoute pas*, reprit Stanton, *il délire. À quelle heure devons-nous y être ?*

— Je passerai te chercher vers dix-neuf heures trente. D'accord ?

— *Je peux aussi appeler un taxi. Je ne veux pas être un fardeau.*

— Tais-toi. Je t'appellerai en arrivant en bas de ton hôtel.

Topher raccrocha et posa son téléphone sur la table de la cuisine. Robin qui venait d'entrer et marchait vers le réfrigérateur, lui jeta un coup d'œil.

— Waouh ! Tu es tout beau et lumineux.

— Ne te moque pas de moi. Je suis déjà assez nerveux !

— Tu as des projets ce soir ?

— Oui, Stanton et moi allons dîner chez Ben et Travis.

Robin prit une bière dans le frigo, la décapsula et en but une gorgée. Il se tourna ensuite vers Topher et le dévisagea, l'air pensif.

— Excuse-moi, reprit Topher, de ne pas t'avoir parlé de Stanton.

Robin but encore avant de répondre.

— Tu n'as quand même pas cru que je le prendrais mal, dis-moi ?

— Non, pas du tout. Je n'ai pas eu le temps, tout simplement.

— Tu aurais pu téléphoner.

— Je sais. Je le ferai la prochaine fois.

Robin sourit.

— Tu as intérêt à ne jamais me refaire un coup pareil ! Nous aimerions tous mieux le connaître, tu sais. Quand comptes-tu nous l'amener pour dîner ?

— S'il reste plus longtemps, je n'y manquerai pas, c'est promis. Travis m'a proposé un dîner avec Ben pour séduire Stanton après notre tête-à-tête d'hier.

— Hé, il a probablement raison. Ben Walsh est un homme brillant.

— Tu n'as quand même pas le béguin pour lui ?

— Arrête ! Je dis juste qu'il impressionnera davantage Stanton que des ploucs comme Maurice et moi. Autant être à ton avantage !

Topher secoua la tête.

— Je déteste t'entendre parler comme ça. Et tu le sais très bien !

— Excuse-moi.

Topher prit son téléphone et le mit dans sa poche.

— Je vais faire une petite sieste avant de me préparer. Avec un peu de chance, je ne rentrerai pas ce soir.

— Que vas-tu porter ?

— Un jean et un tee-shirt.

— La classe ! Quel tee-shirt ?

— Celui avec des dés multifaces et le logo « Choisis ton arme ».

— Très geek, c'est bien. Tu comptes te raser ?

— Pourquoi ? Tu n'aimes pas ma barbe ?

— Je ne sais pas. Tu devrais peut-être forcer la note jeune, mets du produit dans tes cheveux.

— Du *produit ?*

— Un petit effort ne te tuerait pas, mec. Il y a du gel dans la salle de bain.

Quand Topher se gara devant l'hôtel W peu avant dix-neuf heures trente, Stanton l'attendait sur le trottoir. Il approcha du pick-up et ouvrit la portière passager.

— Waouh ! se moqua Topher. Tu es même à l'heure !

— Je fais un effort.

— J'ai droit à un baiser ?

Stanton se pencha et planta ses lèvres sur les siennes.

— Si tu veux mon avis, tu n'es pas coincé du tout, déclara Topher.

Cette fois, Stanton l'embrassa comme s'ils s'étaient perdus de vue depuis des années.

— Tu m'as tellement manqué ! dit-il en se redressant.

— C'est vrai ? s'étonna Topher. Cela ne fait pas même vingt-quatre heures. Veux-tu dire par là que tu cèdes enfin à mon charme ?

— Te résister me serait difficile.

Quand Stanton l'embrassa encore, Topher commença à bander. Il dut se rajuster. Le remarquant, Stanton eut un sourire entendu.

— Tu ferais mieux de démarrer.

Topher obtempéra et s'engagea dans Lavaca Street.

— Ça fait trois jours d'affilée que nous nous voyons, lança-t-il. Ça me plaît !

— Tu es superbe, répondit Stanton. J'aime tes joues rasées. Qu'y a-t-il d'écrit sur ton tee-shirt ?

— *Choisis ton arme.*

— Je ne comprends pas.

— Tu as vu les dés ? Ça vient d'un jeu de rôle, on les utilise pour combattre ses adversaires.

— Comme dans *Donjons et Dragons* ?

— Oui.

— Je pensais que seuls les gamins de quatorze ans y jouaient.

Topher éclata de rire.

— Très drôle. Je présume que tu n'aimes pas mon tee-shirt, alors ?

— Si, mais j'apprécie surtout l'homme qui le porte.

Topher sourit, conscient que l'ambiance avait changé. Il ne voulut pas gâcher le moment en posant des questions sur les causes de ce revirement.

Après être passé devant le Capitole, il prit à droite, vers la Red River Street. Il conduisait d'une main, l'autre tenant celle de Stanton.

— Tu veux connaître une de mes chansons préférées, Stanton ?

— Oui, dis-moi.

— *True blue*, de Madonna.

— C'est l'une de ses meilleures et la plus sous-estimée. Sais-tu qu'elle l'a écrite pour Sean Penn ? Il paraît qu'il disait souvent ça, *True blue*.

— Non, je l'ignorais.

Il tourna à gauche et se dirigea vers North Campus, où vivaient Travis et Ben.

— Tu aimes camper ? reprit-il.

Stanton parut un peu déstabilisé par ce coq-à-l'âne.

— Dans une tente ?

— Oui.

— Aucune idée, je n'ai jamais essayé.

Topher eut un hoquet d'incrédulité.

— Tu es sérieux ? Tu n'as *jamais* campé ? Même pas étant gosse ?

— Non. Nous partions en vacances en famille dans le nord du Michigan – et ne confond pas ça avec la péninsule nord –, dans un endroit qui s'appelle Crooked Lake. Nous y louions un chalet, mais pas de tentes.

— Tu n'as pas été scout ?

— Si, louveteau, un temps, mais sans jamais faire de camping.

— Je parie que tu n'es jamais monté à cheval !

Stanton rit.

— Non, c'est vrai.

Arrêté à un feu rouge de la 32d Street, Topher se tourna vers son passager.

— Dis-moi au moins que tu sais jouer au billard.

— Désolé, mais non, je ne sais pas.

— Eh bien, princesse, nous allons devoir t'apprendre pas mal de trucs. Peut-être même à danser le two-step.

— À Dallas, je suis allé au Round-Up et j'ai vu deux hommes en jean Wranglers tournoyer sur un air de Reba McEntire. Je n'avais jamais rien vu de plus étrange. Est-ce donc comment s'occupe la jeunesse de Dime Box ? À camper, monter à cheval et jouer au billard ?

— Et au basket ! jeta Topher.

— Pourquoi au basket ?

151

— Parce qu'il ne faut pas trop de joueurs. Je te rappelle que notre école était plutôt petite.

— Oh, bien sûr, c'est logique.

— J'étais nul au basket, soupira Topher. Trop court sur pattes.

— Aviez-vous une salle de cinéma ?

Le feu passant au vert, Topher reporta son attention sur la route.

— Non, nous devions aller jusqu'à Taylor ou à Brenham pour voir un film. Au fait, puisqu'on parle de Dime Box, j'en transmis aux garçons ta proposition de changer le nom groupe.

— Ils se sont vexés ?

— Maurice un peu, au début, mais il a cédé très vite. Nous avons voté la motion à l'unanimité. Malheureusement, il va maintenant falloir changer tout notre site web. Robin n'était pas très content.

Topher tourna enfin dans la rue où vivaient Ben et Travis.

— Je voulais te demander un truc, Stanton, reprit-il. As-tu déjà entendu un parolier se plaindre d'avoir des chansons enfermées dans la tête ? Ces derniers temps, je n'arrive même plus à écrire. C'est incroyablement frustrant. Il doit bien y avoir une clé quelque part.

Étonné du silence de l'habitacle, il jeta un coup d'œil à Stanton, qui ne lui prêtait aucune attention.

— Hé, tu m'écoutes ? insista Topher.

Stanton ne répondit pas, il regardait par la vitre. Quand Topher se gara l'allée de la maison Walsh, Stanton murmura : « Nom de Dieu ! » entre ses dents.

— Qu'est-ce qui ne va pas ?

— Rien. C'est juste que… je suis déjà venu.

— Dans cette maison ?

— Oui. Encore une coïncidence étrange, un clin d'œil du destin.

— D'après *I Ching*, les coïncidences n'existent pas et le destin a toujours un but.

— Aurais-tu lu *I Ching* ?

— Non, mais j'ai consulté Wikipédia. Donc, tu es déjà venu ? C'était pendant ce passage à Austin dont tu m'as parlé ?

— Oui.

Topher haussa les sourcils.

— Bizarre.

Les deux hommes descendirent du pick-up et montèrent les marches du porche. Une fois devant la porte d'entrée, Topher frappa. Quelques

152

secondes plus tard, un des frères de Ben, Quentin, âgé de dix-sept ans, vint ouvrir.

— Salut, Topher, entre. Qui est avec toi ?

— C'est Stanton. Stanton, voici Quentin.

Stanton tendit la main.

— Ravi de te rencontrer.

— Moi pareil, répondit Quentin.

Il s'écarta pour les laisser entrer. Topher et Stanton furent immédiatement accueillis par Ben et Travis, qui sortirent de la cuisine et traversèrent la salle à manger pour les rejoindre.

— Ben Walsh.

— Stanton Porter.

Travis s'avança.

— Je suis Travis Walsh.

— Vous avez le même nom que Ben ? s'étonna Stanton.

— Maintenant, oui, répondit Travis.

Stanton se retourna vers Ben pour expliquer :

— J'ai rencontré vos parents il y a une trentaine d'années. Votre mère était enceinte de vous.

Sous l'effet de la surprise, Ben recula.

— Vous êtes déjà venu ici, dans cette maison ?

— Oui. C'était peu avant votre naissance, en juillet.

— Je suis né le 22 juillet 1983, précisa Ben.

— Quelle étrange coïncidence ! souffla Stanton.

— Sauf si c'est le destin qui nous fait signe, lança Topher.

Stanton gloussa un peu nerveusement.

— J'étais venu rendre visite à un ami qui vivait à l'époque dans un studio au-dessus de votre garage. Il était étudiant en droit.

— Et vous avez rencontré mes parents ? demanda Ben.

— Oui. Topher m'a dit qu'ils avaient disparu dans un accident de voiture. Toutes mes condoléances. Votre père était un homme remarquable.

— Merci.

— Je me souviens d'avoir entendu vos parents parler du nom de leur enfant à naître. Vous auriez été Caddie si vous étiez né fille, le saviez-vous ?

— Oui. C'est mon plus jeune frère qui en a finalement hérité. Cade ? cria-t-il en direction du salon. Topher est arrivé.

Le plus jeune Walsh arriva en courant. Il avait treize ans.

— Salut, Topher, quoi de neuf ?

— Pas grand-chose, mec. Voici mon ami, Stanton.

— Salut, dit Cade, la main tendue.

Après lui avoir serré la main, Stanton regarda les trois frères alignés.

— Vous ressemblez beaucoup aux frères Baldwin.

— Ah ! ironisa Cade. Ça ne fait que la millionième fois qu'on nous le dit !

Sur cette pique, il retourna au salon.

— Ignorez-le, dit Ben.

— Où est Jason ? s'enquit Topher.

— Il passe le week-end chez Jake, c'est son petit copain, précisa-t-il pour Stanton.

— Un de vos frères est gay ?

— Oui, les deux autres sont hétéros. C'est assez équilibré non ? Et celui-là, je l'ai fait virer de bord.

Prenant Travis par le cou, il l'attira contre lui.

— C'est ce que Topher m'a dit. Travis, vous étiez donc hétéro avant de rencontrer Ben ?

Travis sourit.

— Oui, j'ai connu des femmes, mais tout cela est derrière moi. À mon avis, je ne faisais que passer le temps en attendant Ben. Que puis-je vous offrir à boire, Stanton ?

— Une bière, si elle n'est pas en cannette.

Topher eut un petit rire.

— Oui, nous avons de la Shiner en bouteille.

— Parfait.

— Topher, tu m'accompagnes dans la cuisine ?

— Bien sûr.

Topher suivit Travis. Dès qu'ils furent hors de portée de voix, Travis murmura :

— Il est déjà venu. C'est le destin ! Vous étiez faits l'un à l'autre.

— On se calme, Travis, s'il te plaît.

— Comment ça s'est passé la nuit dernière ?

— Bien, très bien. Il embrasse super bien !

— Ah, petit coquin. Vous n'avez pas baisé, alors ?

— Non. Il a dit peut-être ce soir. Je croise les doigts.

Travis soupira.

— D'accord. Viens, je vais sortir les bières et tu les leur apporteras.

Il s'occupa prestement de décapsuler les quatre bouteilles, puis il les tendit à Topher.

— Tu ne viens pas ?

— Je dois d'abord sortir sur la terrasse et vérifier les grillades, répondit Travis. Le dîner sera prêt dans dix minutes, préviens tout le monde.

— D'accord.

De retour au salon, Topher distribua les bières.

— Travis nous attend dans dix minutes, annonça-t-il à la cantonade.

Il s'assit sur le canapé à côté de Stanton et leva sa bouteille pour porter un toast.

— *L'chaim.*

Stanton tapa sa bouteille contre la sienne avec un sourire.

— Tu te mets au yiddish ?

— C'est bien ce que tu as dit jeudi soir, non ?

— Oui, mais moi, je suis juif honoraire.

— Peuh ! Ça n'existe pas.

— Si, la mère de Marvin m'a honoré de ce titre.

— Si tu veux mon avis, certains pourraient s'offusquer de t'entendre.

— Peut-être. Et ce ne serait pas la première fois.

Sans réfléchir, Topher se pencha et l'embrassa. Quand il se redressa, il constata que Ben et ses deux frères le regardaient fixement.

Quentin renversa la tête et s'exclama :

— Oh, mon Dieu ! Topher s'y met aussi ?

— C'est quand même dingue ! s'écria Cade. On devient gay rien qu'en mettant le pied dans cette maison ou quoi ?

— Apparemment, tu as suivi mon conseil, Topher, déclara Ben.

— Quel conseil ? demanda Stanton.

— Ben m'a affirmé que pour faire avancer les choses, je devais te sauter dessus.

Stanton éclata de rire.

— Merci ! lança-t-il à Ben.

— De rien.

— Que faites-vous dans la vie, Ben, si ce n'est pas indiscret ?

— Je suis avocat.

— Le meilleur avocat d'Austin ! ajouta Topher.

— N'en rajoute pas ! protesta Quentin. Il a déjà la tête comme un melon.

Ben ignora son frère.

— C'est moins glamour que critique de musique, mais ça me convient. Je vous ai entendu sur NPR. Vous côtoyez les célébrités.

— Oui, mais je n'ai jamais trouvé mon métier glamour, vous savez. Je suis plutôt un parasite du système.

Topher cacha son visage dans ses mains.

— Un *parasite* ?

— Oui, je n'ai jamais rien créé, je ne fais qu'écrire sur des artistes.

— Tu dis n'importe quoi ! déclara Topher. La musique, c'est comme ces arbres qui tombent en forêt. Si personne ne l'écoute, elle n'existe pas. Toi, tu représentes l'auditeur.

Stanton prit une gorgée de sa bière.

— J'aime la façon dont tu me vois.

Travis apparut à la porte de la salle à manger.

— J'ai préparé des hamburgers et des hot-dogs grillés. J'espère que ça vous convient. Nous avons eu une semaine étonnamment humide et la météo nous avait promis un méga grain. En temps normal, je ne m'en plaindrais pas, car nous avons toujours besoin d'eau, mais pendant le festival, non ! C'est quand même un grand moment à Austin. Par chance, ils se sont trompés une fois de plus et il fait beau depuis jeudi soir. Un miracle pour SXSW ! Alors, j'ai dit à Obi-Wan, nous allons faire des grillades.

— Qui est Obi-Wan ? demanda Stanton.

— Moi, déclara Ben. Obi-Wan s'appelait Ben Kenobi. Je suis Ben Walsh.

— Oh, bien sûr.

Alors que tous se dirigeaient vers la salle à manger, Stanton retint Topher par le coude.

— C'est quoi, méga grain ?

— Un orage.

Stanton se mit à rire.

— Sublime. J'ai hâte d'en parler à mon père.

— Tu t'amuses bien, on dirait !

— Oui beaucoup. Je suis heureux d'avoir retrouvé cette maison. Ben me rappelle son père. Merci de m'avoir invité.

— De rien. J'ai agi dans un but purement égoïste : je voulais t'impressionner avec mes amis cools.

— Tu n'as pas à m'impressionner, Topher, tu me plais comme tu es.

Topher sourit et décida qu'il aimait ce côté de Stanton. Quand ils rejoignirent les autres dans la salle à manger, Topher fut placé en bout de table, en face de Travis, Stanton à la place que prenait normalement Jason, à côté de Ben, avec Quentin et Cade de l'autre côté. Un grand plat rempli de hamburgers et de saucisses était posé au milieu de la table, avec une corbeille de petits pains, des ronds et des longs, des épis de maïs, une salade de pommes de terre, des tomates et des oignons en tranches, des feuilles de laitue, des chips, du fromage, des cornichons et autres condiments.

— Servez-vous, indiqua Travis. Chacun prépare son sandwich comme bon lui semble.

Ben s'empressa de se faire un cheeseburger avec de la laitue et des tranches de tomates.

— Stanton, enchaîna-t-il, si vous avez besoin de conseils pour gérer un homme devenu gay pour vous, je serai bien placé pour vous les donner.

Stanton secoua la tête en riant.

— Est-ce le cas de Topher, selon vous ?

Topher lui fit un clin d'œil.

— Si je dois devenir gay, autant que ce soit pour toi !

— Je suis un peu perplexe, reconnut Stanton. Les hommes de ma génération ne prenaient pas les bisexuels au sérieux, c'était considéré comme une étape pour amortir le choc de sortir du placard.

Ben se pencha pour embrasser son partenaire.

— Ça m'a dérouté aussi, au départ, annonça-t-il. Mais j'ai vite changé d'avis. Travis est la meilleure chose qui me soit arrivée.

— Vous étiez pourtant à 100 % homosexuel, n'est-ce pas ? demanda Stanton.

Topher trouva la question amusante. Ben aussi sans doute. Il eut un bref éclat de rire.

— J'aime bien cette formule : à 100 % homosexuel. Oui, c'est exact. Même si je me suis un peu égaré à l'école secondaire.

— Ça ne compte pas. Venons-en à vous deux, jeunes gens, dit Stanton qui désignait Topher et Travis. Qu'en pensez-vous ? Étiez-vous gays depuis le début sans le savoir ? Ou avez-vous réellement changé de bord comme vous le prétendez ? Comment est-ce possible ?

— Je n'étais pas gay, affirma Travis.

— Moi, je n'en sais rien, répondit Topher. Tu es le premier homme que j'ai embrassé, en tout cas. Comment veux-tu que je sache si j'aurais embrassé ou pas un autre homme si je ne t'avais pas rencontré ? Je ne crois pas, mais je n'en sais rien.

— D'accord, concéda Stanton. Admettons. Mais pourquoi moi ? Quel a été l'élément déclencheur ?

Stanton avait l'air tendu, Topher ne put que le remarquer. C'était comme... s'il connaissait déjà la réponse. Il n'eut pas le temps de répondre, Ben déclara :

— J'ai une théorie.

Il posa son cheeseburger dans son assiette et s'essuya la bouche de sa serviette.

— Ça ne me surprend pas ! déclara Travis.

— Seigneur ! railla Quentin. Il va encore nous asséner un discours interminable.

— Tais-toi, petit frère. Tu sais que c'est possible, tu m'as aidé à le comprendre.

— De quoi parlez-vous tous les deux ? demanda Topher.

— La vraie question, commença Ben, est de savoir ce qui se passe quand un hétéro tombe amoureux d'un homme. Je ne parle pas d'une troisième ou quatrième expérience, mais de la première, celle qui change tout. À mon avis, il s'agit alors d'une...

Il s'arrêta, cherchant le mot juste.

— ... d'une continuation ? suggéra Quentin.

— Exactement, dit Ben. Merci, Q. D'une continuation ! C'est une relation précédente qui se poursuit.

— *Little Buddha*, dit Cade.

— Qu'est-ce que c'est ? demanda Topher.

— Un film, répondit Quentin. Un de nos préférés. Des moines sont à la recherche de la réincarnation d'un enseignant bouddhiste.

— C'est avec Keanu Reeves, non ? intervint Stanton.

— Oui. Saviez-vous que l'État tibétain, avant d'être soumis à la Chine, était fondé sur la conviction que le dalaï-lama se réincarnait encore et encore ?

Topher s'adressa à Stanton :

— Tu vois ce que je te disais : j'apprends un truc nouveau chaque fois que je viens les voir !

Se tournant vers Quentin, il demanda :

— Comment sais-tu tout ça ?

Quentin hésita avant de répondre.

158

— Je me suis renseigné après la mort de nos parents, j'espérais qu'ils reviendraient. Ça arrive souvent aux orphelins, tu sais… Bref, j'ai lu beaucoup sur la réincarnation.

— Comment ça marche ? demanda Topher.

Quentin se mit à rire.

— Oh, il n'y a pas vraiment de mode d'emploi. Après la mort, je crois que chacun fait son choix : certains reviennent, d'autres pas. D'après ce que j'ai lu, après une mort subite ou prématurée, il est plus fréquent d'éprouver le désir de revenir pour accomplir une tâche terrestre.

— J'avais entendu parler d'un délai de neuf mois… remarqua Topher.

— Non, dit Quentin. L'âme rejoint le corps dès le premier souffle de vie. En cas d'urgence, une âme pourrait passer d'un mourant à un nouveau-né.

— Travis et moi sommes nés le même jour, déclara Ben. Le 22 juillet 1983. C'est important, je crois. Peut-être nos vies antérieures ont-elles été coupées au même moment – dans un accident comme mes parents –, aussi sommes-nous revenus le même jour. Lors de notre rencontre, vingt-sept ans plus tard, le contact s'est instantanément rétabli. Que je sois gay et Travis hétéro n'a eu aucune importance.

Travis prit la main de Ben dans la sienne.

— J'ai été follement heureux de le voir. Notre histoire a repris comme si elle n'avait pas été interrompue. Je n'ai jamais été capable d'expliquer ce que j'ai ressenti en voyant Ben, mais être avec lui m'était aussi naturel et vital que respirer.

Ben se tourna vers Stanton.

— Qu'en pensez-vous ? Peut-être est-ce pareil entre Topher et vous ?

Stanton posa son hamburger.

— Dites-moi, Ben, votre père vous aurait-il parlé de Brendan et Trent ?

— Non, ça ne me dit rien. Qui étaient-ils ?

Stanton ne répondit pas, il paraissait effrayé. Ses yeux fixes contemplaient un lointain passé. Topher lui prit la main.

— Ben, crois-tu vraiment que Stanton et moi nous connaissions dans une vie antérieure ?

Stanton esquissa un sourire mélancolique.

— Antérieure… pour toi, souffla-t-il.

— Qu'est-ce que tu veux dire ? demanda Topher, les sourcils froncés.

— Quand es-tu né ?

— Pourquoi cette question ?

— Réponds, je t'en prie.

Topher hésita, puis céda.

— Le 6 novembre 1985.

Stanton ferma les yeux.

— Seigneur ! Six jours…

— Qu'est-ce que tu racontes ? Six jours ? Ça veut dire quoi ?

Stanton inspira un grand coup.

— J'avais… Non, je ne devrais pas…

Il s'arrêta en secouant la tête.

— Ne dis pas ça, se fâcha Topher. Je veux savoir.

Tout le monde avait cessé de manger. Topher attendait avec impatience que Stanton s'explique.

— J'avais… un compagnon, déclara Stanton.

— D'accord. Et alors ?

— Il est mort du sida six jours avant ta naissance.

— Stanton ! s'exclama Ben.

— Quoi ?

— Non, rien, excusez-moi. Je viens de me souvenir que Norma, la mère de mon ami Colin m'a un jour parlé d'un dénommé Stanton. Comment s'appelait votre compagnon ?

— Chris Mead.

Travis et les frères Walsh se regardèrent, sans cacher leur incrédulité

— Oh, merde ! marmonna Ben.

Topher s'énerva :

— Quelqu'un pourrait-il m'expliquer ce qui se passe ?

— Vous parlez sérieusement ? bredouilla Quentin. Vous étiez avec le fils décédé de Joe ?

— Oui, sauf qu'il n'était pas mort quand nous étions ensemble, bien entendu. Vous connaissez Joseph Mead ?

— Oui…

Quentin tourna la tête vers Ben, de l'autre côté de la table.

— Tu crois vraiment que Topher pourrait être…

Ben secoua la tête.

— C'était censé être amusant, pas…

Topher les interrompit en haussant le ton :

— Qui est Chris Mead ?

Sans lui répondre, Ben s'adressa à Stanton :

160

— Je suis allé à Columbia, à l'école de droit, avec Colin Mead, le neveu de Chris.

— Le fils de Carl et de Norma ?

— Oui.

— Il avait deux ans la dernière fois où je l'ai vu, déclara Stanton, sans cacher son chagrin.

— Quand mes parents sont décédés, enchaîna Ben, je travaillais chez Wilson & Mead. J'ai dû revenir à Austin pour m'occuper de mes frères. Nous avons passé le dernier Thanksgiving chez les Mead.

— Ils sont pour nous une seconde famille, déclara Cade.

— Chris était avec moi quand je suis venu ici, dans cette maison, déclara Stanton. Nous avons dormi dans une chambre à l'étage, au fond du couloir, celle qui donne sur le jardin derrière la maison.

— C'est la mienne maintenant, dit Quentin.

— Pourquoi étais-tu venu avec lui ici ? demanda Topher à Stanton.

— C'est une longue histoire, Topher. Mais Ben, avez-vous compris ce que cela signifie : Chris Mead a connu vos parents.

Ben secoua la tête.

— Impossible. Mon père m'en aurait parlé quand j'ai rencontré Colin.

— Pas nécessairement. Chris n'a pas eu l'occasion d'évoquer sa famille pendant notre séjour. Je ne suis même pas certain que nous ayons donné nos noms de famille à votre père. Je ne vois pas pourquoi il aurait fait le rapprochement avec Colin, vingt ans plus tard.

— Arrêtez ! cria Topher. Je ne comprends rien !

Sous la table, il crispa ses doigts sur ceux de Stanton et demanda :

— Tu étais amoureux de ce Chris ?

— Oui.

— Chris... c'était pour Christopher ?

— Oui, pourquoi ?

— C'est aussi mon nom, souffla Topher.

— Tu t'appelles...

— ... Chris*topher*.

— Quoi ?

— Quand j'étais gamin, on a commencé à m'appeler Chris, mais je détestais ça. Puis un gars du *That '70s Show* a trouvé Topher et j'ai bien aimé.

— Je n'avais pas fait le rapprochement... Je n'arrive pas à y croire !

Raidi, Topher lui retira sa main.

— C'est pour ça que tu tires souvent une tête bizarre, hein ? Parce que je te rappelle un gars qui est mort ?

— Topher, intervint Quentin, il s'agit peut-être de toi… dans une vie antérieure.

— Non ! Je ne suis pas quelqu'un d'autre. Je suis moi, juste moi. Je suis né six jours après sa mort, et alors ? C'est juste une coïncidence.

— Tu disais en arrivant que les coïncidences n'existaient pas, fit remarquer Stanton.

— Je me fous des conneries que raconte *I Ching* ! cria Topher, fou de rage. Vous êtes tous barges ou quoi ? Vous croyez vraiment que les sentiments que j'éprouve sont ceux d'un mec mort il y a vingt-cinq ans ? Ça ne va pas la tête !

Son téléphone vibra furieusement. Il baissa les yeux sur la poche où se trouvait l'appareil et hurla plus fort encore :

— Toi, la ferme !

— Topher, je suis désolé, dit Ben. Je ne voulais pas…

— Je ne veux pas être un substitut ! Alors, tout ça, c'était du flan… depuis le début ?

— Nous devrions peut-être rentrer, proposa Stanton.

Mais Topher n'avait pas l'intention de bouger avant d'avoir obtenu des réponses. Il toisa Stanton et aboya :

— Je te rappelle ce type, ce Chris Mead, c'est ça ? Je lui ressemble ?

— Non, pas du tout.

— Mes yeux sont-ils les mêmes ?

— Non.

— Alors pourquoi ? Pourquoi tu penses à lui quand tu es avec moi ? Je veux savoir !

Stanton ne répondit pas.

— S'il te plaît ! insista Topher.

— Ta voix, dit Stanton. Tu as la même voix… J'ai toujours considéré que le dicton se trompait, ce ne sont pas les yeux qui sont la fenêtre de l'âme, c'est la voix.

— Intéressant, déclara Quentin.

Stanton continua :

— Lui et toi avez beaucoup en commun, des détails qu'il me faudrait trop de temps pour t'expliquer. Mais si je ferme les yeux et que je t'écoute parler ou chanter – oui, chanter, surtout –, ta voix est exactement la sienne.

162

J'ai presque l'impression… qu'il est revenu, ajouta Stanton après un bref moment de pause.

Topher se releva si brusquement que sa chaise tomba derrière lui.

— Je vois, tu as passé tout ce temps avec moi pour pouvoir penser à lui, hein ? Tu m'as utilisé ! Salaud !

— Topher, commença Travis. Je crois que…

Ben intervint pour le faire taire. Ce que Travis accepta à contrecœur.

— On s'en va, aboya Topher. Je vais te ramener à ton hôtel.

— D'accord.

Stanton repoussa sa chaise et tendit la main à Ben.

— Merci pour le dîner. Désolé pour la façon dont ça s'est terminé.

— Non, ne vous excusez pas, dit Ben. C'est de ma faute.

Topher resta muet, les dents serrées tandis que Stanton serrait la main de Travis.

— Si j'ai l'occasion de vous revoir un jour, rappelez-moi de vous parler de Brendan et de Trent.

EN QUITTANT la maison, Topher et Stanton remontèrent dans le pick-up. Le trajet pour retourner à l'hôtel s'effectua dans un silence total. Quand Topher se gara dans l'allée, un valet vint ouvrir la portière de Stanton.

Celui-ci se tourna vers Topher.

— Je suis désolé. Je pensais agir pour le mieux. Je voulais apprendre à mieux te connaître sans interférences…

Topher l'interrompit d'une main levée.

— Je t'ai interrogé hier soir. Tu aurais pu m'en parler à ce moment-là. Mais tu m'as demandé de te faire confiance et je n'ai pas insisté. Dommage que cette confiance ait été à sens unique.

— Je t'en prie, je…

— Bon retour à New York, Stanton. Tu remercieras encore Marvin pour son billet.

— Ne fais pas ça. Dis-moi que je te reverrai.

Topher secoua la tête et jeta à Stanton un bref regard. La douleur qu'il lut dans ses yeux sombres ne l'adoucit pas. Il ne pouvait pas offrir à Stanton ce que ce dernier attendait de lui.

— Non. Peut-être. Je ne sais pas.

— Très bien, c'est comme tu voudras. Bonne chance, Topher. J'espère que tout ira bien pour Dime Box.

Il resta immobile un moment, puis descendit du pick-up et referma doucement la portière derrière lui. Aussitôt, Topher passa une vitesse et s'éloigna.

En jetant un coup d'œil dans son rétroviseur, il vit Stanton seul sur le trottoir à le regarder s'en aller. Il se mit à pleurer, sans même chercher à essuyer ses larmes.

En arrivant chez lui, il trouva Robin, Maurice et Peter dans le salon devant un épisode de *Breaking Bad*. Sans doute remarquèrent-ils ses yeux rouges et bouffis quand il passa dans le couloir sans un mot et alla s'enfermer dans sa chambre.

Juste avant de claquer sa porte, il entendit Peter dire aux jumeaux :

— Quand un garçon en rencontre un autre, ça finit souvent très mal. C'est navrant.

PARTIE 2
PEINE DE CŒUR

BOOK OF DREAMS

TOPHER ÉTAIT sur une plage. Il regarda à gauche et vit deux hommes marcher vers lui. Il se tourna vers la droite et vit deux hommes s'éloigner. Ce n'était pas Galveston. L'eau qui avançait sur le sable et lui mouillait les orteils était trop froide pour venir du golfe du Mexique. Non, c'était un océan. Récemment, Topher avait à reconnaître un rêve, même s'il était encore pris dedans. Rien ne lui paraissait particulièrement miraculeux, sauf que cette plage lui rappelait quelque chose. Pourtant, les deux hommes venant à lui étaient des inconnus et il ne distinguait pas les visages des deux qui s'éloignaient.

— Hé, appela-t-il.

Puis il se réveilla.

C'était lundi matin. Il s'en tiendrait à sa résolution, décida-t-il. Il irait travailler en prétendant que ces trois jours passés avec Stanton Porter n'avaient pas existé. Dimanche matin, quand Peter et les jumeaux l'avaient interrogé, Topher les avait envoyés bouler. Il ignorait où et comment entamer cette conversation. Par chance, aucun n'avait insisté.

Travis était plus tenace. Environ une heure après l'arrivée de Topher au travail, Travis s'essuya les mains et vint le rejoindre.

— Que s'est-il passé après votre départ ? demanda-t-il.

— Nous nous sommes dit bonsoir et hier, il a pris un avion pour rentrer à New York. Voilà, c'est tout. Un autre SXSW terminé.

— Il t'a appelé ?

— Oui, mais je n'ai pas répondu.

— Écoute, Ben m'a conseillé de ne pas m'en mêler, mais ne crois-tu pas avoir réagi de manière un tantinet excessive ?

— Non. Il s'est servi de moi sous prétexte que j'ai la même voix que son copain mort. Pendant que nous étions ensemble, il m'écoutait les yeux fermés en prétendant être avec un autre.

Travis secoua la tête.

— N'importe quoi ! Il ne m'a pas paru être aussi tordu. D'ailleurs, il a parlé d'autres détails, en plus de ta voix. Lui as-tu au moins donné une chance de s'expliquer ?

— Cette chance, il l'a eue vendredi soir. Je sentais bien que quelque chose n'allait pas, je l'ai interrogé, mais il n'a rien voulu me dire. Il m'a juste demandé de lui faire confiance. Combien de temps comptait-il attendre ?

— Et selon toi, qu'était-il censé dire ? Que tu étais peut-être la réincarnation d'un amant mort depuis vingt-cinq ans ? Tu crois qu'on balance un truc pareil à un homme qu'on vient à peine de rencontrer ? Alors, vas-y, trouve-moi ce qu'il aurait pu inventer comme explication pour ne pas passer pour un dérangé du ciboulot ?

Topher réalisa que Travis avait raison.

— Je ne sais pas.

— Eh bien moi non plus. Et s'il n'a rien voulu te dire, c'est qu'il avait peur que tu réagisses exactement comme tu l'as fait et franchement, je le comprends. C'est Ben qui a lancé cette histoire ! Stanton a dû se sentir acculé. Si tu veux être en colère, sois-le contre nous.

Topher se sentit brusquement très mesquin.

— Qu'est-ce que je vais faire ?

— La prochaine fois qu'il t'appellera, réponds-lui, bon sang. Oublie tes rancœurs. Et ne rejette pas un concept sous prétexte que tu n'y comprends rien.

— Tu parles de la réincarnation ?

— Oui, exactement. Que tu ressembles à Chris est peut-être une coïncidence, ou peut-être pas. Ça fait deux ans que je te connais. Je sais que la seule chose dont tu aies peur, c'est de mourir sans avoir rien accompli. Tu es comme Ben. Au contraire, les gars comme Stanton et moi ne souffrent pas d'être ordinaires.

— Il n'a rien d'ordinaire !

— Ce n'est pas ce que je voulais dire. Nous voulons seulement être heureux sans que personne ne nous remarque. Donne-moi un petit coin du monde avec Ben et les garçons, et tout ira bien pour moi. Mais tu es différent. Tu veux être remarqué, écouté. Voici ta chance. Réveille-toi et saisis-la.

Il frappa dans ses mains pour accentuer son effet.

— Parce que si tu es vraiment la réincarnation de Chris, reprit-il, tu deviens le cas le plus incroyable que je connaisse.

— Tu crois que c'est possible ?

— Je ne sais pas, mais quand j'ai rencontré Ben, j'ai éprouvé exactement ce que tu m'as décrit l'autre jour, pendant que nous déjeunions ensemble : comme si des souvenirs oubliés me revenaient. Tu sais de quoi je parle, hein ? À quoi pensais-tu quand tu l'as embrassé pendant que Springsteen chantait *Thunder Road* ?

Topher se frotta le front. Ils furent interrompus par la sonnerie d'un téléphone. Travis sortit le sien de sa poche et regarda l'écran.

— C'est Ben. Il tient sans doute à s'excuser.

D'un coup de pouce sur l'écran, il accepta l'appel.

— Salut, caïd.

Après un signe de tête, il tendit son iPhone à Topher.

— Allô ?

— *Salut, c'est Ben. Je voulais m'excuser pour samedi soir. J'ai été très con.*

— Non, pas du tout. Tu m'as rendu service, au contraire. D'ailleurs, Travis m'a fait regarder les choses sous un angle différent ce matin.

— *C'est son habitude. Tu devrais l'écouter.*

— Pour être franc, je n'ai toujours rien compris à cette conversation entre Stanton et toi. Qui sont les Mead ? Et qu'ont-ils en commun avec Stanton et tes parents ?

— *J'ai rencontré Colin Mead durant ma première année de droit, à Columbia. Son grand-père, Joseph Mead, possède la moitié du cabinet Wilson & Mead. C'est là que j'ai travaillé juste après mon diplôme. Colin étant mon meilleur ami, sa famille m'a offert un poste intéressant. C'est un très gros cabinet.*

— Quel est le rapport avec la visite de Stanton à tes parents ?

— *Joseph avait deux fils, Carl et Chris. Carl est le père de Colin. Chris est mort du sida en 1985. Stanton a été son amant pendant les quatre dernières années de sa vie.*

— Alors Stanton et Chris sont passés voir tes parents ?

— *Oui et non. C'était en 1983, juste avant ma naissance. Ils ont rendu visite à Brendan, un gars qui louait à l'époque l'appartement du garage à mes parents. Connaissant mon père, il les a invités à la maison. Jamais il n'aurait résisté à la curiosité de rencontrer deux New-Yorkais !*

— Que sais-tu de Chris Mead ?

— *Pas grand-chose. Joseph n'en parle jamais. Je sais qu'il n'était pas en bons termes avec son fils quand celui-ci est mort. D'après Colin, le patriarche ne s'est jamais pardonné. C'est pourquoi il y a toujours une chaise vide au dîner de Thanksgiving.*

— Le patriarche ?

— *C'est le surnom que nous donnons à Joseph Mead.*

168

— Ben, je dois y aller. Tu n'avais pas à t'excuser, mais merci quand même. Travis à bien de la chance !

— *Ah, oui, mon égo te remercie. Continue. S'il te plaît.*

— Je te repasse Travis.

Il rendit le téléphone à Travis, qui retourna à son poste de travail. À travers la vitre de séparation, Topher le regarda : il aimait son expression quand Ben était à l'autre bout du fil. Et maintenant qu'il avait connu Stanton, il comprenait mieux les sentiments de son ami.

Se remettant au travail, Topher s'occupa de la vidange d'une Acura 2009. En même temps, il essayait de digérer tout ce que Ben venait de lui dire. Il finit par admettre que sa réaction avait peut-être été trop vive. Pensait-il vraiment avoir été utilisé, ou avait-il simplement été jaloux d'entendre Stanton évoquer son amour pour un autre ? Qui était ce Chris Mead et pourquoi lui, Topher avait-il la même voix ? Y avait-il un rapport quelconque entre cette histoire de réincarnation et les vibrations fantômes que son portable n'avait cessé d'émettre tout le week-end ?

Conscient d'avoir encore plus de questions sans réponses, Topher décida de décrocher la prochaine fois que Stanton l'appellerait. Alors qu'il était occupé à verser un bidon d'huile dans le moteur, une idée lui vint. Il se redressa trop vite et se cogna la tête sur le capot ouvert.

Et si en apprendre plus sur Chris Mead l'aidait à débloquer les chansons dans sa tête ?

Ed, l'un des mécaniciens du garage, l'appela tout à coup :

— Topher ? Le type de l'autre jour – tu sais, celui qui t'a emmené au concert de Springsteen – eh bien, il passe à la radio.

Topher et Travis se ruèrent vers la radio d'Ed, posée à côté de son banc.

— Mets le son plus fort, réclama Travis.

Ed obtempéra.

— *Et voici que débute notre émission,* Morning Edition, *sur NPR News,* annonça le présentateur. *Ici Steve Inskeep, bonjour à tous et à toutes. Je reçois aujourd'hui Stanton Porter, critique musical de NPR, revenu hier d'Austin, Texas, où il a assisté au vingt-sixième festival annuel* South by Southwest. *Bonjour, Stanton.*

— *Bonjour, Steve.*

— *Parlez-nous d'Austin ?*

— *C'est une ville, très animée. En général, je ne suis pas fan des festivals, je crains toujours de ne pas être à ma place et de manquer de* recul, mais j'y suis allé cette année pour écouter Springsteen et son discours d'ouverture.

— Comment était-ce ?

— Le concert a été somptueux. Et Springsteen est une bête de scène.

— Il l'a toujours été, non ?

— C'est exact, mais sa légende est née de ses performances en live et de son endurance. Nous le savions déjà. Ce que beaucoup ignorent, c'est qu'il est également un brillant orateur.

— Vous parlez de son discours de présentation. Nous l'avons sur notre site web, n'est-ce pas ?

— Oui, il est accessible gratuitement sur npr.org/music. Je conseille vivement à tous ceux qui aiment la musique pop de l'écouter. C'est une inspirante leçon d'histoire.

— Et durant votre séjour au Texas, Stanton, avez-vous écouté des groupes locaux ou fait de nouvelles découvertes ?

— Effectivement. J'ai rencontré un jeune groupe.

— Ah, racontez-nous.

— Quand je les ai entendus vendredi soir, ils s'appelaient encore Judecca Rising, mais depuis, ils sont devenus Dime Box.

— Sur vos conseils, Stanton ?

— Peut-être. Dime Box est un village non loin d'Austin d'où sont originaires les quatre membres du groupe. J'ai peut-être suggéré que ça leur correspondait mieux. Qu'en pensez-vous, Steve ?

— Dime Box est certainement plus accessible que Judecca Rising.

— Ils ont un répertoire qui passerait très bien à la radio et leur chanteur, Topher Manning, a le genre de voix susceptible de mettre un public à genoux. Ils produisent essentiellement des chansons originales et j'encourage nos auditeurs à les télécharger – c'est gratuit – sur le site du groupe. Une en particulier m'a beaucoup marqué.

— Comment s'appelle-t-elle ?

— Beaches on the Moon. Je suis revenu d'Austin avec mon iPhone chargé à bloc. C'est un des avantages de ces festivals : on y entend des performances uniques, comme Springsteen concluant son show avec This Land Is Your Land, ou un groupe local comme Dime Box reprenant Bridge Over Troubled Water.

— C'est courageux de leur part.

— Steve, la foule les a acclamés. Ils jouaient sur un toit, devrais-je préciser, vu qu'à Austin, les jeunes groupes se produisent souvent sur des

170

scènes en plein air. Ceux qui comme moi ont eu la chance de les écouter en parleront longtemps, je vous le garantis.

— *Auriez-vous une adresse où télécharger cette chanson ?*

— *Je viens de poster un lien sur le blog NPR. Si vous me suivez sur Twitter, vous avez probablement déjà regardé.*

— *Je ne vous suis pas sur Twitter, Stanton.*

— *Quel dommage, Steve ! Vous risquez de passer à côté de Dime Box.*

— *Pensez-vous retourner l'an prochain au SXSW ?*

— *Je ne dis ni oui ni non, nous verrons.*

— *Je vois. Stanton Porter aime garder ses options ouvertes. D'autres critiques de musique de NPR viendront au cours de la semaine nous parler de SXSW et nous allons conclure cet entretien avec* Beaches on the Moon *de Dime Box. C'était* Morning Edition, *sur NPR News. Merci, Stanton.*

— *Merci à vous, Steve.*

Le visage brûlant d'émotion, Topher entendit sa voix exploser à la radio, chantant *Beaches on the Moon.*

— Ben, merde alors ! s'exclama Travis. Tu passes sur la radio nationale NPR !

Le téléphone de Topher sonna. Il le sortit de sa poche et l'ouvrit pour regarder l'écran. C'était Robin. Il accepta l'appel et pressa son appareil contre son oreille.

— *Tu étais au courant ?*

— Non, je ne savais rien.

— *J'ai reçu un appel de l'hébergeur de notre site web. L'émission a été diffusée sur la côte Est il y a une heure.* Beaches on the Moon *a été téléchargé plus de cinq mille fois ! Ça a fait planter le site.*

— Robin, je peux te rappeler ?

— *Tu vas bien ?*

— Oui, je dois juste téléphoner Stanton et m'excuser.

— *Tu nous as dit que tu ne voulais pas en parler, je sais, mais je crois qu'il essaie de compenser ce qu'il t'a fait.*

— Je me suis vexé un peu vite, c'est tout. Je... je m'y suis pris comme un manche avec lui, voilà. Je dois raccrocher.

Il avait à peine coupé que son téléphone sonnait encore. Il baissa les yeux sur l'écran. C'était Peter, cette fois. Il allait être assailli, il s'en doutait bien. Il laissa l'appel passer sur sa boîte vocale et fit défiler sa liste de contacts jusqu'à tomber sur le nom de Stanton.

171

Il sortit dans la rue et fut un moment ébloui par le soleil estival, puis il pressa le bouton d'appel. Stanton décrocha au bout de deux sonneries.

— *Salut, Topher, ça me fait plaisir d'avoir de tes nouvelles.*

— As-tu dit ça pour que je te rappelle ou le pensais-tu vraiment ?

Une longue pause.

— Oui.

Tout d'abord, Topher vit rouge, mais en entendant un éclat de rire retentir à l'autre bout du fil, il se détendit. Après tout, le commentaire de Stanton à la radio était le plus élogieux que Topher ait reçu de toute sa vie : il serait vraiment ingrat de se mettre en colère !

Conscient que la glace avait fondu, il lança :

— Nous avons eu cinq mille téléchargements de *Beaches on the Moon* en une heure. Le site a planté.

— *C'est une excellente nouvelle. Enfin, pas le plantage de votre site, bien sûr.*

— Je ne m'étais encore jamais entendu à la radio. Merci, je te suis redevable.

— *Non, bien sûr que non. Je n'ai fait que mon travail.*

— Je ne savais pas que tu avais aussi envoyé un tweet nous concernant.

— *Je tweete tout le temps sur les groupes que j'aime. C'est pourquoi les gens me suivent.*

— Mais tu avais dit que tu ne venais pas à notre spectacle en tant que critique !

— *Et toi, tu disais que je suis toujours Stanton Porter. J'ai aimé ce que j'ai entendu. Alors, je l'ai dit.*

— Tu as aimé *une partie* de ce que tu as entendu.

— *Et c'est la partie dont j'ai parlé.*

— D'accord, tu as raison. Euh… excuse-moi pour l'autre soir. J'ai réagi trop vivement.

— *Non, et tu n'as pas à t'excuser. Je regrette terriblement mon comportement. Suggérer que tu pourrais être… Bon, oublions ça. J'espère que tu finiras par me pardonner.*

— Alors, tu ne crois plus à la réincarnation ?

— *Non, absolument pas, et je regrette plus que tu peux l'imaginer d'avoir évoqué le sujet. Je n'ai pensé qu'à ça hier. Oui, bien sûr, tu as des points communs avec lui, ta voix… mais ça fait vingt-cinq ans que je n'ai plus entendu la sienne, alors je me suis laissé emporter par mon imagination, voilà tout. J'ai vu ce que je voulais voir. C'était égoïste de ma part. Pire encore, je t'ai blessé sans le vouloir.*

— Hé, je m'en suis remis !

— *Ça n'excuse pas ce que j'ai fait.*

— Alors, tu ne veux plus me parler de lui ?

— *Non.*

— Pourquoi ?

— *Parce que samedi soir, quand tu m'as traité de salaud en m'accusant de t'avoir utilisé, cela a été l'un des moments les plus tristes de ma vie. J'aimais ta compagnie et j'ai tout gâché. J'ai été heureux de discuter avec toi, de t'embrasser. Personne n'avait encore sauté par-dessus une table pour m'agresser sexuellement. Mais dès que j'ai voulu évoquer le passé, tu t'es braqué. Que j'ai été bête !*

— Tu as aimé parler de musique avec moi, c'est vrai ?

— *Oui, beaucoup.*

— La prochaine fois, ça se passera bien, c'est promis. Je veux que tu me parles de ces autres détails que j'ai en commun avec... lui, parce que ça pourrait débloquer...

— *Non, ce n'est rien, juste des coïncidences. Écoute, je vais être franc, je ne regrette pas de ne pas t'avoir parlé plus tôt, mais seulement que son nom soit intervenu entre nous. J'aurais dû me taire. Je ne commettrai pas deux fois la même erreur.*

— Tu es certain que la théorie de Ben est fausse ?

— *Oui. J'ai été fou d'y croire, ne serait-ce qu'un moment.*

Après réflexion, Topher décida de laisser tomber, même s'il n'était pas prêt à renoncer complètement aux réponses qu'il espérait obtenir. Sentant le poids d'un regard sur lui, il se retourna et leva la main au-dessus de ses yeux, pour bloquer le soleil. Il vit Travis lui parler par signes : « Stanton ? » Quand Topher acquiesça. Travis sourit et leva les deux pouces.

— D'accord, oublions ça pour le moment, céda Topher. Je peux venir te rendre visite ?

Un silence stupéfait accueillit sa question.

— *Pourquoi ?* demanda enfin Stanton.

— Comment ça, pourquoi ? Ça me paraît évident !

— *J'ai parlé de Beaches on the Moon parce que je pense qu'elle a du potentiel. Je suis content que tu m'aies appelé pour me donner l'occasion de te présenter mes plus plates excuses. Mais maintenant, je suis revenu à New York, je ne vois pas l'intérêt de poursuivre notre relation.*

173

— J'ai envie de te voir !

En entendant Stanton hoqueter, Topher considéra son plaidoyer efficace, il enchaîna donc :

— Je viens à New York, un point c'est tout. Si tu m'y obliges, j'appellerai le *New York Times* et je demanderai à parler à Marvin. Je lui dirai : *Marvin, s'il te plaît, je cherche Stanton, j'ai l'intention de l'agresser sexuellement, puis-je dormir quelques jours chez toi le temps de le convaincre de me céder ?* Et si tu me crois incapable de faire exactement ce que je viens de t'annoncer, tu ne connais pas les Texans, Warren Beatty.

— *Tu sais donc qui est Warren Beatty ?*

— Oui, j'ai regardé *Reds* hier. Tu vois, j'écoute ce que tu dis même quand tu penses le contraire ! J'ai pleuré comme un veau à la fin du film, je ne te remercie pas. Je n'avais vraiment pas besoin de ça en plus du reste.

— *Tu me trouves vraiment aussi sexy que Warren dans* Reds ?

— Bien sûr, et tu le sais.

Il retint son souffle et attendit. Les dix secondes qui suivirent lui semblèrent durer dix bonnes minutes, puis Stanton reprit la parole :

— *Quand peux-tu venir à New York ?*

— Ah, enfin, une invitation en bonne et due forme ! Ce n'est pas trop tôt !

— *Je pars pour la Californie dans quelques jours.*

— Pour cet article sur Linkin Park ?

— *Oui. J'y resterai deux semaines. Viens me voir à mon retour, d'accord ?*

— C'est long, mais il faudra bien que je prenne mon mal en patience.

Topher se retourna encore : Darrell le fusillait du regard.

— Oups, reprit-il, mon patron me lance un sale regard, je ferai mieux de retourner travailler. Je peux te rappeler ce soir ?

— *Oui. Appelle-moi quand tu veux.*

— Je suis content qu'on se soit réconciliés.

— *Moi aussi, Topher. Moi aussi.*

CE SOIR-LÀ, les membres du groupe devenu Dime Box s'attablèrent dans la cuisine de leur maison sur East 11h Street.

— Cette réunion est officiellement ouverte, déclara Peter.

— Que s'est-il passé aujourd'hui ? demanda Maurice. Je n'ai pas encore entendu toute l'histoire. J'ai juste reçu était un texto de Robin.

Peter ouvrit son application NPR et repassa l'émission du matin. Maurice ouvrit de grands yeux en entendant Stanton annoncer que Topher pouvait mettre un public à genoux.

— À quoi joue ce mec ? Je pensais qu'il t'avait brisé le cœur.

— Non, dit Topher. C'était un malentendu. Je lui ai téléphoné ce matin. Il part en Californie pour son boulot – quinze jours de reportage sur le nouvel album de Linkin Park –, mais à son retour à New York, j'irai lui rendre visite.

— Linkin Park ? dirent en même temps Robin et Maurice.

— Et si on revenait à l'objet de notre réunion ? protesta Peter.

Maurice se tourna vers Robin.

— C'est quoi le problème avec le site web ? Dans ton texto, tu disais que tout avait planté ?

— Il a rouvert, mais cet après-midi seulement.

— Ce qui nous a fait manquer une énorme quantité d'auditeurs, déclara Peter.

— Je sais ! aboya Robin.

— Hé, c'est toi qui es censé gérer le site, répliqua Peter sur le même ton. Imagine un peu combien de téléchargements nous aurions pu avoir si…

— Nous n'avons pas les moyens de nous payer plus de bande passante, tête de nœud ! Nous en avons pour notre argent, point barre.

— Du calme ! intervint Topher. Jusqu'à aujourd'hui, nous étions de petits joueurs, reconnaissons-le.

— D'accord, alors, qu'est-ce qu'on fait ? demanda Maurice.

— Je ne sais pas. Je croyais que tout était simple : je devais écrire des chansons, nous devions jouer le plus de concerts possibles et un jour ou l'autre, un producteur se pointerait pour nous proposer de faire un album. Ce n'est pas comme ça que ça fonctionne ?

— Que veux-tu que j'en sache, bordel ?

— Waouh, doucement ! protesta Robin.

Dehors, le chien du voisin se mit à aboyer. *Sans doute un orage qui approche*, pensa Topher.

— Et si on demandait à Stanton Porter ? proposa Peter.

Topher le regarda à travers la table.

— Ça ne va pas la tête ! Pourquoi cette idée ?

— C'est lui qui a lancé tout ça, non ? Il pourrait peut-être nous donner son avis.

Topher fit la grimace. Il n'avait pas oublié la réaction de Stanton, le premier jour, quand Topher avait tenté de lui soutirer des conseils.

— Je doute que ce soit une bonne idée.

— Pourquoi dis-tu ça ? demanda Robin.

— Parce qu'il n'est pas notre manager ! J'essaie seulement qu'il s'intéresse à moi.

— Foutaises ! lança Peter. Il a prétendu qu'il ne venait pas à notre concert en tant que critique et ça ne l'a pas empêché de parler de nous à la radio, hein ? Je n'aurais jamais cru qu'il ferait un truc pareil.

Topher se hérissa.

— Un truc pareil, c'est-à-dire ?

— Savais-tu qu'il comptait parler de nous – de toi – comme ça ?

Penaud, Topher baissa la tête.

— Il me l'aurait probablement dit si j'avais répondu à ses appels.

Peter avait l'air inquiet.

— Nous ne sommes pas prêts pour ça, soupira-t-il. Il nous a mis sous les projecteurs beaucoup trop tôt.

Robin haussa un sourcil.

— Trop tôt ? Sérieusement ?

— Nous faisons de la musique depuis l'école secondaire, intervint Maurice. Et nous avons déjà vingt-sept ans. Si nous devons être connus, mieux vaut hier plutôt que demain.

— Je sais, dit Peter, désolé. Je me disais juste qu'un conseil de pro ne nous ferait pas de mal.

Topher céda, désireux de ne pas décevoir ses amis.

— D'accord. Je peux lui passer un coup de fil et voir s'il a un moment à nous accorder.

— Si c'est bon, dis-lui de me rappeler, dit Peter. Je le mettrai sur haut-parleur. Ton téléphone est une vraie merde.

Topher sortit son téléphone et trouva le nom de Stanton. Il pressa le bouton et compta les sonneries. Stanton décrocha dès la première.

— *Salut, Topher. Au fait, j'ai mis* Beaches on the Moon *comme sonnerie associée à ton nom.*

Topher sourit.

— C'est gentil. Je suis avec les gars. Ils veulent te parler.

— *Oh, ils en ont après moi ?*

— Non. Ils veulent juste te demander conseil.

Silence. Puis Stanton reprit d'une voix tendue :

176

— *Ne me demande pas ça. J'aimerais rester en bons termes avec eux.*

— Pourquoi as-tu toujours cette étrange réaction ?

— *Parce que j'ai déjà vécu ça, ça finit toujours mal et je passe pour une brute. Je donne mon avis sans prendre de gants. Tu en as déjà fait l'expérience, non ?*

— Attends une seconde…

La main sur le combiné, Topher s'adressa à ses amis :

— Il dit que sa franchise passe souvent très mal. S'il accepte de vous parler, promettez-vous de ne pas le prendre personnellement et de ne pas lui en vouloir ? Maurice a raison, c'est son boulot d'être vache. Il ne va pas vous traiter en délicates violettes et ménager votre sensibilité.

— Nous comprenons, bien entendu, déclara Peter. Pour une fois qu'on nous traitera en adultes, on ne va pas s'en plaindre ! Pas vrai, les marmots ?

Les jumeaux acquiescèrent avec enthousiasme.

Topher reprit la ligne.

— Ils ont compris ta position, ça va aller, je t'assure. Je te promets qu'ils ne t'en voudront pas.

— *Je t'aurais prévenu*, soupira Stanton.

— Je comprends. J'assume l'entière responsabilité de ce qui suivra. Au fait, Peter préfère que tu appelles son portable, il te mettra sur haut-parleur, d'accord ?

— *A-t-il un iPhone ?*

— Oui. Voici son num…

— *Attends, laisse-moi prendre un stylo.*

Topher lui donna le numéro en question et raccrocha. Stanton rappela quelques secondes plus tard, Peter répondit, mit l'appel en haut-parleur et posa son iPhone sur la table.

— Tu es là, Stanton ? cria Topher. Tu m'entends ?

— *Oui, inutile de hurler. Salut à tous, jeunes gens, désolé de vous rencontrer comme ça, mais nécessité fait loi.*

— Je vais faire les présentations, déclara Topher. Voici Peter, Robin et Maurice. Les gars, vous connaissez tous Stanton Porter, le critique musical.

— Salut, Stanton, répondirent-ils tous ensemble.

— Veux-tu commencer ? demanda Topher à Peter.

— Bonjour, Stanton, je suis Peter Moses. Je comprends que vous nous avez donné notre chance – et nous vous en sommes très reconnaissants, bien entendu –, mais je ne sais trop comment en profiter au mieux.

Le silence résonna à l'autre bout du fil.

— Stanton ? appela Topher à mi-voix.

— *Je me demande par où commencer.*

— Bonjour, Stanton, je suis Robin Ackerman. Je voulais vous remercier. Franchement, vous êtes le premier à nous avoir remarqués, alors, vous avez plus que gagné le droit de nous dire tout ce que vous voulez. Notre vie n'a pas toujours été facile, nous avons le cuir épais, nous pouvons encaisser, ne vous en faites pas.

Topher se détendit, sachant que donner à Stanton la permission d'être lui-même était ce qu'il y avait de plus intelligent à faire.

— *D'accord...*

— Et c'est parti pour la dérouillée, marmonna Topher.

— *Qu'est-ce qui vous prend bordel de donner votre musique ? Je vous ai balancé des milliers de clients potentiels et vous n'êtes pas fichus d'en tirer profit ? Et parlons aussi de ce CD que vous avez distribué après votre concert de vendredi soir, qui a eu cette idée grotesque ?*

— Hum, répondit Robin, nous avions pensé que ce serait une bonne façon de nous faire connaître.

— *Vous visez quelles tranches d'âge ? Les seniors ? Je vous défie de trouver un seul ado à Austin qui possède encore un lecteur de CD. Même sur mon portable, je n'en ai plus. Nous sommes à l'heure du numérique. Combien vous ont coûté ces CD ?*

— Trois cents dollars.

— *C'était Peter, c'est ça ?*

— Oui.

— *C'est bien ce que je pensais. Peter, la prochaine fois que tu voudras jeter trois cents dollars, envoie-les-moi. Au moins, je me ferai plaisir avec. Vous avez gaspillé cet argent, purement et simplement. Vous agissez comme si nous étions encore en 1995 et que la seule façon de démarrer une carrière musicale dépendait d'un contrat d'enregistrement. Aujourd'hui, les musiciens intelligents visent d'autres médias. N'avez-vous jamais entendu parler des réseaux sociaux ?*

— Stanton, je suis Maurice Ackerman. Désolés, mais nous ne sommes pas très doués en technologie.

— *Maurice, je ne te parle pas d'être à la pointe de la technologie, mais de savoir chercher sur Google. Il n'y a qu'à taper :* comment mettre ma musique sur iTunes ? *C'est d'une facilité biblique, je vous le garantis. Et en plus, ça rapporte.*

Stanton fit une pause. Topher remarqua machinalement que le chien du voisin avait cessé d'aboyer.

— *D'accord, je respire un grand coup et je me calme,* reprit Stanton. *Il est important de comprendre les erreurs que vous avez commises pour ne pas les répéter et mieux organiser votre avenir. Vous êtes toujours avec moi ? Vous ne me détestez toujours pas ?*

— Pas du tout, au contraire, déclara Robin. Et je parle pour nous tous.

— *Bien. Quelle va être votre première action ?*

Topher avait la réponse.

— Mettre *Beaches on the Moon* sur iTunes et Amazon.

— *Oui. Il vous faudra un contrat d'agrégation. Les deux sites de ce genre les plus utilisés actuellement sont TuneCore et CDBaby. Regardez ce qu'ils proposent et choisissez celui qui vous convient le mieux. Vous leur paierez des honoraires et vous conservez tous les droits. Ils se chargeront de traiter avec Apple et les autres intermédiaires. Ensuite, et là, j'insiste, soyez dans la mouvance mobile. Vous devriez être sur Twitter tous les quatre, mais pas pour vous faire connaître. Plutôt pour faire connaître ce que vous aimez. Devenez partie prenante des conversations. Quant à votre site web, upgradez-le, redessinez-le, mais plus important encore, embauchez quelqu'un capable de vous créer une application, car le monde d'aujourd'hui vit sur son smartphone. Votre objectif devrait être que tout le monde ait votre musique sur son téléphone. En vous payant, bien entendu. Pour ça, il vous faut de la matière et des photos. Les fans voudront vous voir et mieux vous connaître. Même si MTV a abandonné il y a longtemps son M, les enfants regardent encore des vidéo-clips sur leurs téléphones. Vous devez en créer un pour* Beaches on the Moon, *le poster sur YouTube et envoyer le lien par mail à tous les blogs de musique que vous trouverez.*

— Un clip ? Ça va nous coûter bonbon, non ? s'inquiéta Robin.

— *Effectivement.*

— Nous n'avons pas d'argent, déclara Topher.

— *Si vous ne le faites pas tout de suite, vous raterez votre chance et Dime Box retombera dans l'oubli. Je vous donnerais bien cet argent, mais je sais que Topher ne l'acceptera jamais.*

— C'est évident !

Robin le regarda.

— Allez…

— Non, nous ne prendrons pas son argent. Point final.

— Je peux demander à mes parents, intervint Peter. De combien aurons-nous besoin ?

— *Dans les dix mille. Cherchez un cinéaste en herbe parmi les étudiants, c'est une énorme réserve. Vous y trouverez sûrement un fan enthousiaste et ravi de vous faire un clip. Essayez de négocier un contrat pas trop cher, quitte à le récompenser plus tard par des royalties.*

— Mes parents accepteront certainement de nous prêter dix mille dollars, déclara Peter.

— *Je peux les appeler et tenter de les convaincre.*

— Vous feriez ça ?

— *Oui, en échange, vous allez tous les trois vous liguer pour convaincre Topher de me laisser payer son billet d'avion pour New York. Je préfère qu'il dépense son argent d'une autre façon.*

Topher fit un bond.

— Quoi ? Il n'est pas question…

Robin lui jeta un regard incendiaire.

— Nous nous chargerons de lui, répondit-il à Stanton.

Résigné, Topher leva les mains et se tut.

— *Parfait. Maintenant que le plus dur est dit, passons au positif. J'aime ce que vous faites, les gars. Vous êtes très bien accordés, aussi bien musicalement que physiquement – et les jumeaux apportent une touche originale. Et votre chanteur a l'une des plus belles voix que j'ai entendues de toute ma vie. Votre faiblesse, c'est votre répertoire. Vous avez une seule bonne chanson, le reste…*

— … est rustique, termina Maurice.

— *Oui, en étant charitable. Topher, je crains que tout te retombe dessus. Après le buzz de ce matin,* Dime Box *peut démarrer sur* Beaches on the Moon. *C'est très bien, mais il va falloir faire plus un jour ou l'autre. Si tu ne t'en sens pas capable, il te faudra passer par d'autres auteurs-compositeurs.*

— Non, dit Maurice. Nous avons créé ce groupe pour jouer les chansons de Topher.

— *Parfois, une belle voix ne suffit pas, Maurice. Art Garfunkel n'aurait pas pu écrire* Bridge Over Troubled Water, *mais Paul Simon n'aurait pas su le chanter. Si Topher gâche sa voix parce que vous insistez pour garder des chansons médiocres, c'est un crime musical à mes yeux.*

— Alors, c'est tout ce qu'on a à faire ? demanda Topher. Mettre la chanson sur iTunes, faire une vidéo et espérer qu'elle devienne virale ?

— *J'ai d'autres idées, mais pour le moment, je pense que tout cela suffira à vous occuper pendant un mois. Vous ne pourrez pas monnayer la vidéo, mais elle stimulera les ventes numériques. En restant indépendants, vous gagnez plus avec vos ventes iTunes qu'un artiste avec un label. Un téléchargement peut rapporter jusqu'à soixante-neuf cents. Vous avez une calculatrice à portée de main ? Il vous faudra quinze mille téléchargements pour rembourser les parents de Peter. Rien que ce matin, vous en auriez eu le tiers. Vous comprenez pourquoi cette gratuité inepte m'a fait bouillir le sang ?*

Un tiers ? Plus de trois mille dollars ? Topher ouvrit de grands yeux, jamais il ne lui était venu à l'idée qu'ils auraient pu récolter autant.

— Je comprends, déclara Peter. Mais combien des cinq mille personnes qui l'ont téléchargée gratuitement auraient accepté de payer ?

— *Nous ne le saurons jamais, Peter.*

— D'accord, d'accord. Nous avons été idiots.

— *Vous étiez des novices, l'important est d'apprendre. Votre nom est désormais connu, les gars. Suivez votre instinct pour en tirer le meilleur parti.*

— Vous disiez avoir d'autres idées, intervint Maurice. Lesquelles ? Que pourrons-nous faire de plus ?

— *Il existe des moyens d'atteindre des millions de personnes à la fois. FUN, par exemple. Tout le monde le connaît depuis que* Glee *a utilisé une de leurs chansons. Il est trop tard pour cette saison, mais...*

Robin eut un petit rire plein de dérision.

— Comment diable pourrions-nous convaincre les gens de *Glee* d'écouter notre musique ?

— *Tu oublies qui je suis, Robin.*

Les garçons restèrent un moment sans voix. Puis Topher demanda, presque timidement :

— Tu vas nous aider ?

— *Oui, si vous êtes d'accord. J'ai dix mille personnes qui me suivent sur Twitter, dont mille au moins travaillent dans la musique, côté gros sous. C'est mon travail de promouvoir les groupes que j'aime. Je ne vous promets pas que* Glee *utilisera votre chanson, mais j'étais à l'université avec l'un des directeurs musicaux et je vous garantis qu'il l'écoutera. En plus,* Beaches on the Moon *correspond à ce qui les intéresse.* So You Think You Can Dance *aussi. L'une ou l'autre serait superbe pour une des ouvertures*

181

de saison, nous visons donc l'été prochain. Si en plus vous en arriviez dans le top dix sur iTunes, Saturday Night Live *vous passera un coup de fil.*

— C'est surréaliste, déclara Peter.

— Ça reste virtuel, leur rappela Topher.

— *Il y a encore un point sur lequel vous pouvez travailler en ce moment.*

— Lequel ? demanda Robin.

— *Retournez à Dime Box et jouez-y un concert. Commencez à le planifier dès maintenant. Il vous faudra réunir au moins mille personnes. Et que tout le village devienne un parking. Filmez votre concert, projetez-le sur des écrans géants, puis postez-le sur YouTube. Y a-t-il un signe distinctif visuel à Dime Box ?*

— Euh, un château d'eau, déclara Peter.

— *On voit Dime Box écrit dessus ?*

— Oui.

— *Les garçons, vous avez là votre première couverture d'album.*

LUCKY TOWN

STANTON S'ASSIT silencieusement à côté de Marvin et baissa les yeux sur ses mains. Quatre jours de passés, il en restait trois. Ils faisaient une *shivah* pour père de Marvin, qui venait de mourir. Il avait été diagnostiqué d'un cancer du cerveau durant leur dernière année à NYU. Stanton releva la tête : Hutch était de l'autre côté du salon des Goldstein. Les sourcils froncés, il surveillait Robert, Michael et Paul, qui commençaient à s'agiter dans leurs sièges. Même s'ils passaient tous les jours, en costume sombre et fine cravate, apporter leur soutien à Marvin et sa mère, ils restaient rarement plus d'une heure, incapable rester immobiles plus longtemps.

Trois cousins de Marvin étaient assis à côté d'eux. Après avoir sollicité la permission de Mme Goldstein, l'un d'eux se mit à raconter une anecdote de la vie de M. Goldstein. Stanton en profita pour se perdre dans ses pensées.

Assis bien droit dans son fauteuil, comme l'exigeait la coutume, il évoqua ce que Marvin, les quatre autres et lui avaient partagé depuis leur rencontre en juillet, quinze mois plus tôt. Il ne put retenir un sourire en repensant à ce premier week-end avec Hutch, au Jeu du Meilleur, à leurs torrides ébats dans le New Jersey Transit. Tout le reste de cet été-là, Marvin et lui s'étaient rendus tous les week-ends à Fire Island. Ensemble, ils passaient tous les six leurs journées à la plage et leurs soirées à cuisiner et à écouter de la musique. Marvin et Paul parlaient pendant des heures à côté de la piscine en buvant du vin. En revanche, en public, que ce soit pour danser au *Pavilion* ou prendre un thé au *Blue Whale*, c'était Robert et Michael qui prenaient Marvin sous leur aile et le présentaient aux hommes les plus populaires.

Quant à Stanton, toute son attention s'était concentrée sur Hutch. Leur entente manifeste provoquait sur l'île des potins et bien des regards envieux. Tous les jours, dès que Hutch quittait son travail au pub, les deux amants se promenaient sur la plage. Plus tard, ils passaient la nuit à faire l'amour sur la terrasse, sur le toit. Juste avant le lever du soleil, Hutch les enveloppait d'une couverture et Stanton s'endormait, lové dans ses bras. Étrangement, c'était toujours dans le lit de Hutch qu'il se réveillait vers midi, aussi son amant devait-il régulièrement l'emporter et le mettre au lit. Avant le déjeuner, ils recommençaient en général à baiser. Et pourtant, Stanton en voulait toujours plus.

Hutch ne cessait de lui répéter : « si tu veux une pipe, tu n'as qu'à me la demander, quelle que soit l'heure, je suis toujours partant. Je dois te satisfaire et je prends mes responsabilités très au sérieux. Si nous sommes en public, souffle-moi un baiser. Je comprendrai. »

À la fin de ce premier été, leurs vies se recentrèrent sur Manhattan. Marvin accrocha des photos de leurs nouveaux amis sur le mur de Brittany – un dortoir de NYU réservé à l'élite. Il avait mitraillé Hutch, Robert, Michael et Paul, vêtus en *drag queens* pour une fête privée – à laquelle Stanton avait catégoriquement refusé de participer – ou debout sur la plage, le dos à l'océan. Dans l'une des rares photos de plage prises par Stanton, Hutch au lieu de dire « *ouistiti* » avait préféré lui souffler un baiser.

Écoutant d'une oreille l'histoire du cousin de M. Goldstein, Stanton se sentait envahi de nostalgie : cette année estudiantine idyllique était désormais terminée. Marvin et lui avaient passé l'essentiel de leur temps chez Michael, dans l'appartement qu'il possédait au West Village, ou chez Paul, sur la place St Mark. Parfois, les six amis se retrouvaient au restaurant pour dîner, à *l'Empire Dîner*, au *Kiev*, au *Pizza Ray*, au *Café Figaro* ou au *Patio de Gene*. Une fois par semaine au moins, Hutch insistait pour aller prendre un dessert au *Rumbles*.

Stanton pensa ensuite à la première fois où tous ensemble, ils avaient pris le train pour aller dans le Queens. C'était Robert qui avait eu l'idée de rencontrer les parents de Marvin. Donc, un dimanche après-midi, tous sur leur trente et un, ils s'étaient rendus à Astoria. Par la suite, c'était devenu un rituel. Mme Goldstein leur préparait de somptueux repas, essayant des recettes qu'elle trouvait en regardant l'émission télévisée culinaire de Julia Child sur PBS. Avec Paul et Marvin, elle discutait des dernières comédies musicales de Broadway, *Dreamgirls* et *Nine* cette année-là. Robert et Michael parlaient jazz avec M. Goldstein. Hutch passait d'une conversation à l'autre et Stanton restait le plus souvent muet, ce qui ne le dérangeait pas, au contraire. Voir Marvin aussi heureux le comblait.

Chaque dimanche soir, avant de reprendre un train pour Manhattan, les six amis montaient sans bruit l'escalier pour se réunir dans la chambre qu'avait occupée Marvin adolescent. Une fois la porte close, ils partageaient un joint, ce qui leur permettait d'aborder le trajet de retour plus détendus. M. et Mme Goldstein fermaient les yeux. Au moment du départ, ils étreignaient chacun d'eux avec affection et leur glissaient dans la main un sac de friandises.

Une fois dans le train, Robert se lançait inévitablement dans une discussion sur l'état actuel de la musique en Amérique. Chaque semaine, il trouvait un sujet différent, « le New Wave et les justifications théoriques qui expliquent que nous le détestons » ou « L'essor de MTV et la chute du chanteur/compositeur ». Marvin appelait ces sessions : les Séminaires de la Plane dans le Métro. Les discussions s'égaraient souvent trop loin pour permettre à Stanton de tout suivre, mais il faisait toujours un effort pour poser des questions et apprendre le maximum de ce remarquable groupe dans lequel il s'était intégré par hasard.

Ils réussissaient à obtenir des billets pour presque tous les grands événements musicaux de New York : le concert de Simon & Garfunkel à Central Park, les Go-Go au Palladium et The Police au Madison Square Garden. Ils allèrent à l'opéra et à la symphonie, et virent *Hamlet* – joué par une femme – au Public Theater. Stanton savait que cette année-là resterait dans sa mémoire comme le commencement de sa vraie vie.

Toujours assis dans le salon des Goldstein, il évoqua l'été qui venait de s'achever. À la suggestion de Hutch, il travaillait comme barman au *Blue Whale*. Un boulot qu'il détestait, mais qui lui permettait de passer deux mois sur l'île avec son amant. Marvin s'était dégoté un stage au *New Yorker* et rejoignait le groupe presque chaque week-end.

La porte d'entrée des Goldstein s'ouvrit, arrachant Stanton à sa rêverie. Un vent glacial d'octobre souffla sur le plancher. C'était le rabbin de la synagogue que fréquentaient Marvin et sa mère. Il entra, suivi de plusieurs dames âgées. Hutch et ses amis se levèrent, abandonnant leurs sièges. D'un geste discret du menton, Paul désigna l'escalier à Stanton, indiquant par là qu'ils se rendaient dans l'ancienne chambre de Marvin. Du regard, Stanton consulta Marvin et obtint la silencieuse permission de les suivre. Ils montèrent sans faire de bruit et entrèrent dans la petite chambre. Robert, Michael et Paul s'assirent sur le lit, serrés les uns contre les autres. Hutch prit le fauteuil de bureau et Stanton s'installa sur ses genoux. Dès que Paul ouvrit la fenêtre, Michael sortit un joint de la poche de son blazer.

— L'hiver est presque là, annonça Robert.

Michael tendit à Paul le joint et son antique briquet en or. Paul l'alluma, tira dessus et le rendit à Michael.

— La mort me rend fou, déclara Paul.

185

— Avez-vous entendu ce qui est arrivé à John Monroe ? demanda Michael.

Robert récupéra le joint que lui tendait Michael avant de répondre :

— Non, ça fait des semaines que je ne le vois plus au gymnase.

— Normal, il est mort. Il a été enterré le week-end dernier. Ce cancer gay a un nom maintenant : le SIDA. C'est un acronyme.

Stanton accepta le joint de Robert et en prit une bouffée.

— Ça veut dire quoi ? demanda-t-il.

—Aucune idée, répondit Michael. Nous faisons partie des populations à haut risque au même titre les Haïtiens, c'est dingue, non ? J'ai entendu une blague à ce sujet l'autre soir chez Oncle Charlie.

Stanton présenta le joint devant les lèvres de Hutch pour lui permettre d'en prendre une bouffée. Hutch aspira et garda la fumée dans ses poumons.

— Et si nous n'en parlions pas ? plaida Robert.

Michael, l'ignora.

— Pourquoi refuses-tu d'annoncer à tes parents que tu as le SIDA ? demanda-t-il.

— Quoi ? hoqueta Stanton.

— Ne l'encourage pas ! s'écria Hutch.

— Essaie de les convaincre que tu es haïtien.

Hutch, haïtien ? Stanton trouva l'idée hilarante.

— Moi en tout cas, dit Paul, j'ai arrêté de coucher avec des inconnus.

— Comme si ça changeait quelque chose ! s'exclama Robert.

— Pourquoi pas ? demanda Hutch.

— C'est une maladie, déclara Robert, une épidémie, un virus, une nouvelle bactérie, je ne sais pas. Ils finiront par découvrir que le SIDA a une cause et une période d'incubation. Donc, ça s'attrape d'une personne déjà infectée, pas en couchant avec n'importe qui.

— Mais coucher droite et à gauche augmente quand même les chances d'être contaminé, non ? demanda Stanton.

— Nous pourrions tous être déjà infectés, continua Robert, et ne le découvrir que dans des mois, sinon des années. Certains des malades auront couché avec un millier de gars, d'autres, avec un seul. C'est le destin. Ne transformez pas cette maladie en argument moral contre le pluralisme sexuel.

— Ce n'était pas mon intention, déclara Paul. Je disais simplement que vu les circonstances, mieux vaut être chaste que mort.

Robert secoua la tête.

— Je refuse de vivre dans un monde où le sexe est banni.

— Et si nous changions de sujet ? insista Hutch.

— Oui, s'il vous plaît, intervint Stanton.

La porte s'ouvrit et Marvin entra.

— Salut, les gars.

— Entre et ferme la porte, dit Robert.

Michael prit Marvin par le bras et l'attira sur le lit.

— Comment ça va, mon pote ? demanda Stanton.

— J'ai mal au cul, se plaignit Marvin. J'en ai marre de rester assis.

— Avais-tu le droit de filer pour monter nous rejoindre ? demanda Hutch.

— Je m'en fous. J'ai besoin d'une pause. Je pense que Dieu me pardonnera.

Stanton tendit à Marvin ce qui restait du joint.

— Tu en veux ?

Marvin lui jeta un regard horrifié.

— Tu me vois planer à la *shivah* de mon père ?

— Chez toi, ça se remarque à peine, dit Paul. Tu restes cohérent.

— Et si tu as les yeux rouges, personne n'y pensera à mal, intervint Michael. Tu as la meilleure des excuses pour pleurer, non ?

Après une brève hésitation, Marvin accepta le joint et tira dessus. Il rendit ce qui restait à Paul, qui le déposa sur le rebord de la fenêtre

— Que va devenir ta mère ? demanda-t-il ensuite.

— Elle va entrer au club des veuves de la synagogue et me bassiner pour que je lui donne des petits-enfants. Elle est persuadée qu'un jour, les homosexuels seront autorisés à se marier et à adopter, alors, elle veut que j'aie prévu un compagnon et que je sois prêt à entamer les démarches dès le moment venu.

Avec un éclat de rire, Paul se frappa le genou et renversa la tête.

— Ta mère est un sacré numéro !

— Je lui ai dit qu'elle se faisait des illusions. Ce n'est pas demain la veille que seront abrogées les lois contre la sodomie.

— Quand vas-tu lui annoncer que le Prince Charmant que tu attends sera noir ? demanda Michael.

— Dès que j'en aurai rencontré un. Jusque-là, autant la laisser fantasmer sur un gentil petit gendre juif, de préférence médecin, avec lequel j'emménagerais juste en face de chez elle.

— Il y a des Juifs noirs, déclara Michael.

— Et des médecins noirs, ajouta Robert.

Tous deux se regardèrent et dirent ensemble :

— Mais je doute que tu trouves un médecin juif noir !

Marvin eut un rire saccadé, de toute évidence provoqué par l'herbe qu'il venait d'inhaler. Stanton comprit que mieux valait lui donner le temps de se reprendre avant de redescendre au rez-de-chaussée.

— Je pense que c'est possible, déclara Hutch. Je parle du mariage homosexuel,

— Tu plaisantes ? s'exclama Stanton. Et même si ça arrive, ce ne sera pas durant notre existence. Tu devrais plus souvent sortir de Manhattan. À l'ouest de l'Hudson River, le monde est différent. Aucun de vous n'en est conscient.

— Pourquoi diable un gay voudrait-il se marier ? jeta Robert. C'est une institution créée et dirigée par des femmes.

— Personne ne s'attend à te voir croire à la monogamie, déclara Michael.

— J'ai de la suite dans les idées, rétorqua Robert. J'aimerais coucher avec toi, bien sûr, mais je comprends les raisons de ton refus. Sinon, consolez-vous, les gars. Nous sommes ensemble, tous les six, c'est tout ce qui compte.

— Pendant que j'y pense, dit Paul à Robert, as-tu déjà nos billets pour *Torch Song Trilogy* ? Ça a débuté en juin, merde ! J'ai l'impression que nous sommes les seuls gays de Manhattan à ne pas l'avoir vu.

— Je les ai, dit Robert, alors, arrête de râler, Janet.

Une main tapa sur l'épaule de Stanton.

— Il est presque dix-sept heures, annonça Hutch. Il va falloir rentrer. Nous sommes attendus ce soir à vingt heures pour dîner chez mes parents. Nous aurons à peine le temps de prendre une douche et de nous changer.

Robert se tourna vers Stanton.

— Oh, tu rencontres la famille ce soir ?

Stanton hocha la tête.

— Oui. Aurais-tu des conseils à me donner ?

— Non, répondit Michael, rien ne peut te préparer au choc de rencontrer Joseph Mead. Il est encore pire que mon père.

Hutch serra l'épaule de Stanton.

— Ne l'écoute pas. Je serai avec toi et en rentrant, tu pourras me baiser jusqu'à ce que j'aie du mal à m'asseoir. Qu'en dis-tu ?

Stanton fit semblant de peser la question.

— Le marché me paraît honnête. Mais ce serait encore mieux si tu promettais de m'emmener au *Saint* ce week-end.

Seuls Hutch, Robert et Michael étaient membres de la célèbre boîte de nuit. Paul, Stanton et Marvin y entraient au titre d'invités.

— Tu me forces la main, mais d'accord, déclara Hutch. Et si nous y allions tous, les gars ? Serait-ce trop tôt pour toi, Marvin ?

— Non. La *shivah* a pour objectif de se libérer de son chagrin afin de pouvoir continuer à vivre. Aller danser me paraît une excellente idée.

Stanton embrassa Hutch.

— Parfait ! N'oublie pas quand même que je n'ai rien de sophistiqué, alors si je te fais honte devant ta famille, je n'y peux rien. Je suis un plouc.

— Au moins, il est honnête, dit Robert à Hutch.

— Foutaises ! déclara ce dernier. Son père est allé à l'université et il travaille dans un bureau. On est très loin de Jethro Clampett.

— Peut-être, déclara Stanton, mais quand même, je ne me sens pas prêt du tout à ce qui m'attend ce soir. Et puis tu confonds tout. Jed Clampett, c'est le père fermier [25] et le neveu débile s'appelle Jethro Bodine.

TROIS HEURES plus tard, Stanton et Hutch arrivaient chez les Mead, sur Fifth Avenue. La résidence surplombait Central Park. En sortant de l'ascenseur, ils furent accueillis par une femme de chambre.

— Bonjour, Anita, dit Hutch.

Il enleva son manteau et le lui tendit. Stanton suivit son exemple.

— Voici mon ami, Stanton.

Anita hocha la tête et disparut dans un couloir, à gauche. Une grande pièce faisait face à l'entrée, avec des baies vitrées qui donnaient sur le parc.

— Waouh ! Quelle vue ! C'est somptueux ! marmonna Stanton entre ses dents.

Un homme d'une cinquantaine d'années – *le père de Hutch, sans doute*, pensa Stanton –pénétra dans le salon par une autre porte. Il s'arrêta net en les voyant.

— Bonsoir, Chris, dit-il.

— Bonsoir, papa. Voici Stanton. C'est mon père, Joseph Mead.

---

25 Personnages de la série télévisée américaine *The Beverly Hillbillies*, (non diffusée en France).

Sans dire un mot, M. Mead s'approcha et échangea une poignée de main avec Stanton. Il se tourna ensuite vers Hutch.

— Je viens d'avoir ton grand-père au téléphone. Il a eu vent d'une opportunité à Newport. Je lui ai dit de t'appeler.

— Papa, tu sais très bien que je ne suis pas…

— Que risques-tu à l'écouter, mon fils ?

Stanton, un peu étonné, vit Hutch se recroqueviller sous le regard impérieux de son père. C'était malheureusement un sentiment qu'il ne connaissait que trop.

— Très bien, je l'appellerai la semaine prochaine.

M. Mead donna à son fils une bourrade dans le dos. Il le prit ensuite par le bras et l'entraîna dans un autre couloir, lui faisant quitter le salon sans se soucier de la présence immobile de Stanton. Hutch jeta un coup d'œil par-dessus son épaule et s'excusa en silence de l'abandonner. Stanton hésita, sans trop savoir s'il devait suivre les deux hommes ou les attendre, mais son dilemme ne dura pas : Hutch et son père disparurent de sa vue. Stanton se tourna vers les fenêtres et profita de l'occasion pour reprendre ses esprits. Peut-être allait-on l'oublier ? Il ne se plaindrait pas de rester ici, tranquille, à admirer les arbres du parc éclatant des vives couleurs de l'automne.

Dans son dos, l'ascenseur privé bourdonna et un « *ding* » discret annonça une autre arrivée. Anita réapparut. Elle parut surprise de le trouver seul dans la pièce.

— Ne vous inquiétez pas, dit-il, mi-figue, mi-raisin. Je ne compte pas dérober l'argenterie.

Les portes de l'ascenseur s'ouvrirent et une femme sortit de la cabine. Elle avait entre vingt-cinq et trente ans, de beaux cheveux bruns et des yeux sombres. Elle portait une tenue élégante et très moderne sans pour autant être extravagante.

Elle sourit en voyant Stanton.

— Seriez-vous le compagnon de Chris ?

— Oui. Je suis Stanton Porter.

Un homme l'accompagnait. Il enleva son manteau et le tendit à Anita.

— Que faites-vous ici tout seul, Stanton ? demanda-t-il.

Stanton hésita brièvement, puis se décida à être franc.

— Je ne sais pas. Nous avons croisé Joseph Mead en arrivant, puis il est reparti avec Hutch en me plantant là.

La femme secoua sa tête.

— Seigneur ! Ton père n'a aucune manière !

— Norma, s'il te plaît…

Elle avança jusqu'à Stanton et se présenta.

— Je suis Norma Mead. Et voici mon mari, Carl, le frère aîné de Chris.

— Enchanté de vous rencontrer, dit Stanton en leur serrant la main à tour de rôle.

— Je suis certain qu'ils sont dans le bureau, dit Carl à Norma. Je vais aller secourir Chris.

Il embrassa sa femme sur la joue et disparut dans le couloir.

— Venez, dit Norma à Stanton, profitons d'un moment de tranquillité avant de faire face au peloton d'exécution.

Elle se dirigea vers l'un des canapés blancs, s'y assit, puis tapota le siège à côté d'elle. Stanton la rejoignit.

— Merci.

— Ne prenez pas personnellement l'accueil que vous avez reçu, Stanton.

— Que voulez-vous dire ?

— Mon beau-père agit toujours ainsi. Il n'a rien d'un monstre, mais sa conduite porte parfois à en douter. Si vous voulez survivre aux Mead, apprenez à rire de leurs petites manies, comme je le fais. Carl et moi sommes mariés depuis deux ans, et la glace commence seulement à diminuer – et je n'ai pas dit à fondre !

— Que peuvent-ils vous reprocher, Norma ? Vous êtes parfaite !

— Ah, je vous aime déjà, mais je suis née dans une famille modeste. Bref, je n'ai pas le sang bleu.

Stanton gloussa.

— Nous ne sommes pas en Angleterre !

— L'Upper East Side est tout aussi snob que la noblesse britannique, je vous le garantis.

— Diable, cet après-midi même, je disais justement à Hutch que j'étais un plouc. Peut-être pourrions-nous nous serrer les coudes pendant les réunions de famille ?

Norma posa sa main sur celle de Stanton.

— Bien sûr. Et j'ai une bonne nouvelle à annoncer ce soir, de quoi soulager une partie de la pression qui pourrait peser sur vous.

— Ah, bon ? Comment allez-vous y prendre ?

— Je suis enceinte.

— Mes félicitations.

— Merci.

— Non, merci *à vous*, insista Stanton. Un fils gay et son compagnon palissent devant une nouvelle aussi grandiose. Et la mère, comment est-elle ?

Norma fit la moue.

— Vous ne tarderez pas à la rencontrer. Elle ressemble à Nancy Reagan, en plus figée.

CETTE NUIT-LÀ, après des ébats intenses ayant duré bien plus d'une heure, Stanton et Hutch gisaient entrelacés sur le lit. Stanton passait une bonne moitié de ses nuits ici, chez Michael. Il trouvait pratique cet appartement situé à quelques minutes à pied de son dortoir. Hutch y avait sa chambre, Michael et Robert occupaient la plus grande et la troisième restait inoccupée.

— Quelle étrange journée ! déclara Stanton

— Je sais.

— Parfois, on se pose des questions, tu ne crois pas ? Le père de Marvin est mort, le tien... bon, passons. Que dirais-tu que nous nous installions ensemble l'an prochain, dès que j'aurais mon diplôme ?

— D'où te vient cette idée ?

— Ça ne plaît pas ?

— Si, mais...

— Mais quoi ? insista Stanton

— Il faut d'abord que tu avoues la vérité à tes parents. Je ne vivrai pas avec un homme dans le placard. Et tu le sais.

— Je ne suis pas...

— Si. Je t'accorde que tu as fait du chemin, et j'adore ça, mais il te reste le dernier cap à franchir. Je ne cache pas à ma famille ce que tu es pour moi.

Stanton s'écarta pour le dévisager.

— Tu cites ta famille pour m'inciter à parler à mes parents ? Ton père m'a ignoré toute la soirée, comme si je n'existais pas. Quant à ta mère...

— Fais attention à ce que tu vas dire !

Stanton inspira un grand coup, puis secoua la tête.

— D'accord, excuse-moi. Je dirai tout à mes parents dès que j'aurais passé mon diplôme. C'est promis.

— Je ne prendrai pas notre relation au sérieux avant que tu le fasses, tu en es conscient, j'espère ?

— Oui, mais… j'ai peur des conséquences de cet aveu. Ça va très mal se passer.

— Tu n'en sais rien.

— Oh, si ! Ça s'arrangera peut-être avec le temps, dans une vingtaine d'années peut-être, mais sur le coup, ça va les tuer. Surtout mon père.

— Ils m'aimeront dès qu'ils me connaîtront mieux.

— Tu ne comprends pas. Je doute qu'ils acceptent de te rencontrer. Et ne parlons pas de te recevoir ! Même moi, je serai sans doute *persona non grata* une fois qu'ils seront au courant.

— Tu es sérieux ?

— Oui. L'ambiance chez tes parents était un peu tendue ce soir, mais au moins, ton père ne m'a pas jeté dehors à peine sorti de l'ascenseur. Nous ne serons pas les bienvenus chez mon père. J'en suis certain.

— Oh. Je ne savais pas que c'était à ce point.

— Ce sera pire. Alors, laisse-moi encore quelques mois de répit, d'accord ? D'ici là, je promets de te donner de bonnes raisons de prendre notre relation au sérieux.

Hutch l'attira contre lui.

— Être avec l'amour de sa vie est une grande responsabilité, Starsky. J'ai un mal fou à te refuser quoi que ce soit

Avec Hutch enroulé autour de lui, Stanton resta étendu sur le dos, les yeux au plafond, à regarder les ombres dessiner sur le plâtre blanc.

Tout à coup, Hutch demanda :

— Quelle chanson des Beatles préfères-tu ?

— Tu le sais déjà.

— Dis-le quand même.

— *I Want to Hold Your Hand*.

— Alors, fais-le, tiens-moi la main, dit Hutch, un sourire dans la voix.

Il noua ses doigts à ceux de Stanton. Celui-ci roula sur le côté pour le regarder.

— Excuse-moi de t'avoir laissé seul ce soir, enchaîna Hutch.

— Hein, quand ?

— Quand nous sommes arrivés et que mon père m'a entraîné dans son bureau,

— Oh, ce n'est pas grave. J'ai discuté avec Norma. Elle est sympa.

— Tu as plu à mon frère, tu sais. Et mon père finira par céder. Donne-lui un peu de temps pour s'y faire.

— Tu es adorable avec moi. Et très patient.

193

Hutch secoua la tête.

— Mais non !

— Si, insista Stanton, c'est vrai.

— Pas du tout.

— Je t'aime, Hutch.

— Moi aussi, Starsky. Au fait, il faudra qu'on trouve un truc sensass pour Marvin et sa mère quand ils auront fini leur sitting.

— Nous allons la convaincre de nous rendre visite et leur préparer à dîner.

— Pour Thanksgiving ! Nous les inviterons pour qu'elle n'ait rien à faire. C'est parfait ! Cette fête est justement basée sur la famille et le partage ! Et cette année, j'ai de quoi rendre grâce, j'ai beaucoup reçu.

— Nous n'étions pas censés passer Thanksgiving avec ta famille, au St Regis ? Ce sera bien la première fois que j'y mettrai les pieds.

— Non, pas cette année. Nous resterons ensemble, comme un vrai couple.

— Hutch, qu'est-ce que tu as ?

Hutch garda le silence un moment.

— Mon père refuse que tu viennes pour Thanksgiving.

— Quoi ?

— Il préfère ne pas devoir expliquer ta présence à mes grands-parents.

— Ah ! dit Stanton avec amertume. La différence de classe finit par se sentir.

— Du coup, je lui ai annoncé que je ne viendrai pas non plus.

— Tu ne devrais pas faire ça.

— Si, bien sûr. À certains carrefours, il faut savoir prendre position. Si un homosexuel convaincu accepte de dîner en famille le jour de Thanksgiving sans son amant, rien ne changera jamais.

Stanton sourit.

— D'accord. Nous allons commencer une nouvelle tradition, alors. Maintenant, peux-tu me faire plaisir ?

— Oui, comment ?

— La journée a été difficile. J'aimerais que tu chantes pour moi. J'adore ta voix, elle me réconforte, surtout quand…

— Tu n'as pas à te justifier. Que veux-tu que je te chante ?

Stanton y avait réfléchi toute la journée.

— Sais-tu quelle chanson est sortie l'année de ma naissance ?

— Non.

— *Can't Help Falling In Love.*

— Elvis ? J'ai un doute. Ma voix correspond mal à sa musique.

— C'est l'une des plus belles chansons d'amour de tous les temps ! affirma Stanton.

— D'accord, d'accord. Je vais essayer. Pour toi. Ça devrait être intéressant. Attends, je me mets dans l'ambiance.

Dès que Hutch commença à chanter, parlant des hommes sages et des sots, Stanton ferma les yeux. Il aimait croire que Hutch l'aimait ainsi. Il aurait voulu croire, comme le prétendait la chanson, que l'amour s'imposait envers et contre tout.

AU DÉBUT du mois de novembre, Stanton, Marvin et Hutch reprirent leurs petits-déjeuners du samedi matin, tradition interrompue pendant la maladie de M. Goldstein. Ils se retrouvaient chez *Sandalino*, sur Barrow Street, un petit café chaleureux et accueillant avec de minces portes battantes et aucun panneau sur la devanture. Stanton affirmait qu'on y mangeait les meilleures gaufres du Village. Ce samedi-là, Marvin et Hutch eurent une violente controverse au sujet d'un morceau de musique. Stanton vidait son assiette et les écoutait sans intervenir.

— Comment peux-tu dire que *4'33"* est de la fumisterie ? cria Hutch. Tu es sérieux ou tu joues à l'avocat du diable ?

— Je suis sérieux, rétorqua Marvin. Je n'ai pas consacré ma vie à la musique pour m'entendre dire que quatre minutes trente-trois secondes de silence représentent une composition. C'est une insulte à tous les auteurs-compositeurs. Toi qui en fais partie, tu devrais être de mon avis.

Stanton leva la main, pour signaler qu'il aimerait bien une parenthèse explicative.

— C'est ton tour, Hutch, déclara Marvin.

Hutch se tourna vers son amant et expliqua :

— Alors, voilà : *4'33"* est une composition de John Cage constituée de silences – temps pendant lesquels un musicien ne joue pas de son instrument. Ce n'est pas du silence au sens littéral, comme le soutient Marvin, mais quatre minutes trente-trois secondes de bruits ambiants. C'est une brillante représentation de la question la plus importante qu'un musicien peut se poser.

Stanton hocha la tête.

— Qu'est-ce qu'est la musique ? proposa-t-il.

— Exactement. Nous passons notre vie à faire de la musique, à la chanter, à en parler, à disséquer la moindre note, mais nous ne tentons presque jamais de la définir ou de nous demander ce qui la distingue du bruit ambiant, ou même du silence. Est-elle uniquement par son contenu ou la réponse d'un public ?

— Comme l'arbre qui tombe dans la forêt ? ajouta Stanton.

— Oui, pourquoi pas ? La musique existe-t-elle si personne ne l'écoute ? En fait, Cage s'intéresse à une question encore plus complexe. Si nous supprimons le contenu, la réponse seule peut-elle encore être considérée comme de la musique ? Peut-on écrire une chanson pendant laquelle le musicien ne joue pas de son instrument ? Il a prouvé que oui. Un public symphonique sophistiqué écoutera-t-il quatre minutes trente-trois secondes de néant ? Il a prouvé que oui.

— Cela ne fait pas de son expérience de la musique, insista Marvin.

— Alors qu'est-ce que c'est ? Puisque tu parles de fumisterie, parlons de ta conception des droits d'auteur. D'après toi, un compositeur qui écrit une chanson la contrôle, c'est ça ? Tu penses que la musique est palpable, comme du brouillard collé au mur d'un immeuble.

— Bien sûr, déclara Marvin. C'est pourquoi ont été inventés les notes, les gammes et le papier à musique. Je ne compte pas abandonner tout bon sens pour apaiser ta sensibilité postmoderne. N'importe qui, en écoutant *Mickey* de Toni Basil, est capable de dire : « C'est *Mickey* de *Toni Basil* », même si un autre le chante. Et si j'utilise cet exemple, c'est parce que Stanton l'écoute en boucle.

— Hé, se défendit Stanton, c'est un pur morceau de paradis pop.

Hutch l'ignora, concentré sur Marvin.

— Dis-moi, si je change les paroles et modifie la mélodie, cette chanson cessera-t-elle d'être *Mickey* de Toni Basil ?

Stanton décida de sauter dans la mêlée.

— Ça a déjà été fait, dit-il.

Les deux autres tournèrent vers lui un regard éberlué.

— Que veux-tu dire ? demanda Marvin.

— La chanson originelle s'appelait *Kitty*. Ça parlait d'une fille, alors, ils ont mis Toni Basil pour indiquer un gars, mais ce sont les mêmes paroliers.

— Tu vois ! lança Marvin à Hutch. Le bon sens.

Stanton s'amusait beaucoup.

196

— Je comprends vos deux points de vue. Hutch, sois franc. Quatre minutes trente-trois secondes de rien du tout et le gars fait payer les gens pour ça ? C'est de la fumisterie. En revanche, Marvin, l'idée que les compositeurs puissent contrôler ce que devient leur musique est absurde. Je suis certain que jamais Beethoven n'a envisagé une version disco de la Cinquième Symphonie, elle est pourtant sur la bande-son de *La Fièvre du Samedi Soir*. Et je trouve que le silence est justement ce qui rend la musique possible. Cela lui est aussi nécessaire que l'obscurité à la lumière. Alors, le but de ce John Cage n'était certainement pas de faire un remake musical *des Habits neufs de l'Empereur* [26].

Marvin secoua la tête, frustré.

— Tu devais être de mon côté, Stanton ! Ne vois-tu pas à quel point réclamer vingt-cinq dollars la place pour regarder un musicien *ne pas* jouer est inepte ?

— J'ai dit que je comprenais vos deux points de vue. C'est un peu ridicule, je l'admets, mais c'est aussi ce que tu admires le plus. C'est-à-dire…

À travers la table, Hutch pointa son doigt sur Marvin.

— Un blasphème ! Ah, c'est bien trouvé !

— Bon sang ! grommela Marvin. Vous me connaissez bien ! Si j'y pense comme à un blasphème, je ne serai pas capable d'y résister, mais ça ne change rien à mon opinion fondamentale. Cage pose des questions importantes, je le concède, mais ces questions sont du domaine de la théorie et de la critique. Quel est l'intérêt de ridiculiser ce qu'on essaie de comprendre ?

— D'après toi, les questions fondamentales sont interdites aux artistes ? demanda Hutch.

— Je n'ai pas dit ça. Je dis juste que si tu veux écrire une chanson sur la nature – ce qui serait mortellement ennuyeux, reconnaissons-le –, fais-le, mais sans pisser sur ma tête en prétendant qu'il pleut. Et c'est ce qu'a fait Cage. D'ailleurs, n'a-t-il pas renié ce morceau par la suite ?

— Non, pas du tout.

— Assez ! intervint Stanton. Parlons d'autre chose.

— Il n'aime pas autant que nous les conflits verbaux, déclara Marvin.

— Je sais.

Hutch mit le bras autour de Stanton et enchaîna :

26 Conte d'Hans Christian Andersen.

— C'est amusant, Starsky. Et tes interventions ont été très pertinentes.

— Je commence à m'y faire. Mais je reste trop ignorant pour vous suivre.

Marvin agita la main.

— Ne dis pas ça ! Tu sais des choses que nous ne connaissons pas.

— Oui, en effet. J'en connais un bout sur les chanteurs qui n'ont eu qu'un seul titre à succès.

— Et je ne vois pas pourquoi tu n'utiliserais pas tes atouts pour faire carrière, insista Marvin. Nous avons eu cette conversation mille fois. Tu as la sensibilité musicale d'une ado de treize ans.

Stanton se hérissa et chercha en Hutch un allié :

— Tu entends comment il me parle ?

Hutch avait du mal à réprimer un fou rire.

Marvin soupira.

— Stanton, je n'ai pas dit que tu avais *le cerveau* d'une gamine de treize ans ! Qui achète de la musique, à ton avis, sinon les ados ? Tu es intelligent, je le sais, tu pourrais apporter un œil neuf au journalisme musical si tu réussissais à filtrer ta sensibilité à travers un bon sens critique.

— Pourquoi ma sensibilité ne pourrait-elle pas suffire ?

— Parce que ça ne marche pas comme ça !

— C'est toi qui le dis ! Et vous vous trompez tous les deux en pensant que « meilleur » et « préféré » sont des notions différentes.

— Tu parles exactement comme John Cage, déclara Hutch.

— Je t'aime beaucoup, dit Marvin à Stanton. Si tu prends personnellement tout ce que tu entends, plus personne ne voudra parler musique avec toi.

Stanton fit la moue.

— Quand tu me compares à une fille de treize ans, j'ai du mal à ne pas le prendre personnellement.

Marvin leva les bras au ciel.

— Désolé. J'essaierai d'éviter ce genre de comparaisons à l'avenir.

— Surtout pas ! protesta Stanton. Si tu prends des gants avec moi, je ne ferai aucun progrès.

— Tu ne sais pas ce que tu veux ! se plaignit Marvin.

Manifestement exaspéré, il se tourna vers Hutch et demanda :

— Qu'allons-nous bien pouvoir faire de lui ?

— Je ne sais pas. Mais je ne le renverrai pas à la fourrière, il est trop adorable.

En guise de punition, Stanton lui envoya son coude dans les côtes. En vérité, il aimait être taquiné, ce que ses deux amis savaient parfaitement.

Ce jour-là, chez *Sandalino*, Stanton se demanda ce que l'avenir lui réservait. S'il n'avait jamais eu de grandes ambitions, ce n'était pas le cas de Hutch et de Marvin, d'après la lueur qui brillait parfois dans leurs yeux. Dans ce même quartier avaient grandi Allen Ginsberg et Jack Kerouac, alors d'après Stanton, tout était possible.

Il leva son jus d'orange.

— J'aimerais porter un toast.

Marvin et Hutch levèrent également leurs verres.

— À l'avenir ! lança Stanton. Je trouve réconfortant de penser que la route qui s'étale devant nous est plus longue que celle que nous avons déjà parcourue.

— D'accord, répondit Marvin, buvons à un brillant avenir. Sinon, la vie ne vaut pas la peine d'être vécue.

Huch adressa à Stanton un clin d'œil complice.

— Il a tout le ciel ouvert devant lui.

LIVING PROOF

EN CONDUISANT Topher à l'aéroport, Travis lui donnait de derniers conseils :

— Si tu prends le métro tout seul, vérifie bien dans quelle direction tu vas. J'ai une fois confondu les faubourgs et le centre-ville, je l'ai regretté, vieux. Tu as la trouille ?

— Ça ne va pas tarder si tu continues à me le demander, répondit Topher.

— Désolé, Rock Star.

— Ne dis pas ça, je n'ai rien d'une célébrité…

— Tu as cent mille hits sur YouTube !

— Et alors ? De nos jours, ça ne compte pas, c'est une goutte d'eau dans un seau.

— Alors, tu n'as pas la trouille ?

Topher réfléchit avant de répondre.

— Non, je suis plus excité que nerveux. Je n'arrive pas à croire que ce voyage ait mis tant de temps à s'organiser !

Cinq semaines s'étaient écoulées depuis qu'il avait rencontré Stanton au festival SXSW. Il regarda par la vitre les bleuets – fleurs symboliques du Texas – qui poussaient le long de l'autoroute. Il évoqua tout ce qui s'était passé depuis ce week-end fatidique du mois de mars dernier. Topher et ses amis avaient travaillé d'arrache-pied comme cela ne leur était encore jamais arrivé. En moyenne, ils n'avaient pu dormir que quatre heures par nuit. Suivant les conseils de Stanton, ils avaient embauché pour Dime Box un jeune étudiant cinéaste, Kai Jackson. Maurice et lui s'étaient connus à l'UT. Pour le clip vidéo, Kai avait dans l'idée de présenter Austin, ses sites emblématiques et ses environs. Enchantés du concept, ni Topher ni les autres n'avaient compris que cela leur demanderait d'aussi longues heures.

Travis conduisait la vitre baissée et chantait un air des Rascal Flatts. Topher se tourna vers lui. En entendant parler de la vidéo, Travis avait suggéré à Dime Box de prendre Jake, le copain de Jason, comme assistant-réalisateur. « *Il ne parle que d'aller à Hollywood et se lancer dans la réalisation ! Pour lui, participer à votre projet serait un rêve devenu réalité.*

En plus, il vous aidera gratuitement et il a des tas d'idées. » Finalement, en plus de Jake, Jason, Quentin, et plusieurs de leurs amis mirent également la main à la pâte, ne réclamant en échange de leurs efforts que de la pizza à volonté. Les jeunes bénévoles s'étaient dévoués sans compter pour tenir les délais de production dans les meilleures conditions possibles.

Tout à coup, Travis cessa de chanter et demanda :

— Vas-tu parler à Stanton de ce que t'a demandé Quentin ?

— Je vais essayer, mais n'espère pas un miracle.

Début avril, à la fin d'une journée particulièrement longue et éprouvante, Quentin s'était approché de Topher, les mains dans les poches.

— Euh, j'ai un service à te demander. Travis m'a dit que tu comptais revoir Stanton ?

— Oui. Je vais à New York dans quelques semaines.

— J'ai un projet à réaliser pour l'école.

— Quel genre de projet ?

Quentin avait hésité avant de répondre :

— Cela concerne la réincarnation. J'aurais besoin de toi et de Stanton.

— Oh. Je pourrais te demander « pourquoi moi ? », mais je pense deviner la réponse.

— Je voudrais que tu passes un test du dalaï-lama avec trois objets que Stanton te remettrait et j'en ferai un documentaire. Jake s'occupera du film et des questions techniques, caméra et montage. Ce serait vraiment cool.

— Un test du dalaï-lama, c'est quoi ?

— Parmi ces trois objets, un seul appartiendra à… l'autre.

— Et je dois trouver lequel ?

— Oui. Tu acceptes ?

— Moi, oui, mais je doute que Stanton soit d'accord. J'aimerais t'aider, Quentin, vraiment, mais il ne croit pas à la réincarnation.

— Ce n'est pas vrai ! C'est lui qui a abordé le sujet !

— Je sais, mais tu te souviens de ma réaction, hein ? Depuis, il ne veut plus en parler.

— Mais enfin, Topher, tu n'aimerais pas en savoir davantage ? Tu es quand même le premier concerné !

— Oui, je sais, et oui, j'aimerais. Mais Stanton s'est buté. Il ne veut pas que je me prenne pour un substitut de Chris Mead. Et dire que c'est moi qui ai lancé cette accusation en premier lieu ! J'aurais mieux fait de réfléchir avant de parler, ce soir-là !

— Mais ce test, ce sera une preuve.

— Non, pas pour Stanton. Il dira que c'est une coïncidence – après tout, j'ai une chance sur trois de tomber juste. C'est énorme !

— Donc, tu vas en rester là ?

— Certainement pas. Je compte aller au fond des choses, d'une façon ou d'une autre. Mon avenir en dépend peut-être. Mais je doute qu'un lama puisse m'aider.

— Le *dalaï-lama*, avait corrigé Quentin. C'est un titre spirituel.

— Quoi ?

— Laisse tomber. Si Stanton change d'avis, préviens-moi, d'accord ?

— Oui, bien sûr.

S'arrachant à ses réminiscences, Topher réalisa qu'un silence chargé d'orage régnait dans l'habitacle. Il jeta un coup d'œil à Travis, qui avait les sourcils froncés et l'air contrarié.

— Qu'est-ce que tu as ?

— N'espère pas un miracle, ça veut dire quoi ? Tu sais combien je tiens à ces garçons.

— Je t'ai déjà dit que Stanton est buté. Il refuse d'aborder le sujet. Je doute de pouvoir le convaincre de changer d'avis.

À nouveau, Topher tourna la tête vers la vitre. Il pensa avec un sourire à Stanton et aux fréquents appels téléphoniques échangés presque toutes les nuits durant les cinq dernières semaines. Ils avaient même communiqué pendant ce séjour professionnel en Californie. Le week-end, quand Topher n'avait pas à se lever tôt le lendemain, les communications duraient des heures. Déterminé à exploiter au mieux les connaissances encyclopédiques de Stanton concernant la musique pop, il lui posait d'innombrables questions. Bien entendu, il écoutait aussi chacun de ses reportages sur NPR, puis le harcelait pour en savoir davantage, curieux de connaître tout qui se déroulait en coulisses. Stanton lui avait appris à décortiquer une chanson pour en comprendre sa structure. Il lui avait aussi déconseillé d'utiliser un unique mot pour décrire une idée ou un concept, de crainte d'être ensuite limité, sinon piégé par ce mot.

Une nuit, à la surprise de Topher, Stanton avait passé le combiné à Chester Bennington, le chanteur de Linkin Park, qui l'avait salué en souhaitant bonne chance à Dime Box et au clip vidéo de *Beaches on the Moon*. Sous le choc, Topher avait failli pisser dans son pantalon. Ce souvenir lui arracha un petit rire.

— Je ne vois pas ce que j'ai dit de drôle, grommela Travis.

Sans répondre, Topher repensa à son bref échange avec Chester Bennington. Il vibrait d'enthousiasme quand Stanton avait repris la ligne.

— J'adore ton travail ! Je n'arrive pas à croire que je viens de parler à Chester Bennington. J'ai l'impression d'être un ado ! Tu le connaissais déjà ?

— *Non. Du groupe, je n'avais rencontré que Mike Shinoda. Leur nouvel album est presque prêt. Il est superbe. Tu verras !*

— Quand sortira-t-il ?

— *En juin, mais les chansons commenceront à être diffusées dès le mois prochain sur* All Things Considered.

— Robin et Maurice étaient verts quand je leur ai dit où tu étais. Ils sont dingues de *Hybrid Theory* et affirment à qui veut l'entendre que Linkin Park leur a sauvé la vie.

— *Si je comprends bien, ils ont eu une enfance difficile ?*

— Oui, un vrai cauchemar ! Leurs parents étaient tous les deux accros au meth. Ils vivaient dans la misère, dans un vieux trailer au bord de l'arène.

— Il y a une arène à Dime Box ?

— On l'appelle comme ça. Chaque été, c'est là qu'il y a le rodéo. Pour en revenir aux jumeaux, ils étaient encore en primaire quand les Ackerman ont levé le pied un beau matin. Robin et son frère se sont réveillés dans un trailer vide.

— *Que sont-ils devenus ?*

— Personne ne le sait. Nous n'avons jamais plus eu de leurs nouvelles.

— *Non, je parlais de Robin et Maurice ?*

— Ma mère les a recueillis. À l'époque, elle était déjà veuve et Trisha était partie à Austin, nous avions donc une chambre à leur proposer. Maurice est hyper brillant, il a obtenu une bourse pour l'UT. Voilà pourquoi ils adorent Linkin Park et Chester Bennington en particulier. Voilà pourquoi ils vont me haïr quand je leur dirai que je l'ai eu au téléphone.

— *À propos de téléphone, je voulais te demander : as-tu encore ce souci de vibrations fantômes ?*

— Non. Ça s'est arrêté. Pourquoi ?

— *Comme ça. Je me posais juste la question.*

Travis claqua des doigts pour attirer son attention.

— Hé, la Terre appelle Topher Manning !

— Oui, désolé. Je pensais à Chester Bennington.

— Tu es censé penser à Stanton, je te le rappelle.

— Je n'ai pensé qu'à lui ces cinq dernières semaines. Laisse-moi tranquille.

— Très bien, dit Travis. Retourne à tes rêveries.

Topher évoqua ce qu'avait fait Stanton une fois revenu de Californie : il lui avait envoyé un lien YouTube pour *Get Here* d'Oleta Adams. En l'écoutant, Topher avait éclaté en sanglots – et bien failli sauter sur un avion sans plus attendre. À la place, il avait répondu à Stanton de la même façon, en envoyant une chanson des années quatre-vingt-dix : *It's Written All Over My Face*, par Banderas. Stanton répondit par le remix de Dave Aude concernant *What Makes You Beautiful* d'One Direction. Puis Topher avait envoyé *Call Me Maybe* de Carly Rae Jepsen.

Toute une conversation via des titres de chansons.

Viens ici.

C'est écrit sur mon visage.

Ce qui te rend si magnifique.

Appelle-moi peut-être.

Revenant au présent dans le pick-up de Travis, Topher prit son portable dans sa poche.

— Qui appelles-tu ? demanda Travis.

— Personne. Je veux juste relire un texto que Stanton m'a envoyé l'autre nuit.

Il dut chercher un moment dans l'historique de leurs nombreuses conversations pour le retrouver :

Tout le ciel ouvert.

En recevant ce texto, une nuit, Topher avait aussitôt rappelé Stanton.

— Pourquoi m'as-tu envoyé ça ?

— *C'est dans la vidéo de* Call Me Maybe. *Un des types a ce tatouage sur la poitrine.* Tout le ciel ouvert.

— Comment as-tu eu le temps de le voir ? As-tu mis le clip image par image ?

— *Peut-être. Je suis content que tu m'aies appelé. Parlons de ta visite.*

Son séjour à New York avait dû être repoussé à cause des exigences du clip, mais finalement, une date fut fixée : fin avril. La semaine précédente, Dime Box avait posté sur YouTube sa vidéo de *Beaches on the Moon*, qui fut visionnée cent mille fois en sept jours. En conséquence, entre iTunes et Amazon, il y eut dix mille téléchargements – et six mille neuf cents dollars de royalties. Le prêt consenti par les parents de Peter était déjà remboursé à moitié.

Travis quitta l'autoroute pour prendre la sortie de l'aéroport.

— As-tu regardé un des pornos gays dont je t'ai parlé ? demanda-t-il.

Topher sursauta et se retourna pour le regarder.

— Pardon ?

— Tu as très bien entendu.

Topher grimaça.

— Oui, j'en ai regardé une partie, mais je ne trouve pas ça très éducatif. Franchement, comment peut-on filmer ses ébats surtout quand c'est la première fois qu'on tâte du sexe gay ? Imagine un peu que leur mère tombe là-dessus ! Ce qui m'a le plus énervé, c'est le cinéma qu'ils font pour se déshabiller. Je cherchais à me mettre dans l'ambiance et le mec n'est même pas foutu d'enlever son jean parce qu'il est occupé en même temps à tailler une pipe à son copain ? Franchement ? Je me suis mis à hurler devant mon écran : « *arrête de jouer au con, tu es ridicule !* »

Travis éclata de rire et se frappa le genou du poing.

— Et pourquoi gardent-ils leurs chaussettes ? continua Topher, sur sa lancée. C'est anti sexy !

— Tu as raison, confirma Travis entre deux hoquets. Ben aussi insulte l'écran quand il voit ça

— Et je n'aurais jamais imaginé qu'on baise autant dans un garage automobile, continua Topher, pensif.

— Hé, pourquoi pas ? Il m'est arrivé d'entraîner Ben sous une voiture.

— Hein ? C'est vrai ?

— Bien sûr. Il faisait nuit, j'avais les clés. Ça l'a excité de voir où je travaillais. Il m'a demandé d'enfiler ma combinaison et m'a penché sur un établi. Nous avons fini par terre, sous la voiture. C'était dément ! Beaucoup de gays fantasment sur un mécano couvert de graisse et de gas-oil. C'est bon à savoir, non ? Autant utiliser tous nos atouts, tu ne crois pas ? Hé, nous sommes tous les deux des ouvriers qui travaillent de nos mains, tandis que Stanton et Ben sont des hommes sophistiqués et cultivés. Les extrêmes s'attirent, c'est bien connu.

Quand Travis arrêta Topher devant le terminal de l'aéroport, il se pencha par la vitre pour lui lancer un dernier conseil :

— Quand tu lui feras ta première pipe, n'oublie pas de garder la mâchoire très souple pour ne pas t'étouffer. Et si tu es à genoux devant lui, lève les yeux pour le regarder. Ben adore ça.

LE VOL d'Austin à New York se passa sans encombre. C'était la seconde fois que Topher prenait l'avion : il avait déjà passé un week-end à Las Vegas avec sa mère et sa sœur. Au téléphone, la nuit précédente, Stanton lui avait conseillé d'opter pour un taxi en arrivant, le bus ou le train étant trop compliqués.

— *Tu prends un taxi ou je viens te chercher. Ne t'inquiète pas du prix, je paierai.*

— Pourquoi est-ce que j'atterris dans le New Jersey ? avait demandé Topher.

— *Parce que l'aéroport de Newark est juste en face de New York, de l'autre côté du fleuve. Nous ne sommes plus au Texas, où il faut six heures de route pour changer d'État.*

Une fois sorti de l'aéroport, Topher trouva un taxi et envoya un texto à Stanton pour le prévenir qu'il était en route. À la sortie du Holland Tunnel, il découvrit Manhattan. Une exaltation silencieuse monta en lui.

Il sortit à nouveau son téléphone et appela Robin.

— Mec, je suis à New York.

— *Comment c'est ?*

— Sensass.

— *Dis bien à Stanton que nous avons tous hâte de le rencontrer. Nous lui parlons si souvent au téléphone qu'il semble déjà faire partie de la famille.*

— Je le lui dirai. Combien de téléchargements hier ?

— *Mille deux cents. Si ça continue, nous aurons remboursé les Moses d'ici la semaine prochaine. Et il nous restera de l'argent.*

— Ce n'est pas encore la richesse, mais au moins, c'est amusant.

— *C'est plus que trois mois de salaire. Qui aurait pu l'imaginer ?*

— Moi. Ça fait des années que je ne pense qu'à ça. Nous sommes prêts.

— Je *sais. Je dois quand même me pincer de temps en temps.*

— Je vais devoir raccrocher. Je suis presque arrivé.

— *Envoie-moi un texto plus tard.*

Topher rangeait son téléphone au moment où le taxi s'arrêta devant l'immeuble de Stanton, « à Hell's Kitchen, dans le West Side, entre la 43d Street et la 11th Avenue », même si ces indications ne signifiaient rien pour lui.

206

Stanton l'attendait devant l'entrée. Avec ses cheveux un peu trop longs, il était plus beau que jamais. Il portait un short et un débardeur NYU qui mettait ses bras en valeur. Il approcha et vint ouvrir la portière de la voiture.

— Bienvenue à New York. Désolé, je n'ai pas eu le temps de me changer, je sors à peine de la gym. Il fait incroyablement chaud pour un mois d'avril.

Topher s'extirpa du taxi. Sans dire un mot, il étreignit Stanton, ferma les yeux et se blottit contre lui. Un bout d'un long moment, il recula et ouvrit les yeux. Stanton souriait.

— Bon sang ! s'exclama Topher. J'avais oublié que tu étais aussi beau !

— Arrête de dire des bêtises. Où est ton sac ?

— Sur la banquette.

Stanton s'occupa de payer le chauffeur pendant que Topher récupérait son bagage et claquait la portière. Le taxi s'éloigna.

— Je viens d'avoir Robin au téléphone, annonça Topher. Les gars ont tous hâte de te rencontrer.

— As-tu faim ?

— Je meurs de faim.

— Allons poser tes affaires chez moi, puis nous irons déjeuner.

Il conduisit Topher dans l'immeuble, salua le portier et prit l'ascenseur. Il habitait au trente-troisième étage. Quand les portes de la cabine se refermèrent sur eux, Topher ressentit un étrange malaise : il trouvait Stanton guindé, presque froid. Les portes se rouvrirent avec un « *ding* » discret. Stanton sortit le premier et s'engagea dans un couloir. Tout au bout, il ouvrit une porte. Son appartement était lumineux et moderne, avec un salon, deux chambres et une vue panoramique sur New York.

Topher s'approcha de la fenêtre.

— Waouh ! Après Dime Box, ou même Austin, ça décoiffe. Je me sens soudain très dépaysé !

Stanton sourit et secoua la tête. Il désigna la porte de droite.

— C'est la chambre d'ami. Installe-toi. Tu peux prendre une douche, si tu veux de détendre après le vol, il y a une salle de bain attenante.

— Merci, ça va aller.

Il entra dans la pièce et posa son sac sur le lit, les sourcils légèrement froncés : il n'avait pas l'intention de dormir dans la chambre d'amis ! Il tourna les talons, revint au salon et passa devant Stanton pour retourner devant la baie vitrée. Stanton le suivit, regardant lui aussi la ville étalée à leurs pieds.

— C'est quoi, ce fleuve ? demanda Topher.

— L'Hudson.

— Alors, sur l'autre rive, c'est le New Jersey ?

— Oui. C'est de là que Springsteen est originaire.

— C'est plein de gratte-ciel ! Je comprends mieux pourquoi les journaux parlent de New York comme d'une jungle de béton. C'est quoi ce bâtiment couronné de lettres rouges ?

— Le *New Yorker*.

— Oui, c'est écrit dessus. Cool ! Il est vachement haut !

Après un moment de silence, Stanton déclara !

— Je suis content que tu sois là.

— Moi aussi.

Topher hésita à l'embrasser, puis décida d'attendre un meilleur moment.

— Tu n'avais pas parlé de me nourrir ? enchaîna-t-il.

— Quoi ? Ah, oui, bien sûr. De quoi as-tu envie ?

— De pizza.

— Bonne idée ! New York est réputée pour ses excellentes pizzas.

— J'en jugerai après y avoir goûté, rétorqua Topher.

— Ça ne m'étonne pas de toi. Bon, nous allons allez chez *Claudio*. Ce n'est pas très loin, nous pouvons nous y rendre à pied.

— Pas de problème. Je te suis.

En parcourant pour la première fois les rues de New York, Topher essayait d'emmagasiner le maximum d'images, d'odeurs, mais surtout de sons.

— Il y a un bruit terrible ! hurla-t-il pour se faire entendre.

Une fois installés chez *Claudio*, ils passèrent commande : pizza et soda pour chacun. Puis Stanton évoqua le clip vidéo de *Beaches on the Moon*.

— Je vérifie sans arrêt votre lien YouTube, annonça-t-il. Je crains de fausser les résultats : un pour cent au moins de vos cent mille hits vient de moi.

— D'après Robin, nous aurons remboursé les parents de Peter dès la semaine prochaine.

— Et bientôt, tu n'auras plus de problème pour payer tes billets d'avion. Tu seras devenu une rock star.

— Ah ! Travis aussi m'appelle comme ça. Bon, quand je serai riche et célèbre, je t'emmènerai peut-être en voyage quelque part.

— Où ?

— Je ne sais pas. Pourquoi pas Hawaï ? J'ai toujours eu envie de visiter Hawaï. Je veux un endroit avec des plages.

— En parlant de plages, j'ai remarqué que tu commences à utiliser BotM comme acronyme pour *Beaches on the Moon*. Arrête tout de suite.

— Pourquoi ?

— Tu débutes dans le monde gay, mais Travis t'a certainement expliqué ce qu'était un passif – un *bottom* en anglais ?

— Oui, et alors ?

Puis Topher comprit l'analogie.

— Oh ! BoTM… *bottom* ! C'est marrant ! L'acronyme de ma première chanson à succès évoque la sodomie ! C'est un signe !

Stanton changea de sujet.

— Comment progresses-tu dans ton écriture ?

Topher leva les yeux au ciel.

— Je pourrais écrire une autre *Beaches on the Moon*, mais je ne pense pas que nous devrions suivre l'exemple de Sum 41.

— Tu ne veux pas faire de la musique commerciale même si c'est rentable ?

— Exactement.

— Alors, écris une chanson différente.

— J'essaie – et je n'y arrive pas.

— Tes chansons sont-elles toujours enfermées dans ta tête ?

— Oui. Quand je me mets à mon bureau pour écrire, il me vient des fragments, des phrases inachevées, des mots sans queue ni tête. J'entends dans le lointain un air triste à briser le cœur, mais comme s'il venait d'une autre pièce, hors de ma portée.

— Chris avait le même problème.

Stanton se figea en réalisant les mots qui venaient de lui échapper.

— Merde ! marmonna-t-il.

Il mangea un moment en silence, puis déglutit et affronta le regard de Topher :

— Je suis vraiment désolé. Je ne comptais pas te reparler de lui.

Topher réfléchissait toujours à ce qu'il venait d'entendre.

— C'est vrai ? Il avait le même problème que moi ? Et si c'était la clé ?

Il sirota son Coca en cherchant comment aborder le problème. *Ne le pousse pas dans ses retranchements,* s'exhorta-t-il.

— Écoute, Stanton, reprit-il, j'ai vraiment envie que nous en parlions, si tu es d'accord, bien sûr.

Stanton ne répondit pas.

— Je ne reste pas très longtemps, insista Topher. Tu trouves que c'est le moment de bouder ?

— Je ne boude pas, répliqua sèchement Stanton. Si tu tiens absolument à parler de lui, évitons au moins que ce soit en public.

— Tu es gonflé ! C'est toi qui as commencé !

— D'accord, excuse-moi. Oublions ça, veux-tu ? Tu viens à peine d'arriver. Je préfère que nous nous concentrions sur nous deux : Stanton et Topher.

Topher céda et accepta la diversion.

— Et c'est toi qui tiens le sommet de l'affiche ? Pourquoi ce ne serait pas : Topher et Stanton ?

— Tu connais le dicton : *l'âge avant la beauté.*

Topher éclata de rire et se remit à engloutir sa pizza.

Après le déjeuner, ils retournèrent en flânant chez Stanton. En chemin, Topher interrogea son compagnon sur ce qu'il pensait de *Somebody That I Used to Know*, de Gotye.

Changeant instantanément d'humeur, Stanton se lança avec entrain dans un discours sur la pop culture et le pouvoir des médias sociaux, capables de transformer une chanson relativement banale en phénomène mondial.

De retour dans l'appartement, Topher vint à nouveau admirer le panorama devant la fenêtre. Le soleil s'était couché, Manhattan de nuit s'offrait à lui.

— Veux-tu une bière ? proposa Stanton de la cuisine.

— As-tu de la Shiner ?

— Non, désolé. J'en ai cherché, sans en trouver. J'ai de la Heineken. Tu veux y goûter ?

— Bien sûr. Ce n'est pas pour la bière que suis venu à New York.

Stanton le rejoignit avec deux bouteilles. Il en remit une à Topher.

— *L'chaim*, dit Stanton.

Levant sa bière, Topher répondit :

— Santé.

Il en prit une gorgée et la fit tourner dans sa bouche pour en apprécier les saveurs. Puis il avala. Stanton le dévisageait.

— J'ai un truc à te dire, commença Topher.

— Je t'écoute.

— Je n'ai pas beaucoup d'expérience.

— De quoi parles-tu ?

— J'ai couché avec des filles… quatre seulement. Et pour être franc, ça ne m'a pas laissé un souvenir inoubliable. Je n'y ai jamais réfléchi, je ne me suis jamais demandé si j'étais peut-être gay. *A posteriori*, le simple fait que je ne me sois pas davantage interrogé me paraît… bizarre. Je croyais simplement que le sexe m'intéressait peu. Je n'ai jamais été amoureux. Ces filles, je ne les ai jamais considérées comme importantes, sentimentalement parlant.

— Où veux-tu en venir ?

— Je sens bien que toi, tu es sacrément expérimenté. Sauf avec les filles, peut-être. Tu dois me trouver… novice. C'est peut-être pour ça que tu es devenu si froid. Tu as des doutes, c'est ça ?

Stanton sirota sa bière, les yeux détournés vers la fenêtre.

— Tu as raison. Oui, j'en ai.

— Tu me l'as déjà dit, mais j'avais espéré que… après tout ce temps, après nos conversations, j'espérais que tu avais peut-être changé d'avis.

La bouche de Stanton frémit.

— J'admets m'être beaucoup amusé au cours de ces dernières semaines. J'ai vraiment apprécié de te parler musique, mais ça ne peut durer éternellement. Je vis à New York et toi, à Austin. Et puis, il y a notre différence d'âge. Désolé, mais je me sens obligé de te dire que…

— Non, s'il te plaît !

— … que j'ai l'âge d'être ton père.

— Je me fous de ton âge !

— C'est normal, tu es jeune. Ce n'est jamais Ashton Kutcher qui attire moqueries et quolibets, c'est Demi Moore.

— Seuls les sales cons se moqueraient de toi, tu n'as qu'à te ficher de ce qu'ils pensent ou disent.

Il n'avait pas du tout envisagé leurs retrouvailles de cette façon. Il avait cru qu'après s'être sautés au cou, ils allaient se déshabiller et se précipiter dans le lit le plus proche.

Se détournant de la fenêtre, il retourna vers le canapé et s'y installa. Il but sa bière le temps de réfléchir à sa stratégie.

— Bon, reprit-il après un moment de silence tendu, parle-moi de ces détails que lui et moi avons en commun.

— Pardon ?

Topher cita les paroles qui le hantaient depuis plusieurs semaines :

— Chez les Walsh, tu as dit « *des détails qu'il me faudrait trop de temps à t'expliquer* ». Je veux savoir ce que tu entendais par là.

— Je t'ai déjà dit que le sujet était clos ! s'emporta Stanton.

— Peuh ! Qui penses-tu protéger au juste ? Pas moi, manifestement. Je t'ai posé une question claire et j'attends la réponse. Viens ici, assois-toi à côté de moi.

Stanton obtempéra sans mot dire.

— Pourquoi cette insistance ? demanda-t-il, presque anxieux. Ça ne sert qu'à rien.

— C'est toi qui le dis. De toute façon, vu ton attitude je n'ai plus rien à perdre. Alors, parle et laisse-moi décider par moi-même. J'espère aussi que comprendre ce qui s'est passé il y a vingt-cinq ans m'aidera à débloquer ces chansons dans ma tête.

Stanton céda. Il soupira puis se lança :

— Très bien, allons-y. Pour commencer... Air Supply. Il aimait ce groupe, comme toi. Ensuite, tu utilises souvent des formules que je l'ai entendu dire... *Le diable est dans les détails*, par exemple... Et tu m'as embrassé en entendant *Thunder Road*. C'est Chris, en 1981, qui m'a emmené à mon premier concert de Springsteen... Nous avons échangé notre premier baiser pendant *Thunder Road*.

Topher le dévisagea, bouche bée.

— Et tu ne penses pas que c'est significatif ?

— Si, mais le sens que j'accorde à ces similitudes n'est pas celui auquel tu penses. Vous avez tous les deux réagi à *Thunder Road*. Pour toi, c'était juste une... révélation de ta véritable orientation sexuelle. Si nous nous séparons, je suis certain que tu ne retourneras pas vers les femmes. Je sais combien accepter sa nature peut être difficile. J'ai vécu ça autrefois. Un jour ou l'autre, Topher, il te faudra reconnaître la vérité, au moins pour toi.

— Quelle vérité ?

— Tu es gay.

— Et alors ? C'est censé me traumatiser, c'est ce que tu crois ? Tu te fous le doigt dans l'œil ! Je peux gérer mon homosexualité !

— Tu aurais dû suivre ton premier instinct et rejeter tout lien avec lui. Ce ne sont que des coïncidences.

— Il y en a d'autres ?

— Peut-être. Rien d'important.

— Dis-moi !

Stanton fit une pause. Topher sentait sa frustration et son désir de ne pas aller plus loin. Pourtant, il le fit d'une voix très basse.

— Sensass.

— Quoi ?

— Il le disait tout le temps... Sensass. Et lui aussi me soufflait des baisers, comme toi. Et il m'a demandé si je préférais le beurre de cacahuète lisse ou croquant. Et il avait promis de me chanter un jour *Bridge Over Troubled Water,* ce qu'il n'a jamais fait... Je crois qu'il comptait le garder pour les cinq ans de notre rencontre, mais il a disparu avant... et une de tes chansons s'appelle *Saltwater Kisses.* Quand je l'ai embrassé pour la première fois, je lui ai dit que ses lèvres avaient un goût de mer, il a prétendu qu'il était à moitié poisson et qu'il nageait tous les jours.

— Pourquoi *prétendu* ?

— Plus tard, j'ai découvert qu'il utilisait un baume hydratant salé.

— J'ai senti un goût de sel juste avant de t'embrasser, se souvint Topher.

— Et alors ? C'était sans doute un début de déshydratation. Une réaction physiologique tout à fait banale.

— Tu es décidé à trouver une explication rationnelle à toutes ces similitudes ?

— Oui. Air Supply a de nombreux fans, de tous les âges. Beaucoup de gens disent sensass, beaucoup soufflent des baisers ou préfèrent le beurre de cacahuète lisse. Et *Bridge Over Troubled Water* reste une des meilleures chansons au monde, même après toutes ces années. Alors, oui, j'ai une explication rationnelle pour ces similitudes entre toi et lui. Et la réincarnation n'est qu'un fantasme auquel tu te raccroches, je ne sais pas pourquoi.

— Donc, tu y as réfléchi et tu es arrivé à une conclusion

— Oui.

— Avec un ou deux points communs – ou trois ! –, je pourrais croire à des coïncidences. Mais neuf, princesse ? Faut pas pousser !

— Ne dis pas n'importe quoi ! Ce sont des *détails* ! Ils te paraissent importants parce que je viens de t'en parler, mais ce sont des banalités sans signification particulière ! J'aurais dû me taire, bon sang, tout est de ma faute !

213

— Tu deviens ridicule. As-tu vraiment besoin de te mettre dans un état pareil pour une évidence qui crève les yeux ?

En voyant Stanton devenir ponceau, Topher comprit qu'il avait poussé le bouchon trop loin.

— Excuse-moi, s'empressa-t-il de dire. Je veux juste savoir un truc : que te faudrait-il pour accepter d'y croire ?

Stanton le dévisagea longuement.

— Une preuve irréfutable.

— *Irréfutable* ?

— Oui. Tout ce que tu sais de lui, tu l'as entendu de moi, de Travis ou de Ben. Si tu étais vraiment… lui… tu devrais t'en souvenir, non ?

— Je ne crois pas que ça marche comme ça. Et je comprends mal ton scepticisme borné après tout ce que tu viens de me raconter !

— Je préfère rester dans la réalité plutôt que vivre dans un fantasme dangereux pour mon équilibre mental. J'avoue m'être laissé tenter pendant ce premier week-end à Austin, j'ai cru un moment que… ta réaction m'a ramené sur terre.

— J'aimerais que tu cesses de me renvoyer ça dans les dents, comme si tout était de ma faute. J'ai réagi trop vite, c'est tout ! Merde !

— Non, tu as eu raison. Tu as défendu ton droit à exister en tant que personne à part entière. Je ne sais pas ce qui m'a pris de suggérer que… un accès de folie temporaire, sans doute. Le perdre m'a été atrocement douloureux, mais la page est close.

Topher garda le silence. Dans la rue en dessous, une ambulance passa, toutes sirènes hurlantes. Jusqu'à cette minute, il n'avait pas réfléchi au fait que Chris Mead était mort du sida et que Stanton lui avait probablement tenu la main jusqu'à la fin.

— En fait, tu préfères ne pas envisager la possibilité que ce soit possible !

Stanton haussa les épaules.

— Peut-être. S'il te plaît, n'insiste pas. Je l'ai perdu une fois, je ne supporterai pas que ça recommence.

Ce plaidoyer cloua le bec à Topher. Plusieurs minutes après, il finit par quitter le canapé.

— Je vais dormir dans la chambre d'amis, annonça-t-il. Pas parce que je boude, simplement parce que je suis fatigué. Nous sommes partis du mauvais pied.

— Très bien, concéda Stanton, manifestement soulagé. La journée a été longue.

— Désolé si mes questions t'ont saoulé. Je parle souvent sans réfléchir. Je ne sais même pas ce que je cherchais, au juste. À partir de maintenant, ce sera seulement toi et moi, comme tu me l'as demandé à la pizzeria.

— Merci.

— J'espère qu'une bonne nuit de sommeil me remettra les idées en place.

— J'en suis certain, répondit Stanton.

— À demain, dors bien.

Peu après, Topher s'enfermait dans la chambre qui lui avait été attribuée et se déshabillait rapidement. Il se coucha dans le lit douillet, la tête sur des oreillers moelleux. Recroquevillé sur lui-même, il ferma les yeux et s'endormit sans difficulté.

QUAND IL se réveilla, la pièce était sombre et silencieuse. Il leva la tête et se tourna vers une lueur rouge sur la table de chevet : un réveil digital. Il était trois heures du matin.

Il tenta de déglutir, mais sa bouche était trop sèche. Il sortit du lit, ses pieds nus s'enfonçant dans la moquette épaisse. Il passa dans la salle de bain attenante et se rinça la bouche à l'eau froide. De retour dans la chambre, il ouvrit son sac de voyage et en sortit sa trousse de toilette, sa brosse à dents et son dentifrice. Après un nouveau passage dans la salle de bain, il revint de coucher, les yeux grands ouverts, l'oreille aux aguets. L'appartement était silencieux.

Peu après, Topher entendit Stanton traverser le salon en direction de la cuisine. Il quitta son lit et ouvrit sa porte. Stanton avait dû ouvrir le réfrigérateur, car un rai de lumière perçait l'obscurité. Il se servait un verre – *du jus d'orange*, pensa Topher, sans en être certain. Une fois la porte du réfrigérateur refermée, tout redevint sombre.

Silhouette immobile sur le pas de sa porte, Topher regarda Stanton retraverser le salon vers la chambre principale.

— Hé, dit-il.

Stanton fit un bond avant de s'arrêter, une main sur le cœur.

— Merde, tu m'as fait peur.

— Désolé. Tiens, nous portons la même tenue pour dormir : un boxer blanc. Savais-tu que certains hommes préfèrent le caleçon ? Il paraît

215

que c'est une des premières questions qu'on se pose mutuellement dans un couple gay. Pour nous, ce problème-là, au moins, est réglé.

Stanton gloussa.

— Tu n'arrives pas à dormir ? demanda Topher.

— Si, mais je me réveille souvent pendant la nuit.

— C'est la première fois que je te vois torse nu.

— C'est embarrassant, non ?

— Certainement, mais pas pour toi. Tu es plus musclé que moi.

Topher avança vers Stanton et s'arrêta à une trentaine de centimètres. Il nota que la respiration de Stanton s'accélérait.

— C'est étrange.

— Quoi donc ?

— Ta présence me donne confiance en moi.

— Tu veux dire que tu n'es pas toujours comme ça ?

— Moi ? Non, jamais.

— Excuse-moi pour cet éclat de tout à l'heure, déclara Stanton.

— Aucune importance. D'après moi, tu as tort, mais là n'est pas la question. Nous ferons ce que tu voudras, comme tu le voudras.

Topher baissa les yeux vers l'érection de Stanton visible à travers le fin coton de son boxer. Maintenant que sa vision s'était adaptée à l'obscurité du salon, il la distinguait parfaitement.

— Tu parais bien membré ! Quelle taille fait ta queue ? demanda-t-il.

— Je n'ai jamais mesuré.

— Menteur !

Stanton se figea, pensif.

— Je pense qu'il vaudrait mieux nous abstenir, déclara-t-il, d'un ton contraint.

— De quoi ?

— Ne cherches-tu pas à me séduire ?

— Tu es gonflé ! Tu te trimbales à poil dans ta cuisine et c'est *moi* que tu accuses de te séduire ? Allez, princesse ! C'est mon premier rodéo, d'accord, mais j'ai même vu *Le Lauréat*.

— Tu es le premier homme de ma connaissance capable d'utiliser cette métaphore du rodéo en restant authentique.

— Normal, je suis Texan. Regarde la vérité en face, Stanton : tu n'as jamais connu un homme comme moi.

— C'est vrai. Tu sais que si nous baisons, ce sera sans retour en arrière possible ?

216

— Bien sûr que je le sais ! J'y compte même. Ça te pose un problème ?

— Je l'ignore. Comme je te l'ai déjà, j'ai des doutes.

— En clair, si je cherche à te caresser, tu vas me repousser ?

— Non, je n'en aurai certainement pas la force, reconnut Stanton. Je perds toute volonté avec toi.

Topher eut un grand sourire.

— Alors, je peux abuser de toi ? C'est bien ce que tu me dis ?

— Oui, je crois.

— J'ai une question à te poser...

— Vas-y.

— Bon, quelle que soit ta réponse, ça ne changera rien pour moi. Je suis conscient des risques et nous utiliserons des préservatifs de toute manière.

— Tu veux savoir si je suis HIV positif ?

— Oui.

— Eh bien non. Le test est sorti l'année où Chris est tombé malade. Marvin a insisté pour je vérifie le plus tôt possible mon état de santé, je n'étais pas infecté. Je comprends mal comment j'y ai échappé... peut-être parce qu'il ne m'a jamais baisé.

— Jamais ?

— Non, et nous avons passé quatre ans ensemble.

— J'entends comme un regret dans ta voix, fit remarquer Topher.

— J'aurais aimé changer de rôle parfois, il n'a pas voulu. Sans le savoir, il m'a sauvé la vie. Nous n'avons jamais utilisé de préservatifs. À l'époque, nous n'y pensions même pas.

Topher lui adressa un clin d'œil.

— Tu as vu ? Tu as parlé de lui tout à fait naturellement !

— Oh, excuse-moi, je...

— Non ! Ne t'excuse pas ! C'est très bien, c'est comme ça que ce doit être.

— D'accord. Je suis désolé si...

En entendant Topher rire, Stanton s'interrompit puis se joignit à lui. Topher se rapprocha, tendit la main et caressa Stanton. Celui-ci eut un gémissement étouffé.

— Je ne pense qu'à ça, déclara Topher.

Stanton ferma les yeux.

— Hmm ? À quoi ?

— À te baiser. Je pense à ton cul, à la sensation que j'aurais en le pénétrant…

Tout en parlant, il masturbait Stanton plus vigoureusement et sentait les frissons qui le parcouraient.

— … et je veux te sucer, découvrir le goût que tu as. J'y pense beaucoup aussi.

— Oh, mon Dieu !

Topher eut un sourire de prédateur.

— Ça me fait bander.

— Quoi donc ?

— Te voir comme ça. Au fait, j'ai aussi été testé, je suis négatif.

— Je n'en doutais pas, souffla Stanton.

Topher le lâcha.

— J'ai toujours utilisé des préservatifs.

— Tu as eu bien raison. Et nous en userons aussi ce soir.

— Tu t'es résigné au fait que ça va arriver ?

— Peut-être.

— Dis-le.

Stanton hésita, mais il finit par murmurer :

— Ça va arriver.

Malgré la faible luminosité, Topher vit le désir briller dans ses yeux bruns.

— Touche-moi, ordonna-t-il.

Stanton tendit la main et du bout des doigts, lui caressa doucement le bras. Topher frémit, la peau hérissée de chair de poule. Il se hissa sur la pointe des pieds et embrassa Stanton.

— J'avais raison, déclara-t-il, quand il s'écarta.

— À quel sujet ?

— C'était bien du jus d'orange.

Il se jeta sur lui et se mit à dévorer sa bouche avec autant de violence que si le barrage Mansfield [27] avait cédé. Son corps pressé contre lui, Topher jeta les bras autour du cou de Stanton et frotta son bas-ventre au sien.

Puis il demanda :

— Ta chambre ou la mienne ?

27 Barrage construit en 1942, à l'ouest d'Austin, sur la Colorado River, ayant entraîné la formation du Lac Travis.

En guise de réponse, Stanton se pencha, le balança sur son épaule, le porta dans sa chambre et le jeta sur le lit. Topher hurlait de rire.

— C'est parce que je suis plus petit que tu te crois autorisé à me traiter comme un jouet ?

En relevant les yeux, il vit l'imposante silhouette silencieuse se pencher sur lui. Il tendit les bras.

— Viens ici. Embrasse-moi.

Stanton obtempéra, mais sa bouche s'attaqua aux mamelons de Topher. De la langue et des dents, il titilla les petites crêtes sensibles qui se durcirent sous ses caresses. Topher ferma les yeux pour savourer la sensation des lèvres de Stanton qui découvrait son torse. Il était un petit gabarit, il le savait, mais élancé et bien proportionné. Très assorti à Stanton, d'après lui.

Il se redressa sur ses coudes et regarda Stanton arriver à la ceinture élastique de son boxer.

— Moment important, déclara Stanton. Je vais te découvrir tout entier.

— Même pas peur !

Stanton le débarrassa de son sous-vêtement, libérant le sexe érigé. Topher aimait bien sa verge, de taille moyenne, solide et couronnée d'un gland épais en forme de champignon. Il n'était pas circoncis.

— Avec un aussi joli membre, je comprends ton arrogance, déclara Stanton.

Il le prit dans la main et le caressa.

— Est-ce un tatouage que tu as sur l'épaule ? demanda Topher.

Stanton y jeta un coup d'œil.

— Oui, répondit-il. La plupart du temps, je l'oublie.

— Tu n'en as qu'un seul ? Laisse-moi voir.

Stanton se pencha pour lui permettre d'inspecter le dessin.

— Un cheval qui vole ? s'étonna Topher.

— Pégase.

— Il a un nom en plus ?

— Oui, dit Stanton sans cesser de le caresser. Ça vient de la mythologie grecque. Pégase était fils de Poséidon, le dieu de la Mer, et de Méduse, une gorgone. Quand Persée lui coupa la tête, elle donna naissance à deux garçons, Pégase et Chrysaor.

— Eh bien, tu en sais des choses !

— J'ai appris ça en voyant *Le Choc des Titans*. Celui avec Harry Hamlin – qui a de superbes mamelons, tout comme les tiens. Bref, Pégase est monté au mont Olympe pour se mettre au service de Zeus. Il lui a toujours été fidèle.

— Pourquoi te faire tatouer un cheval volant ?

— Je ne sais pas. J'ai bien aimé l'histoire. Et la fidélité compte beaucoup pour moi. Elle n'est pas listée dans les sept vertus principales, je sais, et c'est une erreur. Amour, amitié, loyauté. Voilà le plus important à mes yeux. Maintenant, es-tu prêt à recevoir une fellation ?

— Je pense. Ce sera ma première, tu sais.

— Tu ne connais pas ? s'étonna Stanton.

— Non. Toutes les filles avec qui j'ai couché ont refusé.

— J'espère que ça va te plaire.

— J'espère aussi.

Stanton baissa les yeux sur le sexe dans sa main, puis se pencha et le prit dans sa bouche. Topher renversa la tête avec un cri étranglé. Le tocsin résonnait dans sa tête, les lumières flashaient et une foule d'autres clichés s'enchaînait à toute allure. Il avait toujours cru qu'il n'aimait pas vraiment le sexe, mais l'absurdité de cette notion lui apparaissait tout à coup dans toute son évidence. Il trouvait délicieuse la langue chaude qui tournoyait autour de sa verge. Il retomba en arrière sur le lit et se laissa dériver. Quand Stanton remonta pour l'embrasser, Topher s'accrocha à lui, reprit le contrôle et roula sur lui. Il leva les mains de Stanton et les plaqua sur le matelas, puis enfouit son visage contre l'aisselle et huma profondément.

— J'aime ton odeur, déclara-t-il.

Lâchant ses poignets, il caressa les flancs et le torse, glissa jusqu'au boxer dont il se débarrassa prestement. Il prit le temps d'admirer le sexe qu'il venait de libérer. Il était long, énorme et circoncis. Il écarta les jambes de Stanton et s'agenouilla entre elle. Empoignant la superbe queue, il resserra les doigts, pas assez pour que sa prise soit douloureuse, mais suffisamment pour imprimer dans la chair de sa paume ce sexe dont il s'apprêtait à découvrir le goût sur sa langue. Dès que ses lèvres effleurèrent le gland humide, Stanton frissonna. Ravi de sa réaction, Topher recommença. Puis il secoua la tête.

— Non ! Ça ne va pas du tout !

Il se redressa et quitta le lit.

Stanton se souleva sur un coude, éberlué.

— Qu'est-ce qui te prend ?

— Lève-toi, ordonna Topher.

— Pourquoi ?

220

— Parce que j'ai fantasmé pendant cinq semaines sur la première fois où j'aurais ta queue dans la bouche. Je suis censé être à genoux devant toi.

Stanton sourit. Sans plus protester, il se releva, son sexe érigé jaillissant devant lui. Topher tomba à genoux et leva les yeux. Il prit dans sa main l'érection superbe et la caressa avec de lents va-et-vient, avant de l'engloutir entre ses lèvres aussi profondément que possible. Un parfum musqué éclata sur ses papilles. Au début, ce fut facile, mais très vite, Topher s'étouffa. Se souvenant du conseil de Travis, il ferma les yeux et fit de son mieux pour détendre sa mâchoire et sa gorge. *Ne panique pas*, se sermonna-t-il. Ses yeux étaient noyés de larmes, mais il bandait si fort que ça en devenait douloureux. Bon sang, c'était diablement excitant ! Il s'écarta et aspira avec avidité un oxygène qui commençait à lui manquer.

Rejetant la tête en arrière, il hurla :

— Nom de Dieu !

— Personne ne croirait que c'est ta première fellation.

— Regarde comme je bande ! s'exclama Topher.

Après avoir montré à Stanton qu'il ne mentait pas, il se remit à la tâche avec un enthousiasme renouvelé, suçant, léchant et salivant. Comme il ne quittait pas Stanton du regard, il nota son sourire satisfait et approbateur. Puis Stanton l'empoigna par les cheveux et se libéra. Il alla jusqu'à la table de nuit, ouvrit le tiroir, en sortit un préservatif et un flacon de lubrifiant, puis revint vers Topher.

— Relève-toi.

Topher obéit sans mot dire et regarda Stanton dérouler le préservatif sur son sexe. Il y versa du lubrifiant, puis s'étendit sur le lit.

— Viens, dit-il.

Topher se jeta sur lui.

— Et maintenant, je fais quoi ?

En guise de réponse, Stanton releva les jambes, saisit le sexe et son amant et l'aligna avec l'ouverture de son corps. D'instinct, Topher donna un coup de reins, en vain. L'anneau musculaire de Stanton ne cédait pas.

— Qu'est-ce qui ne va pas ? demanda Topher.

— Ça fait un bail que je n'ai plus fait ça, souffla Stanton. Sois patient.

Topher eut un rire nerveux.

— C'est drôle que tu me demandes ça, dans ce contexte !

Sans forcer davantage, mais restant en position, il embrassa son amant. Les lèvres de Stanton avec un goût d'eau salée.

— Tu le sens aussi ? demanda-t-il.

221

Stanton n'eut pas le temps de répondre, il s'était cambré et la pénétration eut lieu. Le souffle coupé, Topher sentit son sexe glisser dans le corps étendu sous lui, lentement. De ses cuisses resserrées autour de lui, Stanton contrôlait sa progression.

— Tout doux, tout doux, répétait-il.

Topher dut s'accrocher à la moindre miette de sang-froid pour ne pas accélérer le processus. Il ne rêvait que de s'enfouir jusqu'à la garde et marteler Stanton de toutes ses forces à la recherche d'une connexion qui n'avait pas besoin de mots pour se justifier. Il ne le fit pas, laissant son amant s'empaler centimètre par centimètre. En même temps, Stanton lui caressait la nuque d'une main, la colonne vertébrale de l'autre, sur toute sa longueur. La pièce était silencieuse. Et Topher sentait le sang pulser dans son sexe.

Quand enfin il commença à baiser, ce fut avec des mouvements doux et amples de balancier. Puis du même élan, tous deux s'embrassèrent et la cadence accéléra. À présent, Topher pilonnait Stanton comme il en avait eu envie depuis le début. Stanton tenta de renverser la tête, mais Topher l'en empêcha, le maintenant par la nuque pour dévorer sa bouche d'un baiser exigeant. Il lui passa aussi les jambes par-dessus ses épaules.

— Vas-y, baise-moi, déclara Stanton.

Cette invitation libéra Topher, qui se livra de façon débridée au désir qui l'avait hanté depuis cinq semaines. Son orgasme explosa avec la force d'un tsunami. Sous l'effet du plaisir, il perdit un moment sa vision, tout devint noir autour de lui, avec des flashs… des images d'une vie qui n'était pas la sienne : photos, visages, musique. Il vit flotter dans ce monde nébuleux des centaines de chansons encore enfermées, des airs qui lui permettraient de…

Il s'effondra sur Stanton de tout son poids, le souffle erratique, cherchant désespérément à trouver de l'air. Quand Stanton baissa les jambes, Topher s'écarta de lui et se blottit dans le creux du bras tendu vers lui. Il lui caressa la poitrine, ses doigts touchèrent quelque chose d'humide et de poisseux.

— Tu as joui aussi.

— Oui.

— Tant mieux ! Ça veut dire que je ne m'en suis pas trop mal sorti.

— Oui, et mieux encore.

— J'en suis heureux, dit Topher.

Puis il ferma les yeux et s'endormit rapidement – pour la deuxième fois cette nuit-là.

LE LENDEMAIN, Topher et Stanton passèrent l'essentiel de la journée au lit. Ils se levèrent à un moment pour prendre une douche, ce qui leur donna une raison de folâtrer dans un nouveau contexte.

Occupé à savonner son amant, Topher déclara soudain :

— Avant toi, quand je baisais, ça durait à peine dix minutes. Je sais maintenant que le sexe peut-être tellement mieux ! C'est vraiment sensass !

— Je suis content d'avoir élargi tes horizons.

Après leur douche, ils retournèrent au lit et Stanton lança un nouveau jeu. Il commentait le moindre de ses mouvements, comme s'il était le héros d'un film romantique particulièrement sirupeux.

— Alors, le quinquagénaire explora en détail le corps de son jeune amant, les solides muscles de l'abdomen, la peau d'albâtre, si lisse et ferme. Malgré son expérience dans les choses du sexe, il tremblait d'excitation en refermant les doigts sur le noble membre engorgé…

— Ah, non ! protesta Topher, mort de rire. Engorgé ? Ce n'est pas sexy. Tu racontes n'importe quoi. Laisse-moi faire.

Il fit rouler Stanton sur son dos et le plaqua au lit. Puis d'une voix exagérément salace, il enchaîna :

— Le beau mécano qui baisait comme une rock star poussa sa queue palpitante entre les fesses musclées de Stanton.

Stanton gémit et se jeta dans son rôle :

— Alors, le vieux beau s'écria : « Prends-moi, Topher ! Ravage-moi le cul, remplis mes entrailles de ton sperme. Fais-moi crier, pleurer, supplier ! ».

— Éperonné par cet appel, Topher devint sauvage. « Ô Stanton, tu me rends fou ! » cria-t-il. Pétard, je…

— Quoi ? s'étrangla Stanton, qui avait repris sa voix normale et riait de bon cœur. Non ! Personne ne dit « pétard ! » au lit, voyons, le ridicule casse l'ambiance.

— Je suis pratiquement certain que Travis le fait !

— Si Ben Walsh l'accepte, c'est son problème. Moi, pas.

— D'accord. Alors disons plutôt… Topher se pencha et regarda son avenir dans les yeux.

— Son avenir ? répéta Stanton, mi-sarcastique, mi-mélancolique

223

— Tais-toi.

Topher aurait voulu beaucoup en dire, mais il n'arrivait plus à trouver ses mots. Alors, laissant ses actes s'exprimer à sa place, il embrassa Stanton et se coucha sur lui, son corps et celui de son amant n'en faisant plus qu'un.

Dans le silence retombé, Topher écouta leurs deux cœurs battre à l'unisson.

Après un moment, il s'agita et demanda :

— Ça va ?

— Oui. Tu es partant pour remettre le couvert ?

— Tu vas m'épuiser ! protesta Stanton, sans conviction.

— J'espère bien !

Une heure plus tard, ils firent une pause. Topher en profita pour interroger Stanton sur sa vie, et réciproquement. Ils parlèrent de leurs objectifs – du moins de ceux qu'ils avaient avant de se rencontrer. En entendant gronder son estomac, Topher se rendit compte qu'il était affamé. Stanton se leva et, sans même prendre la peine de s'habiller, alla dans la cuisine. Il en revint avec un plateau garni.

— As-tu déjà goûté le lox ? demanda-t-il.

— Non. Je ne sais même pas ce que c'est.

— J'étais comme toi avant d'arriver à New York. C'est du saumon, ça se mange avec des bagels avec du fromage à la crème. C'est très bon, essaie.

Il mit une bouchée dans la bouche de Topher, qui ouvrit de grands yeux.

— Mmm ! Délicieux. Les New-Yorkais se nourrissent de ce nectar au petit-déjeuner ?

— Oui, incroyable, hein ? Tu sais, toi et moi nous ressemblons beaucoup plus que tu le réalises.

Les bagels furet vite dévorés. Non rassasiés, les deux hommes retournèrent dans la cuisine où Topher s'empiffra sans complexe : après toute cette énergie dépensée, il avait bien besoin de se sustenter. Il s'endormit d'un sommeil réparateur et postprandial à peine la tête posée sur l'oreiller.

Quand il se réveilla, Stanton était étendu sur le lit à côté de lui, occupé à lire sur son iPad. Topher se frotta les yeux.

— Tu attendais que je me réveille pour avoir un baiser ? demanda-t-il.

— Bien sûr.

Topher lui tendit les bras et les lèvres. Leurs baisers s'enflammèrent rapidement ce qui, bien entendu, amena de nouveaux ébats sexuels.

Le soir venu, Stanton se rendit dans la salle de bain et referma la porte derrière lui. Quittant le lit à son tour, Topher aperçut son reflet dans la porte-miroir de la penderie. Il se figea et examina son corps nu. *Peut-être devrais-je me mettre à la gym...* Il gonfla les biceps, puis éclata de rire – il avait l'air idiot ! Sur une chaise, il vit deux chemises sous plastique – elles sortaient manifestement du pressing. Il voulut les ranger et ouvrit la penderie. Waouh ! Les chemises de Stanton étaient sur cintres, disposées par couleur. Plus loin, il y avait les costumes, dont un smoking.

— Je me doute que tout ça ne passe pas au lave-linge, souffla Topher.

Il effleura une ou deux chemises, faisant glisser les cintres sur la tringle métallique. *Il ne fouinait pas*, cherchait-il à se convaincre. Au fond du placard, une forme familière attira son attention. Il se retourna, inquiet à l'idée que Stanton le surprenne en flagrant délit d'indiscrétion. Mais, non, la porte de la salle de bain était toujours fermée. Alors, il avança pour avoir accès à un écrin de guitare, abandonné dans un coin. Sans réfléchir à la portée de son geste, il s'en saisit, le sortit du placard et le posa le lit. Il souleva le couvercle et étouffa un cri. Il avait devant les yeux la plus belle guitare qu'il ait vue de tout sa vie, une Fender noire acoustique avec des incrustations de nacre.

La porte de la salle de bain s'ouvrit, Stanton, toujours nu, pénétra dans la chambre. Topher se retourna, paniqué.

— Je...

Il ne put aller plus loin, le visage statufié de Stanton lui coupa la parole. Il y chercha vainement un signe indiquant qu'il était pardonné, mais non, frustration et déception semblaient irrévocables.

Stanton ouvrit un tiroir de sa commode, en sortit un boxer et l'enfila.

— S'il te plaît, remets ça où tu l'as trouvé.

— Je suis désolé. Je ne fouillais pas dans tes affaires, je le jure, je voulais juste ranger tes chemises. J'ai ouvert la porte de ta penderie, j'ai vu l'écrin, j'ai reconnu une guitare. J'ai une véritable passion pour les guitares ! Je peux l'essayer ?

— Non. Je t'ai déjà demandé de la ranger. Et pour le moment, je reste poli. Il est temps de s'habiller. Nous allons sortir dîner.

— Elle était à lui ?

— Topher, ça suffit. Je ne veux pas parler de cette guitare et tu m'avais promis que ce serait juste nous deux, l'aurais-tu déjà oublié ?

— Non, mais...

Il céda, referma le couvercle et remit les loquets. Le cœur gros, il rapporta la guitare au fond du placard. Sans un mot de plus, il quitta la chambre de Stanton, retourna dans la sienne et sortit une tenue propre de son sac de voyage : boxer, chaussettes et chemise en flanelle. Il n'aurait pas dû toucher aux affaires de Stanton, il le savait, mais maintenant, cette guitare le hantait. Et si c'était la clé qu'il recherchait, cette clé lui permettant de libérer ses chansons ?

Une fois habillé, il passa dans le salon où Stanton l'attendait.

— Tu m'en veux ? demanda Topher.

— Non, mais j'en ai assez qu'il intervienne sans arrêt entre nous. C'est comme si nous étions trois au lieu de deux.

— Ce n'est pas la sensation que j'ai, se contenta de répondre Topher.

— Je sais. C'est justement pourquoi je me demande si ça va marcher entre nous...

— Oh.

— Nous avons passé trois jours... non, trois soirs ensemble à Austin, ensuite, nous avons été séparés cinq semaines. J'ai failli tout gâcher en évoquant un fantôme et maintenant, il est avec nous, il ne nous quitte plus. J'essaie d'oublier, j'essaie vraiment, et tout à coup un incident comme celui qui vient d'arriver me met hors de moi. Ce n'est pas à toi que j'en veux, c'est à lui.

Topher regrettait de plus en plus sa curiosité. Avait-il définitivement foutu en l'air leur relation ?

— Si je te perds à cause d'une guitare, je ne me le pardonnerai jamais.

— Je ne cherche pas à rompre, pas encore. N'en parlons plus, s'il te plaît, et allons dîner, d'accord ? Je connais un très bon restaurant italien que j'ai envie de te faire découvrir. Tu aimes la cuisine italienne, si je ne m'abuse.

— Oui, j'ai une passion pour la sauce tomate !

Avec un petit rire, Stanton prit Topher dans ses bras.

— Je ne comprendrais jamais comment tu me fais si vite changer d'humeur, marmonna-t-il.

DIMANCHE, TOPHER et Stanton avaient prévu de prendre un brunch avec Marvin et son partenaire, Tyrese, au Village où ils avaient un appartement sur Christopher Street, avec trois chambres. À cette occasion, Topher découvrit le métro new-yorkais, qu'il trouva assez amusant, tout en regrettant que ce ne soit pas les heures de pointe. En ouvrant la porte, Marvin accueillit Topher en vieil ami et l'embrassa. Tyrese était un Afro-Américain, grand et bel homme, ayant à peine dépassé la quarantaine. Son bon vivant aida Topher à se détendre. Ils se préparèrent des omelettes, Topher optant pour du fromage et des champignons. Alors qu'ils s'asseyaient pour manger, Marvin posa une bouteille de ketchup devant Stanton.

— Pour quoi faire ? demanda Topher.

— Regarde, déclara Marvin.

Stanton versa généreusement du ketchup sur son omelette.

— Tu mets du *ketchup* sur des *œufs* ? s'étonna Topher.

Sa réflexion provoqua l'hilarité générale. Puis Tyrese se tourna vers lui pour dire :

— Votre vidéo est géniale. Vous bougez très naturellement devant la caméra. C'est un don inné.

— Vous croyez ? C'est dur de se juger. Je me suis trouvé plutôt guindé.

— Oh, non, l'assura Tyrese, ce n'est pas le mot que j'utiliserais.

— Seriez-vous aussi un critique de musique ?

— Seigneur, non ! Je suis banquier, spécialisé en gestion des investissements.

— Vous travaillez à Wall Street ?

— Oui, l'un de ces diaboliques capitalistes dont on parle tant dans les journaux.

Pensif, Topher savoura un morceau de son omelette.

— Vous me semblez plus bienveillant que diabolique, dit-il après avoir avalé. Parlez-moi de Stanton, je voudrais tout savoir de ses anciens petits copains.

Sous le choc, Stanton s'étouffa avec son jus d'orange.

— Je ne lui en ai jamais vu, répondit Tyrese.

Topher tourna vers Stanton un œil accusateur.

— Tu es resté tout seul ?

Stanton fusilla Tyrese d'un regard noir. Marvin s'empressa d'intervenir :

— Ce genre de conversation n'est pas approprié pour un brunch, ça va vous troubler la digestion. Topher, parle-moi plutôt de ton écriture ? Comment ça se passe ?

— Pas génial. Je tourne en rond sur la même chanson, sans aboutir à rien.

— Est-ce une chanson d'amour ? demanda Tyrese.

— Je ne sais pas trop. J'avais une vague idée, je voulais écrire sur ma maison, mais c'est tellement bateau ! Je n'ose pas imaginer combien l'ont déjà fait avant moi !

— C'est aussi trop statique, dit Marvin.

— Ça veut dire quoi ?

— La maison est un lieu précis, même c'est pris au sens métaphorique. C'est une destination. Les meilleures chansons parlent d'un itinéraire.

— Donc tu me conseillerais plutôt d'écrire sur…

— … tes regrets concernant ta maison, ta nostalgie, ton envie de la retrouver. Imagine-toi loin de chez toi, peut-être contre ton gré. Écris ton désir de retrouver ta route.

— Comme si j'avais le mal du pays ?

Marvin sourit.

— Exactement. Tu es Ulysse, loin d'Ithaque, malade de chagrin en pensant aux tiens.

— Ou Dorothy désireuse de retourner au Kansas, ajouta Tyrese.

Du regard, Topher consulta Stanton : le visage buté, il mangeait en silence son omelette recouverte de ketchup.

— Moi aussi, déclara Marvin, j'ai beaucoup aimé la vidéo. Tu y chantes remarquablement. Ta voix est… Oups, désolé, je ne suis pas censé en parler.

— Je sais, dit Topher, goguenard. Il m'a ordonné la même chose.

Furieux, Stanton les toisa tous les deux. Topher comprit, à l'expression de Marvin, que ce dernier ne partageait pas l'avis de Stanton concernant la réincarnation. Il hésita, conscient que céder à la tentation serait idiot de sa part, tout en sachant qu'il allait quand même le faire.

Il inspira un grand coup.

— Tu connaissais Chris Mead, je présume, Marvin ?

— Oui. J'étais avec Stanton le jour où ils se sont connus.

Stanton se leva.

— Marvin. Suis-moi, j'ai à te parler. Tout de suite !

— Nos omelettes vont refroidir, protesta Marvin.

— Suis-moi, répéta Stanton.

Il marchait déjà, se dirigeant vers la porte. Résigné, Marvin se leva.

— Excusez-nous une minute.

Il suivit Stanton et la porte claqua vigoureusement derrière eux. Un peu gêné, Topher ne savait quoi faire. Tyrese força un sourire.

— Un dessert ?

— À votre avis, de quoi vont-ils parler ?

— Vous le savez très bien.

— Marvin vous tout raconté concernant Chris Mead, c'est ça ?

— Topher, si vous voulez rester avec Stanton, il y a trois choses que vous devez savoir. Primo, il dit tout à Marvin. Secundo, Marvin me dit tout. Et tertio, ces deux-là sont complètement dysfonctionnels l'un envers l'autre. Même quand ils s'insultent, cela n'affecte en rien leur amitié. En ce moment, ils sont en train de s'engueuler sur le palier ou dans la rue pour savoir si vous devriez ou non être au courant pour les trois autres.

— Quels trois autres ?

Tyrese eut un petit rire.

— Oups, grillé. N'est-ce pas ce que disent les Texans ?

— Je ne suis pas responsable de Rick Perry ! Quels trois autres ?

— Venez avec moi.

Tyrese quitta la table. Topher le suivit jusqu'au salon. Ils s'arrêtèrent devant bibliothèque murale placée près de la fenêtre. Elle contenait une quarantaine de photos disposées sans ordre particulier. Topher se pencha et les examina avec attention. Il pointa le doigt en reconnaissant Stanton, qui devait avoir une vingtaine d'années.

— C'est lui ! Il est superbe !

— Oui. Beau comme un dieu.

— Et à côté de lui, c'est bien Marvin ?

— Oui.

Topher continua à regarder les photos une par une. Beaucoup représentaient quatre jeunes hommes.

— Chris est-il parmi eux ?

— Oui, c'est le grand blond aux cheveux hirsutes.

Pour la première fois, Topher affronta les yeux bleu ardoise de Chris Mead. Un très bel homme qui ne lui ressemblait pas du tout.

— Il avait vraiment ma voix ?

— Je ne sais pas, répondit Tyrese. Je ne l'ai pas connu. Marvin et moi sommes ensemble depuis douze ans. Je connais seulement ce que Marvin m'a raconté.

— Qui sont les autres ?

— Les meilleurs amis de Chris, Robert, Michael et Paul.

Il désignait chaque homme en même temps qu'il en prononçait le nom.

— Oh, non ! s'écria Topher.

— Oh, si !

— Moi aussi j'ai trois meilleurs amis, Robin, Maurice et Peter.

— Je sais, c'est étrange. Stanton a rencontré Chris un été sur Fire Island. Marvin était avec lui et Chris les a invités tous les deux à dîner dans une maison qu'il partageait avec ses trois amis. De temps en temps, nous sortons un joint et nous évoquons cette soirée… comme si c'était issu de la mythologie grecque.

— Oui, j'ai déjà remarqué qu'ils aiment bien ce genre d'histoires.

— C'est normal pour de parfaits homosexuels. Bref, tous ont vite sympathisé. Marvin parle d'eux comme de grands frères affectueux qui lui ont donné confiance en lui. Ils sont tous morts, l'un après l'autre….

— Les quatre ?

— Oui, à dix-huit mois d'intervalle.

— Oh, mon Dieu ! Ça a dû être terrible pour Stanton et Marvin !

— Oui, je crois qu'ils ne s'en sont jamais vraiment remis.

Tyrese parcourut les livres de l'étagère basse en disant :

— Maintenant, tu devrais t'intéresser à un de ces deux livres : *Bach et le baroque* ou *le jazz dans l'Amérique du XXe siècle*.

Sans relever le tutoiement soudain, Topher demanda :

— Pourquoi ?

Avant de lui répondre, Ty ouvrit un des cadres et en sortit la photo à l'intérieur : quatre hommes sur la plage qui riaient, serrés les uns contre les autres, l'océan dans le dos et le soleil dans les yeux. Ni Marvin ni Stanton ne s'y trouvait.

Tyr lui tendit la photo.

— Ces deux livres sont de Marvin. Tu diras les avoir vus sur l'étagère et avoir voulu en emprunter un pour le lire dans l'avion pendant ton voyage retour.

— Marvin a écrit deux livres ?

— Oui.

— Je vois mal pourquoi je devrais…

— Choisis-en un ! s'impatienta Tyrese.

— D'accord, d'accord. *Le Jazz dans l'Amérique du XXe siècle*.

Ty prit un des nombreux exemplaires qui se trouvaient sur l'étagère et arracha la photo des mains de Topher. Il la cacha entre les pages, puis remit le livre à Topher.

— C'est le plus sûr moyen de faire sortir cette photo de cet appartement.

— Marvin ne va-t-il pas remarquer qu'il en manque une ?

— Non. Il n'est pas très attentif.

— Je vais devoir me trimbaler ce livre pour le reste de la journée. Et si Stanton regarde à l'intérieur ?

— Crois-moi, il ne le fera pas. Il déteste le jazz.

— C'est vrai ?

— Oui, il prétend que ça lui donne envie de vomir.

— Comment un critique de musique américaine peut-il détester le jazz ? s'étonna Topher.

— *Sister,* je n'en sais rien du tout. Tu te chercheras une explication.

Une fois revenu à table, Topher constata que son omelette était froide.

— Pourquoi m'avoir dit tout ça, Ty ?

Tyrese remplit leurs tasses de café et se rassit à son tour.

— Je ne comprends pas ta question. Tu as vu nos photos dans le salon. Tu m'as interrogé dessus, je t'ai répondu c'est tout.

Il fit un clin d'œil à Topher.

— Merci.

— Marvin et Stanton ont une notion très forte de la fidélité en amitié. Ils se disputent sans arrêt, mais ne se trahiraient jamais. Si je les aime tous les deux, je ne ressens pas les choses de la même façon qu'eux. À mon sens, tu as le droit de savoir ce qui se passe. Ou au moins de te faire ta propre opinion.

En entendant la porte d'entrée s'ouvrir, Ty se pencha :

— Gardons pour le moment le secret sur notre conversation, d'accord ? À cause d'eux, nos omelettes sont bonnes à jeter, mais j'ai une belle tarte aux myrtilles et je préférerais la déguster dans le calme.

— Bien sûr.

Quand Stanton et Marvin les rejoignirent, Ty leur demanda calmement :

— Tout va bien ?

Stanton sourit.

— Oui. Tout est *kasher* à présent. Désolé si tout est froid.

À voir la tête que tirait Marvin, Topher se douta que tout n'était pas si *kascher* que ça pour lui. À peine était-il assis que Ty se pencha pour l'embrasser.

— Ce n'est pas grave dit-il ensuite à Stanton. Nous avons autre chose. Vous êtes revenus juste à temps pour le dessert !

APRÈS LE brunch, Stanton et Topher reprirent le métro et se rendirent à Central Park. Ils passèrent le reste de leur dimanche au Metropolitan

Museum of Art. Ils restèrent une heure devant les tableaux impressionnistes, ceux que Stanton préférait. Et Topher en vint à comprendre pourquoi. Il resta subjugué d'admiration devant les Monet et les Manet, et la façon dont la lumière et l'ombre étaient suggérées plutôt que représentées directement.

En quittant le musée, alors qu'ils descendaient les marches, deux filles d'environ quatorze ans les approchèrent. À leurs tenues, Topher devina qu'elles n'étaient pas nées dans la misère.

— Excusez-moi, dit la blonde. Vous êtes le chanteur de Dime Box, non ?

Topher tourna vers Stanton un regard affolé. Ce dernier secoua la tête.

— Débrouille-toi.

Résigné, Topher rougit et acquiesça.

— Oui, c'est moi

— Je te l'avais bien dit ! murmura la brune à son alter ego.

Puis elle se tourna vers Topher :

— Nous avons regardé au moins cent fois la vidéo de *Beaches on the Moon* sur YouTube !

— C'est quoi ton nom Twitter ? reprit la première groupie. Nous n'avons pas trouvé.

Topher s'en voulut de ne pas avoir suivi sur ce point les conseils de Stanton.

— Je n'en ai pas encore, mais ça va venir.

Les deux filles échangèrent un regard perplexe

— En tout cas, la page Facebook du groupe est géniale ! Et les jumeaux ! Hmm, ils sont totalement sexys.

Accordant enfin un regard à Stanton, la blonde ajouta :

— C'est ton père ?

Stanton se raidit et perdit son sourire.

— Je... non... bégaya Topher. C'est, euh... mon partenaire.

— Ton... quoi ?

La seconde se mit à rire.

— Ça se passe comme ça au Texas ? C'est un truc de rancher ou quoi ?

— Non, il blague, tu vois bien que c'est son père !

— Sinon, c'est limite incestueux, non ?

— Tu sors aussi avec Adam Lambert ? reprit la blonde.

Topher secoua la tête.

— Non. Je ne l'ai jamais rencontré.

— J'ai entendu dire qu'il était hyper coincé.

— Dès que tu auras un compte Twitter, nous te suivrons, c'est sûr. On peut prendre une photo avec toi ?

Elle brandit son téléphone et fit un clin d'œil à Stanton :

— Ça ne vous gêne pas qu'on vous l'emprunte un moment, m'sieur ?

Topher commençait à s'énerver.

— Mon père est mort. Stanton Porter, critique musical très connu, est mon compagnon et je suis très heureux d'être venu passer le week-end avec lui à New York.

Les deux filles ouvrirent de grands yeux incrédules. Stanton avait pali, il semblait en état de choc.

— Vous êtes vraiment ensemble ? Mais il est si…

— Je suis vieux, marmonna Stanton. Je sais.

La brune se tourna vers sa copine :

— Ça devient *strange* quand même. Ça fout les jetons.

Topher restait figé, sans comprendre comment la situation avait pu si vite dégénérer. Stanton s'empara du portable que la jeune fille tenait toujours et prit une photo du jeune trio, puis il tendit ensuite le téléphone en disant :

— Voilà, c'est fait. Bonne journée, mesdemoiselles. Viens, Topher.

Dans leur dos, une des filles cria :

— Merci. Bon séjour à new York, Topher !

Elles s'éloignèrent et le son de leurs voix surexcitées se perdit rapidement.

Au bout de quelques pas, Stanton s'assit sur un banc et baissa la tête. Topher fit pareil, le livre de Marvin posé sur ses genoux.

— Comment n'ai-je pas prévu ça ? grommela Stanton, se parlant à lui-même.

Topher ne pouvait minimiser ce qui venait de se passer. Il savait que pour Stanton, passer pour son père était un cauchemar devenu réalité.

— Tu vas devenir célèbre, reprit Stanton. Si tu avais un compte Twitter, les rumeurs sur nous deux se répandraient déjà. Après, il n'y aura plus moyen de les bloquer, les paparazzis vont s'en donner à cœur joie.

— Les paparazzis ? Ça ne va pas la tête ?

— D'après toi, les journalistes ne sont pas à l'affut du moindre ragot concernant une pop star ?

— Je ne suis pas une pop star !

— Pas encore, mais ça viendra plus vite que tu le crois. Regarde ! Deux étrangères viennent de te reconnaître dans la rue !

— Oh, merde !

— Oui, dès la première photo de nous qui paraîtra sur Internet, la chasse sera ouverte. Et les réflexions seront alors bien plus acides que celles de ces filles.

— Tu n'as qu'à les ignorer ! jeta Topher.

— Je ne suis pas censé me soucier de ce que pensent les gens, je sais, mais je le fais quand même. Tout va changer pour toi, tu seras espionné, tes gestes décortiqués et analysés. Nous ne sommes plus dans le patio anonyme d'un bar *gay friendly* d'Austin. Je ne veux pas que mes confrères ricanent de moi derrière mon dos !

Cette idée fit passer un frisson glacé dans celui de Topher.

— Ça pourrait affecter ta carrière ?

— Je ne sais pas.

— Tu as fait ton coming-out quand même ?

— Bien sûr ! s'emporta Stanton. Je ne m'inquiète pas de perdre mon travail, c'est de ma réputation dont je parle.

Envahi par l'anxiété, Topher sentit sa respiration s'accélérer.

— Je suis désolé, Stanton. Je n'ai pas réfléchi.

— Ce n'est pas de ta faute. Comme je te le disais, j'aurais dû être plus prévoyant. J'aurais pu éviter ça.

— Ah, bon, comment ?

— Il est tard, nous devrions rentrer.

— Tu veux que nous allions dîner quelque part ? proposa Topher.

— Non.

Stanton avait les épaules voûtées, toute son attitude indiquait la défaite. Pour la première fois depuis que Topher l'avait rencontré, il faisait son âge.

— Je suis fatigué, reprit-il. Nous allons passer une soirée tranquille à regarder un film, d'accord ?

— Bien sûr.

EN GUISE de dîner, Stanton prépara des sandwiches qu'ils mangèrent devant le dernier opus de *Mission impossible*. Ils dormirent ensemble, mais en toute chasteté. Topher trouvait que ce n'était pas un bon signe. Le lendemain, Stanton lui adressa à peine la parole. Il ne boudait pas, il n'était pas glacial, simplement poli et renfermé sur lui-même. Topher était prêt à s'arracher les cheveux, mais il ne pouvait rien changer – ni à ce qui s'était passé devant le musée ni à la réaction de Stanton. Pour la première fois, il envisagea n'avoir peut-être aucun avenir avec Stanton. Les choses auraient-elles pu être différentes si Stanton n'avait pas aidé Dime Box à promouvoir *Beaches on the Moon* ? se demanda-t-il. L'ironie de la situation lui fit mal. Pour réaliser un de ses rêves, allait-il devoir renoncer à l'autre ? Puis vint le moment où Topher dut repartir à l'aéroport prendre son avion pour rentrer à Austin. Stanton le mit dans un taxi avec une étreinte et un au revoir, mais sans prendre date pour le revoir.

Une fois dans son avion, sur la piste de décollage de Newark, juste avant que les agents de bord demandent aux passagers d'éteindre leurs téléphones portables, Topher appela Peter.

— *Salut, Topher, comment va ? Comment ça s'est passé avec Stanton ?*

— Pas terrible, Pete.

— *Merde. Je suis désolé, mec.*

— Oui, moi aussi.

— *Vous avez rompu ?*

— Je crois. Il ne me l'a pas dit expressément, mais je pense pas que je le reverrai.

— *Oh. Dommage que nous n'ayons pas eu l'occasion de le rencontrer !*

— Je sais.

Sur ce, Topher sentit des larmes brûlantes couler sur ses joues. Il grommela un juron.

— *Ne me dis pas que tu pleures encore ?*

— Si.

— *Non, mais franchement il faudrait que tu te contrôles mieux !*

— Je n'y arrive pas. J'ai fait tout ce que j'ai pu avec Stanton, je ne sais pas ce qui a foiré !

— *C'n'est pas de ta faute. Peut-être que vous n'étiez pas destinés à être ensemble.*

Un signal lumineux s'alluma. Une hôtesse s'approcha de Topher et lui demanda d'éteindre son téléphone.

— Nous allons décoller, Pete, je vais devoir raccrocher.

— *D'accord. Reviens vite, mec. Nous allons bien nous occuper de toi.*

— Oui, je sais.

— *À très vite. Ta place est avec nous, au Texas.*

Après avoir raccroché, Topher coupa son téléphone et le rangea dans sa poche. Il sortit de son sac à dos le livre de Marvin et chercha entre les pages la photo que Ty lui avait donnée. Il examina longuement les quatre hommes et souffrit de la joie débridée que révélaient leurs visages. Chris riait et soufflait un baiser au photographe – Stanton, probablement.

Son téléphone éteint vibra dans sa poche, le faisant sursauter. Depuis cinq semaines, il n'avait plus eu de vibrations fantômes. Il sortit son appareil, l'ouvrit et regarda l'écran vide, sans trop savoir s'il devait en rire ou se remettre à pleurer. Il secoua la tête, mit le téléphone dans sa poche et rangea la photo entre les pages de *Jazz dans l'Amérique du XXe siècle*. Puis il posa sa tête contre le hublot de l'avion.

— Problème de cœur ? susurra une voix féminine et fluette.

Topher jeta un coup d'œil à la vieille dame assise à côté de lui.

— Oui.

— Ne vous inquiétez pas. Tout s'arrangera dès que vous apprendre à écouter.

— J'écoute tout le temps Stanton !

Elle sourit.

— Je ne parlais pas de lui.

KINGDOM OF DAYS

UNE FOIS leur diplôme de NYU en poche, Stanton et Marvin s'installèrent dans l'appartement de Michael, le premier partageant la chambre de Hutch, le second prenant la chambre vide. Si Marvin n'avait pas encore d'emploi, Stanton s'était vu offrir un poste au *Village Voice* après son stage. Quelques jours plus tard, Paul passa les voir pour leur faire une proposition. Lassé de vivre seul, il offrait à Stanton et Hutch de faire un échange avec lui.

— Mon appartement fantastique ! déclara-t-il. Il serait parfait pour vous deux.

— Pourquoi ne pas l'avoir dit *avant* que nous déménagions ? râla Stanton. Je vais devoir refaire tous mes cartons !

— Désolé. J'y ai pensé hier.

— En tous cas, c'est vrai, l'endroit est parfait, reprit Stanton. Je serais à deux pas des bureaux de *Voice*.

Il consulta Hutch du regard, surpris de son silence. Puis il comprit : il n'avait toujours pas écrit à ses parents pour leur faire son coming-out. Il enchaîna donc :

— J'en parle avec Hutch et nous te tenons au courant, Paul.

Paul soupira.

— D'accord.

Stanton et Hutch décidèrent d'aller marcher. Ils quittèrent l'appartement et se dirigèrent vers les quais. C'était en mai, la journée était ensoleillée et les trottoirs bondés de promeneurs.

Stanton prit la main de son compagnon.

— J'ai réfléchi ! Je suis prêt à révéler la vérité à mes parents. Tu disais que nous emménagerions ensemble dès que je sortirais du placard. Je vais donc leur écrire. Ensuite, nous pourrons faire cet échange avec Paul.

— Moi aussi, j'ai réfléchi.

— À quel sujet ?

Hutch zigzagua entre les passants avant de répondre.

— Regardons les choses en face : si j'avais dû réussir dans la musique, ce serait déjà fait. Paul Simon avait vingt-quatre ans à son premier gros succès et à vingt-deux ans, James Taylor sortait *Fire and Rain*. Moi, j'ai vingt-six ans et ça fait quatre ans que je galère dans des concerts minables où trois tondus m'écoutent à peine. Être un artiste raté ne m'intéresse pas. Je vais tout arrêter. Si j'avais du talent, quelqu'un me l'aurait déjà dit.

— Mais ta voix…

— … ne suffit pas. Je ne veux pas être chanteur.

— Pourquoi pas ? Art Garfunkel est aussi célèbre que Paul Simon.

— Non, pas du tout. Depuis leur séparation, Garfunkel sombre dans l'oubli. Tout le monde sait que c'était Simon le plus doué des deux. D'ailleurs, ce n'est pas la célébrité que je recherchais, c'était le talent.

— Mais…

— Je ne chanterai jamais les textes des autres. Point final. Le sujet est clos. Je préfère penser aux changements que je vais apporter dans ma vie. Tu travailles, il est temps que je le fasse aussi.

— Tu travailles déjà, déclara Stanton. Tu es barman et tu gagnes bien ta vie.

— Tu veux vraiment d'un homme qui rentre tous les soirs à quatre heures du matin ?

— Pourquoi pas ? C'est ce que font les musiciens. Je savais à quoi je m'engageais avec toi. Tu disais que le ciel t'était ouvert, l'aurais-tu oublié ?

— Non, mais on peut pas atteindre le ciel sans passer par la musique. J'ai d'autres options pour faire carrière. J'ai déjà annoncé au *Blue Whale* que je ne reviendrai pas cet été. Je vais travailler avec mon frère dans l'immobilier, je lui en parlerai prochainement. Je veux pour toi une existence fastueuse.

— Ne fais pas ça, surtout pas pour moi !

— Je ne peux pas continuer à courir derrière un rêve en espérant qu'un jour, je trouverai la clé qui libère ces chansons dans ma tête. J'en ai assez. J'ai déjà subi trop de rejets. Je n'en peux plus.

— Chris…

C'était la première fois que Stanton appelait son compagnon Chris. Celui-ci eut un rire amer.

— Oui, tu as raison, Hutch doit disparaître. Il est temps d'abandonner ce surnom ridicule.

— Je ne sais pas pourquoi j'ai dit ça !

— Parce que tu l'entends fréquemment, de Paul et de ma famille.

— Peut-être. Alors, cet appartement, nous le prenons ou pas ? Tu veux t'installer avec moi ?

Hutch acquiesça.

238

— Oui. Je t'aime, Stanton. Tu comptes plus à mes yeux que mes amis, ma famille, ou même la musique. Toi seul es essentiel à mon bonheur. Oui, nous allons vivre ensemble. Nous aurons un espace rien que pour nous et je chanterai pour toi chaque fois que tu en auras envie. Nous mènerons la vie dont nous avons toujours rêvé !

Stanton lui sauta au cou et l'embrassa. Main dans la main, ils retournèrent sur leurs pas donner à Paul leur réponse.

Ce soir-là, ils décidèrent de déménager le premier août.

— QU'EST-CE QUI t'absorbe autant ?

Stanton sursauta et releva les yeux de son magazine. Robert et Michael venaient d'entrer. Les six amis avaient retrouvé pour l'été leur maison habituelle sur Fire Island. L'année précédente, Stanton avait appris qu'en fait, c'était Michael qui la louait : il payait et invitait ses amis. Il y avait certainement des avantages, avait-il trouvé, à avoir un ami bénéficiaire d'un important fonds de fiducie. Désormais salarié, Stanton comptait bien participer aux dépenses communes.

— Le *Times*, répondit-il. Je l'ai acheté avant que nous prenions le ferry.

— Qu'y a-t-il sur la couverture ? demanda Robert.

Stanton tourna les pages et lut à haute voix :

— *Le 4 juillet 1983. La police traque la maladie. Le SIDA provoque la panique.*

Michael se laissa tomber sur le canapé en face de Stanton.

— Génial ! Quelle belle façon d'aborder la fête nationale ! Le *Time* me déçoit beaucoup.

— Ce n'est pas l'article que je lisais, précisa Stanton.

— Que lisais-tu ?

— Mary Hart qui parle de son émission, *Entertainment Tonight*.

— Je suis rassuré de voir que tu as le sens des priorités. Pourquoi n'es-tu pas venu au pub ?

— Pas eu envie, dit Stanton. Comment c'était ?

— Bof. Il faut être réaliste : l'âge d'or est derrière nous.

Robert fouillait dans la cuisine à la recherche d'un en-cas.

— Toujours pas de réponse de tes parents, Stanton ? cria-t-il.

— Non, pas encore.

Michael se raidit.

— Ça fait combien de temps que tu leur as écrit ?

— Deux semaines, répondit Stanton.

— Ce n'est pas si long pour une lettre de coming-out, dit Robert, un peu plus fort que d'habitude. Je te parie qu'ils sont allés voir un prêtre.

— Peuh ! grogna Michael. Lui aussi doit être pédé.

— Où est Hutch ? demanda Stanton.

— Il est resté discuter avec ses copains du *Blue Whale*, répondit Michael. C'est le premier été où il n'est pas barman depuis que nous sommes sortis de Columbia. Ça lui manque.

Stanton posa son magazine.

— Penses-tu qu'il a raison d'agir comme il le fait ?

Robert eut un rire ressemblait à un aboiement.

— Ha ! J'aime bien rire comme ça pour imiter Bea Arthur dans *Mame*. Ha ! Je ferais une spectaculaire Vera Charles !

Stanton se pencha en avant et murmura à Michael :

— Il plane ?

— Complètement.

— Pas du tout, affirma Robert. Je suis juste bourré de brownies-marijuana et c'est nettement moins fort que le Quaalude [28]. Dieu, je tuerais pour du Quaalude !

— Viens t'asseoir avec nous, dit Michael.

Robert les rejoignit avec un sachet de cookies *Famous Amos*. Il se coucha sur le canapé, la tête sur les genoux de Michael, et croqua dans un biscuit.

— Ha ! Tu demandais si Hutch avait raison d'aller travailler avec son frère ? Ha ! Certainement pas !

Michael lui passa les doigts dans les cheveux.

— Calme-toi, Bea. Nous avons compris ta position.

— Il fait la plus grande erreur de sa vie, insista Robert. Et tout ça parce qu'il t'aime, Stanton. J'espère que tu le sais.

Michael secoua la tête.

— Ignore-le, dit-il à Stanton.

— Non, bon sang ! protesta Robert. Je ne veux pas qu'on m'ignore !

Michael leva les yeux au ciel.

---

28 Un des sédatifs les plus vendus dans les universités américaines dans les années 70 (Mandrax).

— Pourquoi refuses-tu de coucher avec moi ? enchaîna Robert, geignard. Et pourquoi quand nous sommes en public parles-tu de moi comme de ton compagnon ?

— Cette conversation est éculée. Ce n'est ni le moment ni le lieu de la ressasser une énième fois. Stanton ne s'intéresse pas aux déviances de notre relation.

— En fait, si, je suis fasciné.

Michael lui jeta un regard noir. Puis d'une voix presque inaudible, il grogna :

— Ne l'encourage pas !

Robert se blottit en position fœtale.

— C'est parce que je ne peux pas garder ma queue dans mon pantalon, hein ?

— C'est vrai, reconnut Michael.

— Un jour, je vais changer.

De nouveau, Michael secoua la tête.

— C'est peut-être moi qui changerais, dit-il. En attendant, je suis là, pas vrai ?

— Oui, je sais. Et pourtant, tu mérites mieux.

— Tu as raison, dit Michael, toi aussi, d'ailleurs. Mais nous sommes toujours ensemble.

Robert se redressa et s'adressa à Stanton :

— Hutch peut encore changer d'avis, tu sais.

— Je ne pense pas qu'il le fera. Nous dînons la semaine prochaine avec Carl et Norma.

— Pour rencontrer le petit neveu ? demanda Robert.

— Oui. Ils l'ont appelé Colin. Hutch est fou de joie. Il compte néanmoins profiter de l'occasion pour présenter à Carl de son idée de collaboration.

Michael soupira.

— J'ignore pourquoi il ne contacte pas son père. Hutch a un fonds fiduciaire à son nom. S'il retourne dans le giron des Mead, il peut aussi bien...

Robert l'interrompit :

— Tout le monde ne se contente pas de vivre sur l'argent de sa famille !

En voyant Michael s'empourprer de colère, Stanton s'empressa de changer de sujet :

— Merci à vous, les gars, d'accueillir Marvin le temps qu'il trouve un emploi.

— Ne sois pas idiot ! lança Robert. Nous ferions n'importe quoi pour ce garçon, hein, Michael ?

— Oui, c'est vrai.

— En plus, continua Robert, ça ne fait que six semaines que vous avez votre diplôme. Il aura plus de chance de trouver un job après la Fête du Travail. Et même quand il sera dûment employé, il restera avec nous. Pas question de le laisser nous échapper. Quel dommage que nous n'ayons pas une chambre de plus ! Nous aurions pu vivre tous ensemble !

La porte s'ouvrit et Paul entra, suivi de Marvin.

— Combien de fois dois-je encore endurer *Gloria* ? beugla Paul.

— *Oy vey*, dit Marvin. Je suis avec toi, *sister*. S'ils n'arrêtent pas ce truc, je vais finir par entendre des voix dans ma tête.

— Hé, Stanton ! s'écria Paul. Tu nous as manqué au pub.

— Merci. Je viendrai demain.

— Vous auriez dû voir Paul mater ce petit jeunot ! s'exclama Marvin, hilare.

— Que s'est-il passé ? demanda Stanton.

— Tu m'as encouragé, affirma Paul à Marvin. Ne cherche pas à prétendre le contraire.

— Je ne sais pas de quoi tu parles, lança Marvin en toute innocence.

Il se tourna vers Stanton et enchaîna :

— Robert a entamé une discussion avec un gamin qui ne connaissait pas Montgomery Clift. Je n'ai pas trouvé cette lacune particulièrement choquante, mais Paul a pris le mors aux dents.

— Vous riiez tous les trois pour m'encourager ! protesta Paul. Tu sais que dans des cas pareils, je ne me contrôle plus.

Stanton se tourna vers Michael.

— Tu étais aussi dans le coup ?

— Juste en observateur, déclara Michael. Ce gosse me faisait penser à toi.

— Oh, mon Dieu ! haleta Paul. Tu as raison ! Maintenant, j'ai honte !

— Que lui as-tu dit ? demanda Stanton. Et je vous signale que je connaissais Montgomery Clift quand je vous ai rencontrés.

Marvin se remit à rire.

242

— Pour commencer, Paul l'a toisé d'un air condescendant – tu sais, celui qu'il maîtrise si bien ! –, puis il lui a demandé s'il avait vu *Tant qu'il y aura des hommes* ?

— Je n'étais pas condescendant, précisa Paul. Et si Stanton est assez adorable pour avoir le droit d'être idiot, ce n'était pas le cas de ce jeune philistin.

— J'hésite entre te remercier et te frapper, marmonna Stanton.

— Bien entendu, continua Marvin, le gamin répond que non. Alors, Paul lui demande s'il a déjà entendu parler d'Elizabeth Taylor ? Là, miracle, c'est enfin oui. Alors, Paul prétend que Montgomery Clift était le nom de son cheval dans *Le Grand National* et que le jeune devrait utiliser ce brin de culture pour impressionner son auditoire à son prochain cocktail.

— Paul ! s'offusqua Stanton. C'était méchant ! Marvin, tu me déçois.

Marvin s'assit à côté de Stanton.

— C'est de ta faute ! Tu n'avais qu'à nous accompagner au pub. Que je suis loin de ton influence, *sister* Paula me pervertit.

Avec un sourire, Stanton lui passa le bras autour des épaules.

— Vous êtes tous devenus des vicieuses et j'en suis responsable ?

— Oui. Pas vrai, Paul ?

— Oui ! cria Paul depuis la cuisine. Tout est la faute de Stanton. S'il n'avait pas tourné cette foutue bague, nous ne serions pas assis ici. Enfin, nous si, mais pas vous deux.

Marvin murmura dans l'oreille de Stanton :

— Tu vois ton importance !

Paul revint au salon avec un verre de vin. Marvin le regarda s'asseoir d'un œil horrifié.

— Et tu ne m'en as même pas apporté un, garce ?

— Tu me prends pour ta bonne ? ricana Paul. Stanton, as-tu déjà commencé à faire tes cartons et à emballer tes affaires ?

— Non, mais j'ai encore un mois, ou presque. Et toi ?

— Je fais un carton par jour. J'ai vraiment hâte de déménager. Marvin, une fois que nous serons officiellement colocataires, je te chercherai quelqu'un.

Stanton se mit à rire.

— Crois-moi, il n'a pas besoin d'aide.

La porte s'ouvrit encore, Hutch entra.

— Où est l'homme de ma vie ? demanda-t-il d'une voix forte.

— Ici, dit Stanton.

Hutch avança jusqu'au canapé et s'insinua entre Stanton et Marvin.

— Désolé, Marv, mais mon petit Warren Beatty m'a manqué et je tiens à le lui dire.

— Ne m'appelle pas Marv ! S'il te plaît.

— Hé, tu as bu ? demanda Stanton.

— Un peu, oui. Les autres barmans ont tous insisté pour me payer un verre, je ne pouvais pas refuser, hein ?

— S'ils avaient tous voulu sauter du pont de Brooklyn, tu les aurais suivis ?

— Bien sûr que non, Starsky. Tu m'en veux ?

Stanton s'adoucit immédiatement.

— Non. Je suis juste... un peu tendu.

Hutch devina ce qui le minait.

— La lettre ?

Stanton hocha la tête.

— Oui, mais parlons d'autre chose. D'ailleurs, il est temps de commencer à préparer le dîner. Qui veut du maïs ?

UNE HEURE plus tard, alors qu'un Robert un peu calmé était dans le patio à s'occuper des grillades, Stanton sortit à son tour lui demander s'il avait besoin d'aide.

— Non, c'est presque bon, je pense. Il suffit de retourner les steaks une fois de plus. Je les préfère saignants, mais tu connais Michael !

Robert retourna la viande et sortit le pain à l'ail enveloppé dans du papier d'aluminium. Puis il enchaîna :

— Désolé pour tout à l'heure. J'avais abusé des brownies.

— Ce n'est pas grave.

— Surtout, ne va pas t'imaginer que je t'en veux parce que Hutch parle d'abandonner la musique. Je suis mal placé pour critiquer les relations des autres.

— Je n'ai pas eu l'impression que tu nous critiquais.

— Michael a raison. Je ne devrais pas m'en mêler.

Stanton hésita, pesant ce qu'il s'apprêtait à demander à Robert, puis la curiosité fut la plus forte.

— Pourquoi ne peux-tu pas donner à Michael ce qu'il attend de toi ?

Avec des pincettes, Robert vérifia une dernière fois la cuisson des steaks.

— La situation est plus compliquée que tu parais le croire. Notre relation a commencé six ans avant que toi et Marvin vous pointiez, ne l'oublie pas. Sinon, j'admets que je résiste mal à la tentation. Une fois, je suis resté fidèle pendant sept mois, puis j'ai croisé un magnifique Italien dans le métro et j'ai craqué. Je refuse de faire à Michael une promesse que je ne serai pas capable de tenir. Je suis peut-être un salaud, mais pas à ce point.

— Il t'aime infiniment, j'en suis certain.

— Et moi aussi je l'aime ! Et ne le prends pas pour une vestale à la mode gay. Il a peut-être été pur comme la neige, un jour, mais ça lui est passé depuis longtemps.

— Mae West a dit quelque chose du même genre, non ?

— Plus ou moins oui. Bravo !

— Encore !

— Quelle histoire ! déclama Robert. Tous ces limiers qui lui aboient aux trousses.

— *Ève*. Une autre.

— Ce qui se passe dans le noir entre un homme et une femme rend le reste insignifiant.

— *Un tramway nommé désir.*

— Tu es prêt à affronter le monde, Stanton. Il faut que tu comprennes un truc : Michael parle beaucoup, mais ses agissements racontent une autre histoire. Je n'ai pas été le seul responsable de notre rupture. Apporte-moi un plat.

Stanton obtempéra et tint le plat devant Robert qui y déposa les steaks brûlants.

— Excuse-moi, dit Stanton. Ça ne me regarde pas.

— Ne t'excuse pas. Je suis le premier à laver notre linge sale en public, c'est comme si je mendiais l'attention. Si tu veux mon avis, les seules personnes à vraiment saisir tous les méandres d'une relation sont les deux impliquées dedans. Tu n'es pas d'accord ?

— Si.

— Un jour, je comprendrais comment tout arranger entre lui et moi. J'espère seulement qu'il ne sera pas trop tard.

À SON retour à New York, Stanton trouva une lettre de ses parents dans la boîte aux lettres. Assis avec Hutch sur leur lit, il tint un moment l'enveloppe dans ses mains.

— Je t'aime, dit Hutch. Souviens-t'en, quoi que dise cette lettre.

Stanton déchira le rabat et sortit de l'enveloppe plusieurs feuillets. Sur deux d'entre eux, il reconnut l'écriture de sa mère. Le dernier venait de son père. Les mots lui sautèrent aux yeux.

Une telle déception.

Je ne peux pas accepter.

Je ne comprends pas.

Si différent de tes frères et sœurs.

Un jour peut-être.

Nous refusons de recevoir Chris à la maison.

P.S. Nous t'aimons malgré tout.

Exactement ce à quoi il s'attendait ! Il passa les feuilles à Hutch

— J'ai envie de vomir, annonça-t-il.

Seul le silence lui répondit. En tournant la tête, Stanton réalisa que son compagnon était sous le choc. Puis Hutch inspira un grand coup.

— Je ne comprends pas comment des parents peuvent traiter ainsi un de leurs enfants !

— C'est trop pour eux. Je suis seul dans la vie à présent.

— Non ! Je suis là et les autres aussi.

— Et j'ai encore la mère de Marvin ! se raséréna Stanton. Elle va traiter mes parents de tous les noms.

— Ils le méritent.

— Elle risque de leur téléphoner, ce qui gâcherait toute chance de réconciliation future. Je me demande pourquoi j'ai espéré qu'ils finiraient par comprendre et accepter. Bon, au moins c'est fait. Je n'ai plus à me cacher, je préfère ça. J'ai un travail, nous allons bientôt déménager pour vivre ensemble. La vie est belle, oublions mes parents !

Stanton essaya de sourire, conscient que Hutch devinait sa douleur d'être rejeté par sa famille. C'était insupportable, il ne pouvait pas l'affronter pour le moment. Il se leva, rangea la lettre funeste dans un tiroir et commença les cartons qu'il avait prévus pour ce jour-là.

Cette nuit-là, après que Hutch se fut endormi, Stanton resta longuement éveillé les yeux au plafond. Pour une raison étrange, il pensait à Noël. Si Hutch rompait avec lui, où irait-il pendant les fêtes de fin d'année ? Serait-il seul chez lui à manger des plats chinois ? Il avait la sensation d'être sur un pont qui s'écroulait sous lui. Il tenta de repousser les doutes qui l'envahissaient, mais la même idée sournoise ne cessait de lui revenir : Hutch valait-il tous ces tracas ?

Et Stanton se haïssait de se poser la question.

QUATRE JOURS plus tard, Hutch et Stanton étaient occupés à remplir des cartons quand le téléphone sonna. Hutch alla répondre

— Allô ?… Oui, de la part de qui ?… une seconde.

Couvrant le combiné de sa main, il dit à Stanton :

— Un certain Brendan Baxter demande à te parler. J'ai déjà entendu ce nom, mais où ?

— Oh, merde ! C'est le quaterback dont je t'ai parlé le soir de notre rencontre, celui que j'ai sucé dans sa voiture !

— Pourquoi t'appelle-t-il ?

— Comment veux-tu que je le sache ?

— D'accord, demande-le-lui alors. Mais n'oublie pas que tu n'es plus libre d'aller batifoler. S'il réclame une nouvelle fellation, sois ferme et refuse.

— Tu es hilarant !

Il récupéra le téléphone des mains de Hutch et marmonna un « allô » un peu inquiet.

— *Stanton ? C'est Brendan. Brendan Baxter. Tu te souviens de moi ? Ça fait un bail, je sais.*

— Oui, je me souviens de toi. Comment as-tu eu ce numéro ?

— *J'ai appelé ta mère.*

— Ma mère ? Tu lui as parlé ?

— *Oui. Elle venait de recevoir une lettre de toi, aussi avait-elle ton numéro à New York. Tes parents ont été adorables, ton père se souvenait de moi.*

En voyant Hutch gesticuler pour savoir ce qui se passait, Stanton lui indiqua en silence qu'il n'en avait encore aucune idée.

Reprenant sa conversation, il demanda :

— Tu es toujours à Houston ?

— *Non. Je vis à Austin maintenant. Je suis des cours de droit à l'Université du Texas.*

Le père de Brendan, comme celui de Stanton, travaillait pour *Marathon*, une compagnie pétrolière dont le siège social se trouvait dans l'Ohio, avec une antenne à Houston. Les Baxter avaient déménagé peu après que Brendan fut sorti de l'école secondaire et depuis lors, Stanton n'avait plus eu de nouvelles de lui.

— Ça fait cinq ans, mec. C'est sympa de t'entendre, mais qu'est-ce que tu veux au juste ?

Il roula les yeux en regardant Hutch. Brendan s'éclaircit la gorge.

— *Excuse-moi, mais je ne savais vers qui me tourner. Puis-je te poser une question personnelle ?*

— Bien sûr.

— *Tu es gay ?*

Sidéré, Stanton ne répondit pas.

— *Allô ? Tu es toujours là ?* insista Brendan.

— Oui, je suis toujours là, et oui, je suis gay.

Il entendit un soupir de soulagement à l'autre bout du fil.

— *Dieu merci ! Je n'ai pas oublié cette pipe quand on était à l'école... ça avait l'air de te plaire... à moi aussi, d'ailleurs, mais ensuite, je n'ai plus jamais... euh, sauf il y a deux jours, j'ai rencontré un gars et...*

— Que s'est-il passé ?

— *Il s'agit de Trent Days !*

— Trent Days ? Le joueur de baseball ?

— *Oui.*

Stanton fit une pause le temps d'intégrer la nouvelle.

— Tu prétends que le Champion Esquimau est gay ?

Les yeux de Hutch lui sortirent de la tête.

— *Oui, mais c'est confidentiel. N'en dis rien à personne, surtout.*

— Trop tard. Mon copain a entendu, c'est lui qui t'a répondu au téléphone.

— *J'ai la trouille, Stanton, je ne sais pas quoi faire.*

— Toi et lui, vous avez...

— *... baisé ? Oui, la nuit dernière.*

— Tu as couché avec Trent Days ?

— *Oui, c'était divin, dément, incroyable. Il est encore meilleur au lit que sur le terrain. Je suis dingue de lui.*

— Quoi ? Mais tu viens juste de le rencontrer !

— *Justement, c'est dingue ! Je ne comprends rien à ce qui m'arrive ! Tu dis que tu as un copain, ça s'est passé comment avec lui ? As-tu su dès le premier jour que c'était le bon ?*

Stanton évoqua ce premier week-end avec Hutch.

— Oui, peut-être. Mais tu ne peux pas t'afficher avec Trent Days. Un athlète professionnel n'a pas le droit d'être gay. Si la rumeur se répand, il devra renoncer à sa carrière et devenir le Wallis Simpson du baseball.

— J'ignore qui c'est, mais justement, je t'appelle pour avoir des conseils. Je suis tout seul, mec. Je n'ai pas d'autres amis gays. Je suis en train de me noyer.

Stanton considéra ses options. La lettre de ses parents le poussa à une décision impulsive. Il regarda Hutch et demanda :

— Et si nous allions passer un week-end au Texas ?

Hutch leva les mains comme en haut d'une montagne russe, juste avant la chute.

— Je suis à fond pour.

Stanton reprit la ligne :

— Peux-tu accueillir deux invités, Brendan ? Mon copain est génial en situation de crise. Je n'ai eu qu'à me féliciter de ses conseils et suggestions.

— Oh, merci ! Ce serait parfait ! Quand pouvez-vous venir ?

— Ce week-end ? proposa Stanton à Hutch.

— Oui, d'accord. Demain soir, nous dînons chez mon frère, mais ensuite, nous sommes libres.

— Nous serons là vendredi, annonça Stanton à Brendan. Ça te va ?

— Oui, merci encore. Je te suis infiniment reconnaissant.

— Ne dis pas ça, je suis content d'avoir une occasion de te revoir.

— Je te rappelle demain. Et s'il te plaît, n'en parle à personne. J'espère pouvoir te faire confiance.

— Ne t'inquiète pas, Brendan. Tu peux.

Le lendemain soir, Stanton et Hutch montèrent dans un taxi et se rendirent à la brownstone [29] où Carl et Norma venaient d'emménager, dans l'Upper East Side. Après ses études universitaires, Carl Mead avait opté pour l'immobilier plutôt qu'entrer dans le cabinet d'avocat de son père. Il avait bien réussi à Chicago pour ses premiers investissements. À trente-deux ans, il se sentait prêt à affronter le marché de New York. Si Stanton le trouvait plutôt sympa, c'était sa femme, Norma, qui restait dans le clan Mead sa préférée. En descendant du taxi, Hutch paya le chauffeur pendant que Stanton levait les yeux sur le bâtiment.

— Quel est le numéro de son appartement ?

Hutch ricana.

— Tu plaisantes ? Mon frère possède la totalité.

---

29 Maison de ville typique de New York et Boston, de couleur rouge brique.

— Hein ? C'est immense ! A-t-il besoin d'autant de place ?

— Norma vient d'une famille très nombreuse. Elle espère que si elle a la place de les loger, ses vingt-cinq frères et sœurs accepteront de lui rendre visite, mais c'est sans espoir.

— Pourquoi ?

— Parce qu'ils détestent New York.

— Vingt-cinq ? Dis-moi que tu exagères !

— À peine. Ils sont certainement plus de dix... ou pas. J'ai du mal à m'en souvenir. Je ne les ai rencontrés qu'une fois, au mariage. Ils sont quakers ou amish ou un truc du genre. Ils vivent tous dans un patelin du Dakota du Sud. Blue River ? White River ? J'ai oublié, mais je suis certain qu'aucun d'entre eux ne mettra jamais le pied à New York. C'est la ville du démon !

— Ont-ils vraiment dit ça ?

— Ils en parlaient comme de Sodome et Gomorrhe, ou les deux à la fois.

— Je vois. Norma affirme que ton père lui reproche de ne pas avoir le sang bleu.

— Tu as rencontré mon père. Il n'a pas besoin de raison pour étayer ses antipathies.

Hutch sonna, Norma vint ouvrir, les bras tendus.

— Chris, Stanton ! Entrez, entrez !

À peine dans le hall d'entrée, Stanton la serra dans ses bras.

— Ta maison est magnifique !

— C'est un peu ostentatoire, je sais, mais j'espère vite la remplir d'enfants.

— Où est mon neveu ? demanda Hutch.

— Ici, déclara une voix masculine.

Ils levèrent les yeux : Carl descendait l'escalier, un bébé dans les bras. Au bas des marches, il tendit l'enfant à sa femme et salua Stanton et Hutch.

— Je suis ravi de vous voir tous les deux.

— Pareil pour moi, grand frère. Désolé de ne pas être passé vous rendre visite à l'hôpital pour la naissance, mais Stanton était en pleine remise de diplôme et moi, j'avais trois concerts de suite. C'était plutôt chaotique.

— Je comprends. Même moi, j'ai eu du mal à y arriver.

— Tiens, prends-le, dit Norma, passant son fils à Hutch.

— Je peux ?

— Bien sûr. Colin, je te présente ton oncle Chris.

Le bébé roucoula. Stanton sourit en voyant l'expression émerveillée de Hutch. Son compagnon, comprit-il, ferait un père merveilleux.

Tous remontèrent au salon, au premier étage. Hutch berçait Colin en marchant et lui chantait *Mockingbird*.

— Je vois que tu as gardé la coutume Mead des prénoms en C, déclara Stanton à Norma.

Elle s'approcha de lui et murmura :

— Je n'ai pas été consultée.

— Tu parles sérieusement ? Mais c'est ton fils !

— Il porte le nom de son oncle Colin, le frère de Mme Mead.

— Celui qui vit en Irlande ?

— Oui.

— Et personne ne t'a demandé ton avis ? insista Stanton, sous le choc.

— Non.

— Les Mead sont vraiment comme les Carrington de *Dynasty*. Ils ont même un fils gay !

— Et moi, quel est mon rôle dans la tribu ?

— Tu pourrais être Linda Evans…

Norma éclata de rire.

— Oh, non ! Je suis trop jeune et pas assez glamour !

— Tu es la seule du lot à avoir de la classe, assura Stanton.

Norma se hissa sur la pointe des pieds et l'embrassa sur la joue.

— Je suis tellement contente que Chris t'ait rencontré ! Tu mets un peu d'éclat et de légèreté dans cette famille !

— Chris et moi avons décidé de pourrir ton fils. Tu t'en doutes, je présume.

— Je dirais même que j'y compte bien !

Au cours du dîner, Hutch raconta que Stanton et lui avaient prévu à l'improviste d'aller passer le week-end au Texas. Bien entendu, il tut le nom de Trent Days. La discussion dévia ensuite sur le récent scandale sexuel au Congrès qui avait fait la une des journaux ce matin-là.

Tout à coup, Carl demanda à son frère :

— As-tu parlé à père ces derniers temps ?

Hutch se crispa, comme si c'était un sujet qu'il avait espéré éviter.

— Non.

— Eh bien, il faut que tu fasses un effort, toi aussi.

— Nous étions là pour Pâques.

— C'est ce que tu prévois de faire dorénavant ? Ne voir ta famille qu'une fois par an ? Tu n'aurais pas dû sauter Thanksgiving. Tu sais combien cette fête compte pour père.

— Il m'a demandé de venir sans Stanton.

— Il finira par s'y faire, insista Carl, mais tu dois parcourir la moitié du chemin.

— Je vois mal en quoi il fait un effort s'il s'obstine à nier ma relation !

— Tu es aussi têtu que lui ! Vous ne voulez ni l'un ni l'autre faire preuve d'empathie !

— Carl, intervint Norma, ne crois-tu pas que cette conversation peut attendre ?

Hutch ignora la tentative d'apaisement de sa belle-sœur.

— Papa fait comme si Stanton n'existait pas. Tout comme toi en ce moment.

Carl se figea, visiblement contrarié par cette accusation. C'était la première fois que Stanton voyait les deux frères se disputer de cette façon. Carl parut réfléchir, puis il se tourna vers lui.

— Si je vous ai donné cette impression, je m'en excuse. Norma et moi sommes de votre côté à tous les deux, mais j'essaie d'établir une trêve entre Chris et notre père. Vous comprenez ?

Stanton acquiesça.

— Oui, je le comprends sans doute mieux que Hut... hum, que Chris. Je voudrais aussi vous prévenir que votre frère n'agit pas de cette façon pour moi, mais pour lui.

Hutch lui sourit.

— Merci, Stanton.

Carl secoua la tête.

— Je persiste à dire que plus père te verra, plus il s'adoucira.

Hutch jouait avec ses pâtes. Il pointa sa fourchette sur son frère.

— Je l'ai prévenu : il me verra s'il invite Stanton. C'est non négociable.

— Ton père m'a reçu une fois ou deux, intervint Stanton. C'est plus que mes parents.

— T'auraient-ils enfin répondu ? demanda Norma.

— Oui, il y a quelques jours. Je préfère ne pas en parler, ça me couperait la digestion

— Oh, c'est à ce point ?

— Non, pire.

Après le plat principal, Hutch demanda à parler à Carl en tête-à-tête. En les voyant quitter la pièce, Norma se tourna vers Stanton.

— Que se passe-t-il ? Es-tu au courant ?

Stanton posa ses coudes sur la table et croisa les mains.

— Oui. Chris va demander à ton mari de travailler avec lui.

— Oh, mon Dieu ! Et sa musique ?

— Il abandonne. Il dit qu'il en a assez de tout rater.

— N'as-tu pas tenté de le faire changer d'avis ?

Stanton se voûta davantage.

— Si, mais il a pris sa décision. On ne peut forcer quelqu'un à poursuivre un rêve.

Un moment plus tard, Hutch et Carl revinrent dans la salle à manger. Carl paraissait enchanté, comme si la nouvelle qu'il venait d'apprendre le comblait. Alors le dessert arrivait, il annonça à sa femme :

— Chris et moi allons travailler ensemble. Quelle bonne nouvelle !

Hutch souriait lui aussi, mais ses yeux étaient vides, ce que Stanton considéra comme un très mauvais signe.

LE LENDEMAIN matin, ils prirent l'avion pour Austin. Huch fut captivé par le Lone Star State à peine le pied posé sur le sol texan. Stanton dut admettre que le ciel était immense, si bleu qu'on se serait cru dans un tableau. Ils prirent un taxi à l'aéroport pour se rendre chez Brendan, qui louait un appartement au nord du campus de l'UT. En voyant le chauffeur s'arrêter devant une maison particulière, Stanton vérifia l'adresse.

—Vous êtes certain que c'est là ?

— C'est l'adresse que vous m'avez donnée, monsieur.

— Mais il loue un appartement.

— Il y en a un au-dessus du garage, intervint Hutch, le nez collé à la vitre.

— Oh, d'accord.

Stanton sortit un billet et le tendit au chauffeur.

— Gardez la monnaie.

Ils sortirent du véhicule et remontèrent l'allée. Soudain, une voix grave résonna derrière eux :

— Vous êtes venus rendre visite à Brendan, je présume ?

Ils se retournèrent : un homme marchait vers eux, la trentaine environ, pieds nus, en short et un tee-shirt de l'Université du Texas. Ses cheveux

253

et ses yeux étaient d'un brun sombre, presque noir. Il était absolument superbe !

— Oui, en effet, répondit Stanton. Qui êtes-vous ?

L'homme se mit à rire – de ces rires profonds et virils capables de faire vaciller un gay au sang chaud.

— Bill Wash. J'habite ici. C'est moi qui loue son studio à Brendan.

— Oh ! dit Stanton. Bonjour, M. Walsh. J'étais à l'école avec Brendan. Je suis Stanton.

Bill Walsh s'avança, la main tendue.

— Vous êtes New-Yorkais ?

— Oui, effectivement. Voici Hutch, mon…

Stanton hésita, presque prêt à retourner dans le placard.

— Votre amant ? proposa Bill Walsh avec un sourire. Ou préférez-vous dire « partenaire » ?

— Comme vous voudrez, monsieur, souffla Stanton, rassuré. L'un et l'autre me conviennent très bien.

— C'est aussi ce que dit Brendan. Franchement, jeunes gens, vous devriez trouver un mot plus original ! Amant fait trop sexuel, partenaire, trop professionnel.

Hutch tendit la main à son tour.

— Enchanté de vous rencontrer, M. Walsh.

— Ça suffit avec ce « monsieur » cérémonieux. Je n'ai que quelques années de plus que vous, Hutch. Appelez-moi Bill, voyons ! Même mes élèves le font.

— Vous êtes professeur ? demanda Hutch.

— Oui, j'enseigne l'anglais à l'université. Je débute dans la profession. Ma femme attend bientôt notre premier enfant. Nous voulions attendre que je sois titulaire pour commencer à fonder une famille, mais la nature en a décidé autrement. Suivez-moi, tous les deux, venez prendre un verre.

— Nous n'avons pas encore dit à Brendan que…

— Il ne rentre que vers dix-sept heures. Il m'a demandé de vous accueillir. Auriez-vous un petit creux ?

Sur ce, Bill Walsh passa devant eux et se dirigea vers le porche. Stanton et Hutch récupèrent leurs sacs de voyage et coururent pour le rattraper. Bill monta les marches menant à la porte d'entrée et l'ouvrit. Les trois hommes entrèrent dans la maison. Stanton laissa tomber son sac à terre et regarda autour de lui.

La bâtisse était ancienne, avec de hauts plafonds, des planchers et de belles moulures artisanales. Il ne sut dire pourquoi, mais quelque chose dans le jeu de la lumière sur les murs lui évoqua Picasso.

Bill les conduisit dans la cuisine.

— Aimez-vous les *migas* ?

— C'est quoi ? demanda Hutch.

— Un plat tex-mex : des œufs, avec des tomates, des oignons, des poivrons et des lanières de tortillas. Et du fromage. Beaucoup de fromage et de la salsa, épicée bien sûr.

Hutch s'asseyait déjà à la table.

— Ça paraît sensass. Je meurs de faim. Le vol a été long et je ne touche jamais aux saloperies qu'ils servent dans les avions. As-tu compris quelle était la viande bizarre qui se trouvait sur nos plateaux ?

— Du steak Salisbury, répondit Stanton.

— C'était dégoûtant.

— C'est ce que mangent la plupart des écoliers américains tous les mercredis.

Bill sortait les œufs du frigo

— Je vais vous installer une des chambres de l'étage, annonça-t-il. Celle que vous voulez, elles sont inoccupées et les deux ont un grand lit.

— Oh, s'étonna Stanton, je croyais que nous allions coucher chez Brendan.

— Non, vous n'auriez pas la place, dit Bill en riant. C'est juste un grand studio. Et puisque Trent y passe l'essentiel de son temps, autant les laisser tranquilles, vous ne croyez pas ?

Stanton devint ponceau.

— Ainsi, ça ne vous gêne pas que nous…

— … que vous dormiez ensemble ? Pas du tout. Je ne suis pas comme mon père, nom d'un chien ! Ma femme risque de faire la moue, mais ne vous inquiétez pas, je me charge d'elle. Et puis, ne lui en voulez pas. Quatre gays sous son toit, cela a de quoi la secouer. Elle est née dans un tout petit village très catholique et conservateur, ça laisse des traces, je vous le dis.

— Merci de votre hospitalité, déclara Hutch.

— Je commence à préparer les *migas*, j'en ai pour une dizaine de minutes. En attendant, montez vos sacs à l'étage, installez-vous et lavez-vous les mains. Il y a une salle de bain, entre les deux chambres.

Stanton et Hutch obtempérèrent sans se faire prier. Ils montèrent l'escalier et se trouvèrent devant de nombreuses portes. Ils choisirent la chambre du fond, qui donnait sur le jardin derrière la maison. Après avoir posé leurs sacs, ils s'assirent sur le lit.

— C'est sensass ! déclara Hutch.

— Je sais, mais j'ai l'impression bizarre d'être entré dans un roman qui n'est pas le nôtre.

— Bill Walsh est beau à tomber.

— Ah, tu l'as remarqué aussi, hein ?

— Je ne suis pas aveugle. J'adore le Texas !

Il baissa la voix et imita l'accent de Bill.

— *Vous êtes New-Yorkais ?*

Stanton rit.

— Ne te fais pas d'illusions, Hutch, nous ne sommes pas venus pour partouzer avec le propriétaire de Brendan !

Après être passé dans la salle de bain, ils redescendirent. Ils entrèrent dans la cuisine au moment où Bill emplissait leurs assiettes. Ils s'attablèrent avec entrain et dégustèrent leurs *migas* en félicitant le cuisinier. Puis la conversation dévia sur les auteurs les plus représentatifs de l'esprit sudiste et Stanton écouta Hutch et Bill prendre parti pour William Faulkner ou Tennessee Williams. Hutch affirmait que les personnages de Williams, Blanche et Stanley en particulier, étaient plus emblématiques que tout ce que Faulkner avait pu créer. Bill évoquait le charme charismatique de Vivien Leigh et Marlon Brando, aussi accusait-il Hutch de parler plus cinéma que littérature.

Puis la porte arrière de la cuisine s'ouvrit et une femme très enceinte entra, les bras chargés de sacs d'épicerie. Stanton la trouva très belle, elle ressemblait à Grace Kelly en brune, à l'époque où l'actrice tournait *Fenêtre sur cour*.

— Mon Dieu ! Quelle chaleur ! Je ne pense pas que les femmes aient été programmées pour donner naissance au Texas pendant l'été.

Bill se leva et la débarrassa de ses courses.

— Grace chérie, voici les amis de Brendan, Stanton et Hutch, qui seront nos hôtes ce week-end. Jeunes gens, je vous présente ma femme, Grace.

Hutch se leva pour lui serrer la main.

— Ravi de vous rencontrer, madame.

Stanton fit pareil, puis ne put s'empêcher de demander :

— La naissance est pour quand ?

— La semaine prochaine.

256

— Avez-vous choisi le nom du bébé ? demanda Hutch.

— Bill l'a fait, oui, répondit Grace.

Une fois les courses sur le comptoir, Bill répondit :

— Benjamin si c'est un garçon, Caddy si c'est une fille.

Hutch se mit à rire.

— Ne me dites pas que vous comptez nommer vos enfants d'après *Le Bruit et la Fureur* !

— Si, pourquoi pas ?

— Je vois que mon mari s'est déjà chargé de vous nourrir, intervint Grace.

— Oui, madame, répondit Hutch. Il est excellent cuisinier, ses *migas* étaient tout à fait mémorables !

Grace s'attabla avec eux pendant que Bill rangeait les commissions dans les placards ou le réfrigérateur. La conversation roula un temps sur les sites d'Austin qu'elle conseillait à Stanton et Hutch de visiter pendant leur séjour. Puis Brendan téléphona pour dire qu'il n'allait pas tarder à rentrer. Trent était avec lui.

Stanton et Hutch se regardèrent, partageant la même idée : ils s'apprêtaient à rencontrer un des plus célèbres joueurs de baseball d'Amérique !

Stanton demanda à son hôte :

— Si ça ne vous dérange pas, Bill, nous allons monter nous changer.

— Bien sûr, mais n'en faites pas trop. Trent est un charmant garçon très naturel. Ne vous avisez pas de vous mettre sur votre trente et un, il vous éclaterait de rire au nez !

— Bien sûr, dit Stanton. Je voulais seulement changer de tee-shirt.

Au moment où Stanton refermait la porte de leur chambre, il entendit des éclats de voix au rez-de-chaussée : les Walsh se disputaient dans la cuisine. Il se figea et écouta :

— Je t'accorde qu'ils sont charmants, mais pourquoi les as-tu mis dans la même chambre ? C'est indécent ! Je suis chez moi, quand même !

— Je croirais entendre ton père. Je ne reconnais pas la femme que j'ai épousée !

— Nous n'avons jamais parlé de notre position concernant l'homosexualité durant nos fiançailles. Tu le sais très bien. Si tu m'avais osé la question alors, je n'aurais pas mâché mes mots. Et pense un peu à leurs familles ! Mon Dieu, les pauvres gens, ce doit être si difficile pour eux !

257

— Mais qu'est-ce qui te prend ? Nous sommes en 1983, le monde est devenu plus tolérant. Il y a des gays dans les films et les émissions télé. Stanton et Hutch sont des New-Yorkais raffinés et je refuse qu'ils considèrent les Texans comme des homophobes rétrogrades !

— Alors c'est tout ce qui compte pour toi ? Tu acceptes les pires turpitudes de peur d'être jugé ? Ton manque de rigueur morale me consterne, Bill !

Stanton ferma la porte.

— Tu les as entendus ? demanda-t-il à Hutch.

— Oui. Vois le bon côté des choses : elle nous trouve charmants. C'est déjà ça.

— Quant à lui, il délire ! ricana Stanton. Moi, un New-Yorkais raffiné ? Sans blague !

— C'est le destin qui nous a conduits ici, déclara Hutch. J'en suis certain. Un jour viendra où nous comprendrons pourquoi. Au fait, j'adore le Texas !

— Tu n'en as rien vu à part le court trajet entre l'aéroport et la maison.

— Aucune importance. Nous aurons bien le temps de jouer les touristes. Robert m'a dit qu'Austin avait un Palais des Congrès – c'est là qu'ont lieu tous les spectacles musicaux.

— Ça ressemble à la ville où j'ai grandi.

— *Le diable est dans les détails*, déclara Hutch. À ton avis, que dois-je porter pour rencontrer Trent Days ?

Stanton sentit la surexcitation de son amant. Il l'embrassa.

— À t'entendre, on te donnerait à peine neuf ans. Vas-y, continue, j'adore te voir en fan hystérique !

Hutch lui fit un clin d'œil.

— D'accord, je l'admets, l'anticipation me coupe le souffle.

— Tu as oublié la pause.

Ils éclatèrent de rire ensemble.

DEUX JOURS plus tard, dimanche après-midi, Stanton et Hutch faisaient leurs adieux à Brendan et Trent dans l'allée de la maison Walsh. Stanton serra Brendan dans ses bras.

— Ça a été spectaculaire !

Puis se tournant vers Trent :

— J'espère vraiment que ça s'arrangera pour vous deux.

— Moi aussi, dit Trent.

Hutch lui aussi les étreignit tous les deux.

— Merci de nous avoir invités. Grâce à vous, je suis tombé amoureux du Texas. En repartant, j'ai l'impression de laisser un morceau de mon âme derrière moi.

Brendan gloussa.

— C'est une belle région, pas vrai ? Elle vous prend aux tripes !

— Ça, c'est sûr.

En voyant Trent danser d'un pied sur l'autre, Stanton voulut le rassurer.

— Ne t'inquiète pas, nous ne parlerons de toi à personne. Juré craché.

Hutch acquiesça.

— Je ne peux pas imaginer le fardeau que tu portes sur les épaules, Trent. Nous sommes de votre côté, les gars, quoi que vous décidiez de faire.

— Merci, dit Trent. N'oublie pas ce que je t'ai dit, Hutch.

— Je n'oublierai pas.

Peu après, Hutch et Stanton montaient dans leur taxi. Hutch agita la main par la vitre en criant :

— Bonne soirée, *vouszautres* !

Alors que la voiture s'éloignait, Stanton se tourna vers Hutch.

— *Vouszautres* ?

— Je m'entraîne à parler texan.

— Qu'est-ce que Trent t'a dit ?

Hutch l'embrassa avant de répondre :

— *Penser à long terme.* C'est sa devise quand il joue.

— De quoi parliez-vous quand il t'a dit ça ?

— De toi, du baseball, de la vie en général.

— Penser à long terme, hein ? Ça me plaît.

— À moi aussi.

ILS ARRIVÈRENT à New York tard dans la nuit et entamèrent la journée du lendemain sur les chapeaux de roues. Entre le travail de Stanton et leur déménagement imminent, ce séjour au Texas devint vite un souvenir parmi d'autres. Les jours passèrent.

Le 22 juillet au matin, Hutch téléphona à Stanton au travail et lui demanda s'il avait écouté les infos. Stanton ayant répondu par la négative,

Hutch lui annonça la mort de Trent Days, au cours de la nuit dans un accident d'avion.

Quand la liste des passagers finit par être communiquée à la presse, Stanton y trouva la confirmation de ses soupçons : Brendan se trouvait aussi dans cet avion.

Il tenta à plusieurs reprises de prendre contact avec Bill Walsh, mais en vain. Et la ligne n'avait pas de répondeur. Dévastés, Stanton et Hutch, tenus par le secret, ne pouvaient pas parler de leur chagrin à leurs amis. Ils pleurèrent ensemble, en privé. Petit à petit, ils firent leur deuil et la vie reprit son cours.

Début août, Hutch commença à travailler avec Carl. Stanton et lui s'installèrent également dans l'appartement de la place St Marks, ce qui paraissait le premier pas vers un avenir à deux.

Devant eux, le ciel paraissait ouvert – immense et d'un bleu sans nuage.

Pourtant, à l'approche de l'automne, peu après la Fête du Travail, Stanton commença à réaliser que ce séjour au Texas avait peut-être été leur dernier moment de vrai bonheur.

COVER ME

LE VENDREDI soir qui suivit le retour de Topher de New York, Dime Box jouait au *Rooftop* sur la 6th. Ils terminèrent leur spectacle avec un titre de Michael Jackson, *The Man in the Mirror*. Le public venant assister à leurs concerts avait augmenté au fur et à mesure que leur popularité croissait et la presse locale s'intéressait désormais à eux. Cette nuit-là pourtant, Topher et les jumeaux étaient d'une humeur massacrante. Topher était conscient d'avoir chanté sans âme et il s'en fichait. Au cours de la semaine écoulée, il avait régulièrement envoyé à Stanton des textos pour deux réponses seulement. C'était fini, il le savait. Même ses vibrations fantômes l'avaient abandonné. Quant à Robin et Maurice, ils lui faisaient la tête, mécontents de ne pas avoir pu rencontrer Stanton.

À la fin du spectacle, ils rangèrent le matériel, haut-parleurs et amplificateurs. Peter était le seul à bavarder gaiement de leur audience sur YouTube et de la meilleure façon d'optimiser les moteurs de recherche. Topher et les jumeaux se contentaient de hocher la tête, l'ignorant la plupart du temps.

Ils rentrèrent chez eux bien après minuit. Topher se rendit directement dans sa chambre et se jeta sur son lit, épuisé. Malgré cela, il ne put fermer l'œil et le lendemain matin, il était au bord du désespoir. Vers huit heures, il quitta péniblement son lit et prévint le garage qu'il ne pourrait pas venir travailler. Passant ensuite dans la cuisine, il y trouva Peter attablé devant un bol de bouillie d'avoine.

— Tu as une sale…

— Ne dis rien, Pete ! Je me sens encore pire que j'en ai l'air.

Sans insister, Peter se mit à jouer avec son téléphone, sans doute était-il occupé à consulter son tout nouveau compte Twitter. En même temps, il ajouta du lait dans son bol et continua à manger.

— Excuse-moi, lança Topher.

Il prit un verre dans le placard, ouvrit la porte du réfrigérateur et se servit de jus d'orange. Il sentait encore le goût de Stanton dans sa bouche.

— Viens ici, dit Peter dans son dos.

Topher referma le réfrigérateur et alla s'asseoir à côté de Peter.

— Tu connais la comédie musicale *The Fantasticks* ? demanda son ami.

— Non.

— Tu te souviens de Lacey, la fille que je t'ai présentée la semaine dernière ?

— Celle qui était très jolie, avec un tout petit nez marrant ?

— Oui. J'étais chez elle ce week-end, avec ses colocataires, Kenneth et Dan, et nous nous sommes mis à parler musique. Ils m'ont suggéré que Dime Box chante un air de comédie musicale à la fin des spectacles. Au début, j'ai rigolé en les traitant de barges, mais Kenneth a sorti son portable et il m'a passé ses airs préférés... des chansons géniales que je n'avais jamais entendues, toi et les jumeaux êtes certainement dans le même cas. Elles ont une émotion si forte que j'ai cru que ma tête explosait. En plus, Topher, elles correspondent exactement à ta voix, en particulier une qui s'appelle... *try to Remember* et qui vient justement de *The Fantasticks*. C'est sur le même thème que *Yesterday*.

— Des Beatles ?

— Oui. Ce sont des chansons merveilleuses qui parlent chagrin et nostalgie, tu sais, quand on regarde vers un passé où tout était mieux qu'aujourd'hui. Bien entendu, *Yesterday* est plus connue, mais j'ai compris un truc : les plus belles chansons du monde ne parlent pas d'amour, mais au contraire...

— ... du chagrin de l'avoir perdu !

— Exactement ! *Try to Remember* est plus triste encore que *Yesterday*, elle évoque une perte presque vitale. Je m'explique mal... tu vois ce que je veux dire ?

— Oui, j'en ai bien peur.

— J'ignore comment ça va finir entre Stanton et toi, mais tu devras utiliser ce que tu ressens pour l'exprimer en musique. Tu parles toujours de ces chansons enfermées dans ta tête. Et si un cœur brisé t'aidait à les débloquer ? Si c'était la clé que tu cherches depuis si longtemps ?

— Tu penses vraiment que c'est possible ?

— Hé, ça a marché pour Alanis Morissette !

Ayant fini son petit-déjeuner, Peter quitta la table, mit son bol dans l'évier et le rinça. Il rapporta ensuite la brique de lait dans le réfrigérateur. Puis il se retourna et annonça :

— Bon, je vais travailler. Pas toi ? Tu as pris un jour de congé ?

— Oui.

— À ce soir, alors.

— Oui. Et merci d'avoir essayé de me remonter le moral.

À la porte de la cuisine, Peter lança :

— Ne me remercie pas, mec. Va plutôt nous écrire une sublime chanson.

TOPHER SUIVIT ce conseil et passa la matinée dans sa chambre, assis dans son fauteuil de bureau à roulettes, sa guitare sur ses genoux. Devant lui sur le lit s'étalaient des pages de partitions. Il sortit la photo qui représentait Chris et ses amis, et la posa également sur le lit. Puis il commença à gratter sa guitare en pensant à la Fender noire enfouie tout au fond du placard de Stanton. Une fois de plus, il se demanda si mettre la main sur cette guitare pourrait l'aider... À moins que Peter ait raison et que le chagrin qu'il éprouvait suffise à libérer son inspiration. Topher se sentait au fond du trou, de ça au moins, il était certain.

Il avait déjà le titre de sa nouvelle chanson, *Homesick,* mais il n'arrivait pas à trouver les paroles qui s'accordaient à sa musique. Épuisé, il finit par s'endormir. Il se réveilla vers quinze heures, cet après-midi-là.

Il retourna dans la cuisine chercher un soda Dr Pepper dans le réfrigérateur, puis revint dans sa chambre et reprit sa guitare. Allongé sur le lit, il se mit à chanter les pensées qui lui traversaient l'esprit sur l'air de *The Eyes of Texas,* qui était aussi celui de *I've Been Working on the Railroad.*

Les yeux au plafond, il psalmodia :

— *J'ai travaillé comme un forçat, toute la journée sur cette fichue chanson.*

Si tu m'as vu fermer les yeux, ne te détourne pas, je t'en prie.

Donne-moi une autre chance, un coup de main,

Parce que je n'en peux plus.

Éclaire ma route, montre-moi le chemin, je suis perdu.

À ce moment-là, son téléphone vibra dans sa poche. La peau de Topher se hérissa de chair de poule, sa vision devint un tunnel et tous ses sens s'aiguisèrent à l'extrême comme cette nuit, au concert, pendant que Bruce Springsteen jouait *Thunder Road* et qu'il avait embrassé Stanton pour la première fois. Se redressant d'un bond dans son lit, il regarda la photo de Chris et de ses amis. Il sut ce qui allait arriver. Il entama mentalement un compte à rebours : *cinq, quatre, trois...*

Un goût de mer explosa sur ses lèvres.

Il sortit son téléphone, l'ouvrit et regarda longuement l'écran vide. Puis il comprit. C'était peut-être la dixième fois qu'il ressentait cela, ces vibrations fantômes, sans pour autant avoir réalisé l'évidence... jusqu'à ce moment.

Très lentement, il posa sa guitare sur le lit. Même si ce qu'il s'apprêtait à faire était dingue, il ne pouvait pas s'en empêcher.

Il leva le téléphone à son oreille et chuchota :

— Allô ?

Au début, il n'entendit que le silence, puis :

Salut, Topher.

Il quitta de son lit d'un bond en jetant son téléphone. Il regarda autour de lui pour vérifier qu'il n'était pas victime d'une farce.

— Je deviens fou ! s'exclama-t-il à haute voix.

Le téléphone gisait sur le lit, ouvert, silencieux et sombre. Il le reprit et le remit à son oreille. Il attendit un moment puis répéta :

— Allô ?

Ne recommence pas à jeter ton téléphone, s'il te plaît.

— Qui êtes-vous ?

À ton avis ?

— Chris ?

Silence.

— Je deviens fou, c'est ça ?

Non, au contraire. Tu deviens enfin lucide.

— Mais comment est-ce possible ?

Considère ton téléphone comme... une métaphore.

— Hein ? Quelle sorte de métaphore ?

Ça fait des semaines que j'essaie de te contacter, merde, et tu ne décroches jamais ! À quoi bon avoir un putain de téléphone si on n'y répond pas ?

Topher eut un bref éclat de rire.

— Tu veux dire que nous aurions pu parler dès le premier jour, quand Stanton s'est pointé au garage parce que sa voiture l'avait lâché ?

Il ne réalisa même pas être passé d'instinct au tutoiement.

Oui, Topher, j'ai toujours été là, avec toi.

— Nom de Dieu !

Calme-toi. Tu n'as aucune raison de paniquer.

— Ah, vraiment ? Tu réalises ce que tu dis ?

Accepter l'inéluctable va te demander un certain temps, mais en attendant, il faut que tu comprennes un truc important : nous sommes une seule et même personne. Depuis toujours. C'est compris ?

— Nous sommes une seule et même personne, répéta Topher comme un robot.

Encore. Il faut que tu le répètes jusqu'à ce que ça entre dans ton crâne.

— Nous sommes une seule et même personne.

Très bien. Maintenant, respire et parle-moi. Pourquoi à ton avis avons-nous cette conversation ?

— Je ne sais pas.

Parce que tu n'as pas pris la peine d'y réfléchir. Essaie encore !

— Euh... parce que j'ai tout foutu en l'air, je présume. Stanton prétend que tu t'interposes toujours entre nous, il est furieux contre moi, il ne veut plus me voir. J'ai aucune expérience, tu sais, je ne sais pas comment arranger les choses.

Non, ce n'est pas de ta faute. Désolé de m'être interposé, mais je suis avec toi, Topher, nous sommes une seule et même personne, ne l'oublie jamais.

— Je vais essayer d'y croire... ce n'est pas facile, mais je vais essayer.

Bien. J'ai besoin de ton aide.

— Ah, bon ? En quoi ?

Si je me suis manifesté – interposé, comme tu dis –, c'est pour une raison. Laquelle selon toi ?

— Je n'en sais rien.

Mais si, réfléchis. Donne-moi la première idée qui te passe par la tête.

Topher pesa une minute sa réponse.

— Parce que Stanton s'accroche encore... au passé, et à toi. Je ne sais pas pourquoi, mais il a jamais pu oublier.

Exactement. Mais attention, même si tu as du mal à le croire, je ne suis pas ton rival. Je ne le serai jamais.

— Parce que nous sommes une seule et même personne ?

Bravo ! Tu commences à comprendre.

— Tu vas m'aider ?

Bien sûr ! C'est pour ça que je suis là. Je veux la même chose que toi : que Stanton se libère et recommence à vivre.

— Que dois-je faire pour qu'il oublie ?

265

Trouve toi-même la réponse... Je vais t'aider. D'où vient le traumatisme de Stanton ? Qui d'autre a joué un rôle dans notre histoire ? Qui d'autre a été impliqué ? Rappelle-toi Topher. Rappelle-toi ce que Ben t'a dit !

— Quand ?

Le matin où tu as entendu l'émission de Stanton à la radio, tu as eu Ben au téléphone. Que t'a-t-il dit ?

— Je ne sais pas... Oh, si, je me souviens... il a parlé d'une chaise vide à Thanksgiving. Il a dit que ton père ne s'était jamais pardonné...

Topher s'arrêta, les yeux exorbités. Puis il s'écria :

— Ton père ! Il s'est passé quelque chose entre Stanton et ton père.

Oui. Tous les chemins mènent à Stanton et mon père.

— Mais je n'en sais pas plus, protesta Topher.

Va poser les questions nécessaires pour apprendre la suite.

— À qui ? À Stanton ? Il veut ne pas en parler.

Stanton est devenu renfermé et secret, mais ça peut changer. Il était courageux autrefois, sans peur, et tu peux lui rendre ces qualités perdues. Tu me comprends ?

— Oui, je crois.

Tant mieux. Bon, passons à ta musique ?

— Hein ?

Pourquoi ces tâtonnements ?

— Non ! Ce n'est pas... je...

Topher se recroquevilla sur lui-même et reprit d'un ton geignard :

— Si je n'ai pas Stanton, je suis pas certain de vouloir continuer. Je parle d'une carrière dans la musique. Sans lui, je me sens vide. Je déteste cette sensation.

Et tes chansons ?

— Celles qui sont dans ma tête ?

Oui.

— Tu crois que je peux les libérer ? Tu crois que je peux trouver la clé ?

Je ne crois pas, je sais. Tu as déjà la clé, Topher. Il te suffit de le réaliser.

— C'est la Fender noire ?

Non, même si cette guitare était sensass, je l'adorais !

— Où l'as-tu achetée ? Je ne savais même pas qu'il existait des Fender acoustiques.

Elle est unique, elle a été faite spécifiquement pour moi. Mais Fender fait quand même de l'acoustique.

— Peter prétend que la clé vient d'un cœur brisé. C'est vrai ?

Non, mais la douleur améliore toujours les chansons de celui qui l'endure. Pense plutôt à ce que Stanton t'a dit.

— Quand ?

Quand il t'a déconseillé d'utiliser un seul mot pour exprimer un concept.

— Pour pas rester coincé dans... Oh ! Tu cherches à me dire que je me suis piégé tout seul ?

Oui. Parfois, on ne trouve pas la réponse parce que la question est mal posée.

Topher réfléchit un long moment.

— Je vois... c'est le mot verrouillé, alors... Il n'y a pas de clé parce qu'il y a pas de verrou. C'est ça ?

Oui. Maintenant, vas-y. Écoute ce que tu entends dans ta tête. Rappelle-toi la façon dont tu l'as décrit à Stanton : des fragments, des phrases inachevées, des mots sans queue ni tête.

— Oui, et alors ? Je ne comprends toujours pas.

Ce que tu décris n'est pas verrouillé. C'est juste...

Topher eut une illumination.

— Incomplet !

Oui. Tu vois ? Tu avances.

— Je n'ai qu'une partie de ces chansons. Donc, le reste est...

... ailleurs. Oui.

— Où ?

À ton avis ?

— Dans une autre tête.

Pas mal. Et laquelle, selon toi ?

— Stanton ?

Non, ce serait trop facile. Réfléchis... Tu dois le savoir, le sentir. Moi aussi, jadis, mais j'ai été trop buté pour comprendre.

Topher réfléchissait, sans rien trouver. Très énervé, il tapa du pied. D'un seul coup, un nom lui monta aux lèvres :

— Marvin !

Oui.

— J'avais envie d'écrire une chanson sur mon pays natal... il m'a dit que le voyage était plus intéressant que la destination. Tu crois vraiment que je peux écrire des chansons avec lui ?

Oui, et ces chansons seront grandioses.

— Oh ! Je trouverai un moyen de tout arranger entre Stanton et ton père. Ça viendra, d'une façon ou d'une autre, je le sens. Mais d'abord, il faudra que Stanton accepte de me revoir. Euh... comment le convaincre ? Il refuse d'accepter ce lien entre toi et moi, il traite la réincarnation d'aberration ! Il se trompe, hein ?

Tu penses devoir lui prouver que...

— Je ne pense pas, j'en suis certain. Même si je le force à me revoir, il exigera une preuve irréfutable pour croire que j'ai un lien avec toi. C'est lui qui me l'a dit.

Tu raisonnes à l'envers. Nous sommes connectés et tu ne pourras pas prouver le contraire. Et puis, Stanton se fiche bien de la réincarnation, des concordances de dates ou même des voix qui se ressemblent. Ce n'est pas le genre de preuve qu'il cherche.

— Alors, quoi ?

C'est à toi de me le dire.

Topher se concentra.

— Tu disais vrai... Stanton a peur.

De quoi ?

— Que notre relation ne soit pas réelle. Il veut la preuve que l'amour existe.

Et quelle est la seule preuve que tu peux lui offrir ?

Topher n'eut pas à réfléchir cette fois.

— Ma musique !

Oui. Tu atteindras Stanton avec une chanson si belle qu'elle ranimera le feu dans son cœur. Il veut être certain que l'amour n'est pas un simple feu de paille hormono-dépendant. Nous allons lui donner ce qu'il attend. Toi et moi, ensemble.

— Avec quelle chanson ?

À toi de la trouver. Aie confiance en toi. Tu ne gardes peut-être aucun souvenir de ma vie, mais nous sommes la même mélodie, Topher. J'étais un couplet, tu en es un autre. Tout ce que j'étais et j'espérais devenir, je l'ai mis dans la musique.

— Tu crois que je me souviendrai un jour ?

Peut-être. Ou peut-être pas. La mémoire s'exerce de différentes façons. Tu trouveras la bonne chanson. Je te le promets.

— Parce que nous sommes une seule et même personne.

Oui. Tu vois, je n'ai plus rien à t'apprendre !

Topher se mit à rire.

— Tu es marrant. Pourquoi tout cela m'arrive-t-il seulement maintenant ? Pourquoi n'ai-je pas eu ce genre de flashs plus tôt ?

Aurais-tu pu les gérer il y a six semaines ?

— Probablement pas.

Parlons de la photo à présent. Regarde-la. Que vois-tu ?

Topher récupéra la photo et l'examina.

— Quatre hommes. Vous paraissez heureux.

Nous sommes quatre, Topher. Pas un, mais quatre. Ne vois-tu pas que tous font partie de cette histoire ?

— Je préférais ne pas trop impliquer Peter et les jumeaux.

Pourquoi pas ? C'est justement ce que je veux t'amener à voir.

— Je ne comprends pas ?

La vraie vie réclame des implications. Les amis les plus intimes ne sont pas là pour être de simples spectateurs, alors ne laisse pas les tiens sur la touche.

— C'est vrai... Je peux au moins leur raconter ce qui se passe.

C'est une bonne idée.

Silence.

— Cette conversation a été... intéressante, reprit enfin Topher.

C'est vrai. Maintenant, mets-toi au travail et trouve ta chanson.

— D'accord. Tu reviendras me parler ?

Aussi souvent que tu veux. Je te l'ai déjà dit : j'ai toujours été là, avec toi.

— Sensass !

Ils éclatèrent du même rire.

Au fait, j'aime bien la façon dont tu as raccourci notre nom. Topher. Je suis jaloux. Je n'y avais pas pensé. Quoi que tu fasses, ne renonce pas à Stanton, d'accord ?

— D'accord. Au revoir, Chris. Et merci.

Topher raccrocha et s'assit sur son lit. Il ouvrit son ordinateur portable et se mit à chercher comment exprimer en musique ses sentiments pour Stanton. Comme Chris l'avait promis, il ne lui fallut pas longtemps pour trouver la chanson qu'il lui fallait. Il s'exerça la chanter pendant plus d'une heure, jusqu'au moment où il entendit Peter et les jumeaux rire dans le salon. Décidé à ne pas procrastiner davantage, Topher quitta son lit, sa photo à la main.

Quand il entra au salon, les trois autres cessèrent de parler.

— *Yo* ! s'exclama Robin. Désolé d'avoir été aussi rosse avec toi, Topher, ce n'est pas ta faute si Stanton a rompu. Arrête de ruminer et viens t'asseoir avec nous.

— Et si nous allions dans la cuisine ? proposa Topher. Je voudrais une réunion de groupe. J'ai à vous parler.

Peter se redressa le premier.

— Bonne idée ! Venez, les gars, nous allons discuter.

Tous se précipitèrent pour le suivre. Une fois attablés, Peter et les jumeaux se tournèrent vers Topher, attendant qu'il leur explique ce qu'il avait sur le cœur.

Topher commença en posant la photo sur la table.

— Ça va être la plus étrange conversation que vous avez entendue de toute votre vie, annonça-t-il. J'en suis absolument certain.

Les autres s'étaient penchés pour examiner la photo.

— Qui est-ce ? finit par demander Maurice.

Topher désigna le grand homme blond.

— Lui, c'est Christopher Mead. Il a été le compagnon Stanton dans les années quatre-vingt. Il est mort du sida six jours avant ma naissance.

— Et alors ? dit Peter.

— Il paraît que j'ai sa voix.

— Sa voix ? répéta Maurice, étonné.

— Oui. Selon Stanton, nous chantons exactement pareil.

— Et vous vous appelez tous les deux Christopher, fit remarquer Robin. Bizarre… Qui sont les autres ?

— Les trois meilleurs amis de Chris, Robert, Michael et Paul.

Personne ne pipa mot pendant un long moment, mais Topher devina que les rouages tournaient dans la tête de ses trois amis.

Puis Peter prit la photo et l'examina de plus près.

— Ils ont l'air heureux.

— C'est aussi ce que j'ai dit en les voyant. Ils sont tous morts sur une période de dix-huit mois.

— Morts ? hoqueta Peter. Tous ?

— Oui.

Maurice lui prit la photo des mains

— Et nous sommes aussi… nés sur une période de dix-huit mois, tous les quatre… Laisse-moi deviner : les dates coïncident ?

En silence, Topher hocha la tête. Cela ne se passait pas comme il l'avait prévu. Il s'était attendu à des protestations bruyantes, à des rires incrédules, à des vociférations contestant l'absurdité de son hypothèse. Au contraire, ses trois amis semblaient absorber les informations avec un étrange détachement.

— Et nous sommes censés en tirer une conclusion ? demanda Peter.

— Je ne sais pas, répondit Topher, en toute sincérité. Je vous dis seulement ce que j'ai appris, pas grand-chose, d'ailleurs. Stanton refuse d'en parler. Le compagnon de Marvin, Ty, a un peu évoqué ces quatre gars entre quatre yeux. C'est aussi lui qui m'a donné cette photo.

— Marvin est le meilleur ami de Stanton, non ? demanda Peter.

Ce fut Robin qui répondit :

— Oui. C'est le petit juif qui l'accompagnait le soir où ils sont venus écouter notre concert pendant le SXSW. Stanton parle souvent de lui.

— Durant mon séjour à New York, Stanton et moi sommes allés prendre le brunch chez Marvin et Ty. Stanton et Marvin se sont disputés, ils sont sortis régler leur différend sur le palier et je suis resté seul un moment avec Tyrese.

— Le *brunch* ? demanda Maurice, hilare. Depuis quand t'es-tu mis au brunch ?

— Hé, là n'est pas la question ! déclara Peter. Topher s'adaptait simplement aux coutumes des New-Yorkais, c'est tout. Tant qu'il ne prend pas leur accent pointu !

Avec un petit rire, Topher lui tapa sur la tête.

— Lequel d'entre eux est Michael ? demanda Maurice.

Topher se pencha et le désigna.

— C'est celui-là.

Maurice regarda son frère.

— Nous sommes plus beaux.

Il remit la photo à Robin, qui demanda à son tour :

— Lequel est Robert ?

— D'accord, dit Peter, dis-moi aussi lequel est Paul.

À présent, Topher regardait la photo à l'envers. Il désigna néanmoins chacun des deux hommes.

— Voici Robert et voici Paul.

271

— Plus beaux ? Tu rêves ! déclara Robin à son frère. Tu as bien regardé ce Robert ?

— Oui.

— Paul a l'air gay, dit Peter.

Topher leva les yeux au ciel.

— Ils l'étaient tous.

— Oooh ! firent à l'unisson Peter et les jumeaux.

— Désolé, enchaîna Peter, j'ai cru qu'ils étaient hétéros et que Chris était passé de la voile à la vapeur en voyant Stanton… Comme tu l'as fait.

— Ils sont tous morts du sida, insista Topher.

— Oh, ça explique pourquoi ils y sont tous passés l'un après l'autre aussi vite.

Maurice reprit la photo des mains de Robin.

— Robert et Michael étaient-ils ensemble ? demanda-t-il.

— Je n'en sais rien, répondit Topher.

— Alors, Stanton serait le lien entre eux et nous ? demanda Peter.

Topher y réfléchit.

— Oui, je suppose.

— Depuis combien de temps tu es au courant ? demanda Robin.

— Stanton avait évoqué des points communs entre Chris et moi en mars, quand il était là. C'est pourquoi j'étais si en colère en revenant de chez Travis et Ben. J'ai appris l'existence des trois autres pendant ce fameux brunch, le week-end dernier.

Maurice reposa la photo sur la table.

— Pourquoi étais-tu en colère ?

— Je ne voulais pas n'être qu'un substitut de son amant décédé… J'ai eu l'impression que Stanton m'utilisait… pour écouter ma voix.

Maurice secoua la tête.

— Ça ne lui ressemble pas.

— Je l'ai vite compris, dit Topher.

— Tu sais tout ça depuis six semaines ? insista Peter.

— Stanton affirmait que la réincarnation n'existe pas, il m'a demandé d'oublier ces aberrations. À New York, nous nous sommes disputés en partie à cause de ça, mais surtout parce qu'il supporte très mal notre différence d'âge. Il a peur qu'on se moque de lui.

— Il a raison, dit Maurice.

Robin le frappa sur le bras.

— Quoi ? protesta Maurice. C'est la vérité : certains vont bel et bien se moquer de lui.

— On s'en fiche ! Frangin, réfléchis un peu avant de parler.

— Topher, enchaîna Peter, pourquoi as-tu tenu aujourd'hui à nous raconter tout ça ?

Topher inspira un grand coup.

— J'étais assis dans ma chambre à essayer d'écrire... Sur ce point-là, je n'ai pas beaucoup avancé, mais j'ai quand même fait du tri dans ma tête. J'ai pensé à vous... Je voulais vous protéger de ce que je vivais. C'était idiot. Et inutile. C'est plutôt vous qui me dorlotez ces derniers temps. Je ne veux plus continuer à ressasser mes problèmes tout seul dans mon coin. C'est justement l'intérêt d'avoir des amis, non ? On partage le bon et le moins bon.

Dans le silence qui accueillit la fin de son discours, Topher entendit le voisin hurler en espagnol. Puis Robin se leva et se dirigea vers le réfrigérateur.

— Qui veut une Shiner ?

— Moi, répondit Topher.

— Moi aussi, dit Peter.

Maurice se leva à son tour.

— Je préfère planer pour subir tout ça.

Il sortit de la cuisine et revint une minute plus tard en soufflant de la fumée et plaça le bong au milieu de la table. Peter tira sur le tuyau de la pipe. Robin rapporta quatre bouteilles de bière décapsulées qu'il posa devant chacun de ses amis et lui-même. Il tira à son tour sur le tuyau et le passa à Topher.

Robin se rassit.

— C'est quand même le truc le plus cool qui nous soit arrivé !

Peter soupira de soulagement.

— Je suis sacrément content que tu l'aies dit le premier ! Je pensais exactement la même chose.

— Moi aussi, reconnut Maurice. Sommes-nous en mission envoyés par Dieu ?

— Arrêtez ! cria Topher. Calmons-nous un peu et réfléchissons. C'est sensass, je vous l'accorde, mais...

Peter lui coupa la parole :

— Depuis quand emploies-tu ce mot-là ? *Sensass* ?

— Depuis que je l'ai vu dans un tableau accroché au-dessus de la cheminée d'un salon de l'hôtel W. Ensuite, Stanton m'a dit que Chris l'utilisait sans arrêt. Alors, je le dis de plus en plus...

— Revenons-en à Stanton, intervint Robin. Vous avez rompu, non ? Que va-t-il se passer maintenant ?

— Je ne sais pas, avoua Topher. Nous avons tellement contre nous. Je ne sais pas quoi faire.

— *Moi, j'ai une idée.*

Topher se figea et regarda ses amis, qui le regardaient tout aussi fixement. Aucun d'entre eux n'avait prononcé ces mots-là.

Très lentement, Topher se retourna. Il eut du mal à en croire ses yeux.

— Stanton ?

Il était à la porte de la cuisine, derrière l'écran moustiquaire.

— Je peux entrer ?

Tous se levèrent d'un bond et Topher courut à la porte. Il l'ouvrit, laissant entrer Stanton et le bagage qu'il tirait derrière lui. Topher espéra que cette arrivée soudaine marquait un tournant décisif dans leur relation.

— Que fais-tu ici ?

— Je suis venu te voir, dit Stanton. Tu vis à Austin, non ? Alors, je suis là.

— Comment as-tu eu mon adresse ?

— J'ai appelé le garage hier, j'ai eu Travis.

— Pourquoi ne m'as-tu pas appelé directement ?

— Je ne pouvais pas.

Sur ce, Stanton se tourna vers Peter et les jumeaux.

— Salut, les gars, enchaîna-t-il. Alors, votre emprunt est-il remboursé ?

— Oui, depuis hier, répondit Robin.

Peter poussa les jumeaux vers la porte de la cuisine.

— Nous allons les laisser tranquilles pour le moment.

Avant de sortir de la pièce, il se retourna pour dire :

— Mais nous n'en avons pas fini avec vous, M. Porter !

Quand la porte se referma, Topher agita la main en disant :

— Assieds-toi.

Stanton obtempéra. Puis il désigna les bouteilles de bière et le bong.

— Je dérange, manifestement.

— Non, nous avions seulement une petite réunion informelle de Dime Box.

— Tu as fumé ?

— Un peu, reconnut Topher qui prit le siège à côté de Stanton. Ça ne te choque pas, j'espère ?

— Non, à condition que tu m'en offres aussi.

— Maurice ! cria Topher.

Maurice passa la tête par la porte.

— Tu peux nous mettre une recharge dans le bong, s'il te plaît ?

Aussi furtif qu'un agent des forces spéciales en mission, Maurice se faufila dans la cuisine, s'empara de la pipe à eau et disparut. Il revint quelques instants plus tard, installa le bong devant Stanton, posa un briquet à côté et s'éclipsa tout aussi discrètement.

Stanton tira sur le tuyau.

— Merci.

Topher débarrassa la table devant lui, puis s'y assit – comme chez *Cheer Up Charlie*.

— Depuis combien de temps vis-tu seul, Stanton ?

— Longtemps.

— As-tu seulement aimé depuis qu'il est mort ?

— Je ne suis pas venu pour parler de lui.

— Je sais. Mais je t'ai ouvert mon cœur en te disant n'avoir jamais aimé et tu m'as laissé croire que tu avais plus d'expérience.

— C'est la vérité ! J'ai été amoureux !

— D'accord, mais ça date de combien de temps ?

— Ty a exagéré. J'ai eu des aventures.

— De vraies relations ? Combien de temps ça a duré ?

— Un an peut-être. Parfois deux.

— Tu les aimais ?

— Non, pas vraiment... reconnut Stanton. Certainement pas comme j'ai aimé Chris.

Avec un sourire, Topher passa la main derrière lui pour prendre une Shiner. Il s'en remplit la bouche, puis embrassa Stanton, partageant la bière avec lui.

Stanton déglutit.

— C'est amusant. Au fait, j'ai discuté de toi avec ma patronne. Elle se fiche de notre différence d'âge et de ta célébrité. Elle m'a même proposé de faire un article sur Dime Box, pensant qu'être ton compagnon me donnerait une nouvelle perspective. Elle partage mon avis : la musique est toujours personnelle. Alors, pourquoi prétendre le contraire ?

— Mon *compagnon* ?

Stanton sourit.

— Ça ne m'étonne pas que tu n'aies retenu que ça de mon petit speech. J'avoue avoir eu des doutes au début. Pour être honnête, j'avais l'intention de ne plus te revoir.

— Ça, j'avais compris. Pourquoi as-tu changé d'avis ?

— Hier, j'ai déjeuné avec Marvin. Je lui ai raconté ce qui s'était passé sur les marches du Met et l'impact que cette rencontre avait eu sur moi… et mes projets te concernant. Il s'est levé et il est parti. Je ne te mens pas ! Il m'a planté là, en plein milieu du repas. Je n'ai pas du tout compris ce qu'il me reprochait, alors je l'ai appelé. Pendant plus d'une heure, je suis tombé sur sa messagerie. Quand il a fini par répondre, il m'a conseillé d'aller voir un psy parce que de toute évidence, je ne tournais pas rond. Il m'a dit : « tu as dans ton lit un beau jeune homme futur rock star et tu ne penses qu'aux commentaires mesquins d'une bande de jaloux qui seraient prêts à tuer pour prendre ta place ? » Il m'a traité de lâche et a conclu en disant que je ne te méritais pas.

— Et tu l'as écouté ?

— J'écoute *toujours* Marvin. Alors, cette fois, c'est moi qui viens te retrouver.

Topher trouva que ces mots étaient les plus doux qu'il ait entendu de toute sa vie.

— Et la distance qui nous sépare ?

— Marvin affirme que même si je ne passe qu'un jour par an avec toi, ça en vaudra la peine.

— Il est devenu mon idole ! s'exclama Topher. Mais nous ferons mieux qu'un jour par an. Dis, tu es vraiment mon compagnon ? Tu n'es pas en train de te ficher de moi ?

— Non, bien sûr que non. Je n'aurais pas fait tout ce chemin pour te raconter des crasses.

— Tu viendras souvent nous rendre visite ?

— Si ça ne dérange pas tes amis de voir un vieux.

— Ils en seront ravis. Et Marvin, tu crois qu'il viendrait aussi à Austin ?

Stanton tourna vers lui un regard perplexe.

— Pourquoi y tiens-tu tant ?

Glissant de la table, Topher se laissa tomber sur les genoux de Stanton, à califourchon. Il lui mit les bras autour du cou et l'embrassa.

276

— Nous avons essayé de faire à ta façon et franchement, ce n'est pas terrible. Maintenant, à toi de me faire confiance. Je veux apprendre à mieux connaître Marvin. Penses-tu pouvoir le convaincre de revenir et peut-être d'aller camper avec nous ?

— Camper ? Tu nous vois sous une tente, Marvin et moi – sans mauvais jeu de mots ?

— Pourquoi pas ? Je te demande simplement de me faire confiance.

— D'accord, d'accord. Oui, il viendra si je lui demande.

— Bien.

Stanton lui jeta un regard suspicieux.

— Aurais-tu récemment parlé à Travis et à Ben ?

— Non, pourquoi ?

— Parce que tu recommences.

— À quoi ?

— J'ai du mal à comprendre comment tu peux de passer d'une personnalité à l'autre. Parfois, tu es jeune et un peu paumé, parfois, tu deviens un homme assuré et autoritaire.

— Et ce trait de caractère te plaît ?

— Oui parmi tant d'autres.

— Lesquels ? Cite-m'en au moins un !

— J'adore ton habitude de t'asseoir sur les tables et de me tomber sur les genoux.

— C'est vrai ?

Stanton baissa la tête.

— Oui. Excuse-moi pour ce qui s'est passé le week-end dernier.

— C'est bon. Je te pardonne. Et… hum, je vais très vite avoir besoin que tu le fasses aussi.

— Qu'as-tu encore fait ?

— Détends-toi et respire. Tu t'énerves tellement vite !

Topher récupéra la photo de la table et la donna à Stanton.

— Où as-tu trouvé ça ?

— C'est Ty qui me l'a donnée.

— Ah, je comprends mieux pourquoi tu as emporté le livre de Marvin.

— C'était un prétexte, c'est vrai, mais je l'ai lu. Et j'ai appris plein de choses.

— Ty n'avait pas le droit de…

Topher le fit taire d'un baiser. Il insinua la langue entre ses lèvres. La bouche de Stanton avait un goût de marijuana et de Shiner, un mélange qui, d'après Topher, n'existait qu'à Austin.

Il se redressa et enchaîna :

— Ne dis pas ça, Stanton. Ty fait ce qu'il veut. Cesse d'avoir peur. Je sais que tu n'as pas toujours été comme ça.

— Que t'a raconté Ty ?

— Il m'a seulement donné leurs noms, il m'a dit aussi que Marvin et toi étiez très proches d'eux et qu'ils étaient tous morts. D'après lui, tu ne t'en es jamais remis.

Stanton leva les yeux au ciel.

— C'était il y a vingt-cinq ans !

— J'en ai parlé aux autres.

Il fallut quelques instants pour que Stanton comprenne le sens de ces paroles.

— À tes amis ? Tu leur as raconté que…

Topher hocha la tête.

— Oui. Nous en discutions quand tu es arrivé.

— Comment as-tu entamé le sujet ?

— En leur montrant cette photo.

— Et comment ont-ils réagi ?

— Ils ont trouvé l'idée plutôt cool.

— Vraiment ? Nous allons donc prétendre que tu es…

— Non, inutile de revenir sur ce mot fatidique que tu t'obstines à réfuter. La seule chose qui compte, c'est que nous nous sentions connectés – toi, moi, Marvin et les trois gars dans le salon. Je ne sais pas comment c'est possible, et franchement, je m'en fiche. Mais tu ne peux pas me dire que tu le sens pas alors que tu es assis là, avec moi dans tes bras.

Les yeux de Stanton s'humidifièrent.

— Si, je le sens. Mais qu'un homme de mon âge croie à ce genre de choses est tellement… ridicule.

— Arrête avec ça ! Mes amis et moi te voyons comme un cadeau du ciel !

En guise de réponse, Stanton le serra contre lui et l'embrassa. Quand ils se séparèrent, Topher demanda :

— Es-tu prêt à rencontrer Dime Box ?

— Je suppose. Mais tout est devenu encore plus bizarre.

— Du calme, je gère.

Topher se leva et conduisit Stanton au salon. Une fois les présentations faites, ils s'assirent tous les cinq.

— Je vous félicite de votre succès, déclara Stanton.

— Nous vous devons tout, répondit Robin.

— Ne dites pas de bêtises. La crème remonte toujours. J'ai juste un peu remué dans la casserole.

Topher sentit le malaise qui pesait sur la petite assemblée : il ne leur était pas facile de dépasser ce qui s'était dit au cours de la dernière heure. Il retourna donc dans la cuisine chercher le bong. Il le posa sur la table basse, devant Stanton, avec le briquet.

— D'après Ty, tu parles plus volontiers de ce premier dîner chez Chris et ses amis quand tu as fumé.

Stanton hésita un moment, mais il accepta de tirer sur la pipe à eau. La passant ensuite à Maurice, il demanda à Topher :

— Est-ce ta façon de me dire que vous aimeriez entendre cette histoire ?

— Oui, dit Peter, et je parle pour nous tous. Où les avez-vous rencontrés ?

— À Fire Island.

— Je ne connais pas, annonça Maurice, en jouant du briquet.

— C'est un endroit paradisiaque pour passer des vacances non loin de New York, au large de Long Island. Une bonne partie de l'île est habitée par des homosexuels.

— C'est là-bas que la photo a été prise ? demanda Robin.

— Oui. L'été où nous les avons connus, ils y avaient loué une maison.

— Alors, que s'est-il passé durant ce dîner ?

— Ça a commencé dans l'après-midi, se souvint Stanton, avec la bouteille de vin de Marvin. Au *Blue Whale*, Chris lui avait servi un vin infâme. Quand je le lui ai dit, il a convaincu une très imposante *drag-queen* d'apporter un des plus grands vins de la planète pendant l'Invasion.

— Dites, vous êtes certain que ça va ? s'inquiéta Maurice. C'est peut-être à cause de la marijuana, mais je n'ai rien compris !

Stanton gloussa.

— Désolé. Disons que Hutch a été très sympa avec Marvin et que nous avons partagé une très bonne bouteille avant le dîner.

— Qui est Hutch ? s'enquit Peter.

— Chris. À l'époque, tout le monde l'appelait Hutch.

— Et toi, tu étais Starsky ? ironisa Topher.

— Parfois, oui. Pendant le dîner, nous avons joué au Jeu du Meilleur... puis Hutch a sorti sa guitare et chanté pour nous. Nous avons fini la soirée en boîte : nous sommes allés danser au *Pavilion*.

— Sa guitare, c'était la Fender noire ? demanda Topher.

— Oui. Tu avais vu juste, elle était à lui.

— Le Jeu du Meilleur ? Je ne connais pas, déclara Robin. Ça se joue comment ?

— Ils l'avaient inventé et c'était complètement idiot, mais drôle. Comme Penny Can dans *Cougar Town*. Ils y jouaient tout le temps. Je vous rappelle qu'en ce temps-là, le *Trivial Pursuit* n'existait pas. On choisissait à tour de rôle un thème, ensuite, chacun désignait le « meilleur » – d'où le nom – d'après lui dans ce thème. Ça peut se jouer sur tous les sujets, films, plats, etc., mais cette nuit-là, nous avions axé les thèmes sur la musique.

— Donnez-nous des exemples, déclara Robin.

— Hutch a demandé la meilleure chanson de Springsteen, Paul la meilleure chanson de comédie musicale, Marvin la meilleure chanson de Carly Simon.

— *Let the River Run !* répondirent en même temps les jumeaux.

— Malheureusement, nous n'avions pas cette option en 1981. J'ai proposé *Boys in the Trees*.

— Je peux vous parler du prochain concert ? demanda Peter.

— Oh, oui, volontiers ! s'exclama Stanton. Je ne tiens pas à m'attarder trop longtemps dans *Memory Lane*.

— C'est vraiment bizarre que vous disiez ça, continua Peter. Bon, nous avons tout programmé à Dime Box pour le Memorial Day. Tout le monde est à fond dedans. Kai, le gars qui a réalisé notre clip vidéo, s'occupera de filmer le spectacle et de le mettre sur Internet. Nous nous produirons sur le terrain de baseball de l'école. Mon père a promis de nous bâtir une scène et des gradins supplémentaires. Les gens pourront aussi apporter des couvertures et de quoi manger.

Stanton se tourna vers Topher.

— Auras-tu une nouvelle chanson à proposer ?

Topher sourit.

— Oui.

Peter sortit son ordinateur portable et tint à passer en revue avec Stanton toutes les ventes. Topher le supporta une heure, mais il finit par craquer. Il se leva, prit Stanton par la main et annonça aux autres qu'ils s'absentaient un moment.

Peu après, il refermait sur eux la porte de sa chambre.

Stanton regarda les murs nus.

— Alors, c'est là que nait la magie, hein ?

— Maintenant, oui, répondit Topher. Allonge-toi sur le lit. Je vais te chanter quelque chose.

— Vraiment ? Cool.

Stanton s'étendit, les mains derrière sa tête. Topher s'assit à côté de lui, les jambes croisées, sa guitare sur ses genoux. Il joua quelques accords et se lança.

— *Che gelida manina,*
se la lasci riscaldar.
Cercar che giova ?
Al buio non si trova.

Il laissa sa voix prendre de l'ampleur, caresser chaque mot.

— *Ma per fortuna*
é una notte di luna,
e qui la luna
l'abbiamo vicina.

Pendant qu'il chantait, il vit des larmes couler sur les joues de Stanton, mais il s'y attendait plus ou moins. Il savoura les notes hautes qui correspondaient si naturellement à sa voix et laissa le crescendo monter, sans être submergé. Quand ce fut terminé, il se pencha et posa ses lèvres sur celles de Stanton.

— Alors, Starsky ? Tu trouves comment ?

— Où as-tu appris ça ?

— J'ai écouté Pavarotti la chanter sur YouTube. J'ai une bonne mémoire, je retiens vite.

— Mais qu'est-ce qui t'a pris de…

— Tu as dit que nous aimions tous les deux les grosses voix, et les plus connues sont à l'opéra, hein ? J'ai cherché sur Google, j'ai eu beaucoup de réponses sur *le Fantôme de l'Opéra*, mais ce n'était pas vraiment ce que je voulais. Après, je me suis souvenu que ma mère aimait bien écouter Pavarotti, alors j'ai tapé son nom, et c'est celle-là qui est sortie en premier.

— Il m'a chanté ça une fois.

Topher sourit.

— Oui, je l'ai compris en voyant ta réaction. Il y a différents types de souvenirs, Stanton, différents types de preuves. Celle-ci est la mienne. Ça veut dire quelque chose, selon toi ?

Stanton acquiesça. Alors, Topher appuya sa guitare contre la chaise, s'allongea sur lui et se remit à l'embrasser. En même temps, il essaya d'essuyer les larmes avec sa main, mais Stanton ne fit qu'en rire.

Approchant ses lèvres de l'oreille de Stanton, Topher murmura :

— Ne t'inquiète pas pour lui. Il est juste un peu nostalgique, c'est tout.

WE TAKE CARE OF OUR OWN

POUR LA Saint Valentin, Michael insista pour inviter tout le monde au *David's Potbelly*, un restaurant haut de gamme non loin de son appartement. Il avait aussi pris des billets pour *La Cage aux Folles*. Il commanda du bon champagne et tous portèrent un toast.

— À 1984, déclara Robert. Que l'année soit meilleure que l'annonçait le livre !

Michael évoqua ensuite Fire Island et la location estivale.

— J'ai appris qu'une nouvelle maison venait d'entrer sur le marché, un emplacement superbe, les pieds dans l'eau.

— Je ne pourrai pas me libérer cet été, déclara Chris.

— Que veux-tu dire ? s'étonna Michael.

Robert fronça les sourcils.

— Écoute, Hutch…

— Ne m'appelle plus comme ça, s'il te plaît. Je ne veux pas être chiant, mais dorénavant, j'aimerais que vous utilisiez mon véritable nom, d'accord ? J'ai fini de poser à l'étudiant irresponsable : j'essaie encore de convaincre ceux avec qui je travaille de me prendre au sérieux.

Paul le dévisagea avec perplexité.

— Je vois mal le rapport avec la façon dont nous t'appelons.

— D'après Carl, c'est une question de perception. Je dois me prendre au sérieux avant d'espérer que les autres le fassent aussi.

— Alors, maintenant, tu prends des leçons de ton frère ? demanda Paul.

— Pour toi, ça ne changera rien, Paul, tu m'as toujours appelé Chris. Je veux que tout le monde s'y mette également.

— D'accord, dit Michael. *Chris*, pourquoi dis-tu que tu ne seras pas libre cet été ?

— Parce que je travaillerai. Les week-ends, nous sommes censés courtiser nos plus gros clients. Nous irons quelques jours dans les Hamptons avec ma famille en août, sinon, ce sera boulot non-stop.

Il regarda sa montre et se leva en disant :

— Excusez-moi, je dois passer un coup de fil.

Quand il eut disparu dans un couloir, Michael se tourna vers Stanton.

283

— *Courtiser* ? Que lui est-il arrivé ?

— Il compte simplement les emmener au restaurant et les bourrer de vin et de nourriture.

— Je sais ce que ça veut dire !

— Mais enfin ! s'exclama Stanton. Ne me dites pas que vous n'avez pas remarqué qu'il changeait ? Robert, tu n'es pas aveugle !

Robert acquiesça.

— Oui, mais je pensais qu'il jouait un rôle. Jamais je n'aurais cru qu'il allait devenir le clone de son frère.

Il se couvrit le nez et éternua.

— À tes souhaits ! dirent-ils tous à l'unisson.

Robert s'excusa.

— Désolé. Ce fichu rhume ne passe pas.

— Venez tous à la maison ce soir, après le spectacle, proposa Stanton. Peut-être acceptera-t-il de sortir sa guitare et de chanter si nous le lui demandons gentiment.

— Nous essaierons de le convaincre, promit Robert.

— Veux-tu que je lui parle ? offrit Marvin. Nous avons toujours eu un lien très fort question musique.

— Si tu réussis à ce qu'il t'écoute, vas-y. Mais au cas où tu n'aurais pas remarqué, il ne cesse de trouver des excuses pour annuler nos petits-déjeuners du samedi matin.

Plus tard dans la soirée, ils se retrouvèrent donc tous les six chez Chris et Stanton, dans l'appartement de la place St Marks et s'entassèrent dans le salon exigu. Chris accepta de sortir sa Fender noire. Comme d'habitude, il leur demanda ce qu'ils avaient envie d'entendre.

— *The Eyes of Texas*, répondit Robert.

— Encore ! protesta Stanton.

À son tour, Robert était devenu obsédé par le Texas après avoir entendu Chris en parler.

— Pourquoi pas ? rétorqua Robert. Très bientôt, nous irons tous y passer un long moment, je vous le garantis. J'en ai ras la frange de Manhattan.

— Moi aussi, dit Chris en grattant sa guitare.

Paul soupira.

— Moi pareil. Je déteste devoir le reconnaître, mais la fête est finie pour les gays.

Chris se mit à chanter.

— *Les Yeux du Texas vous regardent,*
Tout au long de la journée.

Robert et Michael se joignirent à lui.

— *Les yeux du Texas vous regardent,*
Vous ne pouvez leur échapper.

Paul s'y mit aussi.

— *Ne pensez pas que ça vous soit possible*
Ni la nuit ni quand le matin se lève...

Et finalement Stanton et Marvin.

— *Les yeux du Texas vous regarderont*
Jusqu'à ce que Gabriel souffle dans sa corne.

Une ronde d'applaudissements monta dans la pièce. Puis Marvin s'assit et demanda :

— Chante *Home*, s'il te plaît. C'est ta chanson préférée de *The Wiz* et j'aimerais voir ce que tu en fais.

— Je ne suis pas certain de me souvenir des paroles.

— Paul et moi t'aiderons.

— D'accord, dit Chris. Je vais essayer.

Il se lança dans la finale du spectacle, dont il fit presque un texte parlé. Cela lui arrivait parfois, il disait alors chanter « dépouillé, à la Johnny Cash ». Stanton, qui n'avait jamais vraiment prêté attention aux paroles de cette chanson jusqu'à ce jour, comprit que Chris n'avait pas dû réaliser l'intention cachée de Marvin, car la chanson parlait de retourner en arrière, à l'époque où la vie avait encore un sens. Au début, Chris parut réfléchir, mais à mi-chemin, il s'arrêta brusquement.

— Ça suffit.

— Continue, insista Marvin.

— Non. Ça ne changera rien.

Stanton posa une main sur son bras.

— Il n'est pas trop tard. Tu peux quitter ton boulot avec Carl. Tu peux revenir à la musique.

— Ben voyons ! ricana Chris. Comme si j'avais envie de redevenir une nullité !

Il se leva et alla ranger sa guitare dans son étui.

— Bon, reprit-il, je vais me coucher. Contrairement à certains d'entre vous, je travaille demain. Bonne Saint Valentin à tous ! Stanton, tu viens ?

— Je te rejoins dans une minute.

Une fois Chris disparu, Stanton se chargea de raccompagner leurs amis à la porte. Quand il se rendit à son tour dans la chambre, il trouva Chris couché à plat ventre, le visage enfoui dans l'oreiller. Il était nu.

— Baise-moi, demanda-t-il.

Stanton se déshabilla et s'assit à côté de lui.

— Retourne-toi, demanda-t-il.

— Non. Baise-moi comme ça. Je veux que tu me défonces le cul jusqu'à m'empêcher de penser.

De la table de nuit, Stanton sortit un flacon de lubrifiant dont il oignit son sexe. Il se positionna et écarta les fesses de Chris. Il pointa la langue et s'activa sur son amant, lui arrachant un gémissement. Puis Chris se mit à quatre pattes et chercha à s'empaler sur lui.

— Baise-moi, répéta-t-il. Baise-moi fort, comme j'aime… Tu vois ce que je veux dire ?

— Oui.

Stanton l'empoigna donc aux hanches et s'enfonça en lui d'un coup de reins, aussi brutalement qu'il l'osa. Chris hurla et enfouit son visage dans son oreiller. Stanton se retira presque complètement, puis revint avec autant de force. Il continua son pilonnage à toute vitesse, donnant à Chris ce qu'il réclamait.

Stanton ferma les yeux et se concentra, conscient qu'il ne pourrait pas maintenir longtemps une telle cadence. Il ne disait mot, trouvant inutile de parler en baisant, même si Chris aimait ça. En général, Stanton cédait juste avant de jouir, un signal pour son amant : Chris commençait alors à se masturber, cherchant lui aussi l'orgasme.

Quand ils furent tous les deux rassasiés, Chris se roula en boule sous la couette, le dos tourné.

SIX SEMAINES plus tard, Robert s'effondra à son bureau. Peu après, le diagnostic tombait : il avait le SIDA. Michael, Paul et Marvin se mirent à le soigner 24 heures sur 24, mais Chris ne put lui rendre visite qu'occasionnellement, car il vivait avec Stanton de l'autre côté de New York. Stanton se demanda toujours si son amant lui en voulait de cet éloignement.

Robert mourut en juin de cette même année. Le jour de ses funérailles, Stanton resta planté devant le miroir à observer son reflet. Il n'avait jamais aimé mettre un costume. *Chaque homme a besoin d'un beau costume pour les mariages et les enterrements*, avait dit sa mère cinq ans plus tôt en lui offrant celui qu'il portait. Il n'avait plus de contact avec ses parents depuis dix mois, depuis qu'il avait reçu leur lettre. Il ne leur avait ni écrit ni téléphoné, pas même pour Noël.

Il se sentait orphelin.

Il boutonna le col de sa chemise et tira sur le nœud Windsor de sa cravate.

Chris entra dans la chambre en disant :

— J'ai envie de vomir.

— Il y a du Pepto dans l'armoire à pharmacie.

Chris disparut et Stanton enfila sa veste. Il ne savait pas trop comment lui et les autres allaient survivre à cette journée. Il passa au salon et alla regarder par la fenêtre. La place St Marks était bondée de gens qui vaquaient à leurs occupations, comme si c'était un samedi comme les autres.

— Il faut qu'on y aille, cria Stanton. Le service commence dans trente minutes.

Chris sortit de la salle de bain.

— Je suis prêt.

— Tu ne prends pas ta guitare ?

Chris hésita, puis retourna dans la chambre. Il en revint son écrin à la main. Depuis une semaine, ni l'un ni l'autre n'avaient pis un vrai repas ou passé une véritable nuit de sommeil. Entre leur travail respectif et la maladie de Robert, ils avaient à peine le temps de se saluer le matin.

Dans la communauté gay, funérailles et services commémoratifs remplaçaient de plus en plus les anciennes fêtes et dîners fins, Stanton en était conscient, mais pour eux, ce serait une première.

Ils prirent un taxi pour se rendre dans une des grandes églises de l'Upper East Side. Stanton n'avait jamais trop compris les distinctions entre les différentes paroisses protestantes. Dans son esprit, toutes se définissaient surtout par le fait qu'elles n'étaient pas catholiques.

Le service fut mené avec solennité et respect, ce qui ne ressemblait pas à l'existence qu'avait menée Robert. Dorénavant habitué aux us et coutumes des nantis de l'Upper East Side, Stanton n'avait toujours pas la sensation de faire partie de leur caste. Lui et les autres étaient assis au deuxième rang derrière les parents de Robert. Après plusieurs lectures et un bref sermon, le pasteur fit signe à Michael. Chris sortit alors sa guitare et avança, suivi par Michael, Paul et Marvin.

— C'était l'une des chansons préférées de Robert, annonça Michael au micro. Et de moi. La chanter aujourd'hui m'a paru approprié.

Le petit groupe chanta une version acoustique de *While My Guitar Gently Weeps*. La mère de Robert commença à sangloter et même Stanton trouva difficile de rester impassible.

Après le service, ils retournèrent au centre-ville et se réunirent dans l'appartement de Michael, où Paul et Marvin vivaient également. Stanton ressentait affreusement le vide de l'absence de Robert, partout autour de lui. Paul et Marvin disparurent dans la cuisine afin de préparer un en-cas. Quant à Michael, il se rendit dans sa chambre et ferma la porte. Assis dans le salon, Stanton et Chris gardèrent le silence pendant plusieurs minutes.

Puis Stanton demanda :

— Tu crois que Michael va s'en remettre ?

Chris haussa les épaules et fixa ses mains.

— J'en doute.

— Je vais aller le voir.

— Non.

— Pourquoi ?

— Parce qu'il n'a certainement pas envie de te voir en ce moment. Toi, moins que tout autre… Tu n'as pas perdu ton compagnon, tu ne peux pas comprendre ce qu'il ressent.

— Tu te trompes, rétorqua Stanton avec amertume, je le sais exactement.

— Qu'est-ce que ça veut dire ?

— Pas maintenant, d'accord ?

— Pas maintenant *quoi* ? insista Chris.

— Ne fais pas semblant de ne pas comprendre ! Nous vivons ensemble, je te le rappelle !

Quand Chris se tut enfin, Stanton se leva.

— Je vais aller le voir, que ça te plaise ou pas.

Il parcourut le couloir jusqu'à la chambre de Michael et frappa à la porte.

— Qui est là ?

— Stanton.

— Oh. Attends.

Stanton entendit du bruit derrière le panneau, le verrou tourna, puis la porte s'ouvrit.

— Entre et referme derrière toi, lui demanda Michael.

Stanton obtempéra. Michael déplaça les oreillers contre la tête de lit, puis s'allongea.

— Mets-toi à l'aise, ajouta-t-il.

Stanton ôta sa veste et ses chaussures, et s'installa à côté de lui.

— Pourquoi t'es-tu enfermé, Michael ?

— Je ne pense pas que je pourrais vous supporter tous à la fois. Paul et Marvin… m'étouffent.

— Ils cherchent à t'aider.

— Je sais. Et Chris, comment va-t-il ?

— Je ne sais pas. Nous ne discutons jamais de son boulot.

— Il paraît qu'il est bon, tu sais.

— Quoi ?

— Il est très doué dans l'immobilier. C'est un charmeur, tu es bien placé pour le savoir, et ça fait de lui un excellent vendeur. C'est lui qui me l'a dit.

— À moi, il n'a rien dit. Mais tu as vu comme il a changé, hein ?

— Bien sûr. Nous l'avons tous vu. Tu sais ce que disait Nietzsche.

— *Dieu est mort* ?

Michael eut un sourire triste.

— C'est vrai, il l'a dit aussi, mais je pensais à une autre citation.

— Laquelle ?

— *Sans la musique, la vie serait une erreur.*

— J'aimerais lui faire tatouer ça sur son front !

— Sois patient avec lui. Vous rencontrez les aléas d'un couple dans la tourmente. Ça arrive. Vous devez les dépasser.

— As-tu un jour pensé à flanquer Robert dehors ?

— Je n'y ai pas seulement pensé, je l'ai fait plusieurs fois. Mais je finissais toujours par le supplier de revenir, alors, j'ai arrêté.

— Comme dans *My Man*.

— Oui.

— Que vas-tu faire maintenant, Michael ?

— Pour être franc, cette question va vite devenir obsolète.

— Michael, tu ne penses quand même pas…

— Non, je ne vais pas me suicider. Mais je suis le prochain sur la liste, je le sens. Je suis tellement fatigué. Je ne dors plus. J'ai perdu du poids.

— Ça ne veut pas dire que tu as le sida. C'est normal que tu sois fatigué après ce que tu as vécu ces dernières semaines !

— J'ai aussi des cauchemars. En tout cas, ça commence comme un cauchemar. Je suis avec Robert sur la plage de l'île, allongés sur notre grande serviette jaune et orange. Nous nous endormons. Quand je me réveille, la marée est montée et Robert a disparu. Paniqué, je plonge dans les vagues, je le cherche, sans le trouver. Le sol se dérobe sous mes pieds, je suis emporté par le courant. Je commence à me noyer, mes poumons se remplissent d'eau. Au moment où tout devient noir, le paysage change, je me retrouve sur un chemin de terre je ne sais où. Le ciel est ouvert devant moi, Stanton, immense et d'un bleu que je n'ai jamais vu. Et Robert est là, lui aussi, aussi beau et jeune que le jour je l'ai rencontré. Il est vivant. Alors, je lui dis : *« nous étions sur la plage et tu as disparu. Où sommes-nous ? »* Et sais-tu ce qu'il répond ?

— Non. Quoi ?

— Au Texas.

Stanton sourit.

— Bien sûr !

— Il en parlait comme si c'était Xanadu ! s'exclama Michael.

— Alors qu'il n'y avait jamais mis les pieds !

— C'est en partie pourquoi ça l'attirait autant, murmura Michael. Il disait que si nous pouvions recommencer notre vie ailleurs, tout irait bien cette fois.

— Comment finit ton rêve, après le Texas ?

— Je ne sais pas. C'est à ce moment-là que je me réveille, trempé de sueur.

Stanton se mordit la lèvre.

— À NYU, j'ai suivi un cours de la psychologie des rêves. D'après le prof, ils permettent au cerveau de faire baisser la pression.

— Peut-être.

— Il t'aimait. Tu le sais, hein ?

Michael hocha la tête.

— Oui. Si j'avais su que tout finirait comme ça, je n'aurais pas été aussi crétin. Mais j'ai cru qu'un jour, nous deviendrions adultes… j'ai cru que nous avions le temps.

— J'ai tellement de mal à accepter sa disparition !

— Oui, je sais…

— Chris prétendait que tu refuserais de me parler parce que moi, j'avais encore mon compagnon.

— Il ne l'a peut-être pas compris, mais toi et moi, nous nous ressemblons. Je l'ai su dès ce premier dîner sur l'île. Hutch et Robert ont besoin... avaient besoin... merde, quel temps utiliser quand on parle d'un mort et d'un vivant ?

— Ils ont besoin d'attention, proposa Stanton.

— Oui. Ils ont besoin que le monde les écoute, comme s'ils en étaient partie prenante d'une manière ou d'une autre.

— Ce n'est pas mon cas, affirma Stanton.

— Pareil pour moi.

Ils restèrent silencieux plusieurs minutes, puis Michael enchaîna :

— Je ne guérirai pas.

— Il le faut.

— Non, si j'en crois ce que j'ai lu et vu, mon état de santé ne fera que s'aggraver. Stanton ?

— Oui, quoi ?

— Si tu survis, promets-moi de raconter notre histoire.

— Ne me fais pas ça, Michael ! Je t'en supplie, je ne veux pas envisager que...

— Promets-moi.

— Qu'est-ce qui te fait croire que je survivrai ?

— J'ai dit « si ». Maintenant, dis-le.

— Non. Robert est parti. Aucun de nous n'a envie d'envisager que... surtout pas moi.

— Dis que tu le feras ! insista Michael.

— Non.

— Je veux ta promesse ! Je... Oh, mon Dieu !

Il s'étouffa dans une quinte de toux. Affolé, Stanton céda.

— D'accord, d'accord. Si je survis, je le ferai. Tu es content ? Chaque fois que j'entends Bruce Springsteen, je pense à toi, à Robert, à Paul et à Hutch. Mais j'ai foi en Dieu : jamais il ne permettrait une telle série de morts, ce serait trop cruel, trop injuste.

Michael eut un rire triste.

— Je t'aime bien, Stanton. J'aime ta naïveté et cet air choqué que tu prends quand le monde ne tourne pas comme tu t'y attendais.

— Le SIDA est une épidémie nationale, mondiale. Je n'arrive pas à croire que les malades ne soient pas soignés gratuitement.

— Tu vois, c'est exactement ce que je disais ! Merci pour tout, Stanton. Vous rencontrer, Marvin et toi, a été pour nous une bénédiction.

291

— Je suis soulagé de t'entendre dire ça. Parfois, j'ai eu des doutes. Pas concernant Marvin, mais je me demande de temps à autre si Chris n'aurait pas été plus heureux avec un homme… qui aurait pu l'aider musicalement parlant.

— Une baguette magique capable de le transformer en grand compositeur ? Ça n'existe pas.

— Je sais. J'aurais quand même dû le convaincre de continuer à chanter.

— Même si tu avais été Paul Simon, Chris ne t'aurait pas écouté.

Soudain, de la musique tonitruante émana du salon.

— N'est-ce pas Chaka Khan ? demanda Michael.

— Si ! C'est *It's Ain't Nobody*. J'adore cette chanson !

— Stanton, ton goût s'améliore.

Quittant le lit d'un bond, ils ouvrirent la porte et coururent au salon, ils y trouvèrent Paul, Chris et Marvin qui dansaient les mains en l'air.

— Venez avec nous ! cria Paul pour se faire entendre.

Les yeux dans ceux de Chris, Stanton se mit à danser. Quand son compagnon se mit à pleurer, Stanton lui tendit les bras et le prit contre lui.

— Je t'aime, lui murmura-t-il à l'oreille.

Sans un mot, Chris acquiesça et continua à danser.

AVANT DE mourir, Robert avait exprimé deux dernières volontés. D'abord, il léguait à Michael tout ce qu'il possédait, ensuite, il demandait à ses amis de répandre ses cendres sur la plage de Fire Island. Le lendemain des funérailles, Michael, Chris, Paul, Marvin et Stanton passèrent donc chercher l'urne funéraire au crématorium.

Cet été-là, ils n'avaient pas loué de maison, aussi comptaient-ils ne prendre que la journée pour aller à Fire Island. C'était dimanche, le train était à moitié vide. Les cinq hommes, vêtus en « bleu Columbia, » n'échangèrent pratiquement pas un mot pendant le trajet. Après avoir traversé le détroit de Long Island, ils descendirent du ferry et firent un arrêt au *Blue Whale*. Avec l'équipe des barmans, ils portèrent un toast à la mémoire de Robert. Ils se rendirent ensuite au port et descendirent sur la plage. Au bord de l'eau, ils s'alignèrent tous les cinq devant l'océan.

Marvin ouvrit l'urne et jeta une poignée de cendres dans le sable.

— Tu me manques tellement, grand frère, murmura-t-il.

Il tendit l'urne à Stanton.

— Robert, tu n'aurais pas dû t'en aller. Je commençais à peine à mieux te connaître. J'espère que tu trouveras ce que tu cherchais.

À son tour, il lança des cendres dans le sable.

Paul était le prochain. Il accepta l'urne des mains de Stanton.

— Oh, bébé, comment va-t-on pouvoir continuer sans toi ? Ne t'inquiète pas, je m'occuperai bien de lui.

Après avoir jeté des cendres, il tendit l'urne à Chris.

— Je ne sais que dire, Robert. Tu étais mon meilleur ami. Je ne t'oublierai jamais.

Il fit voltiger une poignée de cendres sur le sable et tendit l'urne à Michael, qui la retourna et vida ce qui restait.

— Tu nous as aimés, mon tout beau, mieux que personne. Je te dis à bientôt, au Texas.

CE SOIR-LÀ, Stanton cuisina des spaghettis et des boulettes. Chris joua avec la nourriture dans son assiette tout en buvant de temps à autre une gorgée de vin.

— Désolé, dit-il. Je n'ai pas très faim.

— Moi non plus, reconnut Stanton.

— Tu comptes rompre avec moi ?

Stanton secoua la tête.

— Non ! Pourquoi cette question ?

— Tu n'as pas l'air très heureux.

— Parce que toi, tu respires le bonheur ? lança Stanton, amer. C'est l'hôpital qui se moque de la charité, on dirait !

— Je fais des efforts.

— Moi aussi, bon sang. Si nous essayons tous les deux, pourquoi est-ce que ça ne marche pas ?

— Je ne sais pas.

— Michael prétend que tous les couples rencontrent des écueils, que c'est normal. Il dit que si nous tenons bon, ça finira par s'arranger.

— Penser à long terme ? proposa Chris avec un sourire fatigué.

— Oui. Je suppose.

— Tu parais bouleversé.

— Oui, je le suis. Je comprends mal pourquoi tu es si calme. Tu viens de perdre ton meilleur ami !

— J'ai peur... si je commence à pleurer, je ne m'arrêterai plus.

— Arrête ! On se croirait dans un mauvais film.

— Parfois, la vie ressemble à un mauvais film.

Stanton entendit aboyer sur le palier – c'était le chien de la vieille dame qui vivait dans l'appartement voisin.

— Promets-moi quelque chose, dit-il soudain.

— Quoi ?

— Qu'un jour, tu sortiras ta guitare et que tu joueras pour moi. La musique peut tout arranger, Hutch.

— Ne m'appelle pas comme ça !

— Pourquoi pas ? C'est l'homme dont je suis tombé amoureux. Pourquoi devons-nous l'oublier ?

— Un homme doit grandir, devenir adulte. Je ne suis pas Peter Pan et nous ne sommes pas les Enfants Perdus.

— Je vois mal le rapport avec le fait que je t'appelle Hutch dans l'intimité de notre appartement ?

— Je préférerais que tu ne le fasses pas, c'est tout.

— Alors, promets-moi de jouer davantage.

— Non, s'entêta Chris, je ne veux pas faire des promesses que je ne tiendrai pas.

— Pourquoi ne pourrais-tu tenir cette promesse ? Aide-moi à comprendre.

— Parce que ça ranimerait mon rêve et que c'est trop douloureux. Sans ma musique, je suis incomplet, inachevé. Voilà, tu es content ? Sortir ma guitare n'arrange rien, bien au contraire, ça ne fait qu'aggraver les choses.

Stanton en resta sans voix.

— Oh.

— Alors, ça t'a aidé à comprendre ? aboya Chris.

— Je suis désolé.

— Je t'ai déjà demandé si tu voulais rompre avec moi. Je ne suis plus le même, j'en suis conscient. Je ne serai plus jamais celui dont tu es tombé amoureux. Je n'écrirai jamais de chanson à succès, je ne ferai jamais rien d'extraordinaire !

— Ce n'est pas ce que je voulais dire ! s'emporta Stanton.

— Vraiment, alors, dis-moi… que veux-tu plus que tout ?

— Que ça marche entre nous !

Chris se figea un long moment, les yeux las.

— D'accord. Dans ce cas, continuons à… faire des efforts. Mais pas maintenant, je suis trop fatigué. Je vais me coucher.

Il quitta la cuisine, laissant Stanton débarrasser, ranger et mettre les restes au réfrigérateur. Une fois la vaisselle faite, il alla jusque dans la chambre et resta un moment appuyé au chambranle, à écouter la respiration de Chris. Puis il referma la porte sans faire de bruit et retourna au salon. Il hésita à regarder la télévision, puis y renonça, peu désireux de chercher la télécommande. Il resta planté devant la fenêtre, à écouter le bruit qui montait de la rue et à imaginer que c'était de la musique.

Quand le téléphone sonna, l'arrachant à sa rêverie, Stanton se précipita pour y répondre de peur que le bruit réveille Chris.

— Allô ?

— *Stanton ? C'est Norma.*

— Bonsoir. Comment ça va ?

— *Bien, mais Colin regrette l'absence prolongée de ses oncles préférés.*

— Je suis désolé. Nous avons assisté hier aux funérailles de Robert.

— *Je sais. C'est pourquoi j'appelle. Comment va Chris ?*

— Je ne saurais le dire. Chacun gère le deuil à sa façon. Lui, je ne suis pas certain qu'il ait envie de… gérer.

— *Ça lui prendra du temps.*

— Et Michael m'a annoncé qu'il pensait être le prochain.

— *Oh, mon Dieu !*

— J'ai eu la même réaction, je crois. Tous les jours, les journaux annoncent la mort d'hommes que nous connaissons. Rares seront les survivants à cette terrible maladie.

— *Chris et toi seriez-vous malades ?*

— Non, pas encore. Mais je m'inquiète à chaque toux, à chaque marque sur ma peau… je passe mon temps à vérifier.

— *Je suis certaine qu'ils trouveront bientôt un remède.*

Stanton se mit à rire.

— Parfois, tu es encore plus naïve que moi.

— *C'est normal quand on n'a pas de sang bleu. Comment vas-tu ?*

— Je ne sais pas. J'aime mon travail et je m'en sors plutôt bien. Le reste du temps, j'ai la sensation que le bateau coule et que nous allons nous noyer. Tout le monde fait semblant d'être fort et j'ai envie de hurler : arrêtez les conneries !

— *J'aimerais savoir quoi te dire pour te réconforter.*

— Il n'y a rien à dire. Tu es adorable, Norma, mais jamais Chris n'aurait dû travailler avec Carl.

— *Tu l'aimes toujours ?*

— Oui. Bien sûr, mais entre le SIDA et l'immobilier, ça ne va pas fort entre nous et je commence à perdre espoir. Et puis, j'en ai marre… Pour ses funérailles, Robert aurait voulu une fête, avec du sexe, des drogues et Michael Fierman à fond jusqu'à l'aube. Il n'a eu qu'un service constipé dans l'Upper East Side.

— *Tu gardes le sens de l'humour, Stanton, c'est bon signe. J'ai entendu dire que ça aide parfois dans les pires moments.*

— Oui, il paraît. Malheureusement, personne n'a envie de rire.

— *Chris et toi seriez-vous libres pour dîner à la maison le week-end prochain ? Cela fait plus d'un mois que vous n'avez pas vu Colin.*

— Oui, nous viendrons. Merci d'avoir appelé, Norma. Bonne nuit.

En revenant à la fenêtre, Stanton aperçut son reflet dans la vitre. Il avait l'air vieux et fatigué. Pivotant sur ses talons, il alla jusqu'à la chaîne stéréo et feuilleta les disques. Il avait envie d'écouter du Carly Simon, mais ne parvint pas à se décider sur un titre. Soudain, un disque attira son attention. Hank Williams ? Il devait appartenir à Robert : s'étant mis à la musique country et aux airs western pour peaufiner sa « vision texane », il avait fait des échanges avec Chris au cours des derniers mois. En fait, songea Stanton, la moitié de la pile devait être à Robert. Il mit le disque sur le plateau et actionna le bras. Puis il retourna sur le canapé.

Cette nuit-là, dans le salon de leur appartement de la place St Marks, les yeux clos, il écouta les tristes paroles de *I'm So Lonesome I Could Cry*.

SOULS OF THE DEPARTED

TOPHER AVAIT du mal à se concentrer sur son travail. C'était un jeudi, douze jours après la réapparition de Stanton sur le porche arrière de la maison. Il avait enfin reconnu à Topher un statut de compagnon et leur relation avait repris son cours. L'après-midi suivant, Stanton était retourné à New York. Topher regrettait encore de ne pas avoir passé la nuit enfermé avec lui dans sa chambre, à baiser et à écouter de la musique, mais à peine avait-il fini de chanter *Che Gelida Manina*, que les jumeaux frappaient à la porte, réclamant de l'entendre eux aussi. Ils avaient ramené Stanton dans la cuisine, où tous étaient restés à parler musique jusqu'à quatre heures du matin.

Topher finit de changer les pneus d'une Toyota Tundra en pensant qu'il allait revoir Stanton d'ici quelques heures. Cette fois-ci, son amant avait prévu un séjour de deux semaines, durant lesquelles aurait lieu le concert de Dime Box, le week-end du Memorial Day. Cette dernière séparation avait été pour Topher la pire des tortures. C'était pour lui une sensation nouvelle : gouffre au creux du ventre, incapacité à dormir et à se concentrer, sans compter le sourire débile qu'il avait en permanence plâtré sur ses lèvres.

Son téléphone sonna. Il l'ouvrit et le nom de Stanton apparut à l'écran.

— Tu es déjà à l'aéroport ? demanda-t-il en décrochant.

— *Oui. J'arriverai à Austin dans quatre heures environ.*

— Tu as les trois objets ?

— *Oui.*

— Désolé d'insister, mais je suis sans arrêt harcelé par Quentin et Jake. Ils sont surexcités ! Rappelle-moi quand tu auras atterri. Je t'attendrai près des bagages.

— *D'accord. J'ai hâte de te revoir.*

— Moi aussi, déclara Topher. Je compte les minutes.

Il venait de raccrocher quand une voix dans son dos le fit sursauter. C'était Travis.

— Tout baigne ?

— Oui, il va bientôt monter dans l'avion.

— Il a pensé aux objets ?

— Oui, je lui ai posé la question.

— Bien. Alors, à ce soir. Ça devrait être intéressant.

PLUS TARD, quand Topher se gara devant l'aéroport, il aperçut Stanton qui attendait sur le trottoir, ses bagages à côté de lui, occupé à taper sur son téléphone. Topher s'arrêta et descendit de son pick-up pour embrasser Stanton.

— Bienvenue au Texas ! Je m'occupe de tes bagages, monte.

Tout en parlant, il ouvrait la portière passager, Stanton s'installa et attacha sa ceinture. Pendant ce temps, Topher mit les sacs à l'arrière et fit le tour du véhicule pour reprendre place derrière le volant. À peine assis, il se pencha et embrassa à nouveau Stanton.

— Je suis si content de te voir ! Je me sentais comme un drogué en pleine crise de manque. Personne ne m'avait prévenu que le sexe pouvait devenir une addiction !

— Tu es superbe ! répondit Stanton. Plus sexy encore que dans mon souvenir.

— C'est vrai ? Peter et moi, nous nous sommes mis à la gym et à la musculation. Tu crois que les résultats se voient déjà ?

— Oui.

— Je veux que tu sois fier de moi.

Stanton l'embrassa.

— Je veux que tu me baises.

— Dans des toilettes publiques, ça te dirait ?

— Tu penses à une station d'essence ?

— Oui, j'ai regardé quelques pornos et c'est une des scènes qui m'a bien plu. En fait, les gays baisent souvent dans les toilettes. Un des films se passe entièrement dans celles d'une station de bus où les passagers ne cessent de défiler et de s'enfiler, c'est dingue, non ? Je parie que nous pourrions trouver un endroit qui ferme à clé. Ça serait une chouette façon de fêter nos retrouvailles, non ?

Stanton se mit à rire.

— Effectivement.

Topher quitta l'aéroport et roula un moment. Il aperçut soudain une station 7-Eleven sur la droite de la route. Il s'y arrêta et descendit de son pick-up.

298

— Suis-moi, dit-il à Stanton.

Peu après, les deux hommes entraient dans les toilettes et y jetaient un coup d'œil.

— C'est vide, déclara Topher, mais y'a pas de verrou sur la porte.

Puis il remarqua la cabine réservée aux handicapés.

— Ah, parfait ! s'exclama-t-il. C'est grand et ça ferme à clé !

Il y attira Stanton qui se laissa faire. Une fois la porte verrouillée derrière eux, Stanton lui jeta un regard nerveux.

— Aurais-tu un…

Topher le fit taire d'un doigt sur les lèvres et sortit un préservatif de sa poche.

— Contrairement à toi, j'ai été scout, murmura-t-il.

— Et que diraient tes anciens condisciples s'ils te voyaient maintenant ?

— Oh, je sais. Ils sont certainement tous devenus des connards homophobes.

Poussant Stanton contre le mur, Topher l'embrassa. Puis d'une main impatiente, chacun détacha sa ceinture et descendit la fermeture de son jean, qui lui tomba bientôt aux chevilles. Stanton s'accroupit et suça Topher. Au bout d'un moment, Topher fit se relever son amant et le retourna. Il ouvrit le préservatif et le déroula sur son sexe.

— Merde ! grogna-t-il. Je n'ai pas de lubrifiant.

Stanton le regarda par-dessus son épaule.

— Utilise ta salive. Tu vois, je suis déjà habitué à mon rôle de passif.

Topher eut un rire de prédateur.

— Ton cul est à moi, où je veux et quand je veux, *yo* !

— *Yo ?* s'étonna Stanton.

— Désolé, les gars et moi avons abusé de *Breaking Bad* ces derniers temps. Nous avons vu les moments mythiques une bonne vingtaine de fois. J'adore Jesse !

Il écarta les fesses de son amant et tenta de le pénétrer, en vain.

— Tu es trop grand, souffla-t-il. Penche-toi.

Stanton obéit et se cambra pour mieux s'offrir. Topher cracha dans sa main et répandit de la salive sur l'anus palpitant, y enfonçant aussi ses doigts. Stanton commença à gémir. Topher se positionna et poussa. Les deux hommes s'écrasèrent contre le mur.

— Merci, haleta Stanton.

— Tu en avais autant envie que moi, hein ?

— Oui, j'avais aussi besoin.

Topher commença à le baiser, doucement au début, puis fort. Tout à coup, la porte des toilettes s'ouvrit. Les deux amants se figèrent et tentèrent de retenir leur respiration. Par sécurité, Topher mit même la main sur la bouche de Stanton. Un bruit d'urine tombant sur de la porcelaine résonna, puis de l'eau coula dans le lavabo. Après s'être lavé les mains, l'intrus sortit et referma la porte. Topher n'avait pas perdu son érection pendant cet intermède. Il retira sa main.

— Baise-moi, réclama Stanton. Baise-moi fort.

Topher le martela sans plus se retenir. Après douze jours d'abstinence et de fantasmes refoulés, il trouva vite l'orgasme. En le sentant trembler dans son dos, Stanton se masturba et jouit à son tour, sans faire de bruit.

Topher s'écarta, ôta le préservatif et le jeta dans les toilettes.

— Ça va ?

Stanton ne répondit pas, mais quand il se redressa, Topher vit le mur éclaboussé de sperme.

— Waouh ! Aurais-tu oublié de te masturber pendant notre séparation ?

— Je n'en ai pas eu envie. J'ai tout gardé pour toi.

Les joues brûlantes, Topher nettoya le mur avec du papier toilette, qu'il jeta également dans les toilettes. Il remonta son pantalon et referma sa braguette.

— Je ne peux pas croire que nous allons passer presque deux semaines ensemble. Tu es prêt pour ce soir ?

— Je ne sais pas. Et toi ?

— Oui, affirma Topher. Je vais réussir, tu verras.

— Je n'en doute pas.

— Ce sera dur ?

Stanton sourit.

— Oui. Vu l'état de mon cul, c'était très dur.

— Je parlais du test, princesse. Je sens que tu m'as préparé un truc difficile, j'ai raison ?

— Je pense, oui. Marvin m'a aidé.

— Mes amis sont très impatients de le rencontrer.

— Où irons-nous camper ? demanda Stanton.

— Près des chutes Pedernales. C'est dans un parc fédéral.

Il s'arrêta et réfléchit à sa prochaine question. Il y pensait depuis un moment.

— Dis, Stanton, tu crois que nous pouvons nous passer de préservatifs ?

— Non, pas encore.

— Mais…

— Topher ! Ce n'est pas le genre de conversation que je tiens à avoir dans les toilettes d'un 7-Eleven !

Topher se mit à rire.

— Tu as raison, excuse-moi. Mais nous en reparlerons un jour ou l'autre.

— Nous verrons. Bon, on s'en va ?

— Oui, céda Topher.

Ils ouvrirent la porte, quittèrent la cabine et se lavèrent les mains côte à côte, en se souriant dans le miroir. Dans la boutique de la station, Topher acheta un sac de chips et un soda Dr Pepper. C'était la moindre des choses, pensait-il, un peu gêné, après ce qui venait de se passer dans les toilettes.

ILS EURENT à peine le temps de déposer les bagages de Stanton et de saluer les amis de Topher avant de remonter en voiture : ils étaient attendus pour dîner chez Travis et Ben.

Ce fut à nouveau Quentin qui vint leur ouvrir la porte.

— Salut, les gars. Entrez.

Ils trouvèrent les autres Walsh au salon. Ben vint à leur rencontre, la main tendue.

— Stanton ! Je suis tellement content de vous revoir ! Excusez-moi encore pour ce qui s'est passé lors de votre dernier passage.

— Oubliez ça, Ben, répondit Stanton en acceptant sa poignée de main. Présentez-moi plutôt ces deux-là que je ne connais pas encore.

— Je suis Jason, le dernier frère Walsh.

— Et moi Jake, son copain.

Stanton leur serra la main à tous les deux. Puis il regarda autour de lui et demanda :

— Où est Travis ?

— Dans la cuisine, répondit Cade.

— Avez-vous ce qu'il faut pour le test ? demanda Quentin, trépignant d'impatience.

— Oui, dit Stanton, avec un sourire.

Quentin sourit aussi.

— C'est tellement sympa de votre part d'avoir accepté ! Merci ! Merci à tous les deux.

Ben les entraîna dans la salle à manger où tous s'assirent autour de la table. Travis, qui sortait de la cuisine, les regarda en haussant les sourcils.

— Oh, vous voulez faire ça avant de manger ?

— Oui, pourquoi pas ? répondit Ben. Ça ne risque pas de gâcher ton repas ?

— Non, pas de souci. Salut, Stanton, Topher.

Il tira une chaise et prit place à côté de Ben.

— Une seconde, dit Quentin, nous sommes presque prêts.

Épaule contre épaule, Jake et lui s'affairaient autour d'une caméra vidéo. Puis Jake pressa l'interrupteur et se plaça derrière Stanton, le caméscope pointé sur Topher de l'autre côté de la table.

— Voilà ! annonça-t-il. C'est bon. Tu peux commencer.

Stanton sortit de sa poche trois anneaux, qu'il aligna sur la table devant lui. Topher les étudia un moment, puis prit le premier : une chevalière d'étudiant de Columbia. Familier, certes, mais ça sentait le piège. En soulevant le second, il ne put s'empêcher de rire : c'était un jouet en plastique, de ceux qu'on trouvait dans les distributeurs à chewing-gum des laveries automatiques. Il le serra dans son poing en réfléchissant. Il aurait parfaitement pu donner à Stanton une bague de ce genre – et Chris Mead aussi, c'était certain. Topher finit par secouer la tête et passa au dernier anneau, un cœur surmonté d'une couronne et serti entre deux mains tendues. Après l'avoir fait tourner entre ses doigts, il l'essaya. La bague, trop large pour son doigt, ne lui allait pas. La reposant, il enfila l'anneau de Columbia, qui lui allait parfaitement. Il l'enleva et le remit également sur la table.

Tout le monde le fixait, mais Topher ignora les regards et se concentra. Il savait que quelque chose n'allait pas, sans parvenir à définir ce qui le dérangeait. Il essaya la bague en plastique, qui lui allait aussi. Ainsi, le cœur serti était le seul anneau à être trop grand pour lui ? Topher hésita. Il releva les yeux et son regard tomba sur les mains de Stanton.

À ce moment-là, tout devint clair. Il déclara :

— C'est celui-là, mais il n'était pas à lui. Il était à toi, il te l'a donné.

Dans un silence fasciné, il tendit l'anneau à Stanton.

— C'est exact, reconnut ce dernier.

— Waouh ! s'exclama Travis.

— L'anneau Columbia était un piège, hein ? demanda Topher.

— Ce n'était pas le sien, mais celui de Robert, répondit Stanton.

— Je peux le garder ?

— Non, je comptais le donner à Robin.

— Ah, bon ? s'étonna Quentin ? Pourquoi ?

Ce fut Topher qui répondit :

— Quentin, si tu veux que ce petit film devienne un vrai documentaire, je t'expliquerai tout après le dîner.

— Et l'anneau en plastique, d'où vient-il ? demanda Jason.

— Je l'ai acheté chez le traiteur à côté de mon appartement, déclara Stanton. C'est le genre de choses que Chris aurait faites.

— Comment te sens-tu ? demanda Quentin à Topher.

Jake filmait toujours.

— Je ne sais pas. J'avais une chance sur trois de tomber juste. Du coup, ce test me paraît peu convaincant. Pourtant, j'étais certain d'avoir la bonne la réponse.

Quentin fit signe à Jake de passer de l'autre côté de la table. Puis il demanda :

— Et vous, Stanton, qu'en pensez-vous ?

— Je ne suis pas surpris qu'il ait trouvé. Je m'y habitue, maintenant que Topher semble accepter ce concept.

— Vous parlez de réincarnation, précisa Quentin. Y croyez-vous donc, M. Stanton Porter ?

— Je ne sais pas. J'en ai longtemps voulu à Dieu d'être cruel et de m'avoir tout pris. Maintenant... je ne sais plus que croire. Je ne veux pas limiter cette expérience à un seul mot.

— Quand Chris t'a-t-il donné cette bague ? demanda Topher.

Jake changea de position pour filmer les deux hommes en même temps.

— Le jour où nous nous sommes rencontrés.

— Sans blague ? s'étonna Topher.

— C'est sacrément courageux de sa part ! reconnut Ben.

— Il m'a expliqué que cet anneau Claddagh était une tradition irlandaise. La façon dont le cœur pointe indique si celui qui le porte est libre ou déjà pris. Au début, je l'ai porté la pointe vers l'ongle.

— Quand l'as-tu retourné ?

Stanton eut un petit rire nostalgique.

— Deux jours plus tard. Après ce concert de Springsteen où nous sommes allés ensemble. Nous rentrions à New York par le train et il s'est endormi la tête sur mon épaule.

— Tu es d'un romantisme sans espoir ! s'exclama Topher. Mais je devine que tu ne nous racontes pas *tout* ce qui s'est passé dans ce train !

— Je te donnerai les détails plus tard, mais… pense au 7-Eleven.

— Je ne comprends pas, indiqua Jake.

— Ça vaut mieux, affirma Topher.

Quand Stanton enfila l'anneau irlandais, Topher ne put manquer de remarquer qu'il le portait le cœur pointé vers le poignet, il en fut tout réchauffé de l'intérieur.

Travis prit Cade par le bras et l'entraîna dans la cuisine. Ils revinrent quelques instants plus tard chargés de plateaux : grillades, sauces diverses et légumes variés. Tous se mirent à manger pendant que Quentin entraînait Stanton et Topher dans une longue discussion sur les régressions à des vies antérieures. Il leur recommanda aussi quelques livres sur le sujet. Jason et Jake finirent par intervenir et changer le thème de la conversation, désireux d'interroger Stanton sur sa carrière de critique musical. Topher regardait et souriait, heureux que Stanton s'en sorte aussi brillamment avec les jeunes. S'exprimant avec verve et assurance, il n'hésita pas à remettre en cause tout ce qu'ils semblaient connaître de la culture pop. Pour conclure, il affirma que Phillip Phillips allait non seulement gagner le concours American Idol, mais que c'était mérité.

— Il est blanc et il joue de la guitare ! protesta Jake. C'est d'un banal !

— Je te signale que c'est aussi mon cas, déclara Topher.

Stanton lui adressa un clin d'œil avant de répondre à Jake.

— Ce ne sont pas ces critères qui comptent, il faut seulement savoir si un chanteur est capable d'attirer l'attention de toute une nation.

— Peuh ! ricana Jason. Qui l'écoute à part les gamins pré-pubères.

— Et selon toi, qui a mis Elvis sur orbite ? Ou les Beatles ? Ou Frank Sinatra ? Ou Justin Timberlake ? Ou Bieber ? Les jeunes ont le plus puissant des impacts commerciaux. Qui crois-tu qui achète *Beaches on the Moon* ?

— D'accord, d'accord, concéda Jake. Vous êtes de ces adultes qui ont réponse à tout.

Stanton se tourna vers Topher.

— Dis-lui qu'il se trompe.

Docile, Topher répéta :

— Tu te trompes.

Après le dîner, Cade quitta la table pour aller regarder la télé, laissant un siège vide à côté de Topher. Quentin s'y installa et demanda :

— Tu as parlé d'un documentaire, que voulais-tu dire par là ?

Avant de répondre, Topher consulta Stanton :

— Je peux en parler ? Où préfères-tu t'en charger ?

— Je vais le faire, mais je me contenterai d'énoncer les faits. Chacun en tirera les conclusions qui s'imposent. D'ailleurs, je ne pense pas que tu saches tout.

— Quoi ? s'étonna Topher. Il y en a davantage ?

— Oui. Jake, tu devrais rallumer ta caméra.

Stanton attendit que Jake recommence à filmer. Il but ensuite un peu d'eau et entama son récit.

— Topher connaît déjà la première partie : Chris Mead avait trois amis, Robert, Michael et Paul. Tous sont morts dans les années quatre-vingt, sur une période d'environ dix-huit mois. La même année, sur la même période de dix-huit mois, sont nés les trois membres de Dime Box : Robin, Maurice et Peter. Il semble donc y avoir une étonnante similitude entre ces hommes du passé et ceux du présent. Mais c'est peut-être seulement une série de coïncidences. En tout cas, cette histoire ne concerne pas seulement Topher et moi.

— Je n'arrive pas à y croire ! s'exclama Ben.

— Et ce n'est pas tout. C'est cette partie-là que Topher ne connait pas encore. Ben, vous disiez que Travis et vous avez eu l'impression lors de votre rencontre de déjà vous connaître, sinon de vous être déjà aimés... dans une autre vie. Eh bien, c'est peut-être une autre coïncidence, mais vous me rappelez deux hommes que j'ai rencontrés autrefois, ici même. Tu vois, Topher, ça va au-delà de moi et de tes amis : Travis et Ben en font aussi partie. J'ai été à école secondaire avec Brendan Baxter, plus tard, il a loué à vos parents le studio au-dessus du garage. Ben, Brendan était étudiant en droit.

— Il faisait du *droit* ? Comme moi ?

— Oui, il voulait être avocat. Chris et moi sommes venus à Austin pour que Brendan nous présente son compagnon, Trent Days.

Travis se redressa.

— Trent Days ?

— Tu le connais ? demanda Stanton.

Travis gloussa.

— Bien entendu !

— Alors, accroche-toi.

Tous écoutèrent le récit que leur fit Stanton du tragique destin des deux amants, morts dans le même accident trente ans plus tôt. Quand Stanton se tut, Topher tourna vers Travis un regard incrédule.

Travis secoua la tête. Il dévisageait Ben, l'air pensif.

— Nous sommes tous les deux nés le même jour, en juillet. Ça explique bien des choses…

Ben l'embrassa.

— Ça, c'est sûr. Quentin, tu devrais prendre contact avec PBS.

Stanton sourit.

— Je peux te donner des contacts à qui t'adresser.

LE LENDEMAIN matin, Topher et les jumeaux remplirent leurs véhicules de tentes et de matériels de camping. Ils avaient tout le week-end devant eux. Peter et Stanton étaient partis chercher Marvin à l'aéroport.

À leur retour de l'aéroport, Marvin et Peter se comportaient déjà l'un avec l'autre comme de vieux amis. Et quand Topher présenta Marvin à Robin et Maurice, les jumeaux le serrèrent dans leurs bras avec une affection bourrue. Puis ils l'entraînèrent pour visiter la maison.

Resté seul avec Stanton, Topher lui demanda :

— Alors, comment ça s'est passé ?

— Comme je m'y attendais : leur entente a été immédiate. J'étais à l'arrière et durant tout le trajet, je n'ai pratiquement pas dit un mot. C'était comme au vieux temps.

— Marvin et Paul étaient-ils proches ?

Stanton se mit à rire.

— Proches ? Tu parles : de vraies *sisters* !

— Des *sisters* ? Mais enfin, ça veut dire quoi ? Non, attends… pas maintenant. Nous devons nous mettre en route. Si nous n'avons pas dépassé Oak Hill avant quinze hures, nous risquons de perdre tout l'après-midi dans les embouteillages.

Il n'y avait que deux places par pick-up : Stanton était avec Topher, les jumeaux suivaient, puis Marvin et Peter. Ayant l'habitude de camper, les quatre amis connaissaient tous les parcs dans la région. Ils avaient choisi Pedernales, à cause de ses panoramas somptueux.

— Et Enchanted Rock se trouve juste à côté, expliqua Topher à Stanton. Il y a de chouettes sentiers de randonnée.

Stanton baissa sa vitre et demanda :

— *Le rocher enchanté* ? Pourquoi ce nom ?

— Parce qu'il parle.

— Pardon ?

— C'est une image, bien sûr. C'est du granit. La roche chauffe pendant la journée et quand la nuit tombe, le refroidissement provoque des craquements et gémissements. Jadis, les Indiens pensaient qu'elle était habitée par un esprit.

En arrivant au parc, Topher, Peter et les jumeaux se chargèrent d'installer trois grandes tentes. Robin confia aux deux New-Yorkais la tâche de déballer le reste de l'équipement. Ils se répartirent dans les tentes comme dans les pick-up : Topher avec Stanton, les jumeaux ensemble, et Marvin avec Peter. En temps normal, Topher n'aurait pas hésité à dormir à même le sol dans un sac de couchage, mais pour faciliter la première expérience de Stanton, il avait acheté un grand matelas pneumatique et apporté draps et oreillers. Ils avaient également un grill portatif au gaz et trois glacières remplies de nourriture et de boissons. Topher ne cessait de surveiller les deux néophytes, Stanton et Marvin, heureux de constater qu'ils s'adaptaient sans difficulté à la pleine nature, loin de tout. Sans couverture réseau, Stanton finit par refermer son téléphone. Topher cacha sa satisfaction. Parfois, il considérait ces foutus « suiveurs » de Stanton sur Twitter comme de sérieux rivaux : ils lui dérobaient une bonne partie de l'attention de son compagnon.

Après le dîner, alors que le soleil commençait à se coucher, Peter et Marvin décidèrent d'aller marcher. Ils venaient de disparaître quand Stanton sortit de son sac à dos des haut-parleurs qu'il brancha sur son iPhone.

Se tournant vers Maurice et Robin, il annonça :

— J'ai incidemment appris que vous étiez tous les deux fans de Linkin Park.

— Sans aucun doute, dit Maurice.

— *Hybrid Theory* a été l'un des piliers de notre jeunesse, ajouta Robin.

— Eh bien, vous savez que j'ai récemment passé deux semaines avec eux pour une interview à propos de leur nouvel album. Il ne sortira que le mois prochain, mais Chester et Mike m'ont autorisé à vous le faire écouter. Si ça vous intéresse, bien sûr.

Maurice se tourna vers son frère et poussa un cri :

— Il les appelle Chester et Mike !

Topher était touché que Stanton se soit donné le mal d'organiser cette belle surprise à ses copains.

— Ça nous intéresse ! affirma Robin, hilare.

Il passa le bras autour du cou de son frère et l'attira contre lui.

— Incroyable ! Nous avons droit à une avant-première !

— Allez-y, Stanton, s'il vous plaît.

Ils écoutèrent le disque avec des yeux écarquillés, le sourire aux lèvres sans mot dire. Parfois, ils marquaient le rythme en hochant la tête ou en se tapant dans la main l'un de l'autre. Quand ce fut terminé, ils restèrent un moment figés, sans bouger, les bras croisés sur la table devant eux, le menton sur les mains. Puis ils relevèrent la tête.

— Waouh ! s'exclama Maurice. J'étais tellement pris dans cette dernière chanson que ça m'a fait un choc quand le silence est retombé.

Robin se tourna vers Stanton.

— Cool, hein ? Ça s'arrête d'un seul coup, comme la fin des *Sopranos*. Comment avez-vous trouvé ?

— Donne-moi d'abord ton avis, répondit Stanton.

— Eh bien, c'est bien plus lisse que leurs premiers titres. Je regrette un peu la sauvagerie d'*Hybrid Theory*.

— Moi aussi, ajouta Maurice, mais Chester est excellent.

— Je suis d'accord, déclara Stanton.

— J'ai adoré la chanson du milieu, intervint Topher, *Castle of Glass*. La seconde partie ressemble plus à un paysage sonore qu'à une série de chansons.

Stanton lui sourit.

— C'est exactement ce que j'ai dit à Chester.

Robin se tourna vers son frère.

— Qu'en as-tu pensé ?

Maurice haussa les épaules.

— Moi, je suis plus fan que critique. J'ai beaucoup aimé et plus je l'écouterai, plus ça me plaira.

— Bien sûr, s'empressa d'approuver Robin. Il nous faut le réécouter. Stanton, on peut ?

— D'abord, intervint Topher, occupons-nous du feu.

Après quelques grognements de principe, les jumeaux se levèrent et allèrent chercher des bûches à l'arrière de leur pick-up. Ensemble, les trois amis bâtirent un feu de camp. Ils terminaient au moment où Peter et Marvin revenaient.

— Mec, dit Maurice à Peter, tu as manqué un truc génial. Stan nous a passé le nouvel album de Linkin Park. En avant-première.

— Quoi ? piailla Peter. Je peux l'entendre aussi ?

Topher se pencha vers Stanton :

— Il t'a appelé, Stan, ça ne te dérange pas ? chuchota-t-il.

— En règle générale, je déteste les surnoms, mais Maurice… peut m'appeler comme il veut.

— Ah, bon ?

Stanton hocha la tête avec un sourire triste.

— Michael était mon préféré, reconnut-il.

Tous s'agglutinèrent et l'album repassa une deuxième fois. En vérité, *Living Things* devint la bande-son de leur week-end.

Après avoir discuté des heures autour du feu, Topher et Stanton se levèrent et se dirigèrent vers les douches communes. Ils partagèrent une cabine et se savonnèrent mutuellement. En revenant à leur tente, ils se débarrassèrent de leurs serviettes et s'étendirent nus sur le matelas. Puis ils se firent face et Topher embrassa Stanton.

— Mes copains te croient capable de décrocher la lune, tu cherchais à les impressionner ?

— Oui, ça fait partie de mon plan machiavélique.

Il roula sur le ventre et Topher se coucha sur lui, déposant sur son dos une pluie de baisers.

— Alors, le camping, tu trouves comment ?

— Ça me plaît.

Topher commençait à bander. Il avait pris confiance en lui depuis cette première fois à New York. Une semaine plus tôt, Travis avait parlé de l'anulingus, aussi Topher était-il impatient d'essayer. Il embrassa le tatouage que Stanton avait sur l'épaule et descendit le long de son dos. Quand ses lèvres trouvèrent les fossettes au-dessus des reins, il déclara :

— Tu devrais mettre ici un autre tatouage.

— Un timbre de tramp ?

— C'est comme ça qu'on les appelle ?

— Oui, mais je préfère en rester là. Un seul me suffit.

Topher lui écarta les fesses, sa langue lui titilla l'anus. Stanton fit un bond.

— Qu'est-ce que tu fais ?

— Tais-toi, vieillard.

Topher ouvrit davantage les jambes et reprit ses caresses avec une énergie décuplée. Quand sa langue pénétra dans l'étroit conduit, Stanton poussa un gémissement comme Topher n'en avait jamais entendu, un cri rauque qui provenait du tréfonds de son être. Il lécha son amant, le dégustant comme un morceau de choix. Chaque fois qu'il revenait à l'anus, il obtenait la même réaction. Il continua pendant plusieurs minutes, ravi d'avoir réussi à faire perdre à Stanton son calme légendaire. Puis, craignant une combustion spontanée, il se protégea d'un préservatif et pénétra avec entrain le corps étendu, l'esprit vide, les sens exacerbés.

Plus tard, les deux amants enlacés s'apprêtaient à s'endormir quand ils entendirent glousser Marvin et Peter dans la tente voisine.

— Ce n'est pas bientôt fini de ricaner vous deux ? cria Robin.

Marvin et Peter éclatèrent du même rire sonore.

— Tu es sûr qu'ils viennent juste de se rencontrer ? demanda Topher, dubitatif.

— Je te l'ai déjà dit, répondit Stanton, à moitié endormi. De vraies *sisters*.

LE LENDEMAIN matin, après le petit-déjeuner, Robin et Maurice annoncèrent qu'ils allaient faire une randonnée autour d'Enchanted Rock.

— Je viens aussi, déclara Peter. Et toi, Marvin ?

Celui-ci fit la grimace.

— Non, merci. Une petite balade, je ne dis pas non, mais je suis trop vieux pour un trek. Je vais rester ici et lire.

— Moi, je veux tenter le coup ! s'écria Stanton.

Topher vit aussitôt l'opportunité qu'il attendait.

— Je vais rester aussi, annonça-t-il. J'ai du travail.

Les quatre randonneurs s'entassèrent dans la voiture de Peter et quittèrent le parc. Marvin alla chercher un livre dans sa tente et s'installa sur une couverture pliée.

— Que lis-tu ? demanda Topher.

— *Rock and Roll Always Forgets: A Quarter Century of Music Criticism* (le Rock and Roll oublie toujours : un quart de siècle de critique musicale).

— Qui a écrit ça ?

— La Némésis de Stanton.

— Il aurait un ennemi juré ? s'étonna Topher.

Marvin gloussa.

— J'exagère, bien sûr. Je parle de Chuck Eddy. Lui et Stanton ont commencé à peu près en même temps au *Village Voice*. Dans les années quatre-vingt, Chuck a obtenu l'une des premières interviews nationales des Beastie Boys. Stanton était vert, il y tenait tellement. Depuis, je crois que Chuck s'est installé à Austin, tu risques de le rencontrer un de ces jours.

— J'espère qu'il aimera notre musique.

Topher alla chercher dans son pick-up son étui à guitare, derrière le siège passager. Il s'assit à table et sortit sa guitare, un plectre, deux crayons de papier et plusieurs pages de partitions. Il commença à griffonner les paroles de sa nouvelle chanson.

Comme il l'avait espéré, Marvin ne résista pas longtemps à la curiosité :

— Que fais-tu ?

— Je cherche à terminer cette chanson dont je t'ai parlé à New York. Je l'ai appelée *Homesick*.

— Fais-moi écouter.

— Je ne suis pas satisfait des paroles.

Abandonnant son livre, Marvin vint s'attabler à ses côtés et étudia les partitions.

— Pourquoi une gamme majeure ?

— C'est ce que je fais tout le temps.

— Eh bien, c'est ton premier obstacle. Ta chanson parle de nostalgie, de regrets. Si tu passais en gamme mineure, ta mélodie serait plus naturellement teintée en tons plus sombres.

— Comment faire, selon toi ?

Marvin s'assit et prit l'un des crayons.

— Je peux rectifier ces feuillets ? Ça ne te dérange pas ?

Topher cacha son sourire.

— Pas du tout, au contraire.

Marvin se mit aussitôt à l'œuvre, écrivant, effaçant et recommençant. Puis il hocha la tête et tendit le papier à Topher.

— Qu'en penses-tu ? Essaie de jouer ça.

Dès les premières mesures, Topher réalisa que Marvin avait transformé sa chanson, y ajoutant la tonalité qui lui manquait.

— C'est génial !

— Tu vois ce que je voulais dire en te demandant ce changement ?

— Oui, c'est infiniment mieux comme ça. Mais nous pourrions peut-être ajouter à la seconde partie une sensible, à un demi-ton de l'octave. Ma voix le supporterait.

— Tu as raison.

Marvin fit les rectifications et Topher se remit à jouer.

— Cette fois, c'est bon.

Marvin continuait à étudier les pages manuscrites.

— Pourquoi utiliser ces rimes élémentaires ABAB [30] ?

— Je ne sais pas. La plupart des chansons pop sont de type ABAB ou AABB, non ?

Marvin le regarda par-dessus les lunettes qu'il portait pour lire.

— Les mauvaises, sans doute, dit-il, sévèrement. Mettons un peu d'originalité dans tes rimes, histoire de les rendre plus… inattendues.

Il recommença à écrire.

— De plus, ajouta-t-il, mieux vaut garder une rime à *Homesick* pour la fin. Sinon, tu dévoiles ta main trop tôt.

— J'avais pensé à *pick*.

— Oui…

Tout à coup, Marvin s'illumina, le visage brillant d'excitation.

— Attends, l'autre nom du plectre est « guitare pick », ça pourrait être une métaphore narrative qui interviendrait comme charnière à ton texte ! Alors qu'il erre de ville en ville, loin de chez lui, le chanteur collectionnerait les plectres qui symbolisent ses regrets.

— Non, trancha Topher

— Tu n'aimes pas cette idée ?

— Si, mais je préfère qu'il les sème derrière lui… dans les bars, les chambres d'hôtel et les honky-tonks [31]. Comme des miettes de pain. Il espère qu'un jour, ils lui permettront de retrouver son chemin.

— C'est une trouvaille !

Topher ramassa l'une des partitions et la tendit à Marvin.

— Et le refrain, tu le trouves comment ?

Marvin le regarda.

— Tu devrais le supprimer.

— Tu plaisantes ?

— Je ne plaisante jamais avec la musique. Certaines excellentes chansons n'ont pas de refrain.

— Cite-men une !

— *Thunder Road*.

---

30 Rimes croisées : ABAB ; rimes embrassées : ABBA ; rimes plates : AABB.

31 Bar du sud des États-Unis avec divertissements musicaux : piano, groupes country ou danses folkloriques.

— Elle a un refrain ! protesta Topher. Le titre.

— C'est juste une phrase, alors qu'un refrain, par définition, se répète tout au long de la chanson. Ce que Springsteen ne fait jamais. Supprimer le refrain donnera du punch à ton texte.

— Dans ce cas, il va me falloir rajouter des paroles. Sinon, ce sera trop court.

— *Yesterday* ne dure que deux minutes. Et c'est une des plus grandes chansons de tous les temps, tu es bien d'accord ?

— Oui, mais un autre couplet ne nous tuerait pas. Ou au moins un pont entre les deux parties.

— C'est mieux, oui.

Topher posa sa guitare et prit l'autre crayon. Les deux hommes se mirent à travailler ensemble, se renvoyant des idées, comme une machine aux rouages bien huilés.

— Tu as déjà écrit une chanson avant ça ? demanda Topher.

— J'ai essayé étant plus jeune, mais c'était un désastre. Je n'arrivais pas à aller jusqu'au bout. Ça restait... je ne sais pas.

— Incomplet ?

Étonné, Marvin tourna la tête et le dévisagea.

— Oui comment le sais-tu ?

Topher haussa les épaules et répondit par une autre question :

— Pourquoi n'as-tu pas essayé d'écrire avec Chris Mead ?

— Il chantait seul, tu sais, il n'avait pas de musiciens. Alors, envisager d'écrire à quatre mains, ça ne lui serait jamais venu à l'idée. De plus, je suis critique, pas auteur-compositeur.

— Ben voyons ! Tu as été brillant, je mettrai ton nom sur cette chanson.

— Ne sois pas ridicule. Je n'ai fait que t'aider.

— *Ne sois pas ridicule* ! lui relança Topher. Nous écrivons cette chanson à deux. Si tu ne t'en rends pas compte, tu n'es pas aussi intelligent que l'affirme Stanton.

— Es-tu sérieux ?

Topher lui fit un clin d'œil.

— Je suis toujours sérieux quand il s'agit de musique.

Sidéré, Marvin posa son crayon. Topher attendit un moment, puis le récupéra et le lui tendit.

— S'il te plaît, Marvin. Moi aussi, toutes mes chansons sont incomplètes.

313

Marvin détourna la tête et s'éclaircit la gorge, sans mot dire. Tout à coup, il baissa les yeux et examina avec attention le bras de Topher. Il effleura son coude du bout des doigts.

— Qu'est-ce que c'est ?

— À ton avis ? Un tatouage. Au cas où ça t'aurait échappé, j'ai tout le bras couvert d'encre !

— Non, je parlais de ces chiffres : 4 :33.

— Ah, oui, c'est un verset de la Bible. Le Livre des Actes des Apôtres, chapitre 4, verset 33. *Les apôtres rendaient avec beaucoup de force témoignage de la résurrection du Seigneur Jésus. Et une grande grâce reposait sur eux tous*, récita-t-il. C'est le préféré de ma mère. Elle n'est pas vraiment dans la religion, mais elle m'a élevé dans la foi que l'amour était capable de tout conquérir. Même la mort. Quand j'ai réfléchi avant de dessiner mon tatouage, ces chiffres me sont revenus à l'esprit. Ils m'ont paru importants. Pourquoi cette question ? Que signifient-ils pour toi ?

— Un morceau écrit par John Cage s'appelle *4'33"* – quatre minutes trente-trois secondes sans qu'aucun musicien ne touche à son instrument. Hutch et moi en discutions souvent.

— En clair, c'est quatre minutes et trente-trois secondes de silence ?

— Plus ou moins.

— Et il y a des musiciens qui acceptent… ce morceau ?

— Oui.

Topher secoua la tête avec un sourire.

— Génial ! J'aurais aimé y penser le premier !

— Je suis d'accord avec toi, c'est osé. Mais John Cage l'a déjà fait.

Le petit rire de Marvin était presque un sanglot. Topher lui tapa sur l'épaule.

— Hé, ça va ? Stanton commence à s'habituer à ces coïncidences répétitives, mais pour toi, ça doit encore être tout neuf.

— Oui, ça va. Discuter d'un concept est une chose, mais tomber sur un exemple concret, comme ce tatouage, ça fait vraiment…

— Science-fiction ?

— Oui.

— Bienvenue dans mon monde !

Marvin réfléchit un moment, puis il récupéra le crayon.

— D'accord. Remettons-nous à cette chanson !

Topher sourit et se leva.

— Tu veux une bière ?

314

— Oui, volontiers. Tu as aussi des chips ?

— Oui, quatre parfums différents.

— Prends-en, ça aide à réfléchir, affirma Marvin.

Ils travaillèrent ensemble jusqu'au moment où les autres revinrent, en fin d'après-midi, Topher annonça que Marvin l'avait aidé à écrire la prochaine chanson de Dime Box. Il la joua pour eux et sentit que d'autres campeurs se rapprochaient pour écouter. Quand il se tut, il eut l'impression que le parc tout entier l'applaudissait.

— Mec, dit Maurice, c'est ce que tu as fait de meilleur. Et tu l'as écrite avec Marvin ?

— Oui. Maintenant, je sais ce que Lennon et McCartney ont ressenti.

— Arrête ! intervint Marvin. Ne prenons pas la grosse tête. Nous n'avons pas encore entendu le verdict de notre expert pop ici présent.

Tous se tournèrent vers Stanton.

— C'est parfait. Rien de rustique cette fois, bien au contraire, c'est original et sophistiqué. Ces médiators qu'il sème derrière lui… c'est à briser le cœur et cette gamme mineure naturelle est un coup de génie…

— C'était une idée de Marvin ! s'exclama Topher. Il va s'occuper aussi des enregistrements et nous engagerons un orchestre pour la version studio et le concert.

— Bien sûr, dit Stanton. Beau travail, mon pote. Qui aurait pu penser ça de toi ?

Peter passa le bras autour des épaules de Marvin.

— Ce sera un succès, prédit-il.

CE SOIR-LÀ, ils firent un festin : steak grillés, légumes verts et pommes de terre servis avec du pain à l'ail. Ils étaient assis tous ensemble, Stanton et les jumeaux d'un côté, Topher, Marvin et Peter de l'autre.

Maurice badigeonna ses pommes de terre de beurre avant de demander :

— Marvin, depuis combien de temps travailles-tu au *New York Times* ?

— Quinze ans. Nous verrons si je tiendrai quinze de plus.

Robin fronça les sourcils et admit :

— Je ne lis pas de journaux.

— Jamais ? s'étonna Marvin.

— Non. Je lis tout en ligne. Vous êtes dans la musique classique ?

Marvin sourit à Stanton, assis en face de lui.

— Oui, on peut dire ça.

— C'est cool. Comme Mozart et les autres ?

— Oui, j'ai un faible pour Mozart.

Peter intervint :

— Il y a quelques mois, nous avons regardé un film sur lui. *Amadeus* ?

Marvin acquiesça.

— Oui, je l'ai vu aussi. Plusieurs fois.

— Je comprends mal tout ce tabac concernant Mozart, avoua Robin. D'accord, il a écrit de la bonne musique, mais ce n'était quand même pas un super génie.

— Au contraire, rétorqua Marvin. Il ne se corrigeait jamais, tout venait du premier jet. Il a écrit sa première symphonie à huit ans et sa musique en elle-même était un cadeau de Dieu. Donne-moi un seul musicien contemporain capable d'égaler sa production, sa maîtrise complète de la musicalité et l'inspiration pure dont il était si évidemment béni !

Robin y réfléchit un instant.

— Prince.

— *Prince ?*

— Oui, insista Robin. Il écrit tout, il produit tout, il arrange tout. Sais-tu que pour *For You*, il a joué de vingt-sept instruments différents ? *Vingt-sept !*

— Et sa compréhension de la musicalité n'est pas seulement théorique, ajouta Maurice. C'est aussi pragmatique.

— Sa production jusqu'ici a été stupéfiante, enchaîna Robin. J'ai entendu dire qu'il avait cinq cents chansons inédites enfermées chez lui dans un coffre. Sans parler de celles qu'il a écrites pour d'autres artistes. D'après le film, le vieux Wolfgang était le Rose Axl de son époque.

— Un chieur, quoi ! marmonna Peter.

— Sans vouloir vous vexer, Marvin, ajouta Maurice, ce que certains appellent inspiration géniale ne représente pour d'autres que du bruit.

Marvin posa sa fourchette.

— Utilises-tu ce blasphème en parlant de la musique de Mozart ?

Peter lui tapota l'épaule.

— On se calme.

— Tu dois comprendre un truc, reprit Maurice, passant au tutoiement peut-être sans le vouloir. Quand on parle musique entre nous, on se lâche sans prendre de gants. Tu es critique musical, alors nous t'avons cru capable de faire pareil. Mais si tu te braques dès que tu perds la main, eh bien, nous ferons un effort pour te ménager.

Stanton éclata d'un rire bruyant, presque incontrôlable.

— Mon Dieu ! Je n'en crois pas mes oreilles. Marvin, tu t'es fait joliment moucher. C'est comme s'ils avaient manigancé leur revanche contre toi pendant ces trente ans !

Peter se pencha pour murmurer à l'oreille de Marvin :

— Je ne pense pas que Maurice ait voulu critiquer la musique de Mozart.

Topher l'entendit et sourit.

— Il a raison, reconnut Maurice, qui avait également entendu. J'essayais juste de rester subjectif, comme Stanton nous l'a enseigné.

Par-dessus la tête de Robin, Stanton leva la main droite et Maurice y fit claquer sa paume, haut et fort.

Marvin lança à Stanton un regard noir.

— Je vois, tu es leur complice ! J'aurais dû m'en douter.

Maurice éclata de rire.

— Dis, Marvin, comment se fait-il que tu emploies des termes religieux pour parler de la musique de Mozart : *un cadeau de Dieu, un musicien béni* ? Noyer ton analyse dans un verbiage aussi nébuleux que spirituel est à double tranchant, non ? D'après la chanson de Dylan, ceux qui prétendent « Dieu est avec nous » s'en servent pour étayer les pires horreurs.

— Waouh ! dit Stanton, de plus en plus amusé. Mon pote, je t'aime et tu le sais, mais là, il a été magnifique. J'aurais aimé y penser moi-même. En fait, pourquoi ne l'ai-je pas fait ?

Tourné vers Maurice, Marvin demanda :

— Rappelle-moi où tu as fait tes études ?

— À l'UT

— Vous y êtes allés tous les quatre ?

— Non, répondit Peter. Maurice a été le seul assez intelligent pour dégoter son admission en sortant de l'école secondaire. Nous, nous l'avons juste suivi à Austin pour que le groupe reste ensemble.

— Je les ai rejoints un an après, déclara Topher. Plus jeune qu'eux, j'ai dû finir ma dernière année à Dime Box.

Marvin sourit.

— D'accord, Maurice, j'admets la validité de tes arguments. Tu as fait preuve d'une très belle démarche rhétorique, même si *me faire moucher* –

comme l'a dit si élégamment Stanton – par un gamin est assez vexant à mon âge, je…

Il s'interrompit quand Stanton sortit son téléphone et le brandit.

— Marvin, je te filme. S'il te plaît, pourrais-tu répéter ce que tu viens de dire pour la postérité ? J'aimerais poster sur Twitter que tu reconnais ta défaite !

— Éteins ça ! grogna Marvin.

Malgré son ton menaçant, Topher devina qu'il appréciait de se faire taquiner par son meilleur ami. Maurice se pencha et murmura quelques mots à l'oreille de son frère. Robin et Peter échangèrent un regard à travers la table, puis une main passa derrière Marvin pour tapoter l'épaule de Topher. Marvin avait suivi cet échange avec perplexité.

— J'ai raté quelque chose ? s'enquit-il.

— Ils veulent jouer, répondit Topher. Tu sais, à ce jeu dont Stanton nous a parlé, quand vous étiez tous ensemble sur l'île le soir de votre rencontre.

— Le Jeu du Meilleur ?

Topher acquiesça.

— Oui.

— S'ils veulent jouer, jouons, déclara Stanton. Ils ont passé la journée à m'interroger sur Robert, Michael et Paul.

— D'accord, je suis partant, dit Marvin.

Se tournant vers Peter, Robin et Maurice, il ajouta :

— Vous connaissez les règles, je présume ?

— Les thèmes doivent concerner la musique, dit Peter.

— Pas de répétitions, dirent ensemble les jumeaux.

Sous la table, Topher leva le pied et joua avec l'entrejambe de Stanton.

— Et le dernier choix doit être le point culminant de la soirée !

— Attendez ! s'écria Marvin. Il manque un élément indispensable.

Stanton tapa du poing sur la table.

— Il a raison ! Il nous faut de la marijuana ! Ce jeu est bien plus amusant quand on plane. Mais nous sommes en public. Si nous nous faisons arrêter, cela n'arrangerait personne.

Maurice se leva.

— Pas besoin de fumer pour planer.

Il se leva et alla ouvrir l'une des glacières dont il sortit un sac des brownies. Il revint s'asseoir et les posa sur la table.

— Ils sont bourrés d'herbe, annonça-t-il. Ça mettra un peu plus longtemps à faire effet qu'avec un joint ou un bong, mais au moins, nous n'attirerons pas l'attention.

— Je n'ai pas encore fini mon steak ! protesta Marvin.

— À Austin, lança Topher, faussement sérieux, le dessert a toujours la priorité.

— Où avez-vous appris à faire des brownies à la marijuana ? demanda Marvin.

— De notre mère, répondit Robin.

Ils prirent tous un brownie.

— Qui veut commencer ? demanda Marvin

— Moi, répondit Stanton. Donnez-moi la meilleure chanson de boys band.

— Oh ! s'exclama Topher. C'est facile. *Tearin' Up My Heart*. Ça a lancé 'N Sync et ils n'ont jamais fait mieux par la suite.

Imitant le mouvement de tête de Justin Timberlake, il cria :

— On y va, les gars !

Lui et ses amis se levèrent d'un bond et s'égaillèrent dans la clairière derrière la table.

— Qu'est-ce qui vous prend ? s'étonna Marvin.

— Nous avons dansé ça au spectacle de fin d'année à l'école quand nous avions quatorze ans, expliqua Peter.

— Moi, j'en avais treize, précisa Topher.

Sur ce, ils se lancèrent dans la chorégraphie du clip vidéo originel de *Tearin' Up My Heart*. Stanton et Marvin se levèrent et se joignirent à eux. Quand ils revinrent s'asseoir à la table, Stanton se pencha et embrassa Topher.

— C'était super !

Robin secoua la tête en riant.

— C'est à moi, non ? Je vote pour *The Call*, même si ça peut surprendre.

Maurice s'étrangla de rire.

— Mon frère, le Backstreet Boy! Il voulait chanter *I Want It That Way*.

— Tais-toi. C'est une bonne chanson.

— Alors, pourquoi ne l'as-tu pas choisie ?

— N'as-tu jamais entendu Thunderpuss reprendre *The Call* ? intervint Stanton.

— Je ne pense pas.

319

— Si tu aimes cette chanson, sa version va changer ta vie. Pour toujours. Crois-moi.

Marvin se pencha en avant pour parler à Robin :

— Au cas où tu ne l'aurais pas encore remarqué, Stanton a une nette tendance aux hyperboles.

Topher lui envoya son coude dans les côtes.

— Oh, si, nous avons remarqué ! Tu sais comment il décrit une de mes chansons à notre premier spectacle ? La pire chanson qu'il ait entendue de toute sa vie !

Sa réflexion provoqua un éclat de rire général.

— C'est mon tour ? demanda ensuite Peter.

Ce fut Marvin qui répondit :

— Dans le Jeu du Meilleur, c'est le tour de celui qui parle le premier.

— Alors je propose *You Needed Me* de Boyzone, déclara Peter. Quand j'étais petit, maman écoutait souvent Anne Murray. J'ai toujours trouvé leur version tout à fait charmante.

— Ah, dit Robin sceptique. Je ne connais pas.

— *I Want It That Way*, déclara Maurice.

Robin se tourna vers lui.

— Voilà pourquoi je ne l'ai pas prise ! Je savais que tu le ferais.

— Ça nous fait deux voix pour les Backstreet Boys, déclara Stanton.

Il se tourna vers Marvin, attendant sa réponse.

— Je me sens obligé de rester *old school*.

— Les New Kids on the Block ? proposa Stanton.

— Oui, celle qui a une vidéo en noir et blanc… elle s'appelle ?

— *You Got It*, répondit Stanton. Mais tu dois plutôt la connaître sous le titre *The Right Stuff*.

Il chantonna les premières notes.

— C'est ça ! C'était avant que Jordan Knight ait des cheveux plus hauts que l'Empire State Building. Les New Kids ont inspiré toutes les chansons que *vouzautres* avez mentionnées.

Morts de rire, Peter et les jumeaux tapèrent du poing sur la table.

— Marvin ! lança Maurice. Si tu te mets à dire *vouzautres* comme un Texan, je ne sais pas si ça va être gérable.

Marvin joignit son rire aux leurs.

— Pourquoi pas ? Ça me plaît. J'aime la sonorité de tous ces zzz… ça chatouille la langue

— Les brownies commencent faire effet, déclara Maurice.

Stanton était le dernier à s'exprimer sur le thème choisi.

— Bien que déçu que personne n'ait mentionné MMMBop, je vais choisir *I Want to Hold Your Hand*.

— Quoi ? dit Robin.

Maurice repoussa son frère pour demander :

— Stanton ! Tu viens de ranger le meilleur groupe rock de ta génération parmi les boys bands ?

— Pas seulement de *notre* génération ! protesta Marvin. Les Beatles sont les meilleurs, toutes générations confondues !

— Franchement, je ne crois pas, rétorqua Maurice. Le meilleur, c'est Springsteen. Quand il a commencé à se faire connaître dans les années 70 – la préhistoire –, peut-être les gens ont-ils cru qu'il ne serait jamais du niveau des Beatles. Mais maintenant, Marvin, regarde tout ce qu'il a accompli !

Stanton hocha la tête.

— Je suis assez d'accord avec lui.

Marvin toisa Maurice.

— Springsteen est de *ma* génération, jeune insolent. Je n'avais que dix ans quand les Beatles se sont séparés !

Maurice ricana.

— Je disais juste que les jeunes – dont je fais partie – n'ont pas envers les Beatles la même dévotion que leurs aînés. Je trouve génial que Stanton les ait cités comme boys band, parce que c'est exactement ce qu'ils étaient à leurs débuts.

Marvin se tourna vers Stanton.

— Tu sembles les avoir subjugués ! Ils ne jurent plus que par toi !

— Je n'ai rien fait pour ça, déclara Stanton, l'air innocent.

Il gâcha son effet en échangeant un autre *high five* avec Maurice par-dessus la tête de Robin.

Puis Maurice sirota sa bière et ajouta :

— Marvin, je ne plaisante comme ça qu'avec mes amis. Tu le sais, j'espère ?

— Bien sûr, rétorqua Marvin avec un sourire. Discuter avec toi de nos différences musicales est un honneur et un privilège.

— Parfait, alors. Bon, je choisis le prochain thème… La meilleure chanson de Michael Jackson. Non attendez. La meilleure chanson Jackson, groupe ou individu confondus.

— Non ! cria Robin. C'est trop difficile.

— Mais non, dit Peter. *Rhythm Nation*. Tu vois ? C'est très simple.

321

— *Billie Jean*, lança Topher.

— *ABC*, enchaîna Marvin.

— *Man in the Mirror*, déclara Stanton.

Topher et ses amis se figèrent pour le regarder.

— Quoi encore ? reprit Stanton.

Topher sourit.

— Rien, mais nous avons conclu notre dernier spectacle avec cette chanson.

Sous la table, Stanton pressa le pied entre ses jambes.

— Tu as du goût.

— Je vote pour *Control*, déclara Robin.

— Et moi pour *Beat It*, rétorqua Maurice. J'ai toujours été fan de ce blouson en cuir rouge. Très iconique !

— Hé, dit Topher, tu oublies le gant blanc !

— Oh, c'est vrai. Un point pour toi ! Marvin, à toi de choisir le thème !

Le regard de Marvin fit le tour des visages autour de la table.

— Voyons voir si vous avez l'âge de répondre à ça : la meilleure chanson d'Elvis !

Robin ricana.

— Il nous prend pour des guignols, ou quoi ? *Hound Dog*.

— *Suspicious Minds*, déclara Peter.

Maurice ferma les yeux, le front plissé de concentration.

— *All Shook Up*.

Topher caressa le pied de Stanton

— À toi, déclara-t-il.

— Non. Toi d'abord, rétorqua Stanton.

Topher sourit.

— D'accord, alors, je dirais *Return to Sender*. Mon père la chantait toujours quand il buvait une bière après avoir tondu la pelouse. Et je sais déjà ce que Stanton va dire.

— Alors, réponds pour moi.

Topher se souleva, se pencha à travers la table et l'embrassa.

— *Can't Help Falling in Love*. Alors ?

— C'est exact, confirma Stanton.

— Comment le savais-tu, Topher ? demanda Peter.

Ce fut Stanton qui répondit pendant que Topher retombait à sa place.

— Il me prétend très prévisible.

— Je finis avec *Heartbreak Hotel*, dit Marvin. À toi de choisir une catégorie, Robin.

— Nous sommes au Texas, alors, je vais vous demander la meilleure chanson country ou western de tous les temps.

— Oh, là, je suis mal, grogna Stanton. Ce n'est pas mon fort.

Marvin secoua la tête.

— Pense à tous ces remix de LeAnn que tu as entendus au *Pavilion*.

— Comment s'appelait celle que j'aimais bien ? Elle date d'environ cinq ans ?

— *Suddenly*, et c'est plutôt dix ans.

— *Suddenly* ! cria Stanton.

— *I Hope You Dance*, déclara Marvin.

Robin se pencha sur la table et ébouriffa les cheveux de Marvin.

— Je me demande bien comment un critique de musique classique connaît Lee Ann Womack !

— Méfiez-vous de lui, les gars, intervint Stanton. En musique, il est le second plus grand expert que j'aie rencontré.

— Qui est le premier ? demanda Peter.

— Oui, dit Topher. Je me posais la même question.

Marvin croqua le dernier brownie.

— Topher, réfléchis, voyons !

— Chris ?

Stanton et Marvin éclatèrent du même rire.

— Dans ses rêves, peut-être, déclara Marvin. Non, c'était Robert qui nous battait tous à plates coutures. Il m'a beaucoup appris.

Stanton hocha la tête.

— C'est vrai. Tous les dimanches, nous allions tous les six dans le Queens déjeuner chez les parents de Marvin. Avant de rentrer, nous partagions un joint pour alléger le trajet retour. Et Robert lançait des discussions étonnantes sur la musique.

— Je les appelais « les Séminaires de la Plane dans le Métro », dit Marvin, avec un sourire. Quand j'ai rencontré Robert, je me prenais pour un pro, je croyais tout savoir. Je me trompais. Il m'a enseigné à *vraiment* écouter la musique.

— Moi pareil, déclara Stanton. C'était un homme étonnant.

Sous la table, Topher donna un coup de pied à Robin.

— Tu vois ? Je t'avais dit.

Maurice les rappela à l'ordre :

— Revenons au jeu ! Je vote pour *Fall to Pieces*.

— Tu te souviens de cette énorme *drag queen* que nous avons rencontrée à notre première Invasion ? demanda Marvin à Stanton.

— Oui, Patzi Klein, avec un z, comme Liza, et Klein, comme Calvin.

— Ty avait raison, déclara Topher, amusé. Vous parlez de ce temps-là comme de la mythologie grecque.

— Ah, dit Stanton. Bon, c'est ton tour. Et je sais ce que tu vas choisir.

Topher leva un sourcil sceptique.

— Je vois mal comment tu pourrais deviner !

— Tu as déjà choisi une des chansons que ton père aimait à chanter. Or, je me souviens de ses trois chanteurs préférés, tu me les as cités un jour : Bruce Springsteen, Otis Redding et Buck Owens. Tu vas choisir donc choisir un titre de Buck Owens. Et sa chanson la plus connue est…

Robin leva les mains.

— *I've Got a Tiger by the Tail !*

— Tu triches ! protesta Topher. Mais tu as raison. Merde !

Robin secoua la tête et se pencha vers Stanton :

— Je ne comprendrai jamais cette obsession pour Buck Owens.

Stanton fit semblant de réfléchir.

— Je crois que c'est pour sa guitare rouge, blanche et bleue.

— Hé, ne vous fichez pas de moi alors que je suis là ! se plaignit Topher.

En entendant rire Robin et Stanton, Topher sourit, heureux du sentiment qui l'envahissait.

C'était au tour de Peter.

— *I Walk the Line*, proposa-t-il.

— Je ne vais pas vous expliquer pourquoi j'ai un gros faible pour Johnny Cash, déclara Stanton.

— Si, fais-le, objecta Topher, je n'ai jamais voulu t'empêcher de parler !

Au sourire rayonnant de son amant, Topher se douta que lui aussi était sous l'influence des brownies.

— Eh bien, enchaîna Stanton, Chris avait l'habitude de disséquer les chansons de Cash. Il appelait ça ses « autopsies ».

— C'est marrant, déclara Maurice. À ton tour, frangin.

Pour accentuer ses paroles, il envoya un coup de coude à Robin.

— *I'm So Lonesome I Could Cry.*

Maurice soupira.

— C'est la chanson de Hank Williams que je préfère !

— Je sais, sourit Robin. Notre père était un sale con, mais question musique country, il en connaissait un brin.

— C'est aussi ma préférée de Hank Williams, dit Stanton.

Étonné, Topher se frotta le menton.

— Ah, bon ? Bizarre. Finalement, tu es moins prévisible que prévu.

— Peter, dit Robin, à toi de choisir le thème.

Du regard, Peter fit le tour de la table.

— Aidez-moi, les gars. Je cherche une idée vraiment géniale.

Il y eut un long silence pendant que tous considéraient leurs options. Puis, Maurice tapa dans ses mains.

— J'ai trouvé !

Il se pencha sur la table et murmura à l'oreille de Peter.

— Oh, c'est bien ! La meilleure chanson d'American Idol.

Stanton baissa la tête.

— Là, c'est hyper difficile. Sommes-nous limités aux compétitions ?

En silence, Peter consulta Topher qui acquiesça.

— Oui ! cria Peter.

— Alors, la version Fantasia de *Summertime*, lança Maurice. Personne ne peut contester ça.

— *Mad World*, poursuivit Topher.

— Tu vois, ricana Maurice, c'est pourquoi je me doutais que tu étais gay. Tu es obsédé par Adam Lambert.

— Pas du tout, sombre idiot ! J'aime sa voix, c'est tout !

— Vous avez donné les réponses les plus évidentes, déclara Stanton. Après ça, il me reste à choisir entre la version d'*Always Be My Baby* de David Cook et celle de *Stuff Like That There* de Kelly Clarkson. Je vais prendre David Cook, il a toujours été mon idole préférée.

— Moi, ce sera Elliott Yamin, déclara Marvin.

— Quelle chanson ? demanda Maurice.

— *A Song for You.*

Maurice secoua la tête, l'air attristé.

— Et moi qui trouvais ton goût parfait, mon ami. Tu dérapes.

— *Hemorrhage*, proposa Robin.

Stanton grogna.

— Oh, non ! Je déteste Chris Daughtry !

Maurice éclata de rire.

— Cette fois frangin, il ne topera pas avec toi !

— Hé ! protesta Peter. Personne n'a cité Carrie Underwood !

Maurice rebondit sur son siège en hurlant :

— Comment s'appelle cette chanson de Heart !

— *Alone*, répondit Stanton.

— Oui, confirma Peter., je vote pour elle.

Il se pencha en avant pour s'adresser Topher au-delà de Marvin.

— À ton tour de donner le thème.

Le cœur en fête, Topher regarda ses amis réunis autour de la table. Quelle belle vue !

— La meilleure chanson de tous les temps. C'est la catégorie ultime, non ?

Marvin hocha la tête.

— Oui, jeune homme, en effet.

— Bon, déclara Maurice, je ne vais pas voler la réponse de mon frère, puisqu'il n'a pas volé la mienne. Je vote donc pour sa deuxième meilleure chanson : *Smells Like Teen Spirit*.

Avec un bel ensemble, les quatre membres de Dime Box inclinèrent la tête pour un moment de silence. Puis Topher expliqua :

— Nous vénérons Nirvana.

Après un temps de réflexion, Marvin déclara :

— Je n'ai pas changé d'avis, c'est toujours *Redemption Song*. Ça me parle plus que jamais.

— L'original de Bob Marley ? demanda Peter.

— Bien sûr.

Stanton sourit à Topher.

— Pour moi, c'est toujours *Bridge Over Troubled Water*.

— *Shadow of the Day*, proposa Robin.

— La meilleure chanson de Linkin Park ! ajouta Topher.

— J'en doute, contesta Stanton. Beaucoup préfèrent *In The End*.

— Rien à battre, déclara Robin. As-tu vu le clip de Chester qui chante *Shadow of the Day* à Madrid ?

— Je sais que c'est abuser, dit Peter, mais l'*Hallelujah* de Leonard Cohen reste parmi le top dix, hein ?

— Oui, dit Stanton.

— C'est abuser, grimaça Robin.

Puis il se tourna vers Topher pour la dernière réponse du jeu.

Topher hésitait.

— Je remarque que « le meilleur » à ce jeu est un concept totalement subjectif, qui dépend des préférences de chacun, vous ne croyez pas ?

— Oh, que oui ! souffla Stanton.

Topher fut heureux de constater que son compagnon était d'accord avec lui.

— Parfois, reprit-il, on change même d'avis en fonction d'un moment particulier. En toute honnêteté, je considère *Human* des Killers comme la meilleure chanson de tous les temps, mais... un petit sournois m'a collé un nouvel air sur mon iPod il y a quelques jours. Au début, je me suis dit : « c'est quoi cette merde ? » Ensuite, je l'ai écouté deux ou trois fois et je dois avouer que j'ai changé d'avis. Stanton, si c'est ce que tu ressens pour moi, alors je suis l'homme le plus chanceux du Texas.

— Qu'est-ce que c'est ? demanda Robin.

— *Only Yesterday*, répondit Topher. Des Carpenter.

— Stanton ! s'exclama Robin. Les Carpenter ? Sérieusement ?

Stanton se tourna vers Marvin.

— Il parle comme Robert ! Certaines choses ne changent jamais.

EN REVENANT de ce week-end camping, Marvin retourna à New York, après avoir promis de revenir avec Ty pour le concert du Memorial Day à Dime Box – et la première diffusion d'*Homesick*. Tenant à s'occuper des arrangements musicaux, il envoya au groupe du matériel neuf en différents colis postaux essaimés au cours des jours précédant le concert. Il contacta aussi le quatuor à cordes de l'UT qu'il enrôla pour jouer la partie orchestrale, aussi bien le soir du concert que plus tard, pour l'enregistrement en studio. M. Moses, le père de Peter, chargea ses hommes de construire la scène et d'installer les gradins supplémentaires autour du terrain de baseball. Fier de son fils et de la vitesse à laquelle le groupe lui avait remboursé son prêt, il insista pour les sponsoriser en leur offrant la facture bois de l'évènement. Puis travaillant avec Kai, à présent nommé cinéaste officiel du groupe, M. Moses s'occupa aussi de mettre en place les écrans géants pour la diffusion multimédia et les gros plans en direct. De son côté, Kai avait assuré qu'il éditerait les images et les afficherait sur YouTube dans les vingt-quatre heures.

Grâce à une plate-forme promotionnelle conçue par Stanton, l'annonce d'un concert gratuit s'était répandue tout autour d'Austin. Pendant les répétitions, Stanton passa la semaine avec Topher et le groupe, qu'il aida à peaufiner leur playlist – sauf le titre qui clôturerait le spectacle que les quatre amis insistèrent à garder secret. En plus des arrangements instrumentaux, Marvin leur transmettait tous les jours des harmonies vocales pour *Homesick*. Ces exercices, les plus difficiles auxquels les garçons se soient soumis de toute leur vie, exigeaient d'eux des heures de répétitions supplémentaires. Comme au moment du tournage du clip vidéo de *Beaches on the Moon*, ils ne dormaient pas plus de quatre heures par nuit, mais aucun d'eux n'osait s'en plaindre. Peter accrocha même dans leur garage une pancarte qui disait : « Pas de caprices de divas chez nous ! ».

Puis Stanton leur suggéra d'inviter d'autres groupes à jouer pendant la journée, afin de rendre le déplacement à Dime Box plus intéressant pour les fans et de générer une bonne ambiance dans le milieu musical d'Austin. « *En montant, la marée soulève tous les bateaux !* » lança-t-il même. Il battit le rappel de ses relations – en particulier le critique de l'*Austin Chronicle* (celui qui lui avait prêté la voiture dont la panne avait permis sa rencontre avec Topher) – et leur demanda de contacter d'autres groupes et d'organiser les horaires des différents spectacles.

LE JOUR du concert, Topher et Stanton se rendirent à Dime Box, où ils arrivèrent en fin de matinée pour déjeuner en famille chez Mme Manning. Elle s'inquiétait un peu de la différence d'âge entre les deux amants, Topher le savait, d'autant plus qu'il venait tout juste de lui faire son coming-out. Stanton, cependant, démontra vite qu'il pouvait charmer qui bon lui semblait quand il s'en donnait la peine. Alors que Topher et Trisha s'attardaient au salon, occupés à se raconter les derniers évènements de leurs vies respectives, Stanton et Mme Manning disparurent dans la cuisine. Après cet aparté, Topher nota que sa mère se détendait et traitait Stanton en membre de la famille.

En quittant la maison, Topher donna un coup de coude à Stanton.

— Qu'as-tu dit à ma mère ?

— Qu'elle n'avait pas à s'inquiéter, parce que si un cœur devait se briser, ce serait le mien. Je lui ai dit aussi que tu étais buté et que je n'avais pas pu te faire changer d'avis à notre sujet, malgré tous mes efforts. Et c'est la stricte vérité. Elle te connaît bien.

— Tu n'auras pas le cœur brisé !

Le premier groupe commença à seize heures. La foule ne cessait d'augmenter. Vers dix-neuf heures, M. Moses estima qu'il y avait environ deux mille personnes. Comme Stanton l'avait prédit, le village s'était transformé en parking. À dix-neuf heures trente, les organisateurs estimèrent avoir presque atteint leur capacité maximum et envoyèrent des délégués canaliser les retardataires.

Topher et Stanton bavardaient avec deux groupes différents dans la plus grande salle de l'école. Topher était heureux d'apprendre à mieux connaître d'autres musiciens. Tout à coup, il vit Peter se précipiter vers Stanton et lui parler à l'oreille, puis le chercher du regard. Après s'être excusé, Topher abandonna sa discussion avec un bassiste local et les rejoignit.

— Que se passe-t-il ?

— Marvin et Ty sont arrivés, annonça Stanton. Nous avons une surprise pour toi.

— Ah, bon ? Laquelle ?

— Suis-moi.

Ils sortirent dans le couloir de l'école, où Marvin, Tyrese et le reste du groupe les attendaient. Au début, Topher ne comprit pas, mais il remarqua vite l'étui que tenait Marvin.

— C'est la Fender noire ? demanda-t-il, sans oser y croire.

— Oui, répondit Stanton. Elle est à toi désormais.

Topher secoua la tête, luttant pour retenir ses larmes.

— Ah, c'est malin de me faire un coup pareil en ce moment ! hoqueta-t-il, très ému. Comment veux-tu que je chante si je pleure comme une fontaine ?

Marvin lui tendit l'écrin. Topher le posa sur le sol et l'ouvrit.

— Je l'ai fait réviser, déclara Marvin. Les cordes sont neuves, mais je m'en suis servi toute la semaine pour les roder.

Topher prit la guitare à deux mains et la serra contre lui. Sur la bandoulière bordeaux, « HUTCH » était écrit en lettres blanches. Il fit passer la sangle par-dessus sa tête et sortit un de ses plectres « Austin ». Il joua les premières mesures de *Homesick*, puis s'arrêta net.

— Merci, dit-il à Stanton, la voix un peu rauque.

— De rien. Un aussi bel instrument ne devrait pas rester enfoui au fond de mon placard. Il aurait voulu que tu l'aies. J'en suis certain. Cette guitare t'appartient maintenant.

— Un pour tous, tous pour un !

Tous se serrèrent autour de Topher et l'entourèrent de leurs bras.

QUAND DIME BOX monta sur scène à vingt heures, la foule donna au groupe une ovation tonitruante. Comme toujours, le spectacle commença avec *Beaches on the Moon*. Plus d'une heure plus tard arriva le moment de lancer *Homesick*. Le quatuor à cordes les rejoignit sur scène et s'installa.

Topher poussa la Fender noire dans son dos et s'approcha du micro.

— Merci à tous d'être venu nous écouter ce soir et de faire de ce jour l'un des plus beaux de notre vie. Merci à M. Moses de nous avoir aidés à démarrer, merci à Kai Jackson pour ses vidéos. Kai, au cas où nous ne te l'aurions pas encore dit, tu es vraiment des nôtres. Merci aussi à Stanton Porter d'avoir parlé de nous sur *Morning Edition,* ce qui nous a lancé dans ce trip. Pour finir, je tiens à vous présenter le nouveau membre de Dime Box, mon co-auteur-compositeur, j'ai nommé Marvin Goldstein.

Marvin, qui se tenait jusque-là à l'écart, avança sur la scène et salua la foule.

— Marvin et moi, enchaîna Topher, avons écrit une nouvelle chanson pendant un week-end de camping à Pedernales. J'espère que vous l'aimerez.

Quand il se tut, les applaudissements reprirent de plus belle. Il attendit que le silence revienne, puis souleva sa guitare et se mit à chanter le premier verset, au plus haut de son registre. Un violon le rejoignit, suivi par la voix de basse de Peter, puis le violoncelle. Les jumeaux se levèrent ensuite et la mélodie monta crescendo, leurs voix suivant les cordes, construisant un rythme fiévreux, qui se brisa net. Le silence dura une mesure complète, puis Maurice tapota doucement ses baguettes et la chanson changea de tempo. Topher narra l'épopée d'un jeune musicien qui se déplaçait de ville en ville en rêvant désespérément de rentrer chez lui. Il regarda Stanton en espérant que ce dernier n'était pas trop bouleversé.

Une voix, une chanson, une guitare.

Christopher.

À la fin de *Homesick*, les fans rugirent leur approbation et se mirent à taper des pieds et des mains pour réclamer davantage. Au bout de cinq minutes, le calme revint à peu près, permettant ainsi à Topher de parler.

— D'accord, une de plus. Comme vous le savez, nous fermons toujours nos spectacles par un succès connu. Ce soir, nous dédierons notre chanson à quatre hommes que nous n'avons jamais rencontrés, mais qui ont réussi à nous atteindre à travers le temps d'une manière que nous n'aurions jamais cru possible. À Hutch, Robert, Michael et Paul.

Autour de la scène, les cinq écrans devinrent noirs. Puis, un à un, ils se rallumèrent avec d'anciennes photos : quatre amis à leur remise de diplôme à Columbia, en tenue avec toque et chapeau, ou se promenant devant le Madison Square Garden, ou assis à un café sur le trottoir, ou au bord d'un pont à Central Park. Bien sûr, il y avait aussi celle sur la plage de Fire Island, où chacun avait le bras sur les épaules de ses voisins.

Peter prit son micro et s'approcha de Topher. Maurice sortit de derrière la batterie les rejoignit, suivis par Robin.

— Vous êtes prêts, les gars ? demanda Topher.

Dès que les trois autres acquiescèrent, il joua les premières mesures de *The 59th Street Bridge Song* de Simon & Garfunkel, une chanson plus communément appelé « *Feelin 'Groovy* » (« sensass, je me sens bien ! »).

QUELQUES HEURES plus tard, Topher rentra à Austin avec Stanton. Pour une raison quelconque – peut-être parce qu'il se sentait invincible ou peut-être parce qu'il craignait encore que le temps ne soit pas de son côté –, bref, il décida d'interroger Stanton sur Joseph Mead.

— Non, déclara Stanton. Je ne veux pas parler de lui.

— Pourquoi ?

— Parce que je viens de vivre l'un des jours les plus incroyables de ma vie et que j'aimerais ne pas gâcher l'ambiance. Ce qui serait certainement le cas en évoquant Joseph Mead.

— Ben Walsh m'a parlé de ce siège vide au repas Thanksgiving chez les Mead. D'après lui, Chris et son père ne se parlaient plus au moment de sa mort et M. Mead ne s'est jamais pardonné. Mais qu'a-t-il fait au juste pour en garder des remords trente ans après ?

— Tu insisteras jusqu'à ce que je cède, c'est ça ?

— C'est probable. Je suis tenace, comme ma mère te l'a confirmé. Leur dispute était à cause de toi, je présume.

— Peut-être.

— S'il te plaît, raconte-moi.

331

— Topher, j'accepte enfin cette… connexion qui existe entre nous. Pourquoi veux-tu parler de Joseph Mead ?

— Parce que je ne veux rien laisser en suspens. Pour toi, c'est important, je le sens, plus encore que pour nous deux. Je ne veux pas que tu gaspilles un moment de plus à ressasser de vieilles rancœurs… et tu en veux toujours au père de Chris. Les veines de ton cou gonflent quand tu prononces son nom.

— Arrête-toi sur le bas-côté.

— Pourquoi ?

— Parce que c'est une longue histoire et je ne veux pas te la raconter pendant que tu conduis. Tu dois connaître ces routes par cœur, même de nuit. Trouve un endroit où te garer !

— D'accord, déclara Topher.

Un peu plus loin, il tourna sur la FM 1624. La route étant déserte, il gara son Ranger sous un grand chêne. Ils sortirent, Topher baissa le hayon de son pick-up et ils s'assirent côte à côte à l'arrière, sous les étoiles.

— Tout a déraillé quand je suis rentré après une visite dans l'Ohio, commença Stanton. Je n'avais pas revu mes parents depuis deux ans après leur courrier qui avait suivi mon coming-out. Je me souviens qu'il pleuvait très fort quand mon avion a atterri à New York. J'ai pris la navette de LaGuardia et je suis arrivé trempé à notre appartement de la place St Marks, celui où je vivais avec Chris…

DARKNESS ON THE EDGE OF TOWN

STANTON PÉNÉTRA dans la minuscule entrée de leur appartement et lâcha son sac sur le sol avec un bruit sourd. Il ressortit sur le palier, ôta son manteau mouillé et le secoua pour en faire tomber l'eau. La pluie froide de septembre qui l'avait accueilli à l'aéroport lui laissait des frissons dans le cou. Revenant dans l'appartement, il accrocha son manteau à une patère murale et referma la porte, puis tourna le verrou. Il jeta un coup d'œil au salon, à la cuisine, puis avança vers la chambre. La porte était fermée. Étrange, car jamais Chris et lui ne le faisaient. Il hésita un moment, puis posa son oreille contre le panneau. N'entendant rien de particulier, il tourna la poignée, poussa la porte et fit un pas dans la chambre.

Le spectacle qui l'attendait le fit se figer.

Chris était nu. Il dormait, un inconnu dans les bras. Sidéré, ne sachant que faire, Stanton retourna au salon et s'assit sur le canapé. Quelques instants plus tard, le sommier grinça et un choc sourd indiqua que deux pieds nus avaient heurté le sol.

— Stanton ? appela Chris.

— Fais-le sortir.

— Merde !

Après un moment d'activité fébrile, Chris et l'inconnu traversèrent le salon et se dirigèrent vers la porte d'entrée. Chris fit sortir son amant et referma derrière lui. Il rejoignit ensuite Stanton et s'assit dans un fauteuil en face de lui. Il ne portait qu'un short de gym.

— Dans notre lit ? dit Stanton d'une voix sans timbre. Nous avons des problèmes, je sais, mais pourquoi n'es-tu pas allé le baiser chez lui ? Tu as fait exprès de me jeter ça au visage ?

— Non, je suis désolé. Il habite loin. C'est juste… arrivé.

— Comment ?

— Je rentrais du bureau, nous étions dans le même train, nous avons bavardé. Je pensais que tu ne rentrerais qu'en milieu d'après-midi.

— Il est seize heures trente.

— Oh. J'ai dû m'endormir.

— Qu'est-ce qui te prend ? Tu *voulais* que je te surprenne, c'est ça ?

333

Chris mit du temps à répondre.

— Peut-être, reconnut-il enfin.

— J'ai envie de vomir. Et que fichais-tu dans le train ? Tu es allé au bureau, un dimanche ?

— Je t'en ai parlé, nous travaillons sur un gros projet avec Trump.

— Non, tu ne me l'as jamais dit.

— Si, bien sûr, je…

— As-tu au moins pensé à lui faire mettre un préservatif ?

— Oui.

— Tu as cherché à te venger que je sois parti sans toi voir mes parents ?

— Non. Je ne sais pas. Peut-être. Merde, quoi ! Pourquoi ne leur as-tu pas tenu tête ? Moi, je suis resté avec toi quand mon père a refusé de t'inviter pour Thanksgiving, mais toi, tu as cédé à la pression. Je me sens comment, d'après toi ?

Sous le choc, Stanton resta bouche bée.

— Nous en avons discuté ! C'est *toi* qui m'as dit d'y aller !

— Et que pouvais-je faire d'autre ? Je ne voulais pas avoir la priorité uniquement parce que je te l'avais demandé.

— La *priorité* ? Tu es devenu con ou quoi ? Tu la joues passif-agressif, maintenant ?

Chris baissa la tête.

— Je suis désolé. Ça n'arrivera plus.

— Ça, c'est sûr.

Stanton se leva et se dirigea vers la porte.

— Où vas-tu ? cria Chris dans son dos.

— M'installer chez Marvin. Mes bagages sont déjà faits, quelle chance !

— Je ne suis pas le seul coupable, tu sais.

Stanton s'arrêta et se retourna.

— Qu'est-ce que ça veut dire ?

Chris se leva à son tour et l'affronta.

— Tu cherches à tout me coller sur le dos, crois-tu que je ne le sais pas ? Tu es persuadé que tout foire parce que j'ai abandonné la musique et accepté un travail sans âme. Tu affirmes que j'ai changé pour pouvoir prétendre que tout est de ma faute. Eh bien, non, mon cher Stanton, je ne suis pas le seul coupable. Il faut être deux pour briser un couple.

— Je ne t'ai jamais trompé !

— Il y a différentes façons de rompre un contrat.

— Oh vraiment ? Éclaire ma lanterne, s'il te plaît. Tu m'as l'air d'être un spécialiste en la matière.

— Cesser toute relation sexuelle, par exemple.

Stanton n'en croyait pas ses oreilles.

— Je ne veux pas écouter des conneries pareilles !

— Ben voyons ! Ça ne m'étonne pas du tout. Tu n'écoutes jamais ce qui pourrait gâcher ta parfaite image de toi-même.

— Arrête ! Ce n'est pas vrai, tu le sais très bien ! Parfait, moi ? Je n'ai jamais cru... Merde, qu'est-ce qui te prend ?

— Depuis quand n'avons-nous pas baisé, Stanton ? Te souviens-tu seulement de la dernière fois ?

Stanton ne répondit pas.

— Je ne sais pas non plus, admit Chris. Tu vois, c'est lamentable.

— Nous étions censés être fidèles l'un envers l'autre. Je ne t'ai jamais trompé.

— Tu le crois peut-être, mais c'est faux. Tu ne me touches plus, ne crois-tu pas que c'est tromper mes attentes ? Tu étais censé m'aimer. Où est-il cet amour, comment se manifeste-t-il dorénavant ?

Traversant la pièce, Chris s'approcha de Stanton, la main tendue. Stanton recula hors de portée.

— Ah, tu vois ! ricana Chris.

— Croyais-tu vraiment que j'accepterais ton contact alors que tu viens de te faire baiser par un autre ?

Amer, Chris secoua la tête.

— Et voilà ! Enfin une excuse ! Tu dois être content. Ça fait des mois que tu me tiens à distance, Stanton, et je sais pourquoi : tu crains que je sois le prochain et tu as peur de l'attraper.

— C'est un virus ! Si l'un de nous l'a, nous l'aurons tous les deux. Probablement.

— Tu vois ? Tu gardes un petit espoir d'y échapper. Si tu cesses de coucher avec moi, peut-être n'est-il pas trop tard pour toi.

— C'est ridicule !

— Si tu ne veux plus me baiser, qu'est-ce que ça peut te faire que je couche avec un autre ? Je t'ai offert sur un plateau une raison pour rompre. En fait, c'est bien ce que tu voulais, non ? Tu nous pourrissais la vie en espérant que je prendrai la décision pour toi. Eh bien, voilà, c'est fait !

335

Maintenant, tu peux foutre le camp, drapé dans ta dignité intacte. Et si ça peut t'aider à dormir la nuit, continue à te dire que tout a été de ma faute.

Stanton bouillonnait de colère.

— À quoi t'attendais-tu au juste ? Je suis tombé amoureux d'un musicien, Hutch. Te souviens-tu de lui ? Ça m'étonnerait, parce que ça fait un bail qu'il a disparu. Je n'ai jamais demandé à vivre avec le clone de ton frère !

— Donc, j'avais raison : tu me fais porter le blâme. Je me demande pourquoi tu accordes tant d'importance aux détails. Merde, que je fasse de la musique, que je vende des appartements ou que je creuse des fossés, je reste le même.

— Oh, non ! Je me fiche de ce que tu fais. Creuse des fossés si ça te chante, mais tu n'es plus le même. La musique te rendait extraordinaire, et je ne parle pas du talent ou de la célébrité, mais de cette aura qui t'éclairait de l'intérieur, de cette passion qui nous unissait. Sans elle, tu es devenu une coquille vide.

Un silence assourdissant remplit la pièce. Pour une raison étrange, Stanton pensa à John Cage et à son expérience. Il y avait effectivement des sons ambiants : la pluie tambourinait contre la fenêtre, une alarme de voiture se déclencha dans la rue, la respiration de Hutch était devenue plus forte. Stanton perçut même un « *floc-floc-floc* » dans le couloir – son manteau sans doute qui dégouttait et devait former une flaque grandissante.

Dans le silence, il entendait de la musique.

Chris se voûta et baissa les yeux, vaincu.

— Je n'en peux plus, Starsky. Tous mes amis sont morts.

— N'essaie pas de jouer cette carte. Ils étaient aussi mes amis.

— Je suis désolé. C'est juste… j'en ai assez de prétendre que tout va s'arranger, alors que je sais que ce n'est pas vrai. Mais surtout, j'en ai assez de prétendre que tu m'aimes encore. C'est comme si tu m'avais déjà quitté, Stanton, tu as un pied ici, avec moi, et l'autre dans le futur, sans moi. Tu agis comme si tu étais à deux endroits à la fois, mais en vérité, tu n'es nulle part.

— Tu dis n'importe quoi.

— Tu crois ? Tu me manques tellement, Starsky. Peux-tu encore dire que tu m'aimes ? Moi, je peux. Je t'aime.

— Tu as une drôle de façon de le montrer ! s'exclama Stanton, avec amertume.

— C'est la première véritable conversation que nous avons depuis plus d'un an. Tu le réalises ?

Non, Stanton était trop anesthésié par le choc, la douleur et la frustration pour s'autoanalyser.

— C'est aussi la dernière, déclara-t-il. C'est fini entre nous. C'est ce que tu voulais ? Parfait, tu as réussi.

— Tu ne penses pas vraiment ce que tu dis !

— Si.

Chris paraissait troublé.

— Pour un petit écart sans importance ?

— Je ne peux pas vivre avec un homme qui me trompe. Point final. Avec toi, j'ai eu mon quota de souffrance pour ma vie entière.

— Ne fais pas ça, Stanton. Pas maintenant.

— Alors *quand* ? Et puis, tu n'es pas logique : tu viens de me dire de foutre le camp.

— Je ne le pensais pas.

— Tant pis pour toi. Moi, ce que je t'ai dit, je le pensais. C'est fini. Je serai chez Marvin. Je t'appellerai dans quelques jours pour régler les détails de notre séparation.

— S'il te plaît, ne…

Sans donner à Chris l'occasion de plaider plus longtemps sa cause, Stanton tourna les talons et s'enfuit.

APRÈS LA mort de Michael, l'avocat qui gérait sa succession avait annoncé à Paul et Marvin que l'appartement du défunt leur appartenait désormais. Le jour de l'enterrement de Michael, sa grand-mère avait remercié les deux amis d'avoir pris soin de son petit-fils jusqu'à la fin. Puis Paul était mort à son tour et Marvin vivait seul à Christopher Street.

Vingt minutes après avoir quitté la place St Marks, Stanton arriva trempé chez son meilleur ami, les épaules douloureuses d'avoir porté son sac pendant tout le trajet à travers la ville.

Quand Marvin ouvrit la porte et le trouva sur son paillasson, il s'affola.

— Que s'est-il passé ?

— Je viens de rompre avec Chris.

Un instant, Marvin ferma les yeux, puis il s'écarta en disant :

— Viens, entre. Va ranger ton sac dans ton ancienne chambre et mets des vêtements secs. Je t'attends dans la cuisine.

Peu désireux de retrouver la pièce qu'il avait jadis partagée avec Chris, Stanton posa son sac dans le couloir. Il l'ouvrit et en sortit un pantalon, un sweat-shirt et des chaussettes. Il entra dans l'une des salles de bain et se déshabilla, se sécha avec une serviette et accrocha ses vêtements mouillés à la tringle de la douche. Une fois rhabillé, il retourna dans la cuisine.

Marvin faisait un pot de café. Stanton ouvrit le réfrigérateur et sortit une bière.

— Tu en veux une ? demanda-t-il à Marvin.

— Non, merci.

Stanton décapsula sa bouteille et jeta le bouchon dans l'évier. Marvin le récupéra pour le mettre à la poubelle.

— Que s'est-il passé ? répéta-t-il.

Stanton secoua la tête.

— En revenant de l'Ohio, je l'ai trouvé au lit avec un type.

— Dans *votre* chambre ?

— Oui. Quand je suis entré, ils dormaient nus et enlacés. Chris m'a expliqué qu'il avait espéré s'en débarrasser avant mon retour, mais qu'il a perdu la notion du temps. J'avais envie de vomir !

— *Oy vey*. Depuis combien de temps te trompe-t-il ?

Stanton haussa les épaules.

— Je n'ai même pas pensé à le lui demander. Il a parlé d'un *petit* écart, alors peut-être était-ce la première fois… un accident. Crois-tu qu'il ait menti ?

— Ça ne me surprendrait pas. Vous n'étiez pas vraiment synchro ces derniers temps.

— Ça n'a plus d'importance. Je peux rester ici un moment ?

— Je veux que tu habites avec moi, Stanton. Je ne supporte plus la solitude. Je pleure chaque fois que je passe devant leurs chambres. Mais nous ne pouvons pas abandonner Chris.

— Toi, fais ce que tu veux. Moi, j'ai tourné la page.

— Ne dis pas ça !

— Je me suis tellement trompé à son sujet. Tu te rappelles ce que je t'ai dit le premier jour, que peut-être c'était l'homme de ma vie ? Quel idiot ! Les hommes sont tous des salauds !

— Tu es bouleversé.

— Comment pourrais-je avoir encore confiance en mon jugement ? Je pensais avoir tout compris. Je me suis planté sur toute la ligne

— Ce n'est pas le moment de battre ta coulpe. Écoute, nous allons manger de la glace, écouter *Torch* et regarder *The Way We Were*. C'est ce que Paul conseillait en cas de peine de cœur. Tu géreras plus tard tes problèmes de confiance.

Stanton s'assit à la table. Il sirota sa bière et commença à en arracher l'étiquette, un tic qui trahissait sa nervosité et qu'il avait acquis chez Oncle Charlie, avant de rencontrer Chris.

— Comment avons-nous pu en arriver là ? Tout allait si bien ! Et nous revoilà tous les deux seuls, toi et moi. Sans vouloir te vexer.

Marvin prit place à côté de lui.

— Je ne suis pas vexé. Et j'ignore comment c'est arrivé. Je continue à espérer qu'un jour, en entrant ici, je trouverais Paul qui prépare une audition, ou Michael qui cuisine le petit-déjeuner de Robert.

— Rien ne sera jamais pareil !

— Tu n'en sais rien.

— Oh, si !

Stanton repoussa sa bière encore à moitié pleine et se leva.

— Je vais me coucher, reprit-il. Si ça ne te gêne pas, j'aimerais mieux prendre la chambre de Michael et Robert, d'accord ? Je n'ai pas envie de retrouver des souvenirs de Chris dans celle que nous occupions autrefois, même si Paul y a installé ses affaires depuis lors.

— Fais comme tu veux tant que tu ne prends pas mon lit.

Stanton s'apprêtait à quitter la cuisine quand Marvin l'arrêta en disant :

— Au fait, je ne sais si tu es au courant, mais ils ont mis au point un test. Nous irons nous y soumettre.

— Un test ? Pour vérifier si on est infecté ?

— Pour vérifier si nous avons le virus du SIDA, oui.

— Quelle différence cela fait-il de le savoir ? Cette saloperie n'a aucun traitement. Quand on l'attrape, on meurt. Point barre.

— Je pensais que tu serais rassuré si ça revient négatif.

— Tu parles ! Ça ne sera pas le cas.

— Penses-tu que Chris...

— Nous en parlerons une autre fois, d'accord ? J'ai subi assez de chocs émotionnels pour aujourd'hui.

— Désolé. Je ne voulais pas... Va te coucher. Tu as l'air épuisé.

UNE SEMAINE plus tard, Stanton appela son ancien numéro et obtint le répondeur. Il dut écouter leur ancien message enregistré par Chris d'une voix enjouée : « *Bonjour. Vous êtes bien chez Chris Mead et Stanton Porter. Nous sommes en 1985, donc, vous savez certainement quoi faire après le bip sonore.* »

Il laissa un bref message. Trois jours plus tard, Chris ne l'avait toujours pas rappelé, il fit donc un nouvel essai. Il n'eut aucune réponse et téléphona une troisième fois, au matin, de son bureau.

— Écoute, ça fait presque deux semaines que je poireaute. Ça ne me plaît pas plus qu'à toi, mais nous avons quand même des détails à régler. Pourrais-tu me rappeler pour convenir d'un rendez-vous et en finir une bonne fois pour toutes ?

Après quelques jours sans nouvelles, il décida de passer à l'appartement en journée, pendant que Chris serait au travail. Comme l'appartement n'était pas loin de *Village Voice*, il décida de profiter de sa pause-déjeuner.

À peine avait-il poussé la porte que l'odeur le frappa au visage.

— Chris ? appela-t-il.

Personne ne répondit. Dans la cuisine, la vaisselle sale s'entassait dans l'évier. Il ouvrit le réfrigérateur et recula devant la nourriture avariée et les cultures étranges qui y poussaient. Il jeta précipitamment les boîtes en polystyrène dans la poubelle, pleine et odorante. Il traversa l'appartement vers la chambre, s'arrêtant en cours de route en voyant une lumière rouge clignoter : le répondeur. Sept messages non lus. Il pressa le bouton pour les écouter. Il y avait son premier message à Chris, puis le second, puis une voix féminine : « *Stanton, c'est Norma. Je t'appelle pour te prévenir que Chris est à l'hôpital. Il s'est évanoui sur un chantier ce matin. Par chance, Carl était avec lui, il a pu appeler les secours et le faire conduire au Mont Sinaï. À première vue, c'est une pneumonie. Je suis à la maison. Rappelle-moi dès que tu auras reçu ce message.* »

Stanton ferma les yeux, une sensation glacée remonta en lui, l'envahissant tout entier. Il vérifia la date de l'enregistrement : quatre jours plus tôt.

D'une main tremblante, il décrocha le téléphone et composa le numéro de Marvin au travail.

— *Marvin Goldstein.*

— Chris est à l'hôpital.

Le silence choqué ne dura qu'une fraction de seconde.

— *Où exactement ?*

— Au Mont Sinaï.

340

— Je pars tout de suite. Nous nous retrouverons là-bas.

— Tu as l'adresse ?

— Attends, je te la donne.

Stanton entendit Marvin feuilleter un annuaire téléphonique.

— Voilà ! La 98th et Madison. Prends un train quatre, cinq ou six, mais pas un express, sinon, il ne s'arrêtera pas.

— D'accord, je te retrouve à la sortie du métro.

Après avoir raccroché, Stanton quitta l'appartement et verrouilla derrière lui. Il courut jusqu'à la station de métro sur la place Astor, fouilla ses poches à la recherche d'un jeton et passa le tourniquet. Quelques minutes plus tard, un train arrivait. Avant d'y monter, Stanton vérifia qu'il ne s'agissait pas un express. Il descendit à la 96th Street, sortit du métro et attendit Marvin en haut des escaliers, dans la rue. Alors qu'il regardait autour de lui, un fardeau lui tomba sur les épaules et la réalité lui apparut avec son inévitable conclusion.

Chris allait mourir.

Stanton allait perdre le seul homme qu'il ait aimé et il ne pouvait rien faire pour empêcher cela. Tous leurs problèmes de couple semblaient désormais mesquins et insignifiants.

Marvin arriva enfin et les deux amis se précipitèrent ensemble vers l'hôpital. Ils s'arrêtèrent à l'accueil pour demander à quel étage et dans quelle chambre se trouvait Chris Mead.

— Au cinquième, répondit une jeune femme après avoir vérifié ses registres, mais c'est une chambre privée et l'accès est strictement réservé à la famille.

Sans répondre, Stanton se précipita vers l'ascenseur. Marvin le suivit, mais pas avant d'avoir jeté un regard en arrière.

— Elle est en train de téléphoner, déclara-t-il. Nous serons vite interceptés.

— Je m'en fiche. Je veux le voir.

— Je doute qu'on te laisse accéder à sa chambre. Je te rappelle que tu as rompu avec lui.

— Son père ne le sait sans doute pas, répliqua Stanton.

Il surveillait les numéros des étages au-dessus des portes de l'ascenseur.

— As-tu lu le journal ce matin ? demanda Marvin.

— Non, j'avais un important article à terminer. Pourquoi ?

— Rock Hudson est mort.

— Alors qu'il venait juste d'annoncer avoir aussi le sida, hein ? Super ! Exactement, ce que j'avais besoin d'entendre en ce moment !

Les portes s'ouvrirent, Marvin et Stanton sortirent dans un couloir. Effectivement, un agent de sécurité les attendait. Il les informa poliment, mais fermement que l'accès à la chambre était réservé.

— Je vais vous demander de quitter cet étage, messieurs.

À l'autre bout du couloir, un homme se tenait devant une porte close. Stanton reconnut le père de Chris. Quand leurs regards se croisèrent, Joseph Mead tourna les talons et s'éloigna.

Stanton vit rouge.

— Revenez, espèce de salopard ! hurla-t-il. Je sais très bien que vous m'avez vu !

Il se jeta en avant, immédiatement intercepté par le garde. Joseph Mead s'était retourné. Il revint sur ses pas.

— Laissez, Martin, je m'en occupe.

Martin lâcha Stanton et recula d'un pas.

— Je veux le voir, dit Stanton, d'une voix plus calme.

Joseph Mead secoua la tête.

— Non. Mon fils reçoit déjà les meilleurs soins possibles. Vous ne pouvez rien de plus pour lui. Rentrez chez vous.

— Laissez-moi le voir, je vous en prie.

— Pourquoi ? Vous ne devriez pas être là, mon garçon. Vous êtes la cause de tout. Mon fils et ses amis étaient heureux avant votre arrivée. N'avez-vous pas remarqué que leurs problèmes ont commencé dès que vous avez croisé leur route ? Vous avez été pour eux tous un véritable poison !

— Oh, mon Dieu ! souffla Marvin. Vous ne pensez pas ce que vous dites, monsieur.

M. Mead l'ignora.

— Allez-vous-en ! Tous les deux !

Stanton ne bougea pas.

— Si vous refusez que je le voie, il ne vous le pardonnera jamais. Allez-vous le laisser mourir sans moi à ses côtés ?

Joseph Mead le toisa d'un air hautain.

— Le laisser mourir ? Vous plaisantez ! Je m'occupe de tout, à présent. Une fois guéri, Chris retrouvera sa place parmi les siens, comme il se doit.

— Non, déclara Stanton, d'une voix brisée. Il ne guérira pas. Il mourra comme les autres. Tout votre argent ne suffira pas à vaincre le sida.

— Taisez-vous ! Jamais un de mes fils ne mourra de cette ignominieuse maladie ! J'emmènerai Christopher consulter à Paris si nécessaire.

— N'avez-vous pas lu le journal ? Rock Hudson est allé à Paris, il est mort quand même. Chris n'a aucune chance.

— Taisez-vous et allez-vous-en. Je refuse de vous laisser approcher de mon fils. Vous n'êtes rien pour lui.

Stanton tentait désespérément de retenir ses larmes. Il étouffait.

— Pour... pourquoi agissez-vous ainsi ? J'aimerais comprendre, vraiment. Pourquoi tant de colère, tant de haine à mon égard ? Pourquoi ne pas penser avant tout à Chris ? Je veux le voir, c'est tout. Juste cinq minutes. Ensuite, je vous laisserai tranquille, je vous le promets. Cinq minutes, M. Mead, pour qu'il puisse s'en aller en paix. Je vous en prie

— M. Mead, intervint Marvin, vous devriez accepter. Sinon, vous risquez de le regretter tout le reste de votre vie.

— J'en doute.

Joseph Mead les dévisagea longuement, l'un après l'autre. Un instant, Stanton espéra qu'il allait s'adoucir, mais ce ne fut pas le cas.

— Non. Vous avez provoqué assez de dégâts comme ça, *Stanford*.

Après un dernier regard de mépris, Joseph Mead leur tourna le dos et s'en alla.

— Je m'appelle Stanton, monstre !

Sans se retourner, Joseph Mead agita la main.

— Renvoyez-les, Martin, ordonna-t-il à son homme de main. Je ne veux pas qu'ils approchent de la porte de mon fils.

Le garde avança en gonflant les épaules et repoussa les deux amis vers l'ascenseur.

— Viens, Stanton, dit Marvin.

Il pressa le bouton d'appel, les portes de l'ascenseur s'ouvrirent. Il prit Stanton par le bras et l'entraîna dans la cabine. Alors que l'ascenseur commençait à descendre, Stanton tressaillit.

— Norma ! Je vais appeler Norma. Elle peut sans doute me faire entrer dans la chambre de Chris.

— Il y a certainement une cabine téléphonique dans le hall.

— Oui, mais je ne connais pas son numéro par cœur. Il est dans le carnet d'adresses de Chris, près du téléphone.

— Il est en liste rouge, bien entendu ?

— Oui. Les Mead ne sont pas du genre à figurer dans l'annuaire.

Ils prirent le métro pour retourner à East Village. Peu après, ils pénétrèrent dans l'appartement désert et malodorant. Stanton fonça jusqu'au téléphone et feuilleta le carnet d'adresses. Il trouva le numéro de Norma Mead, le composa et attendit en trépignant d'impatience.

Elle décrocha à la deuxième sonnerie.

— *Allô ?*

— Norma, c'est Stanton.

— *Stanton, pourquoi ne m'as-tu pas rappelée plus tôt ? Ça fait quatre jours que j'attends ton coup de fil.*

— Je viens juste de le recevoir. Nous nous sommes disputés, Chris et moi, et j'étais chez mon ami Marvin.

Il ne voulait pas révéler leur rupture à la belle-sœur de Chris.

— Nous revenons de l'hôpital, enchaîna-t-il. Joseph a refusé de me laisser voir Chris.

— *Oh, tu aurais dû passer par moi. Je t'aurais fait entrer.*

— Oui, justement, c'est pourquoi je t'appelle. Quand peux-tu organiser ça ?

— *C'est fichu, maintenant. Il doit se douter que tu vas essayer, il va renforcer la sécurité. Chris ne restera plus jamais seul.*

— Et Carl, ne peut-il rien faire ?

— *Non, jamais il ne s'opposerait ouvertement aux ordres de son père.*

— Pourrais-tu au moins demander à Chris de m'appeler ?

— *Impossible, il n'y a pas le téléphone dans sa chambre. C'est Joseph qui l'a exigé.*

— Seigneur ! Sais-tu s'il a demandé de mes nouvelles ?

— *Non. Il n'a pas dit un mot. Il refuse d'adresser la parole à ceux qui passent lui rendre visite.*

— Même s'il ne parle pas, il entend. Norma, dis-lui que je suis passé, que j'ai essayé de le voir, d'accord ?

— *Oui, bien sûr. Je le ferai à la première occasion. Aujourd'hui même.*

— Peut-être réussira-t-il à convaincre son père de changer d'avis.

— *J'en doute, Stanton. Il est très faible, bien trop malade pour rester combatif. Le simple fait de respirer lui demandait un effort. Ils ont dû l'intuber ce matin.*

Stanton évoqua Chris dans un lit d'hôpital, un appareil respiratoire dans la gorge.

— Que dois-je faire, Norma ? Je ne peux pas le laisser mourir en pensant que je ne l'aime pas.

Une pause

— *Je peux le lui dire,* proposa-t-elle.

— Ça ne me suffit pas.

— *Il le faudra bien. Je veux bien essayer de parler à Joseph, mais...*

— Non, laisse tomber. Après la façon dont je lui ai parlé à l'hôpital – et devant témoins –, il m'en veut sans doute encore plus qu'avant. Il ne cédera jamais, quoi que tu fasses.

— *Vraiment ? Que s'est-il passé ?*

— Je l'ai traité de salopard et de monstre.

— *Oh. Eh bien, malgré les circonstances, j'avoue que ça me fait plaisir qu'il ait fini par entendre ses quatre vérités. J'aurais bien aimé assister à cette scène !*

Stanton eut un rire amer.

— Ça m'a moins soulagé que je l'aurais cru.

— *Oui, je comprends.*

— Tiens-moi au courant de l'évolution de l'état de Chris, s'il te plaît.

— *Bien sûr. Je ferai mon possible, mais Stanton, prépare-toi au pire. Il est au bout du rouleau.*

— Joseph Mead m'a accusé d'être responsable de tout. Il prétend que j'ai agi comme un poison dans la vie de Chris et de ses amis.

— *Il a vraiment dit ça ?*

— Oui.

— *Seigneur ! J'ignore ce qui ne va pas chez lui.*

— Dis bien à Chris que je suis désolé et qu'il avait raison, il faut être deux pour qu'un couple marche – ou pas. Dis-lui que je reconnais aussi mes torts, à présent.

— *Je le ferai.*

— J'ai encore un grand service à te demander. C'est très important.

— *Bien sûr. Tout ce que tu veux.*

— Fais-lui écouter *Thunder Road.*

— *Qu'est-ce que c'est ?*

— Une chanson de Bruce Springsteen qui représente beaucoup pour nous. Il comprendra. Tu devras sans doute acheter le disque : il s'appelle *Born to Run.*

— *Je m'en occupe. Je le lui passerai. Je te le promets.*

— Merci.

— *Je te rappelle demain. Donne-moi un numéro où te contacter.*

Stanton obtempéra, la remercia encore et raccrocha peu après.

345

Il leva sur Marvin un regard désolé.

— Elle ne peut rien contre Joseph Mead.

FIDÈLE À sa promesse, Norma appela Stanton presque tous les jours. Malheureusement, les nouvelles étaient loin d'être bonnes et l'état du malade se détériora rapidement au cours du mois d'octobre. Norma transmit à Chris tout ce Stanton l'avait chargée de faire. Elle acheta un tourne-disque portable et passa *Thunder Road* dans la chambre. Le soir, elle indiqua à Stanton que si Chris avait été trop faible pour parler, il avait néanmoins écouté les yeux noyés de larmes.

Une autre fois, elle déclara :

— *Tu sais, Stanton, c'est peut-être mieux comme ça. Il a tellement changé ! Ce n'est pas le souvenir que tu devrais garder de lui.*

Stanton secoua la tête. Elle se trompait. Il aurait donné n'importe quoi pour revoir son amant, lui faire ses adieux, lui tenir la main et effacer la souffrance qu'il avait causée. Il se promit de ne plus jamais aimer aussi fort.

Chris avait eu raison. Il y avait différentes façons de rompre un contrat.

CHRIS MEAD mourut le jour d'Halloween, sa fête préférée. Il aimait les déguisements macabres et la foule enivrée qui déambulait sur Christopher Street.

Norma appela Stanton au travail dans l'après-midi pour lui annoncer la nouvelle. Depuis des jours, elle avait cherché à le préparer à cette fin inéluctable. Elle le prévint aussi qu'elle passerait le voir en fin de soirée.

— *J'ai quelque chose à te remettre.*

Ce soir-là, elle arriva place St Marks avec son fils dans ses bras. En voyant son « oncle », Colin poussa un cri de joie :

— *Stannon !*

Avec un petit rire, Stanton prit le petit garçon à sa mère et se rendit au salon. Il s'assit sur le canapé, Colin serré contre lui. Il embrassa la tête bouclée et inhala l'odeur du bébé. Il se sentit un peu réconforté, comme si l'enfant avait hérité d'une partie de l'âme de son oncle.

— Où Kis ? demanda l'enfant.

— Il est parti, répondit Stanton, des larmes dans la voix.

Sans paraître déconcerté, le petit se blottit contre lui.

346

— Comment tu t'en sors ? demanda Norma.

— Je ne sais pas trop. Je vais rendre cet appartement à la fin du mois, le temps de tout trier. Ensuite, je pense quitter New York. Le *Philadelphia Inquirer* me propose de devenir leur critique musical.

— Tu irais à Philadelphie, vraiment ?

— C'est une offre intéressante et j'ai besoin de m'éloigner un moment, de faire le point. Je reviendrai un jour ou l'autre, Marvin y tient beaucoup.

Il chatouilla Colin, qui éclata de rire.

— Norma, reprit-il, merci de tout ce que tu as fait pour moi.

— J'aurais aimé en faire plus.

— Comment était-il à la fin ? Résigné, paisible ?

Norma secoua la tête.

— Non, il en voulait mortellement à son père. Il refusait même de le regarder après avoir appris que Joseph t'avait empêché de le rejoindre.

— Je regrette de lui avoir imposé ce fardeau supplémentaire. Il n'a jamais été dans mes intentions de créer une brouille familiale.

— Tu n'as rien à te reprocher, Stanton. Joseph a fait ses choix.

— J'ai commis beaucoup d'erreurs et je le regrette amèrement, reconnut Stanton. Je n'ai certainement pas besoin d'endosser en plus les siennes.

Norma fouilla dans son sac à main dont elle sortit un papier plié en deux.

— Quelques jours avant la mort de Chris, je me suis trouvée à un moment seule avec lui. Il m'a demandé de lui donner papier et stylo pour t'écrire un mot. C'est très bref, il était à bout de forces.

Elle se leva et récupéra son fils sur le canapé, puis tendit le message à Stanton. Il lut son nom écrit sur le devant. Il déplia le papier d'une main tremblante et reconnut l'écriture indubitable de Chris.

Pense à long terme.

WHAT LOVE CAN DO

Assis sur le hayon de son pick-up, Topher essayait d'absorber le récit de Stanton et la signification des derniers mots de Hutch.

— Aurait-il tout planifié ? Je parle de notre rencontre, trente ans plus tard.

Stanton recula pour le dévisager.

— N'exagérons pas, quand même.

— Je suis désolé qu'il t'ait trompé.

— Ce n'est pas ce que je voulais que tu retiennes de...

— Moi, je ne te tromperais jamais, coupa Topher. Dis-moi que tu le sais !

— Je suis certain que tu es sincère... aujourd'hui.

— Je comprends mieux ton choc à l'hôtel W, après le concert de Springsteen quand tu as vu le titre du troisième disque que j'avais choisi : *comment être à deux endroits à la fois si vous n'existez même pas* ? Il t'avait dit presque la même chose, hein ?

— Oui.

Topher réfléchit, les sourcils froncés.

— Alors, tu le savais ! Tu le savais depuis le début ! *Pense à long terme ?* Ça ne peut pas être une coïncidence !

— Je t'ai déjà expliqué que j'étais perplexe, je ne savais que croire. D'ailleurs, je ne comprends toujours pas.

Topher secoua la tête.

— Merde !

— Tu comprends, j'espère, pourquoi je ne peux envisager une réconciliation avec Joseph Mead.

— Au contraire ! Tout est possible.

— Non. Après toutes ces années, je n'ai toujours pas oublié, reconnut Stanton, la tête basse.

Topher pensa à son père.

— Tu crois sans doute que pardon équivaut à absolution, mais ce n'est pas vrai. Et ce n'est pas pour lui...

— Arrête ! J'ai déjà entendu ces conneries ! *Ce pas pour lui, mais pour moi. Tu parles !*

Topher sauta du hayon et se positionna entre les jambes de Stanton.

— Hé, tu n'aimerais pas le coincer entre quatre yeux et l'entendre t'exprimer ses regrets ? Même si je te le demandais ?

Avec un sourire, il vit changer l'expression de Stanton d'un ressentiment obstiné à la résignation.

— Tu ne comptes pas lâcher prise, si je comprends bien !

— Euh, non, désolé. Ce n'est pas dans mes gènes. Permets-moi de consulter Ben et Travis. Ils connaissent bien Joseph Mead en plus, d'après ce que j'ai entendu dire, il a beaucoup changé en trente ans. S'il te plaît ?

Stanton l'embrassa.

— Tu sais bien que je ne peux rien te refuser.

— Alors, c'est oui ?

— Oui, consulte Ben et Travis si ça te chante. D'ailleurs, pourquoi t'es-tu donné la peine de me le demander ? Tu l'aurais fait, avec ou sans ma permission.

Topher rit et enroula ses bras autour du cou de Stanton.

— Je suis content que tu aies réalisé comment va fonctionner notre relation.

La semaine d'après Memorial Day, Topher et ses amis se rendirent dans un studio local pour enregistrer *Homesick*, puis ils s'occupèrent de tourner des scènes supplémentaires pour le clip vidéo. Ils alternaient : une nuit en studio, une nuit sur le plateau de tournage. Kai avait décidé de combiner des images du concert à Dime Box avec un récit en images mettant en vedette Robin et Maurice. Robin tenait le rôle du musicien semant ses plectres derrière lui pendant ses tournées à travers le pays. Dans chaque scène, Maurice était à l'arrière-plan, fantôme du passé... ou d'une réalité alternative.

Bien que *Glee* continue à utiliser *Beaches on the Moon*, Stanton réussit à leur placer également *So You Think You Can Dance* et Travis Wall en fit la chorégraphie.

Topher ne le connaissait pas, mais Stanton lui assura que c'était une pointure.

— Il est le successeur de Mia Michaels, expliqua-t-il.

Topher hocha la tête, même si ce dernier nom ne lui parlait pas davantage.

À la mi-juin, Dime Box sortit *Homesick* sur iTunes et Amazon. Avec l'aide de Stanton et Marvin, ils lancèrent aussi la vidéo en avant-première sur Vevo, avec cinq millions de vues au cours des vingt-quatre premières heures – et trente millions à la fin de la première semaine. Le *New York Times* publia un reportage expliquant comment un de leurs critiques en musique classique en était venu à participer à l'écriture d'une chanson pop. En conséquence, Topher faisait sensation parmi les amateurs de classique et d'opéra. À la suggestion de Marvin, il enregistra sa version de *Che Gelida Manina* et l'ajouta en bonus à *Homesick*.

Fin juin, comme l'avait prédit Stanton, *Saturday Night Live* appela pour réclamer une interview. Le groupe devenant officiellement connu, chacun des garçons démissionna du poste qu'il occupait jusqu'à ce jour.

Topher et Marvin avaient décidé d'écrire d'autres chansons ensemble et programmaient les détails de leur collaboration. Ils comptaient passer le reste de l'été à composer, puis envoyer Dime Box à partir de septembre dans une tournée de concerts à travers le pays. Stanton suivrait le groupe et réaliserait pour NPR une série de reportages. Il en ferait également un livre racontant son expérience. Il précisa à Topher qu'il y inclurait l'histoire de Hutch, Robert, Michael et Paul.

Les quatre membres de Dime Box avaient accepté de partager leur vie entre Austin et New York. Topher ne voyait aucun avantage à privilégier l'une ou l'autre des installations. À Austin, ses amis et lui chercheraient bientôt à louer une maison plus grande avec de la place pour accueillir Marvin et Ty, et une belle chambre pour Topher et Stanton, avec salle de bain particulière.

En ce qui concernait New York, Marvin résolut le problème à sa façon.

Deux semaines avant la Fête Nationale du 4 juillet, tous se réunirent dans la salle aux trois mille disques de l'hôtel W. Stanton, Marvin et Ty étaient venus à Austin pour assister à un spectacle local. Après avoir porté un toast, Marvin tendit à Maurice une enveloppe kraft.

— Qu'est-ce que c'est ? demanda Maurice.

— Ouvre.

Maurice sortit de l'enveloppe une liasse de documents officiels. Il commença à lire, puis se figea en ouvrant de grands yeux.

— Marvin ! Je me trompe peut-être, mais ne s'agit-il pas du titre de propriété d'un appartement à New York ?

Marvin sourit.

— Oui.

— Et il est à mon nom ?

— Oui.

— Pourquoi ? voulut savoir Robin, après un long silence stupéfait.

— Cet appartement était à Michael, je ne me suis jamais considéré comme son propriétaire, plutôt comme son... dépositaire. Ty et moi avons trouvé pas loin un logement qui nous plaît, nous resterons donc voisins. Ça fait un bout de temps que nous parlions de déménager, mais je ne pouvais pas laisser l'appartement de Michael tomber aux mains de n'importe qui. Il y a trois chambres, donc de la place pour vous tous. Je pense que vous vous y sentirez comme chez vous.

Maurice et Robin, après la vie de cauchemar qu'ils avaient connue étant enfants, avaient appris à dissimuler leurs émotions, mais ce cadeau inattendu brisa leur carapace. Maurice pleura dans les bras de son frère. Après tout ce temps, voilà qu'ils possédaient enfin un foyer bien à eux que personne ne pourrait leur enlever.

Topher se pencha vers Stanton et murmura à son oreille :

— Peux-tu imaginer ce que ça représente pour eux ?

— Je pense, oui.

Peter s'approcha de Marvin et l'étreignit.

— Mec, tu nous tues. Trop de bonheur parfois...

— ... c'est merveilleux ! intervint Ty.

— N'est-ce pas de Mae West ? lança Stanton.

Ty le félicita d'un hochement la tête.

— Si ! Bravo !

— Nous avons pris une décision collégiale, déclara Peter.

Sa solennité interrompit les discussions et tous les yeux se tournèrent vers lui.

— Voilà, enchaîna-t-il, nous aimerions connaître ce Fire Island dont vous nous parlez tant. Nous voudrions aller à l'endroit où a été prise la fameuse photo. Accepteriez-vous de nous y accompagner, tous les trois ?

— Quelle étrange coïncidence ! s'écria Marvin. Après la rencontre de Stanton et de Topher, en mars dernier, j'ai eu comme un... pressentiment. Alors, j'ai contacté mon agent immobilier pour lui demander de me trouver une maison à louer sur l'île pour la semaine du 4 juillet.

Se tournant vers Stanton, il ajouta :

— Et figure-toi que celle derrière le *Pantry* était justement disponible. J'ai déjà versé un dépôt de garantie pour la retenir.

— Tu parles bien de la maison sur Lone Hill Walk ?

— Oui.

Éberlué, Stanton secoua la tête.

— En *mars* ? Tu savais déjà comment cette histoire allait évoluer ?

— Non, mais j'aime être préparé. Tu connais mon sens de l'organisation.

— C'était bien la maison où ils vivaient tous les quatre l'été où vous les avez rencontrés ? demanda Topher.

— Oui.

Topher regarda ses camarades.

— Hé, les gars, et si nous allons à New York la semaine prochaine ? Je suis impatient de squatter chez Maurice !

— Non ! protesta Maurice. Cet appartement n'est pas seulement à moi, il est à nous tous, même si Marvin n'a mis que mon nom sur le certificat de propriété. *Ma casa es tu casa.*

— Il y a autre chose dans l'enveloppe, déclara Marvin.

Maurice y glissa sa main et brandit un ancien briquet en or.

— D'où vient-il ?

— Michael en avait hérité de son grand-père, il y tenait beaucoup.

— Et tu me le donnes aussi ?

— Oui. Un jour, il m'a dit que tout ce qu'il attendait de la vie était Robert, ses amis et un joint.

LE LENDEMAIN matin, Topher raccompagna Stanton, Marvin et Ty à l'aéroport. Lui et ses amis les rejoindraient à New York d'ici quelques jours

Le soir même, il passa chez Travis et Ben. Ils l'accueillirent chaleureusement et tous s'installèrent autour de la table de la salle à manger. Quentin était avec eux.

— Quand Travis m'a parlé de tes projets, déclara Ben, j'ai demandé à Q de se joindre à nous. Il est très proche de Joseph Mead.

Quentin hocha la tête.

— Je suis le seul à qui Joe a donné son numéro de portable.

— Comment l'as-tu obtenu ? demanda Topher.

— Grâce à mon charme naturel. J'attire la confiance, c'est inné.

352

— Tu es bien un Walsh ! s'exclama Ben, en riant. Bon, je vais maintenant appeler Colin et le mettre en mains libres. Il nous aidera sans doute à trouver la meilleure façon de rencontrer son grand-père.

Ben sortit son téléphone et effleura l'écran. Tous entendirent les sonneries. Puis Colin décrocha.

— *Allô ?*

Très ému, Topher réalisa qu'il entendait la voix adulte du petit garçon dont Stanton lui avait parlé, celui qui déformait son nom en « *Stannon* », celui qu'un homme brisé tenait dans ses bras sur un canapé en lisant les derniers mots de son amant défunt.

Le neveu de Hutch.

— Salut, Colin, dit Ben.

— *Bonjour, Walsh. Qui est avec toi ?*

— Travis et Quentin. Et aussi Topher Manning, dont je t'ai parlé.

— Salut, Colin, dit Topher. Enchanté.

— *Tout le plaisir est pour moi, Topher. J'ai vu le tweet de Jason sur ta nouvelle chanson. Je suis fan !*

Saisi par un étrange sens de familiarité, Topher décida d'abandonner le vouvoiement.

— Merci. C'est avec la guitare de ton oncle que je joue sur scène, tu le savais ?

— *La Fender noire ? Non, je l'ignorais, mais ça me fait plaisir. Stanton va peut-être enfin pouvoir panser ses plaies. S'il t'a donné cette guitare, je dirais qu'il est sur la bonne voie !*

— Colin… commença Ben.

— *On se calme, Walsh, l'idée que mon grand-père abandonne cette foutue tradition de la chaise vide à Thanksgiving m'enchante littéralement. Ce n'est pas un Seder* [32] *et d'après ce que j'en sais, mon oncle Chris n'avait rien du prophète Élie* [33]. *Il faut que je vous avoue un secret de famille : mon grand-père a longtemps été un parfait salaud. Tout le monde le reconnaît, même lui, mais il a changé du tout au tout après la mort de ma grand-mère, il y a dix ans. J'ai souvent cherché à en savoir davantage sur Chris, mais il refuse de répondre et se contente de secouer la tête. Quentin est le seul à qui il se soit confié. Moi, je ne sais que ce que m'a raconté ma mère. Topher,*

32 Rituel hébreu qui se pratique à table au moment de Paques.

33 Référence à une chaise restée vide pour le prophète dans un texte biblique.

Stanton t'a-t-il parlé de cette horrible scène entre mon grand-père et lui à l'hôpital ?

— Oui.

— *À mon avis, le patriarche donnerait n'importe quoi pour s'en excuser.*

— Dans ce cas, nous devons organiser une rencontre, déclara Topher. Si Stanton est d'accord, ça ne devrait pas être difficile. D'après Ben, ce serait mieux que Quentin se charge de contacter M. Mead senior. Je pense qu'il a raison.

— Pas de problème, dit Quentin. Je connais l'histoire et Colin a raison : Joe aimerait présenter ses excuses Stanton. J'ignore comment il se comportait autrefois, mais ce n'est plus un salaud, ça, je vous le garantis. D'ailleurs, la réconciliation entre Stanton et Joe n'est vraiment le plus important, hein ?

Il se tourna vers Topher.

— On ne lui dira rien, bien entendu, affirma celui-ci. Vous êtes tous d'accord ?

— Bien entendu, répondit Ben.

— *Bien entendu,* confirma Colin. *Mon grand-père est âgé et assez conformiste. S'il entend le mot « réincarnation », il va se refermer comme une huître et n'écoutera plus rien. Nous devons rester concentrés sur Stanton.*

— Ah, tu me soulages ! s'exclama Topher. À voir la tête de Quentin, je craignais de le voir sortir une planche Ouija ou une boule de cristal pour invoquer les esprits.

Quentin lui lança un regard noir.

— Si tu t'imagines que Joe ne se rendra compte de rien, tu n'as rien écouté de ce qui le concernait !

— Oh, si, j'ai écouté et j'ai tout retenu. Tu es au courant qu'il a accusé Stanton d'avoir provoqué la mort de Chris et des trois autres ?

— Sans doute était-il fou de douleur, dit Quentin, tristement. Mais il a changé, je te l'ai déjà dit.

— Il a intérêt ! S'il s'en prend encore à Stanton, je…

Colin lui coupa la parole :

— *Waouh ! Que de testostérone ! J'adore ! Mais, maintenant calmez-vous, jeunes gens et revenons-en à cette rencontre entre Stanton et le patriarche. Comment comptez-vous procéder ?*

— Je serai à New York dans quelques jours, déclara Topher, penché vers le téléphone posé sur la table. Nous irons à Fire Island pour le 4 juillet, mais avant, nous passerons quelques jours dans notre nouvel appartement. Pourrions-nous déjeuner ensemble, tous les quatre : M. Mead, Stanton, toi et moi ?

— *C'est faisable. Et notre présence en tant que médiateurs est une idée brillante : nous interviendrons si nécessaire pour dissiper la tension. Quentin, je te charge d'appeler mon grand-père. Fais-le dès demain et envoie-moi un texto pour me dire comment ça s'est passé. Je passerai à son bureau en sortant du travail.*

— D'accord, je m'en charge, répondit Quentin.

— Colin, s'étonna Topher, tu n'as pas son numéro de portable ? Mais pourquoi ?

— *Ce serait trop long à te raconter.*

— Bon, coupa Ben, tout est organisé. Personne n'a rien à ajouter ?

Le silence lui répondit, ponctué de signes de tête.

— Encore merci, Colin ! s'écria Topher.

— *De rien. Je suis toujours prêt à aider un ami des frères Walsh.*

À ce moment-là, le jeune Cade entra dans la salle à manger.

— Qui est au téléphone ?

— Colin, répondit Ben.

Le visage du gamin s'illumina.

— Colin ? Dis à ton copain que s'il veut une autre branlée au baseball en ligne, je le prends quand il veut !

Colin éclata de rire.

— *Oui, il m'a dit que tu les avais battus, Travis et lui. Bravo, Cade !*

— J'ai quand même fait un meilleur score que David, maugréa Travis. Il faut vraiment qu'il apprenne à bouger plus vite !

Colin riait toujours.

— *Personnellement, je n'ai pas à me plaindre, mais je lui ferai part de tes critiques, Travis. Bonne nuit à tous.*

Plus tard, alors que Topher s'apprêtait à rentrer chez lui, Quentin le suivit jusque dans la rue.

— Je peux te donner un conseil, Topher ? demanda-t-il.

— Tu le feras de toute façon, non ?

— Oui. Eh bien voilà… tu devrais parler à Joe de ton père. Oui, Travis m'a raconté ce qui s'était passé. Ne lui en veux pas, mon charme inné attire les confidences, comme je le disais tout à l'heure. Et je me mêle souvent de la vie de ceux que j'aime. Pendant votre déjeuner, arrange-toi pour avoir un moment en tête-à-tête avec Joe et parle-lui. C'est important. Fais-moi confiance, s'il te plaît.

— D'accord, je verrai ce que je peux faire.

Puis il monta dans son pick-up et s'éloigna.

LE DERNIER vendredi de juin, les quatre amis arrivèrent à New York et se rendirent directement à leur nouvel appartement, sur Christopher Street, où les attendaient Stanton, Marvin et Ty. La semaine précédente, Marvin et Ty avaient déménagé, aussi les pièces étaient-elles vides. Les garçons passèrent de l'une à l'autre, se familiarisant avec les lieux. Après avoir inspecté les chambres, ils se consultèrent pour savoir comment les attribuer. Un peu en retrait, Stanton, Marvin et Tyrese les écoutaient sans intervenir.

Topher s'approcha de son compagnon et l'embrassa.

— Tu vois ? J'avais raison ! Tu es le mec le plus génial que j'ai rencontré de toute ma vie.

— Je n'ai rien fait, lui rappela Stanton.

Topher se tourna vers Marvin.

— Merci, jamais nous ne pourrons te rendre ce que tu as fait pour nous !

Marvin se pencha vers Stanton.

— Il n'a toujours pas compris, on dirait. Topher, tu ne me dois rien. Je n'ai fait que rendre ce que j'ai reçu autrefois.

Ils passèrent le week-end à faire du shopping pour meubler leur appartement et à visiter Manhattan.

LUNDI, STANTON et Topher devaient déjeuner avec Joseph et Colin Mead. Une demi-heure avant l'heure H, Stanton commença à paniquer, parlant de tout annuler. Topher sut le rassurer.

Ils s'étaient donné rendez-vous dans un restaurant que Stanton avait choisi. En arrivant, il aperçut M. Mead assis au fond de la salle et prit Topher par le bras.

— Je ne peux pas.

— Mais si. Beaucoup d'eau est passée sous les ponts. Tu n'auras qu'à t'asseoir et à l'écouter. Dis-toi bien qu'il est dans une position pire que la tienne.

356

Tout en parlant, Topher conduisait Stanton à la table. Le vieil homme resta assis, Colin Mead se leva pour les accueillir. Topher remarqua que l'ami de Stanton était grand et blond : il ressemblait beaucoup à son oncle Hutch. En jetant un coup d'œil à Stanton, dont les traits s'étaient attristés, Topher sut que son amant était du même avis.

— Bonjour, Colin, dit Topher, la main tendue.

— Bonjour, Topher, enchanté de te rencontrer.

Ils échangèrent une poignée de main. Puis Colin désigna le vieil homme qui les regardait, l'air grave et malheureux.

— Voici mon grand-père, Joseph Mead.

À nouveau, Topher tendit la main.

— Je suis Topher Manning, monsieur. Ravi de faire votre connaissance.

— Merci, jeune homme. Topher, dites-vous ? Votre nom complet serait-il Christopher ?

— Oui, monsieur, en effet.

Revenant à Colin, Topher continua les présentations :

— Colin, je ne pense pas que tu connaisses Stanton Porter. En fait, tu l'as connu étant petit, mais tu as dû oublier ton oncle d'adoption.

Stanton était comme tétanisé. Quand Colin lui tendit la main, il secoua la tête – comme pour reprendre ses esprits – et l'accepta avec émotion.

— Excuse-moi, mais tu… tu lui ressembles tellement !

Il se tourna vers Joseph Mead et jeta sèchement :

— Vous l'avez certainement remarqué.

— Bien entendu, répondit M. Mead, avec fermeté. Stanton, j'ai accepté ce rendez-vous pour vous présenter mes excuses. Je pense que nous pourrions commencer par nous saluer en êtres civilisés.

Il tendit la main. Stanton la regarda avec horreur, sans bouger. Topher craignit de le voir s'enfuir sans un mot. Mais une fois de plus, Stanton se secoua et accepta de serrer la main de Joseph Mead.

— Bonjour, M. Mead, dit-il, guindé.

Ils prirent tous place autour de la table. La conversation traîna un moment sur les plats de la carte et la carrière musicale de Topher jusqu'à ce qu'un serveur passe prendre leur commande. Quand ils se retrouvèrent seuls, le silence retomba.

Alors, M. Mead toussota et se lança :

— Stanton, je vous prie d'accepter mes excuses pour mon attitude ce jour-là, devant la chambre de mon fils. Il m'a fallu du temps, mais j'ai fini par comprendre de quoi mon refus vous avait privé. Je ne pourrais jamais

357

effacer ce que j'ai fait, j'en suis conscient, mais Marvin Goldstein avait raison : je l'ai amèrement regretté depuis lors.

Stanton baissa les yeux et joua avec sa fourchette.

— J'accepte vos excuses, monsieur, mais je n'ai pas pu lui dire au revoir et ça me pèse encore aujourd'hui. Je ne pourrais jamais… oublier.

Il avait évité de dire « pardonner », un rameau d'olivier dont M. Mead sembla reconnaissant.

— Bien sûr, je comprends. Vous savez, je suis dans le même cas. Moi non plus, je n'ai pas pu faire la paix avec mon fils. Quand il a appris que je vous avais condamné sa porte, il a refusé de me parler ou simplement de me regarder.

— Et ça vous étonne ?

Topher serra doucement la main de Stanton. M. Mead suivit des yeux son geste, puis il se tourna vers lui.

— Topher, Colin me disait que vous connaissez bien Travis, un jeune homme intéressant, plein de fougue.

— Oui, monsieur, c'est exact. Nous travaillons ensemble… Désolé, j'ai récemment démissionné et j'ai encore du mal à m'y faire. Nous *travaillions* dans le même garage.

M. Mead hocha la tête.

— Eh bien, Ben, Travis et tous les jeunes Walsh ont accepté de passer quelques jours avec nous dans les Hamptons en août pendant les vacances. Je serais très heureux de recevoir également votre groupe, ainsi que Stanton, et Marvin. Passionné de musique classique, je lis régulièrement sa chronique dans le *Times* et je le suis sur Twitter.

— Ce serait cool ! déclara Topher, manifestement ravi.

Il consulta Stanton.

— Qu'en dis-tu ?

Stanton ne répondit pas.

— J'essaie de faire amende honorable, Stanton, dit M. Mead.

— Je sais. Il a fallu vingt-cinq ans à mon père pour accepter que je sois gay, alors, je présume que vous aussi pouvez… changer. Puisque Topher semble y tenir, d'accord, nous viendrons.

— Pourrais-tu nous apprendre à faire de la voile ? demanda Topher à Colin.

— Bien volontiers.

— Sensass ! s'écria Topher.

M. Mead et Stanton tressaillirent.

Vers la fin du repas, Topher repoussa son assiette vide, but un peu d'eau, puis demanda à Stanton et Colin :

— Pourriez-vous me laisser un moment avec M. Mead ? J'ai à lui parler.

Stanton eut l'air surpris.

— Tu ne comptes pas...

— Non. Fais-moi confiance, s'il te plaît.

Après une hésitation, Stanton se leva et entraîna Colin.

— Viens, allons prendre un verre au bar. J'aimerais que tu me donnes des nouvelles de ta mère. Nous étions amis autrefois, le savais-tu ? Comme Topher le disait tout à l'heure, je me considérais comme ton oncle...

Sa voix se perdit tandis que les deux hommes s'éloignaient. Pour rassurer M. Mead, Topher s'empressa de dire :

— C'est Quentin qui m'a suggéré cet aparté.

Perdant sa suspicion, le visage de M. Mead s'éclaira et il esquissa un sourire.

— Ah, je vois. C'est un charmant garçon, très intuitif. J'ai pris l'habitude d'écouter ses conseils. Malgré sa jeunesse, il possède une grande sagesse et un esprit aiguisé.

— Il m'a conseillé de vous parler de mon père.

— Oh, vraiment ?

— Oui, il est mort d'une crise cardiaque il y a une dizaine d'années. Il n'avait pas quarante ans.

— Je suis désolé.

— Je n'en parle jamais, mais...

— Quel âge aviez-vous à ce moment-là ?

— Dix-sept ans.

— Pourquoi cet air troublé ?

Topher avait la gorge et la bouche desséchées. Il but un peu avant de répondre.

— En rentrant de l'école, un après-midi, j'ai trouvé un courrier qui m'attendait : c'était la confirmation d'un rendez-vous pour passer un SAT[34]. Sauf que je ne m'y étais pas inscrit, parce que je n'avais aucune intention d'aller à l'université. J'ai alors compris que mon père cherchait encore à me forcer la main. Depuis trois ou quatre ans, il me bassinait sans arrêt pour

---

34 *Scholastic Aptitude Test*, QCM américain pour évaluer les élèves avant leur entrée à l'université.

aller à l'UT. Pour être franc, il a commencé juste après que j'ai commencé à m'intéresser à la musique et que j'achète ma première guitare. Je savais ce que je voulais faire de ma vie, jouer, écrire et chanter, mais il n'était pas d'accord.

» Furieux contre lui, j'ai quitté la maison et j'ai pris ma voiture. J'ai roulé pendant deux heures, en ressassant mes griefs. Pourquoi mon père ne m'écoutait-il pas ? Je lui avais dit et répété que je ne voulais pas aller à l'université, mais il m'avait quand même inscrit au SAT sans me demander mon avis. Quand j'ai fini par rentrer, ils dînaient tous les trois, mes parents et ma sœur. Mon père m'a engueulé d'avoir filé sans prévenir, moi, j'ai hurlé que j'en avais marre de lui, marre de cette maison... Inconsciemment, je cherchais à recevoir une gifle, histoire d'avoir un bon prétexte pour faire ma valise et ficher le camp. J'ai fini par lui jeter au visage des mots qu'un fils n'a pas le droit de dire à son père, des paroles cruelles que rien ne peut jamais effacer... J'ai dit que je le haïssais, que j'avais honte de lui, que je ne voulais plus jamais le voir ou lui parler. Ma mère pleurait, ma sœur s'est enfuie en courant pour se réfugier chez la voisine. Je tremblais de rage, j'étais comme... possédé. Je suis passé devant mon père pour aller m'enfermer dans ma chambre.

» Cette nuit-là, il s'est levé pour aller aux toilettes. Il est tombé raide mort dans la salle de bain. Je ne voulais plus jamais le voir ou lui parler, hein ? Ça a été le cas. Mon père est mort en pensant que son fils unique était un ingrat. Les derniers mots qu'il a entendus de moi étaient pleins de haine et de rancœur.

Joseph Mead posa les mains sur ses genoux.

— Il ne t'en voulait pas, Topher. Il avait compris que tu ne le pensais pas.

Si Topher remarqua que le patriarche le tutoyait, il ne s'en offusqua pas. Au contraire.

— Comment le sauriez-vous ?

— Je suis père, moi aussi, un père qui a commis de terribles erreurs. Ton père ne t'en a pas voulu. Oh, il a souffert, bien entendu. Il n'avait cherché que ton bien, désireux de t'offrir une éducation pour que ta vie soit plus belle que la sienne.

— Pourquoi ? Il était heureux. Justement, je ne comprenais pas qu'il me refuse le même bonheur : mener ma vie comme je l'entendais !

— Tu n'étais qu'un adolescent quand tu as jeté ces mots à ton père. Moi, j'étais un homme mûr quand je me suis interposé entre Stanton et mon fils. Contrairement à toi, je n'ai aucune excuse.

— Vous aviez peur de perdre Chris.

— Peut-être, mais ce n'est pas une justification très noble.

Un garçon s'arrêta à leur table et remplit d'eau leurs verres. Quand il s'éloigna, Topher reprit :

— Nous avons tout de même un point commun, M. Mead : des regrets que rien ne peut effacer.

— Effectivement. Et Quentin l'a compris, c'est la raison qui l'a poussé à te conseiller de me faire ces confidences. Je n'ai pas eu le temps de me réconcilier avec mon fils avant sa mort, pas plus que toi avec ton père. J'ai vécu de longues années, mon garçon. La douleur perdure, mais sans empirer avec le temps.

— Vous aussi détestiez que Chris ait choisi la musique ?

M. Mead hocha la tête.

— Oui. Avec Carl, je n'ai jamais eu de difficulté à me faire obéir, mais ça n'a pas été pareil avec Chris. Et à l'époque, j'étais très... en colère. La rage me rongeait de l'intérieur et mes enfants en ont subi les conséquences, même s'ils n'étaient pas responsables de mes contrariétés.

— J'ai fini par comprendre un ou deux trucs... Ce qui compte dans la vie, ce n'est pas où on commence, mais là où on parvient. Parce que si personne n'est responsable de sa naissance, le chemin, lui, nous appartient. Peut-être pourrons-nous en rediscuter plus tard, M. Mead. Par exemple en août, quand nous passerons vous rendre visite. J'attendrai ce séjour avec impatience ! En plus, Colin a promis de m'apprendre à naviguer ! Ça va être sensass !

Une grande mélancolique traversa le visage de M. Mead.

— L'idée de te revoir bientôt me fait grandement plaisir, Topher. Tu me rappelles tellement... S'il te plaît, appelle-moi Joe. Quentin le fait déjà.

— Merci, Joe. Vous savez, si vous préférez m'appeler Christopher, je suis d'accord.

Le patriarche sortit son téléphone de sa poche.

— Je vais te donner mon numéro de portable. Tu peux me contacter quand tu veux, entends-tu ?

Topher sourit.

— Oui, Joe.

361

PLUS TARD dans la soirée, Topher et Stanton étaient dans l'appartement de ce dernier, prêts à se vautrer dans le canapé devant la télévision quand un bourdonnement résonna à côté de la porte d'entrée.

— Qu'est-ce que c'est ? demanda Topher.

— C'est l'interphone… le garde dans le hall.

Stanton alla répondre.

— Oui ?

— *Bonsoir, M. Porter, Mme Norma Mead demande à vous voir. Elle aurait des papiers à vous remettre.*

— Bien sûr, faites-la monter.

Stanton regarda Topher, un sourcil levé.

— C'est Norma, annonça-t-il. Elle est en train de monter.

— La mère de Colin ?

— Oui, mais ne me demande pas la raison de cette visite inattendue, je n'en ai pas la moindre idée. Elle a toujours été charmante, je suis enchanté de la revoir !

Il alla l'attendre dans le couloir, devant son appartement.

— Norma, c'est bien toi !

— Bonsoir, Stanton, excuse-moi de passer ainsi à l'improviste. J'espère que je ne dérange pas.

— Pas du tout. Entre, je t'en prie.

Norma entra et Stanton ferma la porte derrière elle. Il tendit les bras et la serra contre lui.

— J'aurais dû te téléphoner, dit-elle, mais quand ce soir Joseph m'a donné ton adresse, j'ai sauté dans un taxi.

— Tu l'as vu ?

— Oui, et il m'a parlé de votre déjeuner.

Topher traversa la pièce et se présenta.

— Salut, je suis Topher, le compagnon de Stanton.

Norma lui tendit la main.

— Ravie de vous rencontrer, Topher. Mon beau-père est dithyrambique à votre sujet !

— Joe est génial !

Éberluée, Norma regarda Stanton. Il eut un petit rire.

— Viens t'asseoir. Je peux te servir un verre ?

— Non, merci, je ne peux rester longtemps. Nous partons demain aux Hamptons pour les vacances et je n'ai pas fini de boucler mes bagages.

Tous trois s'assirent au salon, Stanton et Topher sur le canapé, et Norma dans le fauteuil en face d'eux. Stanton s'agita un peu nerveusement.

— Excuse-moi de ne pas avoir gardé le contact, Norma. Après la mort de Chris, j'ai passé un moment à Philly, comme je t'en l'avais parlé, puis j'ai fini par m'y installer. Je ne supportais plus New York ni rien de ce qui me faisait penser à lui. Je suis vraiment désolé.

— Je comprends. J'ai souvent pensé à toi au fil des années. Quand Colin a rencontré Ben Walsh, je me suis souvenu de ce que tu m'avais raconté de votre séjour à Austin et du couple qui vous avait reçu, Chris et toi.

— Tu savais qui était Ben ? demanda Stanton.

— Je le soupçonnais sans en être certaine. Nous n'avons jamais rencontré ses parents.

— J'ai travaillé un temps avec Travis, le compagnon de Ben, déclara Topher. Les jeunes Walsh parlent beaucoup de vous, Cade surtout. Il évoque sans arrêt que vous êtes née à White River, dans le Dakota du Sud.

Norma eut un doux rire de gorge.

— C'est exact. Bien, venons-en à l'objet de ma visite. En apprenant que je passais te voir, Stanton, Joseph m'a donné des documents à remettre à Topher. Après tout, ce ne sera pas la première fois que je tiendrai le rôle du messager.

Elle regardait Stanton avec un sourire triste

— Quels documents ?

— Topher, j'ignore ce que vous avez dit à Joseph cet après-midi, mais vous lui avez fait une forte impression.

Elle fouilla dans son sac à main et sortit une enveloppe kraft qu'elle lui tendit.

— Qu'est-ce que c'est ?

— Ouvrez, vous verrez bien.

Topher gloussa.

— J'espère que ce n'est pas encore un appartement !

Bien qu'un peu étonnée, Norma se contenta de répondre :

— Non, c'est mieux.

Topher ouvrit l'enveloppe et en sortit des documents d'aspect juridique, remplis de chiffres. Il les feuilleta, puis secoua la tête.

— Je n'y comprends rien ! Regarde, Stanton, ça te dira peut-être quelque chose…

Stanton prit la liasse que Topher lui faisait passer et y jeta un coup d'œil. Il sursauta.

— Mais pourquoi…

Norma l'interrompit.

— Joseph a transféré au nom de Topher le fonds fiduciaire de Chris.

— Pardon ? cria Topher.

Norma l'ignora.

— Stanton, tu sais bien que Chris n'a jamais voulu toucher à cet argent. Et après sa mort, Joseph non plus. Il l'a laissé fructifier pendant toutes ces années. Une fois ou deux, j'ai proposé d'en faire des bourses, ou de le donner à une organisation caritative de lutte contre le sida, mais il ne m'écoutait même pas, s'est obstiné à laisser les choses en place avec le même entêtement qu'il mettait à garder ce siège vide à ses côtés pour Thanksgiving. On aurait cru…

Elle s'interrompit, l'ai songeur.

— Quoi ?

— … qu'il était convaincu que Chris en aurait besoin un jour.

— Dans ce cas, pourquoi me le donner ? demanda Topher.

— Je ne sais pas, reconnut Norma. Joseph Mead n'a jamais été homme à justifier ses décisions.

— Je ne peux pas accepter, trancha Topher. Je n'ai rien dit de particulier, vous savez, j'ai juste partagé avec lui un souvenir concernant… mon père. Ça ne vaut certainement pas une montagne d'argent !

— Tu devrais l'accepter, intervint Stanton. Mais pas pour toi

— Hein ? Pour qui, alors ?

— Pour Dime Box. Vous pourriez acheter une plus grande maison à Austin au lieu de louer.

— Mais nous commençons à gagner de l'argent ! protesta Topher. Beaucoup d'argent.

En entendant Stanton rire, Topher secoua la tête.

— D'accord, reprit-il. Pas tant que ça, tout est relatif.

— C'est exact, confirma Stanton. La notoriété est capricieuse et tout ce que vous avez gagné pourrait bientôt s'évaporer. Tu le sais aussi bien que moi.

— Oui.

Soudain suspicieux, Stanton tourna vers Norma :

— Joseph a-t-il mis des conditions à ce transfert ?

— Pas vraiment, répondit-elle, à part que le légataire ne peut toucher au capital avant d'avoir atteint ses trente ans. Topher, réfléchissez, je vous en prie, Joseph tient beaucoup à vous voir accepter.

— Cet argent ne m'appartient pas !

— Il n'appartient plus à personne depuis la mort de Chris, insista Norma. Il ne sert à rien à la banque. J'ai bien connu Chris, vous savez... il aimait tellement la musique ! Il serait heureux que vous utilisiez ce legs, j'en suis certaine.

— Oui, moi aussi, confirma Stanton.

Vaincu, Topher leva les bras.

— D'accord, si vous vous liguez contre moi. D'ailleurs, j'ai confiance en Stanton. S'il me dit que je peux accepter, ce doit être vrai.

Norma sourit.

— Je vois que tu t'es encore trouvé quelqu'un de bien, Stanton.

PLUS TARD cette nuit-là, Stanton et Topher, nus dans leur lit, fixaient le plafond.

— Ça fait quand même *beaucoup* d'argent ! déclara Topher.

— Ça, c'est certain ! Les Mead prennent l'argent très au sérieux.

— C'est quand même bizarre tout ce qui nous arrive ces derniers temps.

— Ne te plains pas ! Pour le moment, tu n'as que de bonnes surprises. Les catastrophes suivront, un jour ou l'autre.

— Ce que j'aime chez toi, c'est ton optimisme !

— Je suis réaliste. Le privilège de l'âge, sans doute.

— J'ai une question dont j'aimerais discuter avec toi, reprit Topher.

— Oui, laquelle ?

— Les préservatifs. Je veux que nous nous en passions.

Stanton grogna.

— Il est encore trop tôt ! Nous verrons... disons, dans un an.

— Un an ? Tu es sérieux ? C'est ridicule !

— Au contraire, te donner un faux sentiment de sécurité serait irresponsable de ma part.

Topher s'assit dans le lit.

— Tu essaies de me mettre en colère ou quoi ? Tu n'es pas irresponsable, moi non plus, alors je ne vois pas où se situe le « faux » dans notre histoire !

— Se passer de préservatifs est l'étape ultime de la confiance entre deux partenaires. Et la confiance, ça se mérite.

— Quand as-tu fait ton dernier test ?

— Juste avant de te rencontrer, répondit Stanton.

— Et avant moi, de quand datait ton dernier rapport sexuel ?

— À peu près un an.

— Je me suis fait tester le mois dernier et je n'ai couché qu'avec toi dans le même laps de temps. Tu vois, nous les avons tes fameux « un an » !

— Que cherches-tu à prouver ?

— Que ton refus ne vient pas de la crainte d'une maladie quelconque. C'est juste que tu n'as pas confiance. Tu es persuadé qu'un jour ou l'autre, je te tromperai.

— Ne parle pas à ma place ! grommela Stanton.

— D'accord, je vais parler pour moi. J'en ai beaucoup supporté, Stanton, et ce n'est certainement pour te décevoir ! Désolé !

Quand Stanton garda le silence, Topher se recoucha et attendit.

— J'aimerais que tu me fasses une promesse, chuchota Stanton.

— Bien sûr ! Tout ce que tu veux !

— Si le désir te vient un jour de baiser avec un autre, parle-m'en. S'il te plaît. Je pourrais l'endurer.

— Non, ça n'arrivera jamais.

— Tu ne peux le savoir, insista Stanton. Personne ne connaît l'avenir.

— Je veux que tu me baises.

— Quoi ? Non, ne cherche pas à changer de sujet.

— Ça fait un moment que j'ai envie de changer de rôle. Pourquoi pas ce soir ? Et sans préservatif. Je ne comprends toujours pas ton obstination.

— Je te rappelle que nous nous connaissons depuis trois mois seulement. Notre jugement reste faussé par les endorphines. Alors, si nous prenons cette habitude et qu'ensuite l'un de nous déconne…

— C'est parce qu'il t'a trompé, hein ?

Topher quitta le lit et marcha vers la table de nuit. Il ouvrit le tiroir, sortit une boîte de préservatifs et se mit à les déchirer rageusement un par un. Il alla ensuite chercher ceux qui étaient dans la commode et leur fit subir le même sort.

Stanton finit par se lever pour le prendre dans ses bras.

— Arrête. J'essaie juste d'être responsable.

Topher se retourna et se plaqua contre lui.

— Arrête d'essayer si fort. Lâche-toi !

— Alors, promets-moi.

— Je ne te tromperai jamais, promit Topher.

— Ce n'est pas ce que j'ai demandé.

— D'accord, d'accord, si je suis pris du désir torride de sauter sur les passants dans la rue, je t'en parlerai ! C'est promis.

— Ne fais jamais rien dans mon dos.

— C'est promis, répéta Topher, les yeux au ciel.

— Et n'arrête jamais de jouer de la guitare.

— Jamais !

Topher recula pour regarder Stanton dans les yeux.

— Tu es content, maintenant ? reprit-il

— Oui.

— Alors, baise-moi. Et sans latex entre nous.

Stanton l'embrassa et le ramena vers le lit, où il le fit s'étendre. Topher leva les jambes et chercha à s'empaler sur son sexe érigé.

— Attends, protesta Stanton, il me faut du lubrifiant.

— Non, Travis dit que le lubrifiant, c'est pour les chochottes. Utilise ta salive.

Stanton hésita, puis cracha dans sa main et s'humecta le gland. Il se positionna ensuite contre Topher et le pénétra plus facilement qu'il s'y attendait.

Topher s'était pourtant crispé.

— Aie ! Ouille ! Ta queue quand je l'ai dans le cul est encore plus énorme !

Stanton retint un rire nerveux et se pencha pour embrasser son jeune amant, son mouvement l'enfonçant davantage en lui. De plus, Topher s'agrippa à son cou et souleva les reins dans un mouvement brusque, prenant son sexe en lui jusqu'à la garde. Les dents serrées, il déclara :

— C'est comme sauter dans Barton Springs. Ça sert à rien d'attendre, mieux vaut se jeter dans le vide et en finir.

Ni l'un ni l'autre ne bougea. Topher sentait son sphincter se contacter sur le pieu qui l'écartelait.

— Peux-tu me soulever ? demanda-t-il. Et te mettre debout.

— Euh, oui.

Stanton le prit contre lui et commença à quitter le lit. Topher l'aida en refermant les bras autour de son cou et les jambes autour de sa taille. Stanton se releva, prouvant qu'il supportait facilement le poids de Topher.

— Comment tu te sens ? demanda-t-il.

— Comme si j'allais me déchirer en deux.

— Au moins, tu es honnête.

— Tu es en moi, c'est tout ce qui compte. Maintenant, retourne-toi et assois-toi au bord du lit.

— Je crois que tu n'as pas bien compris le rôle d'un passif. Il faudra que je m'occupe de parfaire ton éducation.

— Excuse-moi, ô maître. S'il te plaît, pourrais-tu poser ton auguste séant sur le lit ? C'est mieux ? reprit-il d'une voix normale.

Stanton riait trop fort pour répondre. Il suivit néanmoins les instructions et s'assit sur le lit. Topher face à lui, empalé sur lui. Ils se regardèrent un moment. Puis Topher prit la tête de Stanton et la rapprocha de la sienne.

— Voilà ! *Maintenant, nous ne serons jamais séparés* [35].

— Oh, non ! Je savais que je n'aurais jamais dû te laisser regarder ce film.

— Tu es fou ? C'était génial. Je sais ce qu'a ressenti Scudder.

— D'accord. Mais ne cite pas Maurice pendant que nous baisons.

Topher se tortilla sur ses genoux.

— Ça commence à aller mieux. En plus, je bande.

Stanton recula, exposant l'érection de Topher. Ils la caressèrent ensemble, amenant Topher près de l'orgasme. Puis Stanton leva ses hanches et se mit à le baiser à une vitesse qui provoqua chez son jeune amant des frémissements de plus en plus forts. Le renversant sur le dos, Stanton l'embrassa profondément. Topher avait l'impression que son orgasme remontait de ses orteils. Il y était presque, mais pas encore. Il ferma les yeux et se perdit dans la sensation d'avoir Stanton en lui.

— Baise-moi ! Baise-moi plus fort.

Stanton accéléra son rythme et le plaisir brûlant de Topher remonta cette fois jusqu'à ses genoux, puis sa taille. À ce moment-là, il comprit pourquoi.

— Encore ! Encore plus fort.

35 *Maurice,* film adapté du roman éponyme d'Edward Morgan Forster qui traite de l'homosexualité au début du XXe siècle en Angleterre.

Stanton obtempéra sans se faire prier. Topher releva les genoux jusqu'à ses oreilles pour mieux s'offrir et permettre à Stanton de le prendre plus profondément. Avec un grognement, il mordit Stanton à l'épaule et aperçut son tatouage, Pégase. Dans un accès de délire sexuel, il crut entendre le cheval hennir et lui dire : « *Vole. Vole avec moi !* » Topher glissa alors la main entre ses cuisses et referma le poing sur son sexe trempé. Il explosa, des giclées de sperme chaud lui maculant la poitrine et le ventre, chaque nouveau spasme plus intense encore que le précédent. Stanton jouit aussi et son sexe palpita dans les entrailles de Topher, devenues hypersensibles. Peu à peu, les coups de reins ralentirent, puis s'arrêtèrent et les deux hommes s'effondrèrent dans les bras l'un de l'autre.

— Ça va ? demanda Stanton.

La tête enfouie dans son cou, Topher acquiesça. Il finit par bouger pour respirer.

— Oui, très bien.

— Je parie que tu n'as jamais connu d'orgasme plus intense.

— C'est vrai. Comment le sais-tu ?

— Nous baisons depuis trois mois, lui rappela Stanton.

— Oui, mais j'étais actif et toi, passif.

— Justement.

— En clair, s'offusqua Topher, tu avais la meilleure place ? Ce n'est pas juste !

— D'accord, concéda Stanton, amusé. Si tu veux, nous changerons de rôle.

— Ça a un nom… euh ?

— Polyvalent ? Versatile ?

— Non, idiot, Travis a utilisé un autre terme, bien plus marrant. C'est dans les pornos, quand les mecs n'arrêtent pas de changer, c'est du…

— Flip-flop.

— Exactement ! exulta Topher.

LE LENDEMAIN matin, Dime Box était dans le train pour Fire Island et Topher en profita pour parler à ses amis du fonds fiduciaire dont il venait d'hériter.

— C'est quand même dingue ! s'exclama Maurice. Il y a trois mois et demi, nous n'avions rien du tout et nous voilà pratiquement millionnaires.

— *Rien du tout ?* rétorqua Peter. C'est faux, nous avions des amis, ce qui compte plus que tout. Topher, tu dis que Stanton t'a conseillé d'accepter cet argent ?

— Oui, pour Dime Box. Il a dit que nous devrions l'utiliser pour acheter une maison à Austin. Comme ça, nous serions propriétaires au Texas et à New York. Vous êtes d'accord ?

Tous acquiescèrent. Topher continua :

— Il nous faudra une grande maison avec beaucoup de chambres et un appartement au-dessus du garage pour recevoir les invités. Et ça servira aussi aux enfants quand ils seront ados.

— Quels enfants ? s'étonna Robin.

— Ben, les nôtres ! Peter, tu finiras par te marier un jour et moi, j'ai l'intention d'élever des enfants avec Stanton.

Maurice ricana.

— Il est au courant ?

— Pas encore, reconnut Topher. J'aborderai le sujet quand le moment sera venu. Quand je vois Travis avec les frères de Ben, je me dis que Stanton et moi ferions de bons parents.

— Je peux m'occuper de chercher la maison, proposa Robin. Je commencerai dès que nous rentrerons à regarder les annonces immobilières. Une grande maison avec un garage indépendant et beaucoup de chambres.

— Et un jardin, ajouta Maurice. Un grand jardin. Et un porche tout autour de la maison.

— Autre chose ?

— Non, dit Maurice, c'est tout. D'ailleurs, tu reconnaîtras la maison qu'il nous faut dès que tu la verras. Je te fais confiance, frangin.

En quittant le train, Topher détesta la folle agitation qu'ils durent affronter pour monter dans la navette en direction du ferry. En période de vacances, il y avait foule : plus de passagers que de places à bord et plus de bagages que d'emplacements pour les ranger. Topher et ses amis tombèrent d'accord sur le fait qu'ils préféraient attraper un taureau au lasso que se battre avec une femme hystérique pour entrer dans un bus. Ils finirent néanmoins par atteindre le ferry.

À peine Topher était-il assis qu'un grand calme l'envahit. Il regarda les eaux du Long Island Sound.

Il ne savait pas trop à quoi s'attendre en débarquant à Fire Island, mais ce qu'il découvrit le surprit. Stanton les attendait quand ils arrivèrent au port et descendirent du bateau, Topher le rejoignit sur le quai.

370

Son calme commençait à le troubler.

Pas d'hyperventilation comme la nuit du concert de Springsteen, quand il avait embrassé Stanton pour la première fois. Et il ne pouvait même pas dire que l'endroit lui était familier.

Ty revint avec Marvin de chez l'agent immobilier récupérer les clés de la maison louée. Tous se rejoignirent et se saluèrent à l'endroit convenu de leur rendez-vous.

Puis Marvin et Stanton, passant les premiers, guidèrent le petit groupe à travers les ruelles. Après un tournant, la maison fut la première qui leur apparut.

— C'est là, indiqua Marvin.

Il monta les marches menant au porche et déverrouilla la porte. Tous entrèrent sans cacher leur curiosité. Le rez-de-chaussée était un open space qui comprenait une salle à manger, une cuisine ouverte et un salon. En face de l'entrée, un escalier menait à l'étage.

— Il y a deux chambres au premier et deux en bas de l'autre escalier, celui qui mène à la terrasse et à la piscine, déclara Marvin. Et il y a aussi un pool house.

— Comme Ryan dans *Newport Beach* ? demanda Peter.

— Oui, répondit Stanton.

— Travis adore cette série, précisa Topher.

— Nous avons une connexion Wi-Fi, ajouta Ty. C'est important pour vos portables, parce que la couverture réseau n'est pas terrible.

Maurice se pencha pour parler à l'oreille de son frère. Aussitôt, Robin demanda :

— C'est par où qu'on va à la...

— Franchement, coupa Topher, tu crois que c'est si urgent ?

— Pourquoi pas ? dit Robin. Tu ne peux pas reprocher à Maurice son impatience.

— De quoi parlez-vous ? demanda Stanton.

Topher consulta Robin :

— Je lui dis ?

— Oui. J'aurais voulu que ce soit une surprise à la sortie de notre prochain disque, mais il nous faut bien quelqu'un pour prendre la photo.

Topher se tourna vers Stanton et Marvin.

— Nous voudrions une photo de nous quatre. Au même endroit. Tu sais... sur la plage. Nous mettrons les deux photos en couverture de notre prochain disque, avec le château d'eau de Dime Box.

371

Marvin fondit en larmes.

— Merde ! Je sens déjà que je vais beaucoup pleurer cette semaine.

Stanton vint lui taper sur l'épaule.

— Tu te rappelles ce que je t'avais prédit il y a trente ans, mon pote ? Qu'un jour, vieux et grisonnants, nous inviterions de jolis garçons à se prélasser autour de notre piscine et à boire nos alcools, et qu'avec un peu de chance, ils nous laisseraient les sucer ? Eh bien, manifestement, ça m'est arrivé. Allez, viens, on emmène les enfants à la plage.

Marvin secoua la tête.

— Après toutes ces années, tu es toujours aussi tordu.

Ils se rendirent à pied de l'autre côté de l'île. Face à la baie et à l'océan, ils descendirent plusieurs marches en bois jusqu'à la plage de sable.

En approchant de l'eau, Topher sentit enfin cette exaltation qu'il attendait.

Il prit Stanton par le bras.

— Je me sens merveilleusement bien.

— Ça ne m'étonne pas. C'était l'endroit qu'il préférait sur terre…

Avec un cri exalté, Topher enleva ses chaussures et courut vers l'eau. Il pataugea dans l'eau peu profonde, puis plongea la tête la première dans les vagues, savourant le goût de l'eau salée sur ses lèvres. Quand il retourna au rivage, Stanton l'attendait.

— Je suis mouillé ! s'exclama Topher.

— Oui, je vois ça.

Topher secoua la tête, pulvérisant de l'eau partout, et embrassa Stanton. Ensuite, il se pencha et fouilla le sable à la recherche de galets.

— Sais-tu faire des ricochets ? Moi et Trisha nous entraînions souvent à Galveston. Je réussissais à envoyer trois pierres à la fois, en un seul jet. Les gens d'ici le font-ils aussi ?

Le regard de Stanton devint mélancolique. Topher sourit. Maintenant, il savait ce que ça voulait dire. Une fois de plus, il lui avait rappelé Hutch, mais ça ne l'inquiétait plus.

Laissant Topher et ses amis galoper dans le sable comme des gamins excités, Marvin commença à prendre des photos. Puis Maurice le rejoignit. Il sortit de son short la photo originale et la tendit à Stanton.

— Te souviens-tu où elle a été prise ?

Stanton et Marvin se penchèrent sur la photo, comparant leurs souvenirs. Ils finirent par se décider et entraînèrent les garçons quatre cents mètres plus loin. Après quelques tâtonnements, ils retrouvèrent l'endroit exact. Topher, Robin, Maurice et Peter s'alignèrent comme l'avaient fait Hutch, Robert, Michael et Paul et prirent les mêmes positions. Si Marvin se servait d'un appareil photo professionnel, Stanton et Ty les mitraillaient aussi avec leurs téléphones portables.

Au dernier moment, quand Marvin cria « ouistiti ! », Topher se souvint de souffler un baiser à Stanton.

Il avait presque fini, encore juste une chose à faire, une dernière pour que Stanton soit enfin libéré du passé.

CETTE NUIT-LÀ, après le dîner, Stanton amena Topher sur la terrasse sur le toit. Ils s'allongèrent sur une chaise longue en teck, Topher blotti dans les bras de son amant.

— J'ai une idée, déclara-t-il.
— Je ne suis pas certain d'aimer ça.
— C'est une bonne idée. Je te le promets.
— D'accord, dit Stanton. Je t'écoute.
Topher hésita, puis se lança :
— Tu peux lui parler, si tu veux.
— Qu'est-ce que tu racontes ?
— Tu peux parler à Hutch, répéta Topher. À travers moi.
— Topher, ne sois pas ridicule. Comment est-ce possible ?
— Prends mon téléphone.
— Quoi ?
— Écoute-moi jusqu'au bout avant de crier que je délire. Je ne suis pas lui, je le sais très bien, mais j'ai sa voix, tu l'as dit toi-même, et lui et moi avons… une connexion. C'est la musique qui nous relie, Stanton, je l'ai su dès que j'ai vu sa guitare dans ton placard, cette sublime Fender noire. Tu te souviens ? Je vais m'éloigner un moment, tu vas me téléphoner et tu verras… C'est lui qui te répondra.
— À travers toi ? demanda Stanton sans cacher son scepticisme.
— Plus ou moins. Tu lui parleras. Je sais que tu peux… je l'ai fait.
— Tu l'as fait ? Quand ?
— Un soir où je déprimais, après mon séjour à New York… Bon, ce n'est pas le moment d'y repenser. Essaie. S'il te plaît. Ça te permettra d'écrire l'épilogue de votre histoire. Ensuite, tu pourras tourner la page.
Stanton hésita.
— Je ne peux pas.

— Si. Fais-le pour moi. Je ne suis pas fou, je veux juste t'aider. Fais-moi confiance. Je promets de prendre soin de toi et de t'être toujours fidèle.

Stanton finit par acquiescer en silence.

— Je descends, dit Topher. Je t'appelle dans cinq minutes. D'accord.

— Oui, puisque tu y tiens tellement.

Topher se leva et quitta la maison. En marchant vers le port, il trouva un banc tranquille à l'écart. Il s'y assit et sortit son téléphone, ce vieux portable qui avait tout déclenché, avec ses vibrations fantômes, le jour où Stanton était entré au garage Groovy – le garage sensass.

Il ouvrit son téléphone et le mit à son oreille.

— Tu es là, Hutch ?

Une longue pause. Puis :

Oui.

— Tu es prêt ?

Oui, ça fait vingt-six ans que j'attends.

— D'accord. J'espère que tu sais ce que tu fais.

Ça va marcher, Topher. C'est promis. Et merci. Pour tout.

— De rien. Nous sommes une seule et même personne, tu te souviens ?

Il déroula ses contacts et trouva le numéro de Stanton, il le composa et remit le téléphone à son oreille.

— *Allô ?* répondit Stanton.

Stanton !

Une pause.

— *Je ne sais pas si je peux faire ça, Topher. C'est tellement...*

Non, Starsky. C'est moi. Je te demande pardon pour les accusations que je t'ai jetées au visage, ce jour-là, dans notre appartement. Je t'ai poussé à partir alors que je cherchais seulement à ce que tu me parles, que tu m'ouvres ton cœur. J'ai bien raté mon coup, hein ?

— *Hu... Hutch ?*

Oui. Je regrette aussi que mon père t'ait fait souffrir. Il n'avait pas le droit de s'interposer entre nous. J'étais trop malade pour lui tenir tête, mais j'aurais dû essayer. Je t'ai laissé tomber.

— *Ce n'est pas de ta faute. Je te reprochais ce qui n'allait plus entre nous, mais tu avais raison, j'étais moi aussi coupable. Je n'ai pas assez insisté pour que tu continues la musique.*

Non, ce n'est pas vrai, et nous le savons tous les deux. Tu ne pouvais rien faire, je n'aurais pas changé d'avis.

374

— Je n'ai pas pu rester avec toi jusqu'à la fin. Si tu savais comme je le regrette ! Je n'ai même pas eu l'occasion de te dire adieu.

Hé, nous le faisons maintenant. Enfin ! Te souviens-tu de notre première promenade ensemble sur la plage ? Tu m'as dit aimer Air Supply et je t'ai donné ma bague.

— Comment pourrais-je oublier ? Et tu as comparé Air Supply à Roméo et Juliette.

C'est vrai. Je dois partir et vivre, ou rester et mourir. Ça s'est avéré plus prophétique que je l'avais prévu. Dire que j'étais très fier de te citer Shakespeare !

— J'ai été très impressionné.

Merci d'avoir fait l'effort de te réconcilier avec mon père.

— Il était plus que temps. Et Topher y tenait beaucoup.

Une pause.

Tu sais qu'il est amoureux de toi, hein ?

— J'espère bien, parce qu'il m'obsède depuis le jour où je l'ai rencontré. Mais je n'osais espérer une autre chance en amour.

Fonce, Starsky, vis ta vie pleinement et profites-en à fond. Tout le ciel est ouvert devant toi. D'ailleurs, cette fois, je vais devoir m'en aller pour de bon. Il est temps de nous dire au revoir.

— Déjà ?

Oui. Stanton, nous avons suivi le conseil de Trent : nous avons pensé à long terme et nous avons gagné.

— Oui, tu as sans doute raison.

Il est temps que tu tournes la page.

— D'accord. Je crois que cette fois, je suis prêt. Au revoir, Hutch.

Au revoir, Starsky. Prends bien soin de Topher. Il va avoir besoin de toi pour traverser tout ça.

— Je le fer...

Soudain, Topher entendit Peter crier quelque chose à Stanton, à l'autre bout du fil. La communication fut ensuite coupée. Pris de panique, il rangea son téléphone et rentra en courant. En prenant un angle de rue derrière le *Pantry*, il faillit emplafonner un homme qui tirait un chariot pour enfants rempli de sacs d'épicerie. Il reprenait sa course quand il vit Stanton qui l'attendait devant la maison. Il le rejoignit et se jeta dans ses bras tendus vers lui.

— Merci ! s'écria Stanton. Ce que tu as fait là est... Je n'arrive toujours pas à y croire, mais merci, merci ! Oh, Topher, je t'aime tellement !

— Je t'aime aussi.

— Je n'aurais jamais cru poser un jour cette question à un autre que Hutch, mais…

Stanton l'écarta et là, en plein milieu de la rue, devant Dieu et le monde, il tomba sur un genou et sortit de sa poche l'anneau en plastique qu'il avait utilisé pour le test du dalaï-lama.

— Topher Manning, déclama-t-il. Veux-tu m'épouser ?

— Hein ? C'est possible ?

— Oui, le mariage pour tous est légal dans cet État.

— Oh, merde ! Ouiiii ! J'accepte.

Topher tendit la main gauche pour que Stanton glisse l'anneau à son doigt.

— Tu crois que nous pourrions nous marier sur l'île ? Sur la plage ? enchaîna-t-il, tout vibrant d'excitation.

Stanton se leva avec un sourire rajeuni.

— Bien sûr, où tu veux.

— Et nous aurons des enfants ?

— Des enfants ? *Moi ?*

— Oui. Tu ferais un excellent père. Et les gars nous aideraient à les élever, Marvin et Ty aussi, d'ailleurs. Attends une minute. Je courais comme un dératé… Pourquoi ? Ah, oui ! Juste avant que la communication soit coupée, j'ai entendu Peter hurler. Que voulait-il ?

Stanton lui sourit, plus heureux que Topher l'avait jamais vu.

— Suis-moi, dit-il.

Une fois dans la maison, ils trouvèrent tous les autres agglutinés autour de la grande table de la salle à manger où Ty était assis, son ordinateur portable ouvert devant lui.

Stanton se tourna vers Topher.

— Regarde. Tu as atteint ton objectif. Tu te souviens, la nuit où nous sommes allés voir Springsteen, tu m'as dit que tu voulais voir l'une de tes chansons dans le top dix sur iTunes ? C'était ta barre pour mesurer ton succès. Eh bien, regarde…

Il désignait l'ordinateur. Tyrese se leva pour lui laisser sa place et Topher regarda l'écran. Sur la droite, *Homesick* était au numéro quatre.

Il se tourna vers ses camarades et cria :

— Nous l'avons fait !

Un téléphone, posé à côté de l'ordinateur, clignota. Après avoir vérifié les notifications, Tyrese eut un sourire.

— Le Twitt-univers est en train d'exploser ! Je me demande pourquoi. Personne ne l'écoutait.

— Numéro quatre sur iTunes ! hurla Robin.

— Incroyable ! s'étrangla Peter. D'après Stanton, nous continuerons à monter. Alors, quand les gens en auront marre de *Call Me Maybe*, nous finirons peut-être numéro un !

— Oui, affirma Stanton. Je persiste à dire que vous avez mal choisi votre moment pour sortir *Homesick*. À l'automne ou en hiver, elle serait déjà numéro un, mais vous n'aviez pas le choix, il vous fallait profiter de la vague de *Beaches on the Moon*. Bon, nous ne pouvons pas tout orchestrer parfaitement. Vous vous en êtes super bien sortis ! Mes félicitations. Il faut fêter ça.

— J'ai autre chose à fêter, déclara Topher en levant la main. Les gars, vous avez vu ? Je suis fiancé.

— Quoi ? s'écrièrent ensemble les jumeaux.

Ty les rejoignit.

— Hé, tout le monde. Écoutez ça.

— Quoi donc ? demanda Marvin.

— Ça vient du blog d'un gars qui habite ici, sur l'île.

Les yeux sur son téléphone, il lut à haute voix :

— *Bonjour, fidèles lecteurs. Désolé que les posts soient un peu plus rares ces temps-ci, mais nous sommes très occupés à résoudre un mystère qui nous préoccupe depuis un certain temps. Figurez-vous que les couples automne-printemps se multiplient autour de nous. Oui, vous m'avez bien lu, nous voyons de plus en plus d'hommes aux tempes grises – la cinquantaine sonnée – se promener main dans la main avec un jeune qui a la moitié de son âge. Certes, l'attraction de la jeunesse sur l'âge mûr est aussi vieille que le monde, ça date d'Adam et Steve, mais là, c'est une véritable épidémie ! Serait-ce le signe que l'apocalypse est pour 2012, ou doit-on croire à la théorie du centième singe* [36] *? Nous ne le savons pas encore avec certitude, mais une rumeur explicative commence à se répandre, on parle de ré... Eh bien, je vous raconterai ça en détail dans les jours à venir. Restez connectés, parce que ce concept risque de vous couper le souffle. À très bientôt, chers et fidèles lecteurs !*

Ty releva les yeux et enchaîna :

36 Expression désignant la propagation « spontanée » d'un savoir (ou idée etc.) parmi les hommes une fois qu'un échantillonnage valide l'ait préalablement acquis.

377

— Et ce n'est pas tout. Ce post a pour titre « le retour ». Un autre #TheReturn# se répand sur Twitter à San Francisco, Chicago, Miami, et partout. Et c'est la même histoire : un quinquagénaire avec un jeune de vingt-cinq ans. Les exemples se multiplient.

Tout excité, Topher se tourna vers Stanton.

— Ça n'arrive pas qu'à nous, alors ? Sensass !

BRAD BONEY vit au Texas, à Austin, la septième ville la plus gay d'Amérique. Il a grandi dans le Midwest et est allé à l'école à NYU. Il a vécu à Washington, DC et à Houston avant de s'installer au Texas. Il a aussi fait du théâtre, ce qui, selon lui, explique sa façon d'écrire – ses « dialogues et décors de scène » comme il dit. Son premier livre a été nommé parmi les finalistes du Prix littéraire Lambda. Il considère *Amour et Amnésie* comme la meilleure comédie romantique de tous les temps et *Strapped* est son film gay préféré de ces dix dernières années. Et il aime inconditionnellement toutes les Boys Bands.

Rendez-lui visite sur son site Web : http://www.bradboney.com ou suivez-le sur Twitter : https://twitter.com/BradBoney.

QUAND
L'HORIZON
A DISPARU

BRAD
BONEY

Austin, Texas, tome 1

Ben Walsh est en voie de devenir l'un des plus célèbres avocats de New York, il a un compagnon et fréquente les cercles les plus huppés de la ville. Bref, tout est parfait dans sa vie jusqu'à ce qu'il reçoive un funeste appel téléphonique, quelques jours avant Noël : ses parents viennent de décéder dans un accident de voiture. Il doit de toute urgence retourner à Austin, Texas, pour élever trois jeunes frères qu'il connaît à peine.

Pendant les funérailles, Ben rencontre Travis Atwood, un voisin ouvrier au grand cœur. Leur relation commence sur les chapeaux de roue avant les premiers écueils inévitables, mais lorsque Ben fléchit sous le poids de ses responsabilités c'est vers Travis qu'il se tourne. L'urgence de la situation façonne leur amitié en un sentiment qui ressemble à l'amour. Ben pense avoir trouvé le moyen d'associer ses deux vies, l'ancienne et la nouvelle, et d'y incorporer Travis, mais le chemin de l'amour a ses obstacles. Ben comprendra-t-il que le bonheur arrive parfois quand on s'y attend le moins, au cœur des pires catastrophes ? Saura-t-il reconnaître la dynamique d'un destin qui l'emmène, au-delà de l'horizon, là où est sa vraie place ?

Par Brad Boney

AUSTIN, TEXAS
Quand l'horizon a disparu
Le retour

Publié par Dreamspinner Press
www.dreamspinner-fr.com